निन्यानवे

वाणी प्रकाशन

नयी दिल्ली-110002

फोन : 3275710, 3273167 फैक्स : 32757

e-mail : vani_prakashan@yahoo.com

vani_prakashan@mantraonline.com

निन्यानवे

रवीन्द्र वर्मा

ISBN : 978-93-5229-291-2

वाणी प्रकाशन
21-ए, दरियागंज, नयी दिल्ली-110002
द्वारा प्रकाशित

प्रथम संस्करण : 1998
द्वितीय संस्करण : 2002 **मूल्य : 175.00 रुपये**

शुभम ऑफसेट, दिल्ली-110032
द्वारा मुद्रित

NINYAANVE
by Ravindra Verma

रैयत रई सब हक्का-बक्का,
खा सुराज कौ धक्का।

–भगवान दास माहौर

(एक बुन्देली क्रान्तिकारी-कवि)

बल्लो की अम्माँ की दाईं आँख आज सुबह से ही फड़क रही थी। आँख खुलते ही जब आँख फड़की तो उन्हें लगा कि अभी आँख खुल रही है। उन्होंने चारपाई से पैर उतारकर छत पर रखने के पहले छत को धरती मानकर उसे दाएँ हाथ की उँगलियों से छुआ और उँगलियाँ माथे से लगाईं। पौ फट रही थी। गर्मियाँ शुरू हो गईं थीं। अँधेरा भारी न था। दुनियाँ नारियल की तरह उजाले में फूट रही थी। हवा ठंडी थी। नीम अपनी हरी-हरी उँगलियाँ खोल रहा था। पहला पक्षी बोला।

चारपाई से उतरकर उन्होंने दोनों हाथों में एक-एक लोटा पकड़ा और छत की मुँडेर की ओर बढ़ीं, जहां दो ईंटें रखी थीं और उनके इर्द-गिर्द पेशाब की गंध थी। उन्होंने गंध पर दोनों लोटों का बचा-खुचा पानी डाला और पीछे घूमीं। ईंटों के बीच मूत्र-गंध पानी के साथ हिली और फिर आस-पास की हवा में ठहर गई। बिन्नू अभी छोटी थी। उसे बहुत बास आती थी। वह अपनी खटिया छत के दूसरे छोर पर लगाती, जहाँ अम्माँ की खाट भी पास हो।

अम्माँ को बास नहीं आती थी। बिन्नू हँसती : "अम्माँ, जब तुम्हारी नाक बंद है तो साँस कैसे लेती हो ?"

अम्माँ छत की दो सीढ़ियां उतरकर छोटी छत पर आईं। दोनों हाथों में खाली लोटे थे। छोटी छत पर अकेली चारपाई ख़ाली थी। अटारी में लालटेन का उजाला नज़र आया। बल्लो पढ़ रहा है, अम्माँ ने सोचा। फिर उन्होंने मुँह मोड़ लिया और छत पर आगे बढ़ीं। पैरों के नीचे नीम की पत्तियां बोलीं। उनकी चरमराहट से लगा कि वे सूख गई हैं। अम्माँ सीढ़ियाँ उतरने लगीं। तीसरी सीढ़ी पर दूसरी बार आँख फड़की। बल्लो की अम्माँ को लगा कि दाईं आँख पहली बार फड़की है। कहीं मिट्टी का तेल ख़त्म तो नहीं हो गया ? इम्तहान के दिन हैं। बल्लो को राशन की लाइन में लगना होगा।

आँगन में रोज़ की तरह नीम की पत्तियां बिछीं थीं। झाड़ू लगाते हुए अम्माँ ने फिर सोचा कि रात में नीम पत्तियों की बारिश करता है। इस बार पत्तियां चरमराईं

तो वे समझ नहीं सकीं कि पत्तियाँ झाड़ू के नीचे बोली थीं या पैरों नीचे। पत्तियाँ दिन में भी गिरती हैं, मगर पता नहीं चलता। हर सुबह पता चलता है। इतनी पत्तियाँ पेड़ कहाँ से लाता है ?—बिन्नू ने ऊपर सीढ़ियों से उतरते हुए सोचा। जब बिन्नू आँगन में आई तो वह कल से बड़ी लगी ! अम्माँ ने अचरज से उसकी ओर देखा। उसने हौदी से लोटे में पानी लिया, पानी टट्टी के दरवाज़े पर रखे टीन के डिब्बे में डाला और मटमैला फ़्रॉक हिलाती हुई टट्टी की लम्बी खोह में चली गई। खोह में अँधेरा था। टट्टी की खुड्डियाँ नहीं दिखीं। वह आँखें मलती हुई चीखी : "अम्माँ, टट्टी कहाँ है ?" फिर वह उलटे पाँव बाहर आई और अम्माँ से जलती ढिबरी हाथ में लेकर अन्दर चली गई। जब वह टट्टी में जा रही थी तो अम्माँ ने आगाह किया कि मिट्टी का तेल ख़त्म हो रहा है, वह खुड्डी पर बैठकर ढिबरी बुझा दे—अँधेरा अपने-आप आँखों से हट जाएगा। पता नहीं बिन्नू ने सुना या नहीं। लड़कियाँ रोज़ बड़ी होती हैं जैसे रोज नीम से पत्तियाँ झरती हैं।

झाड़ू की कुछ सींकें निकल गई थीं। अम्माँ आँगन में घुटनों के बल बैठ गईं। उन्होंने झाड़ू खोलकर फिर उसे कसकर बाँधा। जब अगला हाथ आँगन में घूमा तो बहुत-सी पत्तियाँ हवा में उड़ीं। अम्माँ खुश हो गईं। इस माह नई झाड़ू ख़रीदने की ज़रूरत नहीं पड़ेगी। अगले माह देखा जाएगा। शायद वे मुस्कराई थीं या गौरैया बोली और सूरज की पहली किरण आँगन में गिरी।

वे दालान बुहार रही थीं जब आँगन में बिन्नू की आवाज़ गूँजी, "अम्माँ, अम्माँ !" उस क्षण उनकी दाईं आँख बन्द थी क्योंकि आँख में धूल का कण चला गया था। उन्होंने धोती का छोर मुँह में देकर आँख पर रखा, फिर आँख खोली। कण निकल गया। पलक फड़की। दाईं आँख फिर फड़की।

"क्या है ?" अम्माँ ने कहा।

"पानी," बिन्नू की आवाज़ थी।

बिन्नू टट्टी के आगे हौदी के बगल में खड़ी थी। उसके हाथ में मिट्टी थी, जो उसने अभी कोने के ढेर से उठाई थी। अम्माँ ने लोटे में हौदी से पानी लिया, फिर बिन्नू के हाथों पर डाला। बिन्नू ने हाथ धोए। यही दस्तूर था। सब एक-दूसरे के मिट्टी में सने हाथ धुलाते थे।

जब अम्माँ दालान में झाड़ू देकर अन्दर कोठरी में जा रही थीं तो किन्ने सीढ़ियों से उतर रहा था। वे सीढ़ियों पर पैरों की आवाज़ से उतरने वाले को पहचान लेती थीं। वे जानती थीं कि किन्ने आँगन में आकर बिना किसी ओर देखे सीधा टट्टी में घुसेगा जैसे किसी ज़रूरी काम से जा रहा हो। अभी किन्ने की उमर ही क्या थी। नवीं में पढ़ता था। मगर घर में वह बुज़ुर्ग की तरह काम-से-काम रखने की मुद्रा में रहता था। उसे घर के कोने-अंतरे से चूहे निकालकर मारने का शौक था। कल जब वह मरा चूहा लटकाए छत पर नाच रहा था, अम्माँ ने उसका हाथ पकड़ लिया।

उसने हाथ झटका और जब अम्माँ ने थप्पड़ मारने को हाथ उठाया तो उसने पलटकर अम्माँ का हाथ पकड़ लिया। वह अब अम्माँ से थोड़ा लम्बा हो गया था। बल्लो ने कभी अम्माँ को जवाब नहीं दिया था जबकि वह किन्ने से चार वर्ष बड़ा था। अम्माँ की आँखें फिर भर आईं। कल दिन में कई बार इसी तरह उनकी आँखें भर आईं थीं।

बैठक में अम्माँ पहले झाड़ू की धूल साफ करती थीं, फिर झाड़ू से ज़मीन पर बिछे फ़र्श और चादर को साफ़ करती थीं, तब फिर फ़र्श के दोनों ओर नंगी ज़मीन पर झाड़ू फिराती थीं जो गोबर से लिपी होती थी। अम्माँ सारा घर लीपतीं थीं। केवल चबूतरों पर रोज़ झाड़ू देने का काम महरी का था क्योंकि मास्टर रामदयाल की पत्नी लंबे चबूतरों पर रोज़ सुबह झाड़ू देते देखी जाए, यह कोई अच्छी बात नहीं थी।

मास्टर रामदयाल घर में धारीदार पट्टे का जाँघिया पहनते थे। इसलिए जब वे सुबह उठते तो जाँघिया पहने ही उठते। मुँह अँधेरे उनका सैर के लिए जाने का नियम था। वे घर से निकलकर हार्डीगंज होते हुए मिनर्वा टॉकीज़ के सामने पहुँचकर क़िले की चढ़ाई पर चढ़ जाते, फिर क़िले के पीछे की बियाबान सड़क से होते हुए सरस्वती पाठशाला को छूकर लौट आते। अम्माँ का कहना था कि यह आदत उन्हें आज़ादी के बहुत पहले प्रभात फेरियों के दिनों से पड़ी है। घर आकर वे धोती उतार देते और उनकी टाँगों पर धारीदार जाँघिया फिर चमकने लगता। घर में लड़के भी धारीदार जाँघिया पहिनते थे। अम्माँ ने एक बार ज़रूर सोचा था कि वे भी घर में पाँच गजी धोती की जगह धारीदार जाँघिया पहन सकतीं तो ख़र्च कम होता। जब उन्होंने रामदयाल को यह बताया तो वे ठहाका मारकर हँसे थे।

जब रामदयाल सैर से लौटते, बल्लो की अम्माँ चूल्हे पर दाल चढ़ा देती थी। तब तक आँगन में धूप आ जाती और नीम की पहली परछाईं गिरती। कलेवा अकसर कुचैयों और आम के अचार का होता था। एक गिलास दूध हर बच्चे के लिए ज़रूरी था। रामदयाल महीने के आरंभ में दूध पीते थे, महीने के अंत में दूध नहीं पीते थे—तब वे कहते कि यह जीव-विज्ञान की खोज है कि चालीस की उम्र के बाद शरीर को दूध की ज़रूरत नहीं होती। अम्माँ कभी दूध नहीं पीती थीं। वे लप्सी या सिंगाड़े के आटे के पकवान को ही दूध में मिलाकर खातीं जब उनका कोई उपवास होता। तब कभी-कभी सत्यनारायण की कथा भी होती थी जिसमें दूधों नहाने और पूतों फलने के आशीर्वचन होते। दूध से नहाना कैसा लगता होगा ?—एक बार विवाह के बाद बल्लो की अम्माँ ने सोचा था जब बल्लो पेट में नहीं आया था और वे महादेवजी के मंदिर में महादेवजी के पिंड पर दूध डाल रही थीं। शंकरजी, बताओ, दूध से नहाना कैसा लगता है ?

जिस तवे पर कुचैंयाँ सिकतीं उसी पर रोटियाँ सिकने लगतीं क्योंकि रामदयाल दस के पहले खाना खा लेते। वे नाश्ता नहीं करते थे। सवेरे दूध पीते—या पानी

पीते। वे जब खाना खा रहे होते, खाना बन रहा होता और रसोई में अक्सर धुआँ होता। रसोई दो तरफ़ से खुली थी। एक ओर झिंझरी थी, दूसरी ओर दो ओर खुला चौका था जो दो खंभों पर सधा था। रसोई की छत और ऊपरी दीवारें धुएँ से काली हो गईं थीं, नीचे दीवारें काली नहीं थीं। धुआँ ऊपर भर जाता, नीचे धुएँ के गुब्बारे आँगन में तैरकर ग़ायब होते रहते। धुएँ, धूप और नीम के सायों में सीढ़ियाँ उतरकर रामदयाल आँगन पार करके पौर में जाते और साइकिल उठाकर सड़क पर एक पैडल पर पैर रखते और दूसरे पैर को सीट पर उछाल देते। साईकिल सरस्वती पाठशाला की ओर चल देती।

चूल्हे के बगल में बैठे हुए बल्लो की अम्माँ रामदयाल को आँगन से बाहर जाता देखतीं। वह उन्हें कुर्ता-पाजामा या कुर्ता-धोती पहने घर से जाता हुआ या घर में आता हुआ देखती थीं। वे जब घर में होते तो जाँघिया ही पहनते थे—धारीदार पट्टे का या सफ़ेद खद्दर का। पहले वे सिर्फ़ खद्दर पहनते थे। आज़ादी के बाद खद्दर का नियम ढीला हो गया था। जब पहली बार बल्लो की अम्माँ ने रामदयाल को पट्टे का धारीदार जाँघिया पहने देखा तो उन्हें लगा था कि घर में कोई दूसरा आदमी घुस आया है। वे अपने पति को खद्दर के जाँघिए से ही जानती थीं। विवाह के बाद जब वे इस घर में आईं तो सास-ससुर थे और एक विधवा ननद थी और घर में घनघोर पर्दा था। छोटा देवर भी था। मगर खद्दर का जाँघिया रामदयाल ही पहनते थे। खद्दर का जाँघिया पति की पहचान थी। दिन में और रात में भी। दिन में घूँघट से जाँघिया और टाँगे ही दिखती थीं। रात में छोटी अटारी में जब वे घूँघट काढ़े घुसतीं, रामदयाल कोई किताब पढ़ रहे होते। अपना घूँघट खोलकर वे उनका चेहरा देखती। फिर लालटेन बुझा दी जाती। अगले दिन वे पिछली रात देखे चेहरे को याद करती रहती। कभी चेहरा याद आता, कभी चेहरा याद नहीं आता—कुछ रेखाएँ उभरकर उलझ जातीं। जिस चेहरे से उनका ब्याह हुआ था, वह चेहरा बल्लो की अम्माँ को याद नहीं था। अलबत्ता खद्दर के जाँघिए में सधी दो टाँगे याद थीं।

इसीलिए बल्लो की अम्माँ को हँसी आई जब चिरगाँव वाली ने दोपहर में पूछा कि आज शाम को बड़े बाज़ार में चन्द्रशेखर आज़ाद की माँ की अर्धमूर्ति की प्याऊ पर स्थापना होगी और उसमें पुलिस का बखेड़ा होगा जिसमें मास्टर सा'ब होंगे, यह अख़बार में छपा है, क्या तुम्हें नहीं मालूम ? उन्हें तब पता चला कि आज सुबह चारपाई पर ही उनकी दाईं आँख फड़की थी, जिसे उन्होंने आँख का खुलना मान लिया था। बल्लो की अम्माँ को याद नहीं था कि विवाह के पूर्व भी कभी उनकी दाईं आँख फड़की थी। विवाह के भोर ही उन्हें अपनी दाईं आँख का फड़कना याद है जब रामदयाल ने पहले-पहल खद्दर का जाँघिया पहना था और घर के सामने विवाह के विदेशी सर्ज के सूट की होली जला दी थी। उस रात छोटी अटारी में बल्लो की अम्माँ फूट-फूटकर रोई थीं। रामदयाल लालटेन की रोशनी में दहेज के पलँग पर ऐसे

बैठे रहे थे जैसे बाइस्कोप देख रहे हों। फिर उन्होंने संवाद बोला था—"तुम्हें मालूम है, गांधी जी ने अफ़्रीका में अपनी पत्नी से टट्टी साफ़ कराई थी। यदि मुझे अपनी शादी और देश की आज़ादी में से एक को चुनना पड़े, तो मैं आज़ादी चुनूँगा।"

यह आख़िरी संवाद था।

बल्लो की अम्माँ तब किशोरी थीं—उनका नाम भी किशोरी था। उन्हें तब तक पता चल गया था कि रामदयाल ने कुछ माह पूर्व सरकारी सकूल की दुगने वेतन की नौकरी छोड़कर सरस्वती पाठशाला में नौकरी कर ली थी, जिसके चन्दे के लिए गांधी जी ने हार्डीगंज की सभा में अपील की थी। किशोरी बहस नहीं कर सकती थी। वह सुन्दर काण्ड का पाठ करती और संकटमोचन का व्रत रखती। उसने एक महीने यही किया था जब रामदयाल घर के सामने विदेशी कपड़ों की होली जलाकर कुछ दिन बाद एक दिन घर से कोछाभाँवर जाने की कहकर गए और जेल चले गए थे। तीस वर्ष पूर्व उस सुबह किशोरी की दाईं आँख बार-बार फड़की थी जैसे आज फड़क रही थी।

फिर रामदयाल के अचानक ग़ायब हो जाने या जेल चले जाने का क्रम चल गया। इस क्रम के ऊपर एक दशकीय क्रम था। हर दस बरस बाद कुछ मुकम्मल तरीक़े से जेल जाना था—यह नहीं कि आज गए और तीन दिन बाद मुस्कराते हुए लौट आए। सन् बयालीस में रामदयाल एक साल के लिए जेल गए थे। तब बल्लो की अम्माँ बल्लो और किन्ने को लेकर मायके चली गई थी।

जब देश को आज़ादी मिली तो बल्लो की अम्माँ ने सचमुच घी के दो दिए जलाए थे। उन्हें लगा था कि अब उन्हें न सुन्दर काण्ड का एकल पाठ करना होगा और न भूखे पेट महादेवजी के मंदिर में जाकर संकटमोचन को भोग चढ़ाना होगा। अब आज़ादी मिल गई थी। घर और जेल के बीच का द्वंद्व ख़त्म हो गया था। सन् 42 के बाद अब दशकीय जेल क्रम नहीं चलेगा। मगर पिछली बार के बाद अभी दसवाँ वर्ष चल रहा था और आज शाम बड़े बाज़ार में पुलिस से मुठभेड़ की आशंका थी। इस बार सरकारी नौकरी छोड़ना न सही, नमक बनाकर क़ानून तोड़ना न सही, "करो या मरो" न सही, चन्द्रशेखर आज़ाद की माँ की प्रतिमा ही सही ! बल्लो की अम्माँ की दाईं आँख फिर फड़की। आँगन में नीम की पत्तियों के शाम के साए हिले।

यह बाद में पता चलेगा कि प्याऊ पर आज़ाद की माँ की मूर्ति-स्थापना महज़ एक दिखावा था। असल में यह कुछ व्यापारियों का षड्यंत्र था जिसका उद्देश्य प्याऊ के बहाने बड़े बाज़ार में ज़मीन हड़पना था। रानी लक्ष्मीबाई के आज़ाद शहर में यह राष्ट्रीय धूर्तता की शुरुआत थी। लेकिन आज़ादी के चौथे बरस संवत्सर की उस शाम बड़े बाज़ार के बीचोंबीच शहर के लोग घिर आए थे। उनके दिल में यह अरमान था कि जिस क्रांतिकारी को वे जीतेजी गुलामी में न पूज सके, उसे उसकी माँ के बहाने आज़ादी में पूजेंगे। बड़े बाज़ार के तिकोने ताँगा-स्टैंड पर उस शाम तांगे नहीं

थे, न घोड़े थे, लोग जमा हो रहे थे। तीनों सड़कों से लोग इसी ओर आ रहे थे। गलियों से लोग इन तीनों सड़कों पर आ रहे थे। यह शहर का बड़ा बाज़ार था, जो शहर में हर ओर खुलता था। उस शाम हर गली बड़े बाज़ार के तिकोने की ओर आती लगती थी।

यद्यपि रामदयाल अब मिल के कपड़े पहनने लगे थे, मगर उस शाम उन्होंने आंदोलन के दिनों का खादी का धोती-कुर्ता निकाला था और गाँधी टोपी सिर पर लगाकर दीवार पर तिरछे टँगे आईने में अपनी शक्ल देखी थी : पहले वे मुस्कराए थे, फिर उदास हो गए थे। उदासी का एक कारण तो लिबास ही था, जिसे उन्होंने अरसे बाद पूरी तरह धारण किया था—विशेषकर गाँधी-टोपी। टोपी का उत्साह आज़ादी के दो-तीन बरस में बिला गया था। वे अक्सर कहते सुने गए कि गांधीजी का मत सही था कि कांग्रेस पार्टी को भंग कर देना चाहिए और उसकी जगह एक सेवा दल बनाना चाहिए। इसके पीछे शहर में उनके सहयोगियों की रोज़ उजागर होती लोभ-लिप्सा और छीना-झपटी थी। कुछ लोग कहते कि रामदयाल ऐसा इसलिए कहते हैं क्योंकि उन्हें कुछ मिला नहीं और वे कुछ ले नहीं पाते।

आईने में उनके चेहरे पर उतरी उदासी की परत का असली कारण हरि की स्मृति थी, जिसने उन्हें फिर अचानक घेर लिया था। हरि उनका छोटा भाई था। उन्होंने उसे अपने चेहरे की रेखाओं में फिर देखा था। उन्हें कभी पूरा विश्वास नहीं हुआ था कि हरि अब दुनिया में नहीं है। शायद ऐसे विश्वास के लिए एक बार हरि का मृत चेहरा देखना ज़रूरी था। लेकिन उन्होंने जब देखा, हरि का जीवंत चेहरा देखा था—सपने में भी। ढाई दशक पूर्व उन्होंने उसे आख़िरी बार उस सुबह देखा था जब वह स्कूल जाने के लिए घर से निकला था, मगर स्कूल नहीं गया था। तब उसके ताँबिया चेहरे पर मूँछ की रेखा उभर रही थी। उसी शाम शहर में उसकी तलाश शुरू हुई थी। अगले दिन मास्टर रूद्र नारायण ने बताया था कि वह क्रांतिकारियों के दल में शामिल हो गया था और विन्ध्याचल की पहाड़ियों के नीचे बम-परीक्षण में उसकी मृत्यु हो गई थी। "लाश...हरि की लाश कहाँ है ?" रामदयाल ने रूद्र नारायण के घर के बन्द कमरे में पूछा था। "लाश को जला नहीं सकते थे," रूद्रनारायण ने नज़रें नीचे झुकाए कहा, "क्रांतिकारियों को ख़तरा था। उन्होंने उसे विन्ध्याचल की छाया में गाड़ दिया है।"

रामदयाल ने विन्ध्याचल की छाया का पता पूछा था, जहाँ उनका भाई दफ़न था। उन्हें वहाँ ले जाया गया। विन्ध्याचल की पथरीली छाया मीलों एक जैसी थी। इसी छाया में गुंथी एक-जैसे पेड़ों की छाया थी। उस पीपल के पेड़ में कोई ख़ास बात नहीं थी, जिसके नीचे उनके भाई की लाश गड़ी थी। वे बहुत देर पेड़ों पर छाए विन्ध्याचल और विन्ध्याचल पर छाए आकाश को देखते रहे थे। उन्हें बराबर लग रहा था कि अभी हरि किसी पेड़, पहाड़ या बादल से झाँककर मुस्करा देगा।

घर आकर उन्हें दद्दा को बताना पड़ा था कि हरि अब कभी नहीं लौटैगा और हम उसका अंतिम संस्कार भी नहीं कर सकेंगे। हरि का अंतिम संस्कार क्रांतिकारियों का पर्दाफ़ाश होता। दद्दा अचेत हो गए। फिर होश में आकर उन्होंने बताया कि मेरी बाई कहती थीं कि हरि जैसा स्वर्णवर्णी है वैसे ही तुम्हारे दादा थे, जिन्हें अंग्रेजों ने 1858 की लड़ाई के बाद मारकर घर के सामने पेड़ पर टाँग दिया था और सात दिन बाद लाश दी थी। मृत्यु के बाद दादा को पेड़ पर फ़ौरन लटका दिया था–या दूसरे दिन लटकाया था ? अंतिम संस्कार सही दिन हुआ था या ग़लत दिन ? यदि अंतिम संस्कार ग़लत दिन हुआ था तो अंतिम संस्कार नहीं हुआ था ! दद्दा यही कहते। वे जब तक जिए यही कहते रहे–"न मेरे पिता का अंतिम संस्कार हुआ, न बेटे का। उन्हीं की तरह, मैं भी जीवित हूँ–न जीवित, न मृत !"

रामदयाल घर से निकलकर गली में मुड़ गए जो बड़े बाज़ार में खुलती थी। बल्लो की अम्माँ रसोई में बैठी टुकुर-टुकुर देखती रहीं। उन्होंने कुछ नहीं पूछा। न रामदयाल ने कुछ कहा। उन्होंने कभी कुछ नहीं कहा। पहली बार भी नहीं। ब्याह के कुछ माह बाद जब वे घर से एक सभा में और सभा से जेल चले गए थे, तब भी उन्होंने किशोरी से कुछ नहीं कहा था। जेल से लौटने पर किशोरी ने पूछा था–

"क्या तुम्हें मालूम था ?"

"क्या ?"

"यही कि तुम सभा से घर में नहीं जेल में लौटोगे ?"

"हाँ।"

"मुझे क्यों नहीं बताया ?"

"कोई फायदा नहीं था।"

"क्यों ?"

"तुम मुझे आँसुओं से रोकतीं। मैं रुकता नहीं। फिर जेल में तुम्हारे आँसू याद आते।"

बल्लो की अम्माँ ने जान लिया था कि रामदयाल जब इस तरह बाहर जाते हैं तो घर से बाहर चले जाते हैं। घर तब केवल बल्लो की अम्माँ का हो जाता। इसीलिए उस दिन सुबह से ही बल्लो की अम्माँ की आँख ज़रूर फड़कती जैसे आज फड़क रही थी।

गली में शाम घिर रही थी। घरों में बत्तियाँ जलनेवाली थीं। बच्चे गली में गिल्ली-डंडा खेल रहे थे। गिल्ली के साथ गली में धूल उड़ती, जो दिखाई देती थी। एक ताँगा सामने से आ रहा था। घोड़े के खुर जब ज़मीन पर पड़ते तो धूल उड़ती। धूल गली में उड़कर ग़ायब हो जाती थी। गली के दोनों ओर घरों की ऊबड़-खाबड़ ऊँचाइयाँ थीं, जिनमें एक से तीन मंज़िल के मकान थे। इन्हीं ऊबड़-खाबड़ ऊँचाइयों पर सधा आसमान का लम्बा टुकड़ा था, जहाँ उजाला ख़त्म हो चुका था।

ताँगा पार करके रामदयाल ने एक बार गली का बुझा आसमान देखा और वह चुपचाप चलते हुए बड़े बाज़ार की सड़क पर आ गए। चुपचाप चलते हुए रामदयाल ने एक बार सोचा कि हरि की अंतिम छवि उनके मन में उसी उम्र की है जिसमें अभी बल्लो है जो दर्जे में अव्वल आता है और दिन-भर पढ़ता है क्योंकि उसे घर को बदलना है। हरि देश को बदलना चाहता था। चौरी-चौरा के बाद हरि ने छोटी अटारी में उनसे बहस की थी। तब उसकी मसें भींग रही थीं। लेकिन बहस में पूरी वयस्कता थी। बहस उसने ग़ालिब के शेर से ख़त्म की थी–

माना कि तग़ाफ़ुल न करोगे लेकिन,
ख़ाक हो जाएँगे हम तुमको ख़बर होने तक

तब हरि सार्वजनिक पुस्तकालय के पास हर शाम व्यायामशाला में जाता था जिसे मास्टर रूद्रनारायण चलाते थे। भला पैरेलल बार से किसी को क्या शिकायत हो सकती थी ? फिर कब भगवानदास माहौर और सदाशिव राव मलकापुरकर के साथ चन्द्रशेखर आज़ाद भी छोटी अटारी में उनके घर कई बार रोटी खा गए थे, रामदयाल को उस वक्त पता ही नहीं चला क्योंकि हरि की छोटी अटारी में उसके दोस्त जीने पर धड़-धड़ करते हुए चले जाते थे और घंटों बैठे रहते थे। मलकापुरकर ने उन्हें बहुत बाद में सब बताया था।

हरि बड़ा जांबाज़ था, मलकापुरकर कहते।

मलकापुरकर का कहना था कि जंगल में एक बम धोखे से हरि के हाथ में ही छूट गया था और वह आतिशबाज़ी के अनार की तरह फटा। "अरे, यह तो आतिशबाज़ी है," हरि ने हँसते हुए दूसरे बम पर टोपी लगा दी थी और बम हाथ ही में छूट गया था। हरि एक क्षण स्वयं मानव बम हो गया था जैसे वह खुद विन्ध्याचल फोड़ना चाहता हो ! उसमें ऐसा ही जज़्बा था, मलकापुरकर कहते, वह चाहता था कि वह पहाड़ों को तोड़कर और नदियों को मोड़कर अंग्रेजों को समुद्र में भगा दे–जहाँ से वे आए थे–और समुद्र-तट पर वह खुद हिमालय की तरह खड़ा रहे ! जब रामदयाल ने पूछा कि हरि का शरीर दफ़न करने के पहले मुझे क्यों नहीं बुलाया तो मलकापुरकर ने बियाबान आँखों से उनकी ओर देखते हुए कहा–"शरीर नहीं बचा था। हमने जंगल में चिथड़े गाड़े थे।"

बड़ा बाज़ार के बीचोंबीच ताँगों की जगह तिकोनिया पर एक नेता की आवाज़ गूँज रही थी। उसका सिर भीड़ के ऊपर था जैसे किसी सर्कस की मेज़ पर रखा बोल रहा हो :

"रानी लक्ष्मीबाई की उज्जवल नगरी के नागरिको, आपको मालूम होगा कि जिस ज़मीन पर आप खड़े है, उसी ज़मीन पर ढाई दशक पूर्व एक बीस वर्ष के आज़ादी के दीवाने के पाँव पड़े थे–जिसका नाम था चन्द्रशेखर आज़ाद। यह वही नौजवान था जिसने पन्द्रह बरस की उम्र में एक अंग्रेज़ पुलिस अफ़सर के पूछने पर

अपना नाम बताया था : आज़ाद ! आज़ाद नाम नहीं, एक चुनौती थी। वही चुनौती हमारे गुलाम शहर की सड़कों पर तीन-चार बरस घूमती रही, किसी दूसरे नाम के परदे में...''

रामदयाल भीड़ में एक ओर खड़े थे। उन्हें मलकापुरकर ने बताया था कि चन्द्रशेखर आज़ाद से जब हरि का परिचय कराया तो वे उसका नाम सुनकर हँसे थे। उन्होंने कहा था, ''तुम झाँसी के असली हरि हो, मैं नकली हरि।'' आज़ाद झाँसी में हरिशंकर नाम से रहे थे—चाहे सतारा नदी के किनारे उनकी साधू की झोपड़ी हो या बुंदेलखंड मोटर कंपनी में मोटर-मैकेनिक का काम।

''आज़ाद भारत के ऐसे सपूत थे, जो हर भय से आज़ाद थे। आपने सुना होगा कि सतारा नदी के पास जब वे झोपड़ी में साधू के वेश में रहते थे तो एक बार एक काला नाग उनके शरीर पर चढ़ गया था। वे निश्चल बैठे रहे थे जैसे नाग शंकरजी की मूर्ति पर डोल रहा हो। कुछ दूर खड़ी ढिमरिया की दो स्त्रियाँ यह दृश्य देख रही थीं। उन्होंने यह भी देखा कि नाग शंकरजी के शरीर की परिक्रमा करके एक ओर झाड़ियों में सरक गया। यह दैवी तेज उस भूमि का है जिस पर रानी लक्ष्मीबाई का घोड़ा दौड़ा और आज़ाद के पाँव पड़े। हम धन्य हैं जो आज उसी भूमि पर खड़े हैं !''

पिछले दो-तीन वाक्यों से नेता की आवाज़ आहिस्ता-आहिस्ता भीगती जा रही थी। इस स्थल पर उसका गला रूँध गया और आँखों में आँसू बहने लगे। किसी और ने खादी के रूमाल से उसके आँसू पोंछे। उसकी आवाज़ फिर आहिस्ता-आहिस्ता सूखकर कड़ी हो गई—

''...और हमें अपनी भूमि पर ही अपनी माँ की मूर्ति रखने की अनुमति हमारी अपनी सरकार नहीं दे रही। हमें अब अपनी माँ के पैर छूने के लिए क्या सरकार से पूछना पड़ेगा ?''

''भारत माता की !''

भीड़ चिल्लाई—''जय !''

एकाएक लगा जैसे सर्कस की मेज़ पर नेता के चेहरे के पास मलकापुरकर का चेहरा उभरा। मलकापुरकर के हाथों में आज़ाद की माँ की मूर्ति थी। नेता ने फिर कहा—

''मेरे पास खड़े मलकापुरकर जी के हाथों में जो प्रतिमा है, वह आज़ाद की माँ की प्रतिमा है। हमारी माँ की प्रतिमा है। भारत-माता की प्रतिमा है। अब वे इस प्रतिमा को प्याऊ पर स्थापित करेंगे।''

भीड़ के पीछे खड़े पुलिस-अफ़सर की माइक पर आवाज़ गूँजी : ''यह एक सार्वजनिक स्थल है जहाँ ताँगे खड़े होते हैं। यहाँ पक्की प्याऊ बनाना ग़ैरकानूनी है। कानून न तोड़ें। हमें गोली चलाने पर मजबूर न करें।''

शहर से उजाला जा चुका था। अँधेरा आसमान से आहिस्ता-आहिस्ता उतर

रहा था। बड़े बाज़ार के धुँधलके में मलकापुरकर का चेहरा और हाथ काँसे के लग रहे थे, जो आज़ाद की माँ की काँसे की अर्ध-मूर्ति उठाए थे। ऐसा लग रहा था जैसे तिकोने पर कोई मूर्ति किसी और मूर्ति को हाथों में उठाए खड़ी है। तभी पहली गोली चली और लाठियों की हवा में गूँजने की आवाज़ आई। चूँकि एक लाठी मलकापुरकर के उठे हाथ पर लगी थी, इसलिए रामदयाल ''हरि-हरि'' चीख़ते हुए उसी ओर भीड़ चीरते हुए बढ़े।

सिपाही तीनों सड़कों पर भीड़ को घेरे खड़े थे। उनके हाथों में लाठियाँ थीं, जो अब घूमती हुई दिखाई दे रहीं थीं। प्याऊ के ऊपर आकाश में गूँजती हुई गोलियों की आवाज़ें थीं। बाज़ार की सड़कों पर भगदड़ मच गई थी। सब लोग सब तरफ़ भाग रहे थे। सब तरफ़ लाठियों और गोलियों की आवाज़ें थीं। दुकानें एक झटके से बंद हो गई थीं। बाज़ार बियाबान था। जिन गलियों से लोग कुछ देर पहले बाज़ार के तिकाने में आए थे, उन्हीं गलियों में लोग सिर पर पाँव रखकर लौट रहे थे। भगदड़ सड़कों से गलियों में सैलाब की तरह फैल रही थी। गलियों में अँधेरा था।

बल्लो की अम्माँ रसोई निपटाकर ऊपर छत पर आ गई थीं जब उन्होंने गली में शोर सुना। वह भीड़ के भागने और चिल्लाने का शोर था। गली में गूँजती अनगिनत पैरों की आवाज़ें थी। बल्लो दौड़कर मुंडेर के पास गया था और नीचे झाँक रहा था। अम्माँ उसी के बगल में जाकर खड़ी हो गईं और नीचे देखने लगीं। नीचे गली में अँधेरा था : भागते लोग थे जिनके कपड़ों की छायाएँ चमक रहीं थीं। बल्लो ने भागती भीड़ से पूछा–

''क्या हुआ ?''

''गोली चल गई।'' नीचे से आवाज़ आई।

जैसे सुना न हो बल्लो की अम्माँ ने बल्लो से पूछा–

''क्या ?''

''गोली चल गई, अम्माँ !'' बल्लो ने कहा।

अम्माँ गली में दौड़ती अँधेरी भीड़ को देखती रहीं मानो एक-एक चेहरा पहचान लेंगी। वे दोनों हाथ कमर तक आती मुंडेर पर रखे नीचे ताक रही थीं जहाँ अँधेरा अँधेरे में भाग रहा था। बल्लो ने गली से आँखें उठकर अम्माँ की ओर मुँह करके कहा–

''अम्माँ, गली में रात है।''

''हाँ''

''दिन नहीं है !''

''हाँ''

''तुम कुछ नहीं देख सकतीं, अम्माँ !''

''अच्छा''

अम्माँ ने आँखें छत पर घुमा लीं। रामदयाल खाना खाकर नहीं गए, उन्होंने सोचा—हालाँकि उनके खाने का वक्त अब हुआ था। फिर उन्हें खाने की बात सोचते हुए अपने पर हँसी आई। बड़े बाज़ार में गोली चली थी, रामदयाल नहीं लौटे थे—और वे उनकी ब्यारी के बारे में सोच रहीं थीं। वे मुस्कराई थीं। तभी लालटेन के उजाले में बल्लो ने पूछा—

"क्या हुआ, अम्माँ ?"

"कुछ नहीं।"

वे फिर संजीदा हो गईं। उन्हें लगा, गली का अंधकार उनके भीतर उड़कर बैठ गया है। उनके भीतर बैठकर अँधेरा उन्हीं के आकार का हो गया था। अभी अंधकार छत पर मुंडेर के पास खड़ा था। जब वे खाट पर बैठेंगी, अँधेरा खाट पर बैठ जाएगा। गली में अब अँधेरा था और धूल थी और धूल के दोनों ओर मकान थे जैसे धूल अचानक दीवारों में ठिठक गई हो : कोई आदमी नहीं था।

खाट पर बैठकर बल्लो की अम्माँ ने फिर छः रोटियों और आलू की रसेदार सब्जी के बारे मे सोचा जो रसाई में ढँकी रखी थी। बच्चों ने खा लिया था। यों कभी-कभी रमादयाल को देरी हो तो वे भी खा लेती थीं, मगर आज उन्हें भूख नहीं लगी थी। आसमान में मुट्ठी भर तारे मंदिर के गुंबद पर चमके जैसे उन्हें भूख लगी हो। तारों की दुनिया में पानी नहीं था। गुम्बद प्यासा था।

नीम की एक डाल पर गौरैया अचानक सपने से जागकर चीख़ी।

"अम्माँ, बाबू कहाँ है ?" बल्लो ने पूछा।

"आ जाएँगे। तुम जाकर पढ़ो।"

बल्लो छोटी अटारी में चला गया। उसके पढ़ने की मेज़ के पीछे दीवार पर चन्द्रशेखर आज़ाद की मशहूर तस्वीर लगी थी, जिसमें आज़ाद तहमद पहने खड़े थे और तस्वीर में या तो उनका चौड़ा वक्ष नज़र आता था और या मूँछ उमेठते हुए उनके बलिष्ठ बाजू। बल्लो ने इस कमरे में बचपन से यही तसवीर लगी देखी थी। बाबू ने बताया था कि जब उनके दद्दा जीवित थे तो छोटी अटारी में बाबू ही रहते थे।

किशोरी ने स्वप्न देखा कि वह अपने मायके की चौड़ी बखरी में लेटी है, जिसमें सारा आसमान समा जाता है। धुंधलका है। समय का पता नहीं चलता। उसकी भाभी यशोदा अपने बेटे को रसोई में दूध दे रही है और कह रही है कि दूध यहीं जल्दी पी लो। बल्लो और किन्ने आँगन में हैं—उन्हें दूध नहीं मिलता। किशोरी ने अपने को आँखें बन्द किए अपने मायके के आँगन में लेटा देखा, जहाँ उसके बेटों के लिए दूध नहीं है। उसने यह भी सुना कि यशोधरा ने बेटे से कहा कि लो फिर पूरा कुनबा धरना देने आ गया ! तेरे बापू कह रहे थे सन् 42 की तरह ये लोग एक साल फिर यहीं रहेंगे।

किशोरी सो नहीं रही। सोने का नाटक कर रही है। उसे यह सुनकर अचम्भा होता है कि उसे बच्चों सहित पूरे एक वर्ष यहाँ रहना है ! क्या बल्लो के बाबू को सज़ा हो गई ? इसका मतलब बल्लो और किन्ने का एक साल ख़राब होगा, बिन्नू की तो अभी बात ही क्या ! 42 में किन्ने गोदी में था और बल्लो स्कूल में भर्ती नहीं हुआ था। क्या साल-भर बल्लो और किन्ने धारीदार जाँघिया पहने गाँव के भीतर धूल-भरी गलियों में घूमेंगे और बाहर खेतों के चक्कर लगाएँगे ? क्या वे साल-भर कबड्डी और कौड़ी खेलेंगे और महुए और बेर खाएँगे ?

सपने में सपना नहीं लगता था। सपने में लगता कि यही यथार्थ है, जीवन है, दुख-तकलीफ़ और पीड़ा है। पीड़ा की अंतर्धारा अहर्निश बहती-धरती से आकाश तक। एक दशक पूर्व 42 में पिता ज़िंदा थे। वे खुश हुए थे कि बेटी एक साल फिर लगातार घर में रहेगी । गर्मियों में जाना और सावन में बुलाना नहीं होगा। उन्होंने किशोरी से यही कहा था। सफ़ेद बालों और दाढ़ी-मूँछों के बीच हँसते हुए उन्होंने कहा था–"तू भाग्यशाली है। तेरे पति ने हिमालय से सागर तक तुझे घर-ही-घर दिया है।"

रज्जू भैया झुँझलाता है–"देश आज़ाद हो गया। जीजाजी इतने आदर्शवादी हैं कि उन्होंने पार्टी छोड़ दी, खादी छोड़ दी, कोई पद-पुरस्कार नहीं लिया। तो अब कुछ व्यापारियों के षड्यंत्र के फटे में अपनी टाँग डालने की क्या ज़रूरत थी ? प्याऊ के ऊपर मूर्ति लगा देने से न उनकी माँ जीवित हो जातीं, न चन्द्रशेखर आज़ाद। और यदि आज़ाद अभी जीवित हो भी जाते तो क्या कर लेते ? बड़े बाज़ार में अपनी माँ की मूर्ति भी न लगवा पाते। फिर सतारा नदी के किनारे एक कंबल और रामायण लेकर रहते और अपनी देह पर नाग पालते।"

बसंती उसकी बचपन की सहेली थी। समथर में ब्याही थी। सावन में घर आई थी। उसके दो लड़के थे। दोनों अपने पाँचों बच्चों को चबूतरे पर खेलने छोड़ देतीं और नीम की डाल पर टँगे झूले पर दिन-भर पेंगें भरतीं। सावन में घर आने और घर बुलाए जाने के गीत गातीं और अपने बचपन की बातों को याद करके खिलखिलातीं। लड़कियों का जब ब्याह हो जाता है तो उन्हें बचपन में खिलखिलाने के लिए बहुत-कुछ मिल जाता है। वे बचपन का उत्खनन करतीं हैं और मिट्टी के टुकड़े उन्हें सोना-चाँदी लगते हैं। बाबुल, तुम मुझे देवी का मेला देखने को फिर एक अठन्नी दे दो। मैं हिंडोला झूलूँगी और बिंदी ख़रीदूँगी। अब मुझे सुबह से शाम तक चूल्हे पर क्यों बैठना पड़ता है ? सास बेतों से नहीं मारती। बातों से मारती है। दोनों सहेलियाँ गाते-गाते रो पड़तीं और रोते-रोते गातीं। फिर उन्हें ख़्याल आता कि वे अपने मायके में सावन का झूला झूल रही हैं और वे हँसने लगतीं। उनकी आँखों में आँसू हैं और वे हँस रही हैं जैसे कभी-कभी रिमझिम पानी बरसता है और धूप निकल आती है। तब आकाश में कोई इन्द्रधनुष कहीं ज़रूर तन जाता।

लेकिन चबूतरे पर बिन्नू नहीं है। बल्लो छोटा है और किन्ने घुटनों के बल चल रहा हैं। अरे, यह तो सन् 42 का सावन है, सन् 51 का नहीं। तब घर में बापू भी होंगे। अभी वे मुस्कराते हुए बाहर आएँगे और ऐसे देखेंगे जैसे झूले पर दो बच्चे झूल रहे हों ! रज्जू भैया की मसें भीग रही हैं। भैयादूज के दिन राखी बाँधते हुए किशोरी की आँखें भर आई थीं और एक आँसू राखी के पास भाई की कलाई पर गिरा था। रज्जू भैया ने बहिन की आँखें पोंछते हुए कहा–"जिज्जी, रो मत। जब तक मैं हूँ, तेरा मायका आज की तरह ही रहेगा।"

और आज सुबह रज्जू भैया पौर में किसी से कह रहा था–"मेरे जीजा फिर जेल चले गए। उन्हें देश की बड़ी चिंता है। अपने घर की चिंता नहीं है।"

अब पिता नहीं थे। एक दशक गुज़र गया था। सपने में पलक झपकते हुए दस साल बीतते थे और यही लगता था कि पलक झपकने और दस साल में कोई फ़र्क नहीं है। काश ! सपने में सपने जैसा ही लगता। सपना सच्चा न होता। एक सुबह आँख खोलते हुए किशोरी को लगा कि वह घर में नहीं जेल में आँख खोल रही है। वह इसी आँगन में गुड़ियों से खेलकर बड़ी हुई थी जब बाई उससे कहतीं कि अब उठ, रोटी खा ले, कब तक गुड़िया बनी गुड़ियों से खेलेगी। घर में तब इतना दूध रहता था कि वह दूध पीती नहीं थी, दूध लुढ़का देती थी। तब वह चाहती तो दूध से नहा सकती थी। लेकिन ऐसा कोई चलन नहीं था। सिर्फ़ कहावत थी।

फिर इसी आँगन में मंडप गड़ा था और उसकी भाँवर पड़ी थी। वह दिन-रात रोई थी क्योंकि उसे पता नहीं था कि क्या हो रहा है। घर के सामने नीम के नीचे चबूतरे पर दिन-रात शहनाई बजी थी और घर के अन्दर वह रोती रही थी। बाई ने कहा था, सब लड़कियाँ एक दिन अपने घर के बाहर चली जातीं हैं और फिर दूसरे घर में अपना घर बनातीं हैं। अपने धर की तलाश क्या दूसरे घर के बिना नहीं हो सकती ?–किशोरी ने पूछा था। आज यही आँगन बेगाना लगा। किशोरी को लगा कि उसके घर का आँगन बाई और बापू अपने साथ लपेट ले गए।

अपने घर की तलाश के लिए कोई दूसरा घर नहीं था।

तभी साँकल बजी। किशोरी सपने में सोती रही। जब अपना घर नहीं था तो साँकल का दरवाज़ा कैसे अपना हो सकता था ? पता नहीं कौन किसके दरवाजे पर साँकल बजा रहा था ?

फिर साँकल बजी...जैसे कोई दिल के दरवाजे पर दस्तक दे रहा हो। कहीं यह मेरा दिल तो नहीं ? बल्लो की अम्माँ हड़बड़ाकर चारपाई पर बैठ गईं। अपने घर की साँकल बज रही थी। आसमान में तारे चुपचाप छिटके थे। नीम के पत्ते चाँदनी में झूम रहे थे। सप्तऋषि उसी ओर था जिस ओर मायके के आँगन में होता था।

जब बल्लो की अम्माँ ने साँकल खोली तो दरवाज़े के अँधेरे में बल्लो के बाबू खड़े थे। अँधेरे में चेहरा नज़र नहीं आता था। बदन पर सफ़ेद खादी चमकी थी।

उनकी ऊँचाई भी दरवाज़े की चौखट के बराबर थी। जब वे अंदर आए तो बल्लो की अम्माँ ने ढिबरी के उजियारे में उनका चेहरा देखा। उनके दाहिने हाथ पर पट्टी बंधी थी और हाथ एक दूसरी पट्टी में झूल रहा था। कोहनी के ऊपर सफ़ेद पट्टी में ख़ून झलक रहा था। रामदयाल का चेहर निर्विकार था जैसे किसी और का हाथ जख़्मी हो, जो अभी दरवाज़े से घर में घुसा था। किशोरी को सहसा लगा कि वह सपने में ही है। अपने को चिकोटी काटना बेकार था क्योंकि दर्द भी सपने में होता। उसने रामदयाल का बायाँ हाथ थामा। हाथ में पसीना था। सपना नहीं था।

"क्या है ?" जब रामदयाल ने कहा तो किशोरी को तसल्ली हुई।

"यह क्या है ?" किशोरी ने पूछा।

"मैं हरि को बचाने को उछला", रामदयाल ने आँगन के अँधेरे में आँखें झपकाते हुए कहा, "तो गोली मेरे हाथ को छूती हुई निकल गई।"

"हरि ?" बल्लो की अम्माँ ने आँखें फैलाईं।

"हाँ", रामदयाल हँसे, "जब मलकापुरकर आज़ाद की माँ की मूर्ति उठा रहे थे तो मुझे लगा कि मूर्ति हरि के हाथों में है। तभी गोली की आवाज़ आई और मैं हरि को बचाने भागा।"

"मगर हरि तो कब के मर गए, बल्लो के बाबू !"

छत पर चारों ओर चाँदनी फैली थी। दोनों छतों पर दीवारों के पास दीवारों के साए थे। नीम की डालों और पत्तियों के साए हिल रहे थे जैसे छत पर कोई ज़िंदा नीम छपा हो। सारे साए सांस लेते लगते जब हिलते।

रामदयाल ने खाट पर बैठकर इत्मीनान से बताया कि पहले यही शक हुआ था कि उन्हें गोली लगी है। उन्हें इसीलिए जेल के बजाय अस्पताल भेजा गया था। लेकिन बहुत ढूँढ़ने पर भी हाथ में गोली नहीं निकली। ख़ैराती अस्पताल ले गए थे। जब गोली नहीं निकली तो डॉक्टर अस्थाना ने कान में कहा–"रामदयाल जी, पट्टी बाँध देता हूँ। फ़ौरन घर चले जाइए। वरना पुलिसवाले आपके हाथ में गोली ढूँढ़ने आपको जेल ले जाएँगे।"

फिर रामदयाल ने छः रोटियाँ आलू की सब्ज़ी के साथ खाईं और चाँदनी में सो गए।

दिवाली आ रही थी।

घर में पुताई के मज़दूर लगे थे। एक मज़दूर बड़ी अटारी की दीवार पर टिकी नसैनी पर चढ़ा झाड़ू से दीवार की धूल झाड़ रहा था। धूल खपरैलों से झड़कर दीवारों पर गिरती और साल-भर जमती रहती थी। दीवारों का रंग सफ़ेद से धूल होता रहता। फिर दीवाली आ जाती और सीढ़ियाँ दीवारों पर चढ़कर धूल उतारने लगतीं।

बड़ी अटारी से तीनों बड़े ट्रंक बल्लो के बाबू ने सुबह ही निकालकर छत पर रख दिए थे—दो अम्माँ के बक्से थे, एक बाबू का। बाकी बक्से छोटे थे जिन्हें बल्लो और किन्ने निकाल रहे थे। पहले बल्लो ने अपना बक्सा बाहर निकाला था और किन्ने ने अपना। फिर बल्लो ने बिन्नू का बक्सा निकाल लिया था। सब टीन के बक्से थे। बाहर निकालने में दीवार और दरवाज़े से टकराकर बजने लगते। एक काठ का बक्सा था, जिसमें कुछ कागज़-पत्तर थे। एक और टीन का मंझोला बक्सा था, जो किसी का नहीं था। यह कुछ नया-सा हरे रंग का बक्सा था जिसमें कुन्दा साबित था ताकि ताला लग सके—इसका इस्तेमाल बाहर शादी-ब्याह में जाने के लिए होता था। बाकी बक्सों में (अम्माँ के एक बक्से को छोड़कर) किसी में न कुन्दा था, न किसी में ताला था। ज़रूरत ही नहीं थी।

बक्सों के बाद गली की खिड़की के बगल में लगे बड़े आईने को उतारा गया, जिसमें सब लोग अपना मुँह देखते थे। केवल बल्लो की अम्माँ को इस आईने में अपना चेहरा देखते नहीं देखा गया। यह संयोग भी हो सकता था। हो सकता था जब वे आईने में अपना चेहरा देखतीं हों, तब कोई और न देखता हो। इन दिनों इस आईने में बल्लो ही सबसे ज़्यादा अपना चेहरा देख रहा था—सुबह से शाम तक कई बार अपने बाल देवानंद की तरह निकालते हुए। आईने पर धूल थी। छत पर रखे बाबू के बक्स पर आईने को रखकर बल्लो धूल झाड़ने लगा। किन्ने आईना दूसरी ओर से पकड़कर लाया था। वह सामने खड़ा हुआ हँसा और बोला—

"उड़ती धूली में क्या धूल साफ़ कर रहे हो ?"

तब किन्ने अन्दर से जड़ी हुई तस्वीरें उठा लाया, जो कल दीवारों से उतारकर मेज़ पर रख दी गईं थीं। तस्वीरें मेज़ पर उल्टी रखी थीं। यह किन्ने की पढ़ने की मेज़ थी, जो बल्लों के लिए ली गई थी। बल्लो बड़ा होकर छोटी अटारी में अकेले पढ़ने और सोने लगा था। किन्ने छोटी मेज़ पर बड़ी अटारी में ही पढ़ता था, जहाँ सब सोते थे। किन्ने को अपनी मेज़ उठाने के पहले तस्वीरों को उठाना ज़रूरी था। किन्ने ने तस्वीरें बिन्नू के छोटे बक्से पर रख दीं। बल्लो को लगा, तस्वीरें गिर जाएँगी। वह एक-एक तस्वीर उठाकर सीधी खाट पर रखने लगा। खाट पर जो पहली तस्वीर धूप की किरणों में चमकी, वह लक्ष्मीजी की थी जिस पर लिखा था : "श्री लक्ष्मी जी सदा सहाय करें।" दूसरी तस्वीर में सरस्वती हाथ में वीणा लिए आत्म-लीन मुद्रा में थीं। तीसरी गाँधीजी की एक सभा की तस्वीर थी, जिसमें गाँधी जी बोल रहे थे और उनके सामने एक विराट् जन-समूह था। कल जब रामदयाल दीवारों से तस्वीरें उतार रहे थे तो बिन्नू ने पूछा था :

"बाबू, ये कौन हैं ?"

"महात्मा गाँधी !"

"ये क्या बोल रहे हैं ?"

"आज़ादी !"

"किससे बोल रहे हैं ?"

"सबसे।"

"तुम कहाँ हो ?"

"यहाँ !"

जहाँ रामदयाल ने उँगली रखी, वहाँ एक नौजवान बैठा था—बल्कि किसी नौजवान की एक झाँई-सी थी। जब उन्होंने बिन्नू से कहा कि यह मैं ही हूँ और यदि वह मैं नहीं हूँ तो वह दूसरी ओर मैं हूँ, तो वह हँसने लगी। वह और भी हँसी जब रामदयाल ने कहा कि तस्वीर में कौन कहाँ है, इससे कोई फ़र्क नहीं पड़ता। पास खड़े किन्ने और बल्लो भी हँसे। रामदयाल ने बल्लो को बताया कि यह सन् 20 में गांधी जी की हार्डी गंज सभा की तस्वीर है जब गाँधीजी पहली बार झाँसी आए थे। अब बल्लो के हाथ में जो तस्वीर थी, उसे देखकर बिन्नू ने बाबू से पूछा—

"क्या यह भैया की तस्वीर है ? मगर भैया की नाक तो इतनी लम्बी नहीं है ?"

"यह मेरे भैया की तस्वीर है, पगली !"

"वे कहाँ हैं ?"

"खो गए हैं।"

इससे पहले कि बिन्नू कुछ और पूछे, रामदयाल नीचे चले गए थे।

तस्वीरों के अलावा दोनों अटारियों के सामने खाटों पर धूप में किताबें बिखरी

थीं। इनमें कोई नई किताब नहीं थी। सब पुरानी किताबें थीं, जिन पर पत्रिकाओं के चिकने कागज़ों के कवर चढ़ा दिए गए थे। अब कवर भी कुछ गंदे हो गए थे। इन आवरणों पर हर तरह की तस्वीरें थीं—राजनेताओं से लेकर नदी, नाले, पहाड़ और हाथी-शेर या भव्य शहरों की भव्य इमारतों की। किसी कवर पर कहीं हाथी की सूंड़ या शेर की पूँछ नज़र आती या गाँधी, नेहरू या पटेल के चेहरे। कोई सिने-तारिका कहीं कवर पर नहीं थी।

कवर के बीच बंधे पृष्ठ गंदे लगते थे, जिन्हें खोलने पर उनका बदरंगपन धूप में चमकने लगता। पृष्ठों पर इधर-उधर टेढ़े-मेढ़े कोई अनजान नाम बिखरे थे, जिन्हें बल्लो या किन्ने नहीं जानते थे—जैसे कृष्ण कांत कपूर, सूरज ढींगड़ा या मनोहर चिचौंदिया। किन्ने को अपनी किताबों में पराए नाम ऐसे लगते जैसे बड़ी अटारी में बेगानों के कपड़े टँगे हों और उनके बीच वह अपने कपड़े ढूंढ़ रहा हो ! जब उसने बल्लो से यह बात कही तो बल्लो ने उसके सिर पर हाथ फेरकर कहा—

''तू फ़िक्र न कर। मैं जल्दी बड़ा होकर तेरे लिए नई किताबें लाऊँगा जिनमें तू सिर्फ़ अपना चेहरा देखेगा।''

किन्ने ने एक-दो बार यह बहाना बनाया था कि अंग्रेज़ी की किताब बाज़ार में सेकेण्ड-हैण्ड नहीं मिल रही, नई ही खरीदनी होगी। तब बल्लो को यह काम सौंपा गया था कि वह घर के बड़े लड़के की तरह जो एक तरह से छोटा बाप था—सैंयर गेट जाकर वह किताब सेकेण्ड हैण्ड ढूँढ़ निकाले।

''तेरी क़िस्मत अभी सेकेण्ड-हैण्ड है, बेटा !'' किन्ने ने अपनी मेज़ पर बैठे एक दिन बोला था।

जब किन्ने ने अम्माँ को बताया कि उसके दोस्त सुन्दरलाल अग्रवाल के घर हर दिवाली को नए कपड़े सिलते हैं तो रामदयाल दिवाली के दिन पहले धारीदार लट्ठे का एक थान रियायती दामों पर बजरिया से ले आए और दर्जी को सबके जाँघिए दो दिन में सिल देने को कहा। किन्ने ने नया जाँघिया पहनते हुए सोचा कि अच्छा है कि ये जाँघिए फट जाते हैं, नहीं तो मुझे बल्लो के सेकेण्ड-हैण्ड जाँघिए पहनने पड़ते जैसे बल्लो का गर्म कोट या मलेशिया की पैंट काटकर उसके लिए छोटे किए जाते हैं। अलबत्ता बिन्नू के लिए जब बनता तो नया फ्रॉक ही बनता क्योंकि घर में कोई उससे बड़ी लड़की नहीं थी। किन्ने को बिन्नू से ईर्ष्या होती।

दीवाली के दिन पूरा मोहल्ला नया लगता। सब घर पुत जाते। दीवारें धूप में चमकने लगतीं। सड़क के दोनों ओर सूरज छप जाता। बच्चे नए कपड़े पहने घरों से किलकारियाँ मारते हुए निकलते। औरतें चबूतरों पर चौक पूरने लगतीं। वे दिवाली के दिन रंग-बिरंगे कपड़ों में ज़्यादा सुंदर लगती थीं। जब वे गोबर से लिपे चबूतरों पर आटे से चौक पूरने बैठतीं तो लगता कि इन्हीं अल्पनाओं पर घर सधे हैं। दिन-भर हुलस भरे बच्चे घरों के भीतर-बाहर दौड़ते रहते जैसे अपनी खुशी का कारण ढूँढ़

रहे हों। एक बार बिन्नू चबूतरे से पौर और आँगन पार करके सीढ़ियाँ चढ़ गई और उसने छत पर खड़े रामदयाल से दूर क़िले की ओर उँगली उठाकर पूछा :

''बाबू, क़िला कितना काला है ! दीवाली पर क़िले की पुताई क्यों नहीं करते ?''

उस रात सबने नया धारीदार जाँघिया, बिन्नू ने नया फ्रॉक और बल्लो की अम्माँ ने लहँगा-ओढ़नी पहनकर लक्ष्मीजी की पूजा की। लक्ष्मीजी मिट्टी की थीं, जिन पर विविध रंग लगाए गए थे। हर घर में मिट्टी की लक्ष्मी थीं, जिनकी इस वक्त पूजा हो रही थी। सब आँखें मूँदकर लक्ष्मी की आराधना कर रहे थे। हल्दी-सिन्दूर से लक्ष्मी की मूरत के पीछे दीवार पर लिखा था—''लक्ष्मी जी सहाय करैं।'' दीप जलाकर सबने कौड़ियाँ फेंकी। किन्ने की पहली बार में ही पाँचों कौड़ियाँ चित आईं। बल्लो ने पच्चीस बार कौड़ियाँ फेंकी। सब पट आतीं या दो या चार चित ! फिर किन्ने ने बल्लो के एवज में कौड़ियाँ फेंकी तो पहली बार में ही तीन चित आ गईं। रामदयाल ने कौड़ियाँ नहीं फेंकी। वे कौड़ियों को देखकर हँसे।

पूजा के दीये से मिट्टी के दीये जलाए गए, जो क़तारों में लगे थे। फिर उन्हें थालियों में रखकर बल्लो, किन्ने और बिन्नू घर के किनारों पर फैल गए और दीये सजाने लगे। कुछ देर बाद घर अंधेरे में जगमगाया। चबूतरों पर दीपकों की क़तार थी, जो नीचे सड़क की नाली के पानी में भी चमक रही थी और ऊपर मकान की सफ़ेद दीवार थी जो ऊपर दो मंज़िले तक जाती थी, जिसमें छोटी अटारी की छत और बड़ी अटारी के खपरैल थे। बड़ी अटारी के सामने और छोटी अटारी के पार्श्व में नंगे सायाबान थे, जिन पर बल्लो ने दीये रख दिए थे। दीये दोनों अटारियों की खिड़कियों पर भी थे। एक दीया बड़ी अटारी के दरवाज़े पर भी रखा था, जो सड़क से घर का दीप्त मस्तक नजर आता था।

सड़क के दोनों ओर मोहल्ले-भर के मकानों की दीवारों पर दीयों की झिलमिल आभा थी। शहर-भर की दीवारें झिलमिला रहीं थीं। बिन्नू ने छोटी अटारी की छत पर दीये की पांत सजाते हुए रामदयाल से पूछा—

''बाबू, क़िला इतना अँधेरा क्यों है ? कोई वहाँ दीया क्यों नहीं रखता ?''

दूर पहाड़ी पर क़िले के अँधेरे की पहाड़ी थी, जिसमें बुर्जों और दीवारों के अँधेरे का आकार उभरा था। क़िले के ऊपर आसमान में घटाटोप अँधेरा था। कोई तारा नहीं था। लगता था कि आज कोई दूसरा आसमान धरती पर छाया है। फिर आसमान में सहसा पटाखों की आवाज़ें गूँजी। धरती से अनारों के फूल और बाणों की लड़ी छूटी और फिर धरती पर लौट आई। आसमान में सूनी आवाज़ें गूँजती रहीं।

दिवाली की रात शहर में खूब जुआ हुआ। जुआ शहर के मुट्ठी-भर सेठ और उनके लड़कों ने खेला। हज़ारों की हार-जीत हुई। सुबह लोगों ने सुना तो हैरत से आँखें फाड़ीं और दिल मसोस कर रह गए। हज़ारों का जगमग ज़िक्र था। चाहे वे हारते, मगर खेल तो सकते ! बल्लो और किन्ने ने नहाया-धोया और धारीदार जाँघियों

पर लंकलाट के कुर्ते-पाजामे पहन लिए। आज परमा थी। बाबा के घर न्यौता था। वहाँ कुनबे के सब बच्चे मिलेंगे। खाना होगा। फिर एक पैसे की चाल का जुए का खेल होगा, जिसकी अध्यक्षता बाबा करेंगे। यह दिवाली का दस्तूर था।

बाबा का घर गुदड़ी में गलियों की भूल-भुलैया के अन्दर था। वह तिमंजिला घर था, जो मैदान की तरह फैला हुआ और आकाश की तरह खुला था। तीसरी मंजिल पर एक और संकरी छत थी और छत के नीचे टट्टी थी। छत से पतँग उड़ा सकते थे या शहर निहार सकते थे। छत के तले खुड्डियों के नीचे एक खोह थी, जो पाताल-लोक में जाती हुई लगती थी : वहाँ घुप्प अँधेरा रहता था। अँधेरे के ऊपर बैठकर लगता कि पाताल के दरवाज़े पर खड़े हैं। किन्ने को यह जगह अभिभूत करती थी। वह बाबा के घर में घुसकर पहले धुर तीसरी मंजिल पर टट्टीघर जाता। उसे खोह के अँधेरे में पानी डालने में बड़ा मज़ा आता था। अँधेरे में पानी का खो जाना उसे चमत्कार लगता।

किशोरी का बाबा से ठीक-ठीक क्या रिश्ता था, यह किसी को मालूम नहीं था। वे उसे बेटी कहते, वह उन्हें कक्का कहती। यही मुँहबोला रिश्ता सारे अंतर्पारिवारिक सम्बन्धों का नियामक था। इसी रिश्ते से रामदयाल को दामाद की गरिमा मिलती और बच्चों को नातियों का प्यार। यों बाबा किशोरी के पिता के इतने दूर के भाई लगते थे कि उन्हें किशोरी को बेटी कहना ज़रूरी नहीं था। लेकिन वे किशोरी के परिवार को होली-दिवाली बुलाते थे जैसे वे उनकी सगी बेटी हों। उनकी शहर में एक सगी बहिन भी थी जिसका नाम गौरी था। गौरी के पति नगरपालिका में बाबू थे। उनके तीन बेटियाँ थीं। इनके अलावा गौरी की ननद का परिवार भी था। सब दीवाली पर बाबा के घर जमा हुए थे।

बाबा के बड़े घर के सामने एक बड़ा मैदान था, जिसमें कबड्डी या क्रिकेट कुछ भी खेला जा सकता था। ये शहर में क्रिकेट के ज़ोर पकड़ने के दिन थे। लड़के अक्सर मानिक चौक या बड़ा बाज़ार में सफ़ेद पैंट-कमीज़ पहने साइकिल पर आते-जाते नज़र आते। यह पिछले दो-चार बरस में ही हुआ था। रानी लक्ष्मीबाई की झाँसी दुनिया में हॉकी के लिए प्रसिद्ध थी। यह किंवदंती थी कि ध्यानचंद की हॉकी का चमत्कार देखकर हिटलर को उनकी हॉकी में चुम्बक जैसी किसी चीज़ के छिपे होने का संदेह हुआ था। हॉकी का परीक्षण हुआ। ध्यानचंद की हॉकी किसी भी हॉकी की तरह एक डंडा ही निकली। तब हिटलर ने ध्यानचंद से जर्मनी में ही बस जाने को कहा। मगर जिस तरह नेहरू ने मुसोलिनी से हाथ मिलाने से इंकार कर दिया था, ध्यानचंद ने हिटलर के प्रस्ताव को ठुकरा दिया और झांसी लौटकर पहाड़ियों के नीचे मैदान में फिर हॉकी खेलने लगे। अब तो ख़ैर उनके हाथ में सचमुच की हॉकी थी जो एक अंतर्राष्ट्रीय खिलाड़ी की मजबूरी थी। लोग बताते हैं कि शुरू-शुरू में जब वे छोकरे थे तो बबूल की शाखा से खेलते थे, जो नीचे की तरफ़ टेढ़ी थी। जब उनके हाथ

में सच्ची हॉकी आई तो वे ध्यानचंद हो गए।

अब पहली पंचवर्षीय योजना का ज़माना था। शहर में देसी हॉकी की जगह अंग्रेजी क्रिकेट ले रही थी। जब शहर में कोई बड़ा क्रिकेट खिलाड़ी आता तो लड़कों की भीड़ उमड़ आती। वे उसे घेर लेते और अपनी किताबों में उससे उसी का नाम लिखाते। यही नई पीढ़ी का नया नायक था।

कॉलेज में क्रिकेट खेलने के लिए झकाझक सफ़ेद पैंट-कमीज़ की दरकार थी। बल्लो फ़र्स्ट-इलेवन में था। उसके पास एक जोड़ी सफ़ेद पैंट-कमीज़ थी। राजा के पास दो जोड़ियाँ थीं, यद्यपि वह किसी टीम में नहीं था। राजा बल्लो का हम-उम्र था। वह बाबा का इकलौता बैटा था। असल में वह बाबा का बेटा नहीं था, उनकी बेटी का बेटा था। उन्होंने उसे गोद लिया था क्योंकि राजा की माँ सावित्री का कोई भाई नहीं था, सात बहिनें थीं। सावित्री का बेटा मायके में जाकर उसका भाई हो गया था। और राजा की मौसियाँ उसकी बहिनें हो गई थीं। सावित्री की माँ उसकी बहिन भी थी। पिता से उसका दोहरा रिश्ता था, जिसकी आड़ में उसकी ननद उससे खूब ठिठोली करती थी।

सावित्री के घर में राजा का नाम मुन्ना था, जब वह झबले के नीचे कुछ भी नहीं पहनता था। मगर बाबा के घर में आकर वह राजा हो गया था। माँ के घर में उसकी नाक बहती थी। बाबा के घर में यदि उसकी नाक बहती तो डाँट तीनों बहिनों और उनकी माँ को पड़ती। जब वह कोई खिलौना तोड़ता, तो फ़ौरन दूसरा आ जाता। कोई बहिन तोड़ती, तो उसे झापड़ पड़ता। राजा स्टूल से लालटेन गिरा सकता था, किसी बहन की कोई कॉपी या किताबें फाड़ सकता था, किसी की फ्रॉक से अपने जूते पोंछ सकता था, जूते पहने हुए कोई साड़ी रौंद सकता था, रसोई में रखी रोटियाँ कौवों को खिला सकता था, चार चम्मच चावल में चार चम्मच घी और चार चम्मच चीनी मिलाकर खा सकता था, पैसे न मिलने पर माँ उर्फ़ नानी की चोटी उमेठ सकता था, वह रेडियो पूरे वाल्यूम पर लगाकर टट्टी जा सकता था, वह ग्रामोफ़ोन बजता छोड़कर छत पर पतँग उड़ाने जा सकता था—वह राजा था, वह कुछ भी कर सकता था। मोहल्ले-भर में पहली तिपहिया साइकिल उसी के पास आई थी। क्लास-भर में पैंट पहली बार उसी ने पहना था—या शायद वह दूसरा था, पहला सेठ गोपालदास का बेटा था। गणित के मास्टर ने दोनों को क्लास में बेंच पर खड़ा कर दिया था और कहा था—

"बच्चों, ये दोनों सर्कस के जोकर हैं, जिनका काम पैंट पहनना और मुँह बनाना है। इनके पास किसी सवाल का जवाब नहीं। ये खुद सवाल हैं।"

बल्लो उसी क्लास में था। वह अव्वल आता था। उसे खुशी हुई थी। लेकिन यह खुशी क्षणिक थी। वह राजा के साथ बड़ा हुआ था। उसने राजा की साइकिल चलाई थी। उसके घर हमेशा रेडियो पर बच्चों का कार्यक्रम सुना था। वह घर में

राजा होने का मतलब जानता था। कुनबे में जन्म-दिन मनाने का रिवाज़ नहीं था। किसी बच्चे का जन्म-दिन नहीं मनाया जाता था। हर बच्चे के पैदा होने पर थाली बजती, काँसे का कटोरा टनटनाता, पंडितजी आते—और बच्चे की कुण्डली तैयार की जाती। जब पंडितजी अगली बार जन्म-कुंडली लेकर आते तो बच्चे के भविष्य का भी जिक्र करते, जो अक्सर उज्जवल होता था। लड़के के सुनहरे भविष्य का पैमाना उसका सोने-चाँदी के सिक्कों से खेलना या सात समुंदर पार जाना या उसके दरवाज़े पर हाथियों का झूमना था जिसका आधुनिक अनुवाद पोर्टिको में खड़ी मोटरगाड़ी थी। फिर यह कुण्डली घर के बड़े टीन के बक्से में डाल दी जाती—और इसे विवाह के सामय टीपना मिलाने को ही निकाला जाता। लेकिन राजा जब मुन्ना से राजा हुआ, उसकी जन्म-कुण्डली उसकी जन्म-तिथि ढूँढ़ने को निकाली गई थी जो उसकी माँ को भी याद नहीं थी। जन्म-कुण्डली में जन्म-तिथि हिन्दू संवत् के अनुसार थी। इसे अंग्रेजी तारीख में बदलने को पंडित की दरकार थी। यह तारीख़ 25 दिसंबर निकली थी। बाबा इस तारीख़ से बहुत खुश हुए थे। यह अंग्रेज़ों का त्योहार था, जिस दिन उन्हें अपने अंग्रेज साहबों से बख्शीश मिलती रही थी। फिर यह ईसा मसीह का जन्म-दिन था।

25 दिसंबर बाबा के घर दिवाली की तरह ही मनाया जाता था—या बड़े दिन की तरह। अंग्रेज़ों के जन्म-दिन मनाने के इन्तज़ाम का बाबा को पूरा अनुभव था क्योंकि नौकरी में यह ज़िम्मेदारी उन्हीं को उठानी पड़ती थी। लंबी मेज़ पर केक सजाया जाता—जो उसी दिन सुबह सदर की बेकरी से लाया जाता था और जिस पर पहले से दिए गए ऑर्डर के अनुसार अंग्रेजी में लिखा रहता : "हैप्पी बर्थ डे टु राजा !" केक पर राजा की उम्र की मोमबत्तियाँ रखीं जातीं और बच्चों के सिर पर काग़ज़ की रंगीन टोपियाँ। राजा जगमग नया सूट पहनता और अपनी उम्र की बत्तियाँ गुल कर देता। सब छोटे-बड़े तालियाँ बजाते जैसे उसने कोई बड़ा पराक्रम किया हो। वह खुश भी ऐसे ही होता। फिर बच्चे बाबा का सिखाया गाना गाते :

"हैप्पी बर्थ-डे टु यू
डियर राऽ ऽजाऽ"

पहले वर्ष बच्चों को अटपटा लगा था। फिर आदत पड़ गई। सबसे ऊँची आवाज़ बाबा की होती। जो उन्होंने नौकरी के दौरान सुना था, उसे अपने घर में नौकरी के बाद गाने में बड़ा आनन्द आता था। उन्हें लगता वे रिटायर होकर तरक्की कर गए हैं।

शुरू-शुरू में 25 दिसंबर की रात बच्चों ने बाबा के घर से अपने घर ठंड में ठिठुरकर लौटते हुए अपना जन्म-दिन पूछा था। माताओं को बच्चों के जन्म-दिन याद नहीं थे। वे टाल देतीं। अगले दिन वे भूल जातीं। बच्चे भी भूल जाते। बच्चे बिना जन्म-दिन के रहे। उनका कोई जन्म-दिन नहीं था। पिताओं की तरह वे भी जानते

थे कि स्कूल में लिखे उनके जन्म-दिन फ़र्जी हैं। जब पिता बच्चे को लेकर स्कूल में उसका नाम लिखाने जाता तो उसकी जेब में बच्चे की जन्म-पत्री नहीं होती थी। स्कूल में बच्चे का जन्म-दिन पूछे जाने पर अक्सर उसके मुँह से सुविधाजनकपहली जनवरी निकलता। भला बच्चे कैलेंडर देखकर पैदा होते हैं ! क्या अकेला राजा ही सचमुच कैलेंडर देखकर ईसा-मसीह के जन्म-दिन पर पैदा हुआ था ? बल्लो ने पिछले साल यही सोचा था।

एक ख़ास दिन पैदा होने का ख़ास मतलब बल्लो ने बचपन से जाना था। बचपन में उसकी गली में गिल्ली-डंडा और गेंड़ियां थीं। राजा के घर के सामने चौड़े मैदान में सर्र-सर्र तिपहिया साइकिल थी, जो राजा उदारता से उसे भी चलाने देता था। साइकिल का मज़ा अलग था, मगर यह उदारता मारक थी—बल्लो को लगता, वह साइकिल चलाते हुए और छोटा हो रहा है। यह छोटापन इतवार को रेडियो पर बच्चों का कार्यक्रम सुनने राजा के घर जाने में भी था, मगर बच्चों का कार्यक्रम बहुत उम्दा होता ! बल्लो को रेडियो सुनते हुए लगता, वह किसी दूसरी दुनिया में पहुँच गया है जहाँ बादलों के बीच फुदकती हुई परियां हैं और आकाश में उड़ते नीले कबूतरों-से सपने हैं। जब रेडियो का कार्यक्रम समाप्त हो जाता, वे ग्रामोफ़ोन पर रेकॉर्ड सुनते। सहगल की भारी या तलत की लरज़ती आवाज़ पर राजा थिरकने लगता जैसे बच्चों को थिरकना चाहिए। वह पैर नचाते हुए हाथ हवा में घुमाता जैसे नाव खे रहा हो या बाग़वानी कर रहा हो। उसका नृत्य मुक्त नृत्य था। वह किसी शैली में नहीं बँधा था। बल्लो को उसे देखते हुए अपने आँगन में फुदकती चिड़िया या नीम पर पूँछ उठाए इधर से उधर भागती गिलहरियाँ याद आतीं। वह खुद भी नाचना चाहता, मगर नाच नहीं पाता था। शायद नाचने के लिए अपने घर में एच. एम. वी. के ग्रामोफ़ोन की दरकार थी, जिस पर कुत्ते की तस्वीर हो ।

राजा घर में स्लीपिंग सूट पहनता था, जिसमें धारीदार पायजामा और बुश्शर्ट थी। जब वह बल्लो के घर आता, बल्लो धारीदार जाँघिया पहने मिलता। राजा के घर में कोई धारीदार जाँघिया नहीं पहनता था जिसके नीचे खुली टाँगे नज़र आतीं। बाबा धोती पहनते थे। बल्लो के बाबू भी घर में धोती क्यों नहीं पहनते थे ? राजा ने बल्लो से पूछा था। बल्लो ने कहा था कि हमारे घर में धारीदार जाँघिया का नियम है। फिर राजा ने कुछ नहीं पूछा था।

राजा को रोज़ जेब-ख़र्च के लिए चवन्नी मिलती थी। वह आधी छुट्टी में चार समोसे खाता। जब राजा समोसे खा रहा होता, बल्लो खोमचे पर नहीं आता था। वह एक समोसा लेता। एक बार राजा ने उसे एक और समोसा देना चाहता तो उसने कहा था, "नहीं, मेरा एक ही समोसे का नियम है !" बल्लो जानता था, एक दिन नियम टूटेंगे।

पिछले साल कॉलेज में मॉरिया नाम की एक एंग्लो-इंडियन लड़की आई

थी : गोरी-गोरी, लंबी-लंबी, काली-काली आँखें, गर्दन पर झूलते गोल-गोल बाल। वह लड़कों की तरह ही लम्बी लगती थी। जब वह पहले दिन हॉल में एक ओर से दूसरी ओर सैंडिलों पर खट-खट करती हुई चली तो हॉल के दोनों ओर क्लासों के लड़के हॉल में उमड़ आए और कक्षाओं में अकेले शिक्षक मुँह बाए खड़े रहे। सैंडिलों के ऊपर चलती मॉरिया की लम्बी टाँगें गोरी और नंगी थी। वे स्वस्थ और पतली टाँगें थीं, जो पिंडलियों के हल्के उभार के बाद घुटनों पर गोलाई में बढ़ती हुई फ्राक के लटकते घेरे में खो जाती थीं। लड़कों ने शहर में ऐसी टाँगें नहीं देखीं थीं। वे देख नहीं सकते थे। उनकी आँखें बार-बार झपक जातीं। मॉरिया सिर्फ फ्राक पहनती थी। न फ्रॉक के नीचे कुछ था, न फ्राक के ऊपर। दुपट्टा भी नहीं था। छातियों पर दोनों ओर फ्रॉक के अंदर साँस लेते कबूतर क़ैद थे। कॉलेज के सारे लड़के उन कबूतरों को पकड़ना चाहते थे।

जब प्रिंसिपल को यह रपट मिली तो उन्होंने मॉरिया को साड़ी पहनने की सलाह दी। मॉरिया साड़ी नहीं पहन सकती थी। वह लड़कियों के स्कूल में चली गई। उसने जाते-जाते राजा से उसका नाम पूछा। वे जाड़ों के दिन थे। राजा गर्म सूट पहने था। उसे पसीना आया और वह जवाब देते हुए हकला गया। बल्लो ने सोचा कि वह बिलकुल नहीं हकलाता यदि वह बल्लो से उसका नाम पूछती। वह सधी, खरखराती आवाज़ में कहता–

"मॉरिया, मेरा नाम बलराम दयाल है। हम फिर कब मिलेंगे ?"

मॉरिया के जाने के बाद मॉरिया के सपने कॉलेज में आते रहे। मॉरिया के सपने कॉलेज में हर जगह थे : हर पेड़ के नीचे, चट्टान के ऊपर और मैदान पर छाए आकाश में। जहाँ लड़कों की आँखें थीं, वहाँ मॉरिया के सपने थे। आकाश में सूरज की किरनें हर ज़र्रे से उलझकर खिलखिलातीं जैसे मॉरिया हँस रही हो। मॉरिया कॉलेज की छतों पर दौड़ती नज़र आती। कभी वह किसी गुम्बद पर खड़ी हो जाती और मुस्कराने लगती। जब वह मुस्कराती तो झमाझम बारिश होती और सूरज बादलों के पीछे छिप जाता जैसे उसकी ज़रूरत ही न हो मगर वह गुम्बद सूना छोड़कर तुरंत आसमान में बिला जाती। बादल आकाश में हताश मारिया को खोजने एक-दूसरे के पैरों पर पैर रखते हुए भागते। मॉरिया लड़कों के सपनों में छिप जाती।

राजा बचपन में भी कभी-कभी हकलाता था। लेकिन तब वह बचपना लगता। जब वह मॉरिया के सवाल पर हकला कर रह गया और कुछ बोल न पाया और मॉरिया हँसती हुई नंगी टाँगों पर इठलाकर चली गई तो राजा को भरोसा हुआ कि वह सचमुच हकलाता है। उसे लगातार मॉरिया की नंगी टाँगों के सपने आते, जिनमें वह उलझ जाता। जब गला सूखने पर उसकी आँख खुलती तो वह हाँफते हुए एक लोटा पानी पी जाता। सपने में गला सूखने का क्या मतलब होता है ? राजा ने बल्लो से पूछा।

गला सूखने के वक्त के आस-पास ही राजा ने बालों में पानी भरना शुरू किया

था। वह नहाने के बाद सिर नहीं पोंछता था। सिर से पानी टपकना जब बन्द हो जाता तो वह सिर में तेल डालकर बालों में पानी और तेल मथ देता। हाथों की मथानी बालों से निकालकर वह हाथों में कँघा लेता और बाल दोनों ओर करीने से काढ़ देता। बाल सिर में ऐसे बैठ जाते जैसे कुंडी में दही जमा हो। ये देवानंदी बाल थे जो उल्टे कंघे को घिस-घिसकर सँवारे और निखारे गए थे। चाहे चेहरा बदल जाए, इन बालों के ख़म को नहीं बदलना था। बालों के उस देवानंदी ख़म को सिर्फ़ राजा ही छू सकता था और कोई नहीं छू सकता था। उसकी शरारती बहिनें कई बार पिटीं थीं। एक बार बल्लो ने बाल छूने को हाथ बढ़ाया तो राजा ने मेज़ पर पड़ा चाकू उठा लिया। बल्लो ने हाथ वापिस खीचंकर पूछा–

"अगर मॉरिया बाल छूने को हाथ बढ़ाए तो क्या करोगे ?"

"हाथ काटकर दूसरे हाथ में दे दूँगा", राजा ने बिना हकलाए कहा।

राजा के बाल राजपूत की आन हो गए थे। उनकी अखंडता देश की अखंडताा थी। वह औरत की इज़्ज़त थी। अचम्भा यही था कि राजा के बाल और लड़कों की तरह क्रिकेट खेलते हुए उछलते नहीं थे। अपनी जगह तैनात रहते थे। कुछ लड़कों का कहना था कि राजा आज तक इसीलिए कोई बाउंड्री नहीं मार सका क्योंकि उसके हाथ बाल खुल जाने के डर से खुलते नहीं थे। वह आम धावकों की तरह आगे सिर झुकाकर नहीं दौड़ता था। उसका सिर दौड़ते हुए भी नहीं झुकता था। जब वह एच. एम. वी. के कुत्ते के संगीत पर नाचता तो उसके बाल भी नाचते हुए लगते थे। यह अपनी जगह पर खड़े हुए कवायद करने की तरह था। जब कवायद ख़त्म हो जाती तो बाल क़तारों में अपनी जगह नज़र आते जैसे कवायद के पहले थे।

राजा के घर के सामने मैदान में एक ओर तीन विकेट गड़े थे, दूसरी ओर एक विकेट था। बल्ला एक लड़के के हाथ में था, दूसरे लड़के के हाथ में गेंद थी। दस लड़के उन्हें घेरे खड़े थे और किसी बात पर खिलखिला रहे थे। राजा वहाँ नहीं था। वह घर में सफ़ेद कमीज़-पेंट और जूते पहनने गया था। सब लड़के दिवाली की दावत पर आए थे और कुरता-पाजामा पहने थे जैसे राजा पहने था जब सब आए। क्रिकेट के विकेट गड़ने पर जब राजा अन्दर जाने लगा तो बल्लो ने पूछा–

"क्या पेशाब लग आई ?"

"नहीं ।"

"फिर ?"

"पेंट-कमीज़ पहनने जा रहा हूँ।"

"क्यों, क्या क्रिकेट सफ़ेद पेंट-कमीज़ में है ?"

"बाबा यही कहते हैं !"

राजा हँसकर अंदर चला गया था। वह भरसक बाबा के नियमों का पालन करता था। कुछ बातें दीगर थीं–जैसे बाबा की जेब से कभी-कभार रुपए निकाल

लेना या किसी बहिन उर्फ़ मौसी के गाल को चूम लेना। बाबा को अंग्रेज साहबों के मातहत काम करते-करते उनकी सारी बातें बहुत भा गई थीं। यद्यपि उनके पिता चौके में पटे पर बैठकर भोजन करते थे और भोजन करते समय उनके शरीर पर एक धोती और एक जनेऊ के सिवा कुछ नहीं होता था, बाबा को अंग्रेजों का मेज़-कुर्सी पर टाई बाँधकर खाना सुहाता था। उनका ख़्याल था कि इन्हीं अदाओं ने अंग्रेजों को इतिहास का विजेता बनाया था। हर चीज़ की एक रस्म थी, एक रिवाज़ था। जब बाबा घर में एक लंबी मेज़ और छः कुर्सियाँ लाए तो उनके पिता ने कहा था कि मेरे जीतेजी रसोई में दफ़्तर नहीं लगेगा और जब उन्हें खाना खाते वक़्त कुर्ता पहनने की सलाह दी गई तो वे चीख़े थे :

"अंग्रेजों से पूछ कि क्या वे सूट पहिनकर ही अपनी औरतों पर चढ़ते हैं ?"

उनकी मृत्यु के बाद ही बाबा घर में मेज़-कुर्सी पर खाना खा सके थे।

मगर दिवाली की पंगत के लिए न इतनी मेज़ें थीं, न कुर्सियाँ थीं। जब लड़के एक घंटे खेल चुके और औरतें खाना बनाते हुए बतिया चुकीं तो दालान में दरियाँ बिछीं और उनके सामने पत्तलें और दोनें और कुल्हड़ रखे गए। परमा के दिन कच्ची रसोई का चलन था। कढ़ी, कोंच, दही-बड़े और दाल-सब्जी बने थे। चावल नमकीन और मीठे दोनों थे। घी में डूबी चपातियाँ थीं। आम का अचार और पापड़ थे। लड़के खेलते-ख़ेलते भुखा गए थे। वे पत्तलों पर टूट पड़े।

बुज़ुर्गों ने खाना खाते हुए पहली पंचवर्षीय योजना की बात की, नेहरू जी के फुर्तीलेपन की और गाँधीजी के न रहने की बात की, शहर की खंडित सड़कों और बाधित बिजली-पानी की बात की, इस बार पड़ी भयंकर गर्मी और आने वाले जाड़े की बात की, गल्ले के भाव की बात की, हाकिमों के ताव की बात की। बाबा ने कहा, "हाकिम...

'हाकिम' को हवा में छोड़कर बाबा ने एक पान की गिलौरी मुँह में डाली। फिर मुँह गोल-गोल घुमाते हुए कहा—"हाकिम तो अंग्रेज था। अंग्रेज का शहर से गुज़र जाना ही काफ़ी था।" रामदयाल ने पत्तल से नज़रें उठाकर बाबा की ओर देखा और फिर पत्तल पर नज़रें जमा दीं। वे खाना खाकर उठे, हाथ धोए और चप्पलें पैरों में डालकर घर की ओर चल दिए।

पत्तलें और कुल्हड़ हटाए गए। दरियाँ चौड़ी करके बिछा दी गईं। सब लोग एक घेरे में बैठ गए। बोट चार आने की थी। एक पैसे की चाल थी, जो एक आने से ज़्यादा नहीं जा सकती थी। जैसा कि बाबा कहते थे, मक़सद जीतना-हारना नहीं था। मक़सद दिवाली मनाना था। कुछ देर बाद स्त्रियाँ और लड़कियाँ भी खाना जीमकर आ गईं। एक दरी और बिछाने की ज़रूरत हुई। बीस लोग हो गए। कुछ स्त्रियाँ रिश्ते में बाबा से पर्दा करती थीं। वे घूँघट काढ़े थीं। वे तीन पत्ते घूँघट के अंदर ले जातीं, फिर चाल चलतीं। जब हारते हुए राजा ने कहा कि समथरवाली भाभी के घूँघट में

दो पत्ते गए थे और तीन निकले तो समथरवाली का घूँघट काँपा था। घूँघट-कंपन का सबब चुप हँसी हो सकती थी और घुटा हुआ गुस्सा भी।

पता नहीं, उस दोपहर कितने घूँघट और कितने हाथ कितनी बार काँपे। सब लोग एक घेरे में घंटों बैठे रहे। घेरे के खेल में सब मस्त थे। बाबा का एक दामाद वृन्दावन लाल वर्मा की 'मृगनयनी' पढ़ रहा था और खेल रहा था। जब उसने एक बार किताब उल्टी रखी तो लगा कि शायद उसे अब उपन्यास में दम नहीं लग रहा। उसने अपनी तीनों पत्ते एक बार फिर देखे और एक आने की चाल चल दी। इससे बड़ी चाल का नियम नहीं था। लोग चौंके। कुछ गड्डी में गए। कुछ ने चाल चली। लड़कियाँ हँसती रहीं। लड़के चौकन्ने रहे। अंत में जब 'शो' हुआ तो घर के दामाद के पास तीन इक्के निकले। उसने पत्ते खोलकर पैसे बटोरे और फिर उपन्यास उठा लिया। लोग इस बात पर भी मुस्कराए कि जब तीन इक्के थे तो पत्तों को दुबारा देखने की क्या ज़रूरत थी। शायद दामाद उपन्यास की वजह से पहली बार देखे पत्ते भूल गए थे। इनका नाम ब्रजनंदन था। ब्रजनंदन दफ़्तर में भी उपन्यास पढ़ा करते थे।

बाबा ने अपने पाँचों दामादों को नौकरी दिलाई थी। वह अंग्रेजों का ज़माना था। जो नया अंग्रेज कलक्टर दफ़्तर में आता, बाबा (जो बड़े बाबू थे) उसे पहले ही बता देते कि मेरे आठ लड़कियाँ हैं। फिर जब वे किसी नौजवान की नौकरी की अर्ज़ी पर साहब के दस्तख़त कराने जाते तो वह हँसकर कहता—"तुम्हारा होने वाला दामाद !" बाबा दाँत निपोर देते। ब्रजनंदन की अर्ज़ी पर दस्तख़त करते हुए साहब ने कहा था—"तुम इसे उपन्यास पढ़ने को नौकरी और लड़की देता है।" फिर वह ठहाका मारकर हँसा था। उसने ब्रजनन्दन को दफ़्तर में अस्थायी एवजी पर तैनात उपन्यास पढ़ते पकड़ा था। कहा कुछ नहीं था क्योंकि वह उस समय जेन ऑस्टिन का 'प्राइड एण्ड प्रेजुडिस' पढ़ रहा था। पाँच लड़कियों की शादी हो चुकी थी जब बाबा रिटायर हुए। तीन बाकी थीं : नीला, लीला और सपना। इन तीनों की उम्र बीस के आस-पास थी। बाबा की बहिन गौरी की भी तीन बेटियाँ थीं। तीनों अविवाहित थीं। तीनों की उम्र बीस के ऊपर थी। जब गौरी बाबा से इनके विवाह की चर्चा छेड़ती तो बाबा कहते—"काश, मैं अभी रिटायर न हुआ होता।"

गौरी के पति गौरीशंकर अभी रिटायर नहीं हुए थे। वे नगरपालिका में बाबू थे। बाबा ने ही तीस बरस पहले उन्हें नौकरी पर लगावाकर उनसे अपनी छोटी बहिन का ब्याह किया था। गौरीशंकर गऊ थे। उन्हें कभी ऐसी कुर्सी नहीं मिली जिस पर ऊपरी आमदनी हो। बाद में तो दफ़्तर में लोग यह भी कहने लगे कि उन्हें ऐसी कोई जगह देना जगह का दुरुपयोग है क्योंकि वे उस जगह का सदुपयोग करने में सक्षम नहीं हैं। गौरीशंकर कुंजड़िन से तोरई और पालक की भाजी का मोल-भाव नहीं कर सकते थे। जो साइकिल-सवार सामने से आकर उन्हें टक्कर मार दे, उससे

वे झगड़ नहीं सकते थे। दूधवाले को दूध में पानी मिलाने पर उसे डाँट नहीं सकते थे। उसे वे सलाह देते कि दूध में पानी मिलाना भावी पीढ़ी के प्रति अपराध है क्योंकि दूध ज़्यादातर बच्चे पीते हैं और मिलावटी दूध पीने से वे कमज़ोर होंगे तो देश के भविष्य का क्या होगा ? दूधवाला मुस्कराकर सुनता और मुस्कराता हुआ चला जाता। वे टोकरी और झाड़ू लिए मेहतरानी को 'आप' से सम्बोधित करते थे। उनकी बेटियाँ ही उन पर हँसती थीं। गौरी पति से कहती, "तुम्हारा आधा नाम सही है, आधा ग़लत। तुम्हारा नाम गौरीशंकर की जगह भोलेशंकर होना चाहिए।"

मुद्दत से किसी ने गौरीशंकर को हँसते हुए नहीं देखा था।

वे गुस्सा भी नहीं करते थे। वे भजन करते थे। अक्सर उनके होंठ कुछ बुदबुदाते रहते, जो कोई श्लोक या दोहा या चौपाई हो सकती थी। जब गौरी माह के अंतिम सप्ताह में दाल या चावल ख़त्म हो जाने की बात करती, तो वे कोई दोहा बुदबुदाते रहते। यह सही है कि दाल या चावल एक-दो दिन के लिए हंड़िया में पड़ा होता था जब गौरी उसके ख़त्म हो जाने की पहली घोषणा करती थी। लेकिन अंतिम घोषणा का भी दिन आता और गौरीशंकर तब भी दोहा बुदबुदाते रहते। यह गौरी बाद में सोचती कि गौरीशंकर दोहा इसलिए बुदबुदाते हैं क्योंकि उनके पास कहने को कुछ नहीं है। उस समय वह फट पड़ती :

"हंड़िया में सुदामा के चावल भी नहीं हैं, जिन्हें खाने के लिए कृष्ण भगवान इस घर में आ जाएँ !"

कृष्ण भगवान को भी पता नहीं चलता था कि उस घर में अगला वेतन मिलने तक कैसे दिन-रात होते यद्यपि गौरीशंकर उन दिनों भजन के सिवाय घर में कुछ नहीं बोलते थे। उनकी एक कीर्तन-मंडली थी, जो घर-घर शाम-सबेरे या छुट्टी के दिन दिन-भर कीर्तन करती थी। मंडली झांझ, मंजीरा और करताल बजाती थी और जग-जहान भूलकर प्रभु के गुण गाती थी। घर-घर में अपना घर नहीं होता था, न अपने घर का दाल या चावल का न होना होता था। वह मंदिर जैसा निर्वैयक्तिक हो जाता। मंदिर में प्रभु के चरणों में डूब जाना ही था। झांझ, करताल और मंजीरे की लहराती लयों में लिपटे सामूहिक मानवीय स्वर गूँजते रहते, जिनमें आर्द्र प्रार्थनाएँ काँपती थीं। प्रार्थनाएँ आँखों में बंद थीं। खुले होंठों में भजन थे।

जब दफ़्तर और कीर्तन-मंडली–दोनों छुट्टी पर हों तो गौरीशंकर कभी-कभी एकल अखण्ड पाठ करते थे जैसे कल रात पूजा के बाद उन्होंने शुरू किया था जब उनकी बड़ी बेटी ने हँसकर उनसे कहा–"बाबू, आप भी अजीब हैं। शहर जुआ खेल रहा है। आप अखण्ड पाठ पर बैठ रहे हैं।" वे मुस्कराते हुए आसन पर बैठ गए थे। उनके सम्मुख रेहल पर रामायण रखी थी। उन्होंने अपने हाथों के बीच रामायण ऐसे खोली थी जैसे कोई अपने हाथों में ताश के पत्ते खोलता है।

घेरे में ताशों की अध्यक्षता करते हुए अपने ताश देखकर बाबा ने फिर कहा

कि बहुत देर हो गई, गौरशंकर अभी तक नहीं आए। गौरी ने कहा कि उनका अखण्ड पाठ शाम तक ख़त्म होगा। गौरी की बड़ी बेटी सीता ने कहा कि बाबू उसके पहले आसन से नहीं उठेंगे। सीता की दोनों छोटी बहिनें गीता और सुनीता किसी बात पर खिलखिलाईं। नीला, लीला और सपना ने उनका साथ दिया यद्यपि उन्हें पता नहीं चला कि वे किस बात पर हँसी हैं। छः लड़कियाँ हँस रहीं थीं। वे एक घेरे में बैठी खिलखिला रहीं थीं। घेरे में बैठे लड़के उन्हें चुपचाप देख रहे थे। सबके हाथों में ताश के पत्ते थे। हालाँकि लड़कियों की उम्र में फ़क्र था, लेकिन फ़र्क नज़र नहीं आता था। ऐसा लगता था जैसे लड़कियों की कोई शाश्वत उम्र है, जिसे लड़के हैरत से देख रहे हैं।

इधर लड़कियाँ हँस रही थीं, उधर ख़ाली घर में गौरीशंकर की आवाज़ गूँज रही थी। वे पहली मंजिल पर अटारी में बैठे थे। अटारी से लगा जीना था, जो संकरे आँगन में खुलता था। आँगन में एक ओर टट्टी थी, दूसरी ओर तीन ओर टाट बाँधकर नहाने की जगह बनी थी। टाटों से घिरे स्नानघर का आविष्कार गौरी ने तब किया था जब लड़कियाँ इतनी बड़ी होने लगी थीं कि उनका बड़ा होना छिपाना असम्भव था। टाटों के घेरे में उनकी नंगी देहों को छिपाने का जतन किया गया था। आँगन से लगी संकरी-सी दालान थी जिसमें एक ओर रसोई का दरवाज़ा खुलता था, दूसरी ओर पौर का। कभी ऐसा भी होता कि अतिथि पौर में घुसता और उसकी आँखों में रसोई का धुआँ भर जाता। गुदड़ी में इससे सस्ता किराए का मकान नहीं था। इस मकान पर गली ख़त्म होती थी और सामने बारिश का पानी भर जाता था। अभी पानी की जगह गौरीशंकर की लयबद्ध आवाज़ थी जो अटारी के खपरैल से बाहर बह रही थी। आवाज़ घर के आँगन, टाट के घेरे, रसोई और पौर में भी गूँज रही थी जैसे खाली घड़े में कंकड़ बज रहा हो।

गौरीशंकर एक अंगोछा लपेटे आसन पर बैठे थे। आसन अधफटी थी—उसके धागे ज़मीन पर छितराए थे। आसन पर गौरीशंकर के अंगोछे में लिपटे नितम्ब टिके थे और नंगी टाँगे उठँग थीं। नंगी देह पर रामायण की चौपाइयों पर हिलते रोयों के सिवा कुछ नहीं था। गौरीशंकर का शरीर राम की कथा हो रहा था : उसमें राम का बचपन, किशोरावस्था, प्रणय, युद्ध—सब-कुछ था। रोयों में राम का बनवास था, शबरी के बेर थे, सीता का बिछोह था और लंका-दहन था।

जब गौरीशंकर कुर्ता-धोती पहनकर नीचे उतरे और दरवाज़ा खोलकर बाहर आए तो बंद गली में शाम उतर रही थी। उनके होठों में मुस्कान थी और मुद्रा विजयिनी थी—यद्यपि उनके चेहरे पर बढ़ी दाढ़ी के सफ़ेद ठूँठ छाए थे। विजयोन्मत्त क़दमों से वे गली से निकलकर सड़क पर आए और दस मिनट की तेज़ चाल के बाद बाबा के घर के सामने मैदान में पहुँच गए जहाँ राजा 'एटम बम' में आग लगा रहा था।

जाड़े आ गए थे। बदन को स्वेटर अच्छा लगता था। धूप बुरी नहीं लगती थी। छत पर धूप फैली थी। धूप में छत की मुंडेर के पास चारपाई बिछी थी, जिस पर बल्लो, किन्ने और बिन्नू बैठे थे। तीनों के हाथों में एक-एक महकता, अधखाया सीताफल था। उनके होंठों पर सीताफल के रस में धूप की किरणें खेल रही थीं। चेहरे तृप्त और प्रसन्न थे। उनके पीछे नीम की शाखों पर हरी पत्तियाँ धूप में झूम रही थीं। पत्तियाँ कभी-कभी ऐसे चमकतीं जैसे सोने की पत्तियाँ हों, तृप्त और प्रसन्न।

रामदयाल को बचपन से खेत में बूट और ईख खाने की आदत थी। पेड़ झकझोर कर आम गिराना भी सुहाना लगता था। मगर शहर में न खेत थे, न आम के पेड़ थे। सब्ज़ी मण्डी के बाहर टोकरियों में भरे मौसमी फल ज़रूर होते थे, जिन्हें कभी-कभी सब्ज़ी ख़रीदने के बाद ख़रीद लेते—यह महीने के शुरू में ही सम्भव हो पाता था। उनके झोले में सेव कभी नहीं आया। पहाड़ों से उतरते-उतरते सेव बहुत महँगा हो जाता था जैसे सोने का बना हो। जब वे सेव को तुलता हुआ देखते तो उन्हें तराजू के पलड़े में लोहे का बाट नज़र नहीं आता था, सोने का बाट नज़र आता था। इसलिए वे केले, सीताफल या आम लेना ज़्यादा पसंद करते थे जो तुलते ही नहीं थे, दर्जन के हिसाब से मिलते थे। बच्चे बड़े होकर किताबों में सेव पढ़ते और दूसरे घरों में सेव देखते। अलबत्ता सीताफल उन्होंने छुटपन से खाया था, जो वे अभी धूप में हँसते हुए खा रहे थे और बीज मुंडेर के पार सड़क पर फेंक रहे थे।

"दादा !" बिन्नू ने अचानक मुँह बाए बल्लो की ओर देखा।

"क्या हुआ ? क्या हुआ, बिन्नू ?" बल्लो ने पूछा।

"मैं..." बिन्नू ने घबराकर कहा, "मैं सीताफल का बीज खा गई।"

बल्लो ठहाका मारकर हँसा।

"तुम हँस रहे हो, दादा !" बिन्नू ठुनकी।

"मैं खुश हूँ।"

"क्यों ?"

''विन्नू, अब तुम्हारे पेट में सीताफल उगेगा।''

''अच्छा !'' बिन्नू ने हैरत में आँखें फाड़ीं।

''मगर'', किन्ने ने बीच में टोका, ''पेट में पेड़ के उगने की जगह कहाँ है ?''

बल्लो ने मुस्कराते हुए कहा—''क्यों, क्या धरती पर एक पेड़ के लिए जगह नहीं है ? पेड़ की शाखें बिन्नू के नाक-कान से बाहर आएँगी।''

''फिर'', किन्ने ने हँसकर जोड़ा, ''हम लोग शाखों से सीताफल तोड़कर खाएँगे।''

बिन्नू अभी तक भौंचक नज़रों से भाइयों को ताक रही थी। वह एकाएक चहकी—

''तब मैं पेड़ हो जाऊँगी !''

अब दोनों भाई उसे हैरत से देखने लगे। उसके चेहरे पर आह्लाद छलक आया। वह हँसी और बोली :

''पेड़ से गौरेया नहीं डरती। वह फुर्र-से आएगी और मेरे कंधे पर बैठ जाएगी जैसे नीम की डाल पर बैठती है।''

सबने मुड़कर नीम की ओर देखा, जिसकी धूप में चमकती एक डाल पर तीन चिड़ियाँ बैठी थीं। डाल के नीचे सीढ़ियों पर जूतों की आवाज़ गूँजी थी और राजा का हँसता हुआ चेहरा नमूदार हुआ था। चेहरे में चमकते हुए सफ़ेद दाँत थे और चेहरे के नीचे बदन पर एक नीला लम्बा कोट था। कोट के नीचे भूरी गर्म पैंट थी, जो फ़ीते बंधे काले जूतों पर सधी थी। उसे देखकर बल्लो और किन्ने को अपनी नंगी टाँगों पर झूलते पट्टेदार जाँघिए का अहसास हुआ। पता नहीं, उन्हें ठंड राजा की गर्म पेंट से लगी या हवा से जो नीम की पत्तियों को हिलाती हुई छत पर आई थी।

''सीताफल खाओगे ?'' बल्लो ने पूछा।

''नहीं'', राजा ने कहा, ''अभी नाश्ता करके आया हूँ। आज का सेव भी कुछ ज़्यादा बड़ा था।''

बल्लो को पता था कि राजा के नाश्ते में रोज एक सेब और उबला अंडा होता है। असल में बल्लो ने जीवन में पहली बार अंडा उसी के घर खाया था क्योंकि अंडा इस घर की दहलीज़ पार नहीं कर सकता था। कोई अंडा खाकर आए और इस घर की दहलीज पार कर ले—यही बहुत था।

बिन्नू ने अपने सीताफल से नज़रें उठाकर राजा की ओर देखा, जो खाट के पास खड़ा था। राजा के पीछे नीम की डाल पर तीनों चिड़ियां नहीं थीं। बिन्नू की नजरें ख़ाली डाल पर घूमती रहीं।

''राजा दादा,'' बिन्नू ने पूछा, ''तुम अंडा खाते हो ?''

''हाँ''

''रोज़ ?''

''हाँ, रोज़'', राजा हँसा।

बिन्नू ने आँखें फाड़ी, ''कया कभी तुम्हारे पेट में अंडा फूटा और उससे मुर्गी

निकली ?''

''नहीं'', राजा फिर हँसा, ''क्यों ?''

''जब मेरे पेट में सीताफल का पेड़ हो सकता है'', बिन्नू बोली, ''तो तुम्हारे पेट में अंडे से मुर्गी क्यों नहीं हो सकती ?''

''हो सकती है, ज़रूर हो सकती है,'' बल्लो ने संजीदा आवाज़ में कहा, ''इसीलिए राजा दादा अंडा पेट के बाहर फोड़कर फिर उसे पेट के अन्दर डालते हैं।''

बिन्नू ने तालियाँ बजाईं, ''हा-हा, बड़े चालाक हैं, राजा दादा !''

बिन्नू तालियाँ बजाती हुई उठी थी और सीढ़ियों की ओर भाग गई थी। किन्ने ने सीताफल का अंतिम छिलका नीचे गली में फेंका और वह बड़ी अटारी में घुस गया, जहाँ कोई और नहीं था। खाट पर बल्लो और राजा आमने-सामने बैठ गए। उनके बीच खाट की मूँज, हवा, धूप और चुप्पी थी।

''कल मॉरिया मिली थी'', एकाएक राजा ने कहा।

''मॉरिया मिली थी, सच ?'' बल्लो तनकर बैठ गया।

''हाँ''

''कहाँ ?'' बल्लो उठकर खड़ा हो गया।

''रेलवे इंस्टीट्यूट के हॉल में।''

''वहाँ...वहाँ क्या था ?''

''कोई पार्टी थी। बाबा को बुलाया था। वे मुझे भी साथ ले गए।'' राजा हँसा, ''मैं तो उसे पहचान ही न सका। तीन लंबी लड़कियाँ स्कर्ट पहने थीं। मैं तीनों के चेहरे देखता, टाँगें देखता। मुझे तीनों मॉरिया लग रही थीं।''

''फिर...''

''फिर उसी ने मुझसे कहा, हलो, राजा। तब मैंने उसे पहचाना।''

''आवाज़ से ?''

''पता नहीं। अगर तीनों लड़कियाँ एक साथ बोलतीं तो शायद मैं तीनों को मॉरिया समझ लेता। लेकिन दो बोली ही नहीं। जो बोली, वही मॉरिया हो गई।'' राजा ने ठहाका लगाया।

जब ठहाका ख़त्म हो गया तो बल्लो ने फिर बेसब्री से पूछा—''फिर...फिर क्या हुआ ?''

''फिर'', राजा खाट से उठकर खड़ा हो गया और उसने आसमान देखते हुए कहा, ''फिर मॉरिया ने मुझे नाचना सिखाया।''

बल्लो आसमान में वह जगह ढूँढ़ने लगा, जहाँ राजा देख रहा था। राजा जहाँ देख रहा था वह नाचते सूर्य और घूमती पृथ्वी के बीच कोई जगह थी, जहाँ चाँद भी हो सकता था।

''नाचना...कैसा नाचना'' ? बल्लों ने आँखें फाड़ीं।

''चांचर का नाच नहीं'', राजा हँसा, ''अंग्रेजी डांस, जो लड़के-लड़कियाँ एक-दूसरे की कमर में हाथ डालकर नाचते हैं।''

''क्या...क्या कह रहे हो, राजा ! तुमने उसे छुआ ?''

बल्लो राजा के सामने सवाल की तरह खड़ा था।

''मेरे हाथ काँपे'', राजा ने ज़मीन की ओर देखा, ''मगर बाबा ने कहा जैसे हमारे यहाँ एक-साथ गाते हैं, उसी तरह ये लोग एक-साथ नाचते हैं, नाचो। अगर ज़िंदगी में आगे बढ़ना है तो नाचो।''

''कैसे ?'' बल्लो अभी भी सवाल की तरह खड़ा था, ''कैसे ?''

''मान लो कि तुम राजा हो'', राजा ने कहा, ''और मैं मॉरिया हूँ।''

फिर राजा ने आगे बढ़कर बल्लो का बायाँ हाथ अपनी कमर पर लपेट दिया और उसके दाएँ हाथ में अपना बायाँ हाथ फँसा दिया। पैरों से एक-दो-तीन करते हुए राजा ने अपना सिर बल्लो के कंधे पर रख दिया। बल्लो ने आँखें बंद कर लीं थीं और उसके पट्टेदार जाँघिए के नीचे उसके नंगे पैर छत पर ऊल-जलूल ढंग से थिरक रहे थे।

आँखें बन्द किए हुए बल्लो ने राजा से पूछा—''क्या उसने अपना सिर तुम्हारे कंधे पर रख दिया था ?''

तभी राजा ने अपने होठों को बल्लों के होठों से छुलाते हुए कहा, ''जब एकाएक अँधेरा हुआ तो उसने मेरे होठों में कहा, कुछ मत कहो।''

''तुम्हें कैसा लगा, राजा ?'' बल्लो ने हाँफ़ते हुए पूछा।

''मुझे लगा जैसे किसी ने मुझे कैमासन की टौरिया से नीचे फेंक दिया हो।''

अचानक दोनों के चेहरों पर एक-एक गीली, भारी बूंद गिरी और गाल पर ठहर गई। दोनों ने आँखें ऊपर उठाई : आसमान में एक चिड़िया उनके ऊपर से गुज़री थी। दोनों ने गाल पर हाथ फिराकर हाथ को देखा : हाथ में चिड़िया की लिसलिसी बीट थी। दोनों हँसे।

हँसते-हँसते बल्लो ने बड़ी अटारी के दरवाज़े में देखा, जिसके अन्दर किन्ने अपनी ड्रॉइंग-कॉपी पर झुका बैठा था। वह इस तरह बैठा था मानो छत पर कोई ठहाका न हो जैसे एक क्षण पहले नहीं था। किन्ने बहरा नहीं था। वह कान, आँखें, मन—सब एक जगह लगा देता था। वह घंटों किसी अकेली जगह में मगन रह सकता था। वह आसमान में बादलों को ऐसे देखता था जैसे बच्चे सड़क पर जुलूस देखते हैं। वह चिड़िया, पेड़, बादल और आसमान एक-साथ देखता था। वह वर्षा और सूर्य की किरणें ऐसे देखता जैसे बच्चे दूसरे बच्चों को देखते हैं। वह कभी बिन्नू से कहता कि मैं जादू सीख रहा हूँ—एक दिन पतंग की तरह आकाश में उड़ जाऊँगा।

अभी किन्ने अपनी ड्रॉइंग-कॉपी में उड़ रहा था। वह बिन्नू की तस्वीर बना रहा था, जो पेड़ की तस्वीर भी हो सकती थी। दो वर्ष पूर्व स्कूल के ड्रॉइंग-मास्टर शुक्लाजी

किन्ने का बनाया सेब देखकर दंग रह गए थे—उन्हें लगा था कि कागज़ पर ऐसा सेब वे स्वयं नहीं बना पाएँगे ! जब किन्ने ने वह सेब घर में दिखाया तो बिन्नू बहुत परेशान हुई—वह कागज़ से सेब खाने के लिए उठाती थी, मगर सेब कागज़ पर ही रखा रहता था और उसकी उँगलियाँ छूँछी रहती थीं। वह ख़ाली उँगलियाँ देखकर रोने लगती थी। सब हँसे थे। किन्ने नहीं हँसा था। उसे पहली बार कुछ ईश्वर-जैसा अहसास हुआ था : शिशु-ईश्वर !

ईश्वर जो चाहे सुनता है, जो चाहे नहीं सुनता। ईश्वर जो चाहे देखता है, जो चाहे नहीं देखता। ईश्वर वह भी देखता है जो दिखाई नहीं देता—जैसे लड़की में पेड़ !

''यह पेड़ है या लड़की ?'' राजा ने हँसते हुए पूछा।

''दोनों !'' किन्ने मुस्कराते हुए बोला। उसकी नज़रें और हाथ तस्वीर पर थे।

''दोनों कैसे हो सकते हैं ?'' राजा ने पूछा।

''हो सकते हैं'', बल्लो बोलते हुए राजा के कंधे पर हाथ रखकर उसे फिर छत पर ले गया।

छत पर रामदयाल नीचे से आ रहे थे। उन्होंने राजा से हाल-चाल पूछे। फिर कहा कि बाबा से कह देना कि जो बात कल शाम बाबू ब्रजबिहारीलाल शिवानी के घर अधूरी रह गई थी, उसे पूरी करने आज शाम मैं तुम्हारे घर आऊँगा। राजा ने कहा, अच्छा।

जब रामदयाल बड़ी अटारी में चले गए तो बल्लो ने आँखें फाड़कर राजा से पूछा—''तुम तो कह रहे थे, कल शाम बाबा तुम्हें लेकर रेलवे इंस्टीट्यूट गए थे।''

राजा एकदम हकला गया।

फिर उसने संजीदा आवाज़ में कहा, ''पहले बाबा शिवानी के घर गए होंगे। फिर मुझे लेकर रेलवे इंस्टीट्यूट गए थे।''

जब बल्लो ने राजा का चेहरा देखा, राजा आसमान का चेहरा देखने लगा जिसमें धूप-ही-धूप फैली थी।

धूप के सिवा कुछ नहीं था।

दोनों ओर पेड़ों और झाड़ियों से घिरी बेतवा पथरीले रास्ते पर ख़ूब तेज़ बह रही थी। इस ओर नदी किनारे चट्टानें फैली थीं और चट्टानों के बीच में गोल-चपटे पत्थर थे। चट्टानों पर खड़े हुए लगता कि नदी के नीचे भी पत्थर हैं। पत्थरों पर पानी था जो बेतहाशा भाग रहा था। सूरज की किरणें लहरों से अठखेलियाँ कर रहीं थीं। रोशनी की नोकें पानी पर बिछल-बिछल जातीं। दोनों ओर खड़े पेड़ हँसते हुए लगते जैसे हवा में खिलखिला रहे हों। हँसते पेड़ों पर खड़ा सूरज मुस्करा रहा था।

एक भैंस पानी में घुस गई थी। वह अकेली पानी में लेटी थी। उसकी नंगी पीठ पानी की सतह पर चमक रही थी। पीठ पर गौरैया बैठी थी जैसे किसी पेड़ की डाल

पर बैठी हो। बल्लो भैंस और चिड़िया से कुछ दूर धारीदार जाँघिया पहने तैर रहा था। उसे एकाएक चिड़िया को देखकर लगा कि वह अपने घर की छत पर बैठा है और गौरैया पेड़ की डाल पर। अगले क्षण कोई लहर सामने से आकर उसके चेहरे पर बिखर गई और नीम का पेड़ भैंस की पीठ हो गया। राजा किनारे पर खड़ा हँसा। जब बल्लो से राजा ने कहा था कि आओ, तुम्हें तैरना सिखाएँ तो राजा बोला था कि मैं हवा में ही तैरता हूँ, मुझे पानी की ज़रूरत नहीं। बल्लो यह कहते हुए नदी में कूदा था—"मुझे मालूम है। तुम नदी को अपने बालों में घुसने की इज़ाज़त नहीं दे सकते।"

सुनीता भी बल्लो के साथ यह कहती हुई नदी में कूदी थी कि मुझे भी तैरना आता है। नीला और लीला राजा के साथ किनारे पर खड़ी हँस रही थीं। हवा ठंडी थी। जब नया झोंका आता तो वे हल्की-सी सिसकारी भरतीं। फिर हँसने लगतीं और हाथ में थामे जामफल का एक टुकड़ा काट लेतीं। जामफल राजा के हाथ में भी था। मगर वह उसे खा नहीं रहा था। फिर वे तीनों एक चट्टान पर बैठ गए और भैंस, चिड़िया, बल्लो और सुनीता को तैरते हुए देखने लगे। एक क्षण लगा कि सूर्य भी नदी में तैर रहा है।

सुनीता की चीख़ से सूर्य, पेड़, हवा, नदी, गौरैया, भैंस, नीला, लीला और बल्लो—सब चौंके। बल्लो ने चीख़ की दिशा में सिर घुमाया तो पाया कि सुनीता थोड़ा नदी के बीच में बढ़ गई थी और वहाँ पानी की सतह पर उसके फड़फड़ाते हुए हाथ-पैर थे जैसे चिड़िया भैंस की पीठ से पानी में गिर गई हो। वह उसी ओर तेज़-तेज़ पानी में लपका और पानी से सुनीता को छुड़ाकर उसे अपनी पीठ पर लिटा दिया। यद्यपि उसकी पूरी पीठ पर एक नर्म, गुदाज़ गुदगुदी हो रही थी—विशेषकर गले के नीचे, जहाँ सुनीता के भीगे उरोज रगड़ रहे थे—वह हाँफ़ता हुआ किनारे की ओर तैरता रहा। दूरी ज़्यादा नहीं थी, मगर बहुत ज़्यादा लगी।

जब बल्लो किनारे पर पानी से बाहर आया और उसने सुनीता की देह को एक चट्टान पर लिटाया तो वह खिलखिलाने लगी। उसने आँखें खोल दी थीं और वह हँस रही थी जैसे बल्लो से कह रही हो कि एक बार फिर मुझे पानी से उठाकर चट्टान पर लिटा दो। उसके चेहरे पर पानी की बूंदों में अनगिनत सूर्य चमके।

बल्लो हाँफ़ता हुआ फिर पानी में घुस गया था।

उस रात छोटी अटारी के अँधेरे में लेटे हुए बल्लो को याद आया कि लड़की को चट्टान पर लिटाकर उसने पूछा था—"सुनीता, तुम होश में हो ?" सुनीता ने आँखें खोल दी थीं और खिलखिलाकर हँसी थी। तब उसे सुनीता के नितम्बों का स्पर्श याद आया था, जिनके नीचे दोनों हाथ लगाकर वह उसे पानी के बाहर चट्टान तक लाया था। उस स्पर्श की परिभाषा नहीं थी। इसीलिए वह पानी में घुस गया था। नीला और लीला ने पहले "हाय-हाय" की थी, फिर सुनीता को हँसता पाकर वे भी हँसने लगीं थीं। मगर वे एकाएक चुप हो गईं जब राजा ने सुनीता से कहा कि मैं बाबा से तुम्हारी

शिकायत करूँगा। शिकायत की क्या शक्ल होगी ? यह साफ़ नहीं था। सुनीता इसीलिए स्तंभित हो गई। नीला और लीला को एकदम सहानुभूति हुई। फिर तीनों ने मिलकर राजा से कहा–"राजा, तुम जामफल नहीं खा रहे, क्यों ? जायफल खाओ न राजा !" सुनीता ने दुबारा मनुहार की–"राजा, जामफल खाओ। सच, बहुत मीठा है !"

राजा ने तब जायफल खाया था।

फिर सबने खाना खाया था। वे चट्टान से उतरकर पेड़ों से गिरी पत्तियों पर बैठ गए थे और कटोरदान से उन्होंने पूड़ी, आलू का साग और आम का अचार निकाल लिया था। बल्लो को ऐसा लगा था जैसे उसे पहली बार भूख लगी है। यह संयोग ही था कि लौटते हुए ताँगे पर बल्लो की पीठ के पीछे सुनीता की पीठ थी। जब ताँगा चला और हिचकोले आए और दोनों पीठें टकराईं तो बल्लो को लगा था जैसे दोनों पीठें नंगी हैं–उन पर कोई वस्त्र नहीं। वे पहले महल की ओर चढ़ाई पर गए थे। पत्थरों का उदास महल वीरान था। वहाँ सिर्फ़ धूप और हवाएँ और दीवारों के बीच साया और अँधेरा था। अँधेरे में पत्थर की खिड़कियाँ थीं जो आसमान और जंगल और नदी में खुलती थीं। महल से नदी दूर थी और बेगानी लगती थी, पेड़ों से और आसमान से घिरी हुई। नदी महल की तरह निर्जन थी। वे दो लड़के और तीन लड़कियाँ महल के अँधेरे कोनों तक ऐसे घूमे जैसे किसी को ढूँढ़ रहे हों, जो कहीं और चला गया था। फिर उन्होंने उसे महल के दूसरी ओर मंदिर में ढूँढ़ा था। मंदिर का आँगन समुद्र की तरह विशाल था। आँगन में धूप थी। और कुछ नहीं था।

जब ताँगा ओरछा से बाहर आया था तो सुनीता ने कहा था कि अब सतारा नदी के किनारे आज़ाद कुटी पर रुकेंगे। आज़ाद कुटी क्या ? राजा ने पूछा था। सुनीता ने बताया था कि चन्द्रशेखर आज़ाद यहीं अंग्रेज सरकार से छिपकर एक कंबल और रामायण का गुटका लेकर आ बसे थे और हरिशंकर ब्रह्मचारी के नाम से साधु के वेश में रहे थे।

"अंग्रेज़ों से छिपकर क्यों रहे थे ?" राजा भौंचक्का था।

"क्योंकि वे क्रांतिकारी थे।"

"मतलब ?"

"देश को अंग्रेज़ों की गुलामी से आज़ाद कराना चाहते थे।"

"अंग्रेज़ों की गुलामी ?" राजा हैरान था।।

"और क्या ?"

"बाबा तो कहते हैं, अंग्रेज बड़े नेक और न्यायप्रिय थे।"

"हाँ", सुनीता हँसी, "उन्होंने बाबा की बेटियों की शादियाँ कराईं थीं।"

कुटिया के सामने पेड़ों का झुंड था और एक कुआँ था, जिसका पानी सामने बहती सतारा नदी की तरह ठंडा था। आकाश पेड़ों पर धूप में नाच रहा था। जब वे कुटिया में घुसे बल्लो दंग रह गया था : कुटिया में आज़ाद की वही तहमद पहने, नंगे

बदन, मूँछें ऐंठती तस्वीर टँगी थी, जो छोटी अटारी में थी। वह घर लौटकर सीधा जीने पर धड़-धड़ करता ऊपर आया था और उसने आज़ाद की तस्वीर को देखा था : हूबहू वही तस्वीर थी ! क्या एक ही तस्वीर दोनों जगह थी ? इसी आशंका ने अगली बार वह संयोग गड़बड़ कर दिया था जिसकी वजह से पहले ताँगे पर बल्लो और सुनीता की पीठें आमने-सामने होती थीं और दौड़ते ताँगे पर बतियातीं चलती थीं। उस रात बल्लो देर तक नहीं सोया। उसे अँधेरे कमरे में आज़ाद की तस्वीर दीवार पर चमकती नज़र आती और दरवाज़े पर चाँदनी में सुनीता खड़ी हँसती : मुझे फिर नदी से उठाकर चट्टान पर लिटा दो ! रात-भर नींद के दोनों किनारों पर हँसी गूँजती रही जैसे महल की पत्थर की दीवारों के बीच कोई अँधेरे में खड़ा हो।

अगले दिन छुट्टी थी। कहीं नहीं जाना था। लेकिन बल्लो सुबह से बेचैन था। उसने आम के अचार के साथ दो कुचैंयाँ खाकर एक कप दूध पिया और अपने पट्टेदार जाँघिए पर मलेशिया का पैंट चढ़ा लिया। फिर वह घर से बाहर निकला। देहरी के बाहर उसका दाहिना पाँव धूप में पड़ा। धूप चबूतरे से उतरकर सड़क पर हर तरफ घूमती हुई सामने लोहे के कारखाने के उजाड़ में डूब गई थी। सड़क के परे कारखाने के सामने कुछ छड़ें, सरिए और गार्टर रेत में धूप के साथ पड़े थे। कारखाने के भीतर कोई लोहा पीट रहा था। लोहे के पीटे जाने की आवाज़ें सड़क पर धूप की चादर को छेद रहीं थीं। कुछ देर बाद आवाज़ें छीज गईं और धूप हवा में तनी रह गई। बल्लो को लगा जैसे सड़क पर धूप के सिवा और कोई नहीं है—यद्यपि सड़क पर एक गधा और दो कुत्ते विपरीत दिशाओं में जा रहे थे और एक अधेड़ मन्दिर से केवल धोती शरीर पर लपेटे लौट रहा था। चबूतरों पर इधर-उधर छोटे-छोटे बच्चे बैठे थे जैसे धूप में चिड़ियाँ उड़ रही हों। बल्लो बिना अपने को बताए सड़क पर दाहिनी ओर मुड़ गया था। एक बार उसने बाईं ओर नाज़िर जी के हाते में झाँका, जहाँ उनके बेटे अपने आलीशान मकान की पृष्ठभूमि में बैडमिंटन खेल रहे थे। नाज़िर जी के बच्चों को हाते से बाहर निकलने की इज़ाज़त नहीं थी जैसे वे शेर के बच्चे हों और उनका आलीशान मकान पिंजड़ा हो। तब बल्लो उन्हें शेर के बच्चे ही समझता था और नाज़िर जी को शेर। यह उसे बाद में पता चला कि नाज़िर कचहरी में एक कारकून का नाम है जिसने यह आलीशाान कोठी घूस से ही बनवाई होगी। घूस के घर में शेर के बच्चे कैसे हो सकते थे ? या अब घूस के घर में ही शेर के बच्चे हो सकते थे ?

वह फिर सड़क पर दाईं ओर गली में मुड़ गया। इस गली में पेशाब की गंध थी और बचपन की स्मृति थी। इसी गली में बरसों पहले स्कूल के दूसरे दिन वह रोता हुआ घर की ओर भागा था और पिता ने हँसते हुए उसका पीछा किया था। उन्होंने उसे बताया था कि आदमी के बच्चे को मनुष्य बनाने की पहली सीढ़ी विद्या है। 'विद्या मंदिर' में पत्थर की सीढ़ियाँ थीं, पत्थर का आँगन था और दरजों में रेत भरी थी। रेत पर लम्बी पट्टियाँ डालकर कमरों को दरजा बना दिया गया था जहाँ प्रार्थना और पहाड़ों

का शोर होता था—दो एकम दो, दो दूनी चार। यदि ताक़त का आतंक मंदिर के घंटों में गूँजता है तो वह 'विद्या मंदिर' के घंटों में भी गूँजता था, जिसकी गिनती से गणित और हिन्दी के घंटे अलग किए जाते थे। 'विद्या मंदिर' के आतंक का असली कारण हैड मास्टर के हाथ का केन था, जिसे मेज़ पर रखे वह सदर दरवाज़े के बगल में बैठता था। वह झक्क गोरा था जैसे अंग्रेज़ हो। उसे देखकर डर लगता था। उसे देखकर बल्लो को आज भी डर लगा। स्कूल के अन्दर बैठा हुआ वह स्कूल के बाहर गली से दिखता था। वह बदला नहीं था। न उसका भूरे रंग का कोट-पैंट बदला था। बल्लो को लगा कि यदि वह तेज़ चाल से चमरियाऊ छिड़िया की ओर नहीं बढ़ेगा तो 'विद्या मन्दिर' में फिर घुस जाएगा।

''विद्या मंदिर' के चमरियाऊ छिड़िया के एक सिरे पर खड़े होने का कोई सबब नहीं था सिवाय इसके कि हेड मास्टर ठाकुर रूद्र प्रताप सिंह का यही मकान था जिसका खूब बड़ा फाटक था जो स्कूल के फाटक जैसा लगता था। ठाकुर रूद्र प्रताप सिंह ने मैक्डॉनल हाईस्कूल से रिटायर होकर अपने घर में स्कूल खोल लिया था और अपनी हेड मास्टर होने की महत्त्वाकांक्षा पूरी कर ली थी—इसकी क़ीमत यही थी कि इन्हें अपना घर गली के एक किराए के मकान में स्थानांतरित करना पड़ा था। शायद यह हेड मास्टर का रोब था जो ठाकुर रूद्रप्रताप सिंह की पीठ झुकने नहीं देता था। न ही चेहरे तक झुर्रियों को आने की इजाज़त थी। अलबत्ता सिर के बाल सफ़ेद थे—जो पहले से ही सफ़ेद थे।

जहाँ 'विद्या मंदिर' की गली चमरियाऊ छिड़िया में तब्दील होती थी, एकदम संकरी हो जाती थी। पत्थर के फ़र्श पर दोनों ओर चमार बैठते थे और उनकी दुकानों के आगे एक-एक जूते पहने आदमी के निकलने की जगह थी। चमार लोहे के फ़र्मों पर झुके बैठे रहते थे। लोग गली से निकलते थे। कभी-कभी जूतों की मरम्मत कराते हुए निकलते थे। वे कुछ देर किसी चमार के सम्मुख नजरें झुकाए खड़े रहते। फिर अपना जूता पहिनकर चल देते। हर चमार की नज़र में सदा कोई-न-कोई जूता रहता था। गली में दोनों ओर दीवारें बहुत ऊँची थीं। धूप और बारिश दीवारों की आज्ञा से आती।

दीवारों की उम्र का किसी को कुछ पता नहीं था। न चमरियाऊ छिड़िया की दीवारों का पता था, न बाज़ार के दूसरी ओर कुम्हरयाऊ छिड़िया की दीवारों का पता था—जहाँ कुम्हार अपने मिट्टी के बर्तन लेकर बैठते थे। बुजुर्ग कहते कि उन्होंने बचपन में बुजुर्गों से यही सुना था कि चमरियाऊ और कुम्हरियाऊ छिड़ियाँ उन्होंने सदा ऐसी ही देखी थीं जहाँ चमार जूतों पर झुके रहते और कुम्हार मटके बजा-बजाकर सबको दिखाते।

''क्या रानी लक्ष्मीबाई के ज़माने में भी ये गलियाँ ऐसी ही थीं ?'' बल्लो ने एक दिन रामदयाल से पूछा था।

''हाँ'', रामदयाल हँसे थे, ''मेरे दादा भी इन्हीं गलियों में घूमते थे।''

क्या ऐसे ही बेचैन घूमते थे जैसे मैं घूम रहा हूँ ? बल्लो ने गली से बाज़ार में प्रवेश करते हुए सोचा। बाज़ार में ताँगों और साइकिलों की भीड़ थी। लोग उन्हीं की आवाज़ों के बीच हर ओर चल रहे थे। दुकानें खुल गई थीं जैसे मोचियों की या कुम्हारों की या ताँगों की दुकानें। ताँगों की दुकानों पर दुकानदार हाथों में चाबुक लिए बैठे थे। यह वही तिकोना ताँगा-स्टैंड था जहाँ रामदयाल एक शाम अपने अदृश्य भाई को बचाने उछले थे और हाथ में पुलिस की गोली खा गए थे। जब बल्लो उसी जगह पर पैर रखता हुआ निकला तो उसे अपने पिता की उछाल का पता नहीं था। अब वहाँ आज़ाद की माँ की मूर्ति या पियाऊ का कोई चिन्ह भी नहीं था।

जब बल्लो गुदड़ी की एक भीतरी गली के आख़िरी मकान तक पहुँचा तो उसने पाया कि मकान का दरवाज़ा खुला था जैसे गली खुले दरवाज़े से मकान में प्रवेश कर रही हो। चबूतरा नाम-मात्र के लिए था। कोई ऊँचाई नहीं थी। इसीलिए गली घर में घुसती लगती थी जैसे उसके पार निकल जाएगी। दरवाज़े के अंदर तख़्त पर पट्टेदार जाँघिया पहने गौरीशंकर बैठे थे और भजन गा रहे थे : मो सौ कौन कुटिल खल कामी। वे आँखें बंद किए आनंद-विभोर होकर गा रहे थे। उनका नाड़ा आगे लटका हुआ नंगे तख़्त को छू रहा था। शायद आनंद का सबब आँखें बंद कर लेना था—क्योंकि गौरीशंकर स्वयं जानते थे कि न वे कुटिल हैं, न खल और न कामी ! इतनी ताक़त ही नहीं बची थी।

''नमस्ते, मौसा जी।'' बल्लो ने दरवाज़े के अंदर पैर रखते हुए कहा।

गौरीशंकर ने आँखें खोलीं, ''अरे, बल्लो, कैसे हो ?''

''अच्छा हूँ।''

''पढ़ाई कैसी चल रही है ?''

''ठीक।''

''अरे, तुम तो फ़र्स्ट आनेवाले लड़के हो, तुम्हारा क्या ?''

मेरा क्या ?—बल्लो मन-ही-मन हँसा। वह तख़्त पर बैठ गया था और दीवारों को ताक रहा था। कच्ची दीवारों पर नौना लगा था। पपड़ियाँ हर जगह छिली खाल-सी लटक रही थीं। पपड़ियों के नीचे मिट्टी लाल खून की तरह छलक आई थी। पौर में नंगे तख़्त के अलावा दो मूढ़े थे और अंदर की दीवार की ओर एक चारपाई पड़ी थी जहाँ कुछ अँधेरा था। अँधेरे में ठंड ज़्यादा लग रही थी या ठंड में ज़्यादा अँधेरा था, कहना मुश्किल था।

''आगे क्या इरादा है ?'' गौरीशंकर ने दाँत निकालकर पूछा।

''आगे ?''

''हाँ।''

''कुछ पता नहीं।'' वह मुस्कराया।

गौरीशंकर हँसे।

धुएँ के लिए निकास नहीं था। पौर के पीछे दालान से लगी रसोई थी, जिसके दरवाज़े से धुआँ निकलकर आंगन में जाता या पौर में तैर आता जैसे घर में घुसती गली को बाहर ठेल रहा हो। धुआं पौर में छत के नीचे भर रहा था और दरवाज़े से हल्के-हल्के बाहर जा रहा था। धुएँ की चादरों के नीचे तख़्त पर गौरीशंकर और बल्लो बैठे थे और बातें कर रहे थे।

"बल्लो, तुम मंदिर जाते हो ?" गौरीशंकर ने पूछा।

"अम्माँ के साथ।" बल्लो मुस्कराया।

"अकेले जाओ।"

"क्यों ?"

"अकेले सामना होगा।"

"सामने से क्या होगा, मौसाजी ?" बल्लो मुस्कराया।

"सामने राह होगी।"

बल्लो ऊपर धुएँ में देख रहा था। गौरीशंकर उठकर दालान में गए और रसोई से धुएँ की शिकायत की। रसोई से आवाज़ आई कि लकड़ियां गीली हैं, मैं क्या करूँ ? यह किसकी आवाज़ थी ?—बल्लो ने सोचा। क्या यह सुनीता की आवाज़ थी ? या उसकी माँ या बड़ी बहिन की ? औरतों की आवाज़ का फ़र्क़ समझ में नहीं आता था। कभी लगता कि रसोई के धुएँ में बैठी सारी औरतों की एक ही आवाज़ है।

"क्या एक ही राह होती है, मौसाजी ?"

"नहीं बल्लो," गौरीशंकर ने तख़्त पर बैठते हुए कहा, "जब एक भी राह नहीं होती तो मंदिर में आँख मूँदने पर एक राह सूझती है।"

"मैं आँख खोलकर राह देखना चाहता हूँ, मौसाजी।"

जब बल्लो हँसा तो गौरीशंकर भी हँसने लगे। उसकी ईश्वर में दिलचस्पी के कई धरातल थे। एक तो बचपन से अम्माँ के साथ मंदिर में जाकर मत्था टेकने का रिश्ता था। इसमें कुछ-कुछ उदात्त रहस्य का आतंक भी शामिल था। मगर यह दोस्तों के साथ बाग़ या ताल पर जाने की तरह भी था। वह बचपन में रामायण या भागवत पढ़कर घर में सुनाता था और अपनी वाचन-कला पर मुग्ध था। पढ़कर सुनाते हुए उसे लगता जैसे वह कोई देवताओं का नाटक अभिनीत कर रहा है। रामदयाल को इन क्रिया-कलापों में दिलचस्पी नहीं थी। वे रोज़ सुबह स्नान के बाद सूर्य को नमस्कार करते थे। वे कहते कि सूर्य ऐसा देवता है जो हमें जीवन देता है। सूर्य की वजह से ही धरती है जहाँ हम साँस लेते हैं। और सूर्य किसकी वजह से है ? क्या सचमुच कोई वजह है ? बल्लो के इन सवालों पर रामदयाल हँस पड़े थे।

मौसी पौर में चाय का एक कप लेकर दाखिल हुई। उनकी धोती मटमैली थी और चेहरा पीला लग रहा था जैसे कोई बीमारी हो। बल्लो जब छोटा था तो मौसी

स्वस्थ और सुंदर लगती थीं जैसी अब सुनीता लगती है। सुनीता के चेहरे पर सदा कोई रोशनी नज़र आती थी। मौसी ने तख़्त पर कप रखते हुए कहा—"बल्लो, घर में सब कैसे हैं ?" जब बल्लो ने सिर हिला दिया तो मौसी बोलीं, "लो, चाय पिओ, बेटा।"

तख़्त के बीच में एक कप रखा था जैसे उजाड़ में कोई अकेला बैठा हो। कप अकेला था। उसके साथ कोई प्लेट नहीं थी। कप का हैंडिल टूटा था मानो उसकी नाक कटी हो और जहाँ से नाक कटी हो चेहरे पर उसके चिह्न हों। कप की देह पर बल्लो की ओर एक दरार थी, दूसरी ओर दो भी हो सकती थीं। कप का ऊपरी किनारा भी एक ओर झर गया था। जब बल्लो ने आँखें ऊपर उठाई तो गौरीशंकर ने कहा—"मैंने चाय अभी पी थी। तुम पिओ।"

"हाँ, हाँ तुम पिओ, बेटा", मौसी ने फिर कहा।

बल्लो ने चाय का कप ऐसे उठाया जैसे कोई ज़िम्मेदारी उठा रहा हो। पीने के पहले चाय देखी। उसमें दूध की चमक नहीं थी। चीनी नहीं थी। गुड़ का स्वाद था। पहला घूँट लेकर वह मुस्कराया—"बढ़िया चाय बनी है, मौसी !"

मौसी हँसी—"हाँऽ ऽ।"

गौरीशंकर मुस्कराए।

छत के नीचे धुआँ घुल रहा था। शायद गीली लकड़ियाँ जल गईं थीं। दूसरे घूँट के स्वाद में बल्लो को धुएँ का स्वाद आया। उसने चाय को देखा : ऐसा लगा जैसे चाय में धुआँ घुला हो। शायद चाय में दूध की कमी की वजह से धुएँ का रंग उतर आया था। मगर स्वाद ! उसने एक घूँट और लिया। कोई शक नहीं था। चाय धुएँ की बनी थी।

"कभी लकड़ियाँ गीली होती हैं, "मौसी ने हँसकर कहा, "तो खाने की हर चीज़ में धुआँ भर जाता है।"

"हम लोग कभी-कभी धुएँ की दाल-रोटी खाते हैं," गौरीशंकर ने जोड़ा।

"नहीं, नहीं", बल्लो ने धुएँ की चाय पीते हुए कहा, "चाय निखालिस है।"

फिर उसने एक और घूँट लिया। एक साँस ली। एक घूँट लिया। फिर साँस ली। तब धुएँ की चाय का अंतिम गहरा घूँट पी लिया।

गौरी और गौरीशंकर दोनों खुश हुए।

कप अपने भग्नावशेष-सा तख़्त पर सुनसान रखा था। उसके इर्द-गिर्द हवा में तीन-चार मक्खियाँ चक्कर काट रहीं थीं। वे बैठी नहीं। हवा में उड़ती रहीं।

"दीदियाँ", बल्लो ने गौरीशंकर का चेहरा देखा। फिर मौसी का चेहरा देखते हुए कहा, "दीदियाँ कहाँ हैं ?"

"सब ऊपर हैं", मौसी ने कहा।

बल्लो जब उठा नहीं तो मौसी ने फिर कहा—"सब ऊपर हैं। जाओ।"

ऊपर सीढ़ियों पर चढ़ते हुए उसे लगा कि अटारी में कोई नहीं है। कोई आवाज़

अटारी से बाहर नहीं आ रही थी। अटारी के सामने तीन फुट चौड़ी छत थी, फिर सीढ़ियाँ नीचे आँगन में उतर जातीं थीं। जब बल्लो ने छत से पैर अटारी में रखा तो वह दंग रह गया : सीता और रीता दोनों चुपचाप आमने-सामने बैठी थीं और अपने चेहरे आगे बढ़ाए एक-दूसरे की आँखों में देख रहीं थीं। जब उन्होंने बल्लो को अटारी में आते देखा तो दोनों किलकारी मारकर हँसी। रीता जो सीता से छोटी थी, हँसते हुए बोली, ''हाय, तुम हो !''

''क्यों ?'' वह हँसा।

''मैं हार गई।''

''क्यों ?''

''मैं दीदी से शर्त हार गई।''

''शर्त, कैसी शर्त ?''

''हमने शर्त बदी थी। मैंने कहा था कि सीढ़ियों पर कोई लड़का है। दीदी ने कहा था, सुनीता नहाकर आ रही है।''

''तो तुम हारी कैसे ?'' बल्लो बोला, ''तुम जीती हो। सीढ़ियों पर लड़का ही निकला !''

''तुम लड़का नहीं हो।'' सीता ठुनकी।

''क्यों ?''

''तुम भाई हो !''

''अरे'', बल्लो हँसा, ''भाई क्या लड़का नहीं होता !''

''नहींऽ ऽ''

''फिर ?''

''दीदी ने कहा था, लड़का निकला तो तेरा। मैं तुमसे ब्याह कैसे कर सकती हूँ ?''

तीनों हँसे।

सीता इस बार कुछ ज़्यादा बड़ी और उदास लगी। विधवा की तरह। मगर बल्लो ने यह ख़्याल झटक दिया क्योंकि उसका अभी विवाह भी नहीं हुआ था। भला ब्याह के पहले कोई लड़की विधवा कैसे हो सकती थी ? उसने देखा कि सीता और रीता दोनों के हाथों में कँघी थीं और दोनों के बाल खुले थे।

''तुम दोनों एक-दूसरे की आँखों में क्या देख रहीं थीं ?'' बल्लो ने पूछा।

''अपने चेहरे'', रीता ने कहा।

''क्यों ?''

''हम बाल सँवार रहे थे'', सीता बोली।

बल्लो ने आश्चर्य से आँखें फाड़ीं।

रीता मुस्कराई—''असल में हम लोग एक-दूसरे के बाल सँवारते हैं। आज हमने

सोचा हम लोग अपने-अपने बाल सँवारें जैसे सारी लड़कियाँ सँवारती हैं।"

"मगर", बल्लो की आँखें फटीं थीं, "सारी लड़कियाँ आईने में अपना चेहरा देखती हैं।"

अब सीता ने ठहाका मारा। अटारी-भर में उसकी हँसी गूँजने लगी। अटारी में घड़े जैसी अनगूँजें थीं क्योंकि घड़े की तरह अटारी में एक ही मुँह था जिससे हवा, धूप, पानी और लोग आ सकते थे। अटारी में कोई खिड़की नहीं थी। गौरीशंकर का कहना था कि जिस मकान में तीन कन्याएँ हों उसकी अटारी में किसी खिड़की की ज़रूरत नहीं है। सुनीता ने एक बार पूछा था—"दद्दा, हमें अटारी से न पेड़ दिखता है न आसमान ?" "पेड़ और आसमान की ज़रूरत नहीं है," गौरीशरंकर ने कहा था।

पेड़, आसमान, खिड़की और आईना—किसी चीज़ की ज़रूरत नहीं थी। घर में आईना नहीं था। तीनों बेटियाँ और माँ एक-दूसरे के बाल गूँथ देती थीं। वे अपना चेहरा नहीं देखती थीं। वे एक-दूसरे के चेहरे देखती थीं। वे एक-दूसरे के चेहरे देखती थीं और उन्हें अपने चेहरे देखने की जरूरत नहीं थी। गौरीशंकर कभी अपना चेहरा नहीं देखते थे। वे हँसकर कहते, "सारा घर मेरा चेहरा है।"

हालाँकि बाहर धूप थी, कमरे में अँधेरा था। धुआँ नहीं था। हल्का-सा अँधेरा था। बल्लो को ताज्जुब हो रहा था कि उसे अभी तक यही पता नहीं था कि सुनीता के घर में आईना नहीं है। उसने सोचा, वह सुनीता को एक आईना भेंट करेगा। क्या वह तब पहली बार अपना चेहरा देखेगी ?

दोनों बहनें अपने घर में आईना न होने पर नहीं हँस रही थीं। वे बल्लो के अचरज पर हँस-हँसकर दुहरी हो रही थीं। बल्लो उन्हें हँसता छोड़ अटारी से बाहर छत पर आया। वह नज़रें नीचे झुकाए था जैसे उसे आसमान देखने की कोई इच्छा न हो। तीन क़दम बढ़ाकर वह सीढ़ियाँ उतरने लगा। तभी उसने देखा कि सुनीता सँकरे आँगन में टाट से घिरे स्नानघर से बाहर आई और तार से अँगोछा उठाकर फिर टाट के पीछे खो गई। सुनीता के घर में भी उसके घर की तरह एक तौलिया था जो आँगन के तार पर पड़ा रहता था। उसी से घर के सारे लोग अपना बदन पोंछते थे। सुनीता स्नानघर में घुसते वक्त तौलिया ले जाना भूल गई थी और नहाने के बाद उसे याद आया था। जब उसने स्नानघर से बाहर क़दम बढ़ाया, उसकी देह पर केवल पानी की बूँदे थीं। उसने बल्लो को नहीं देखा। बल्लो उसे देखकर ऊपर की सीढ़ी पर स्तंभित खड़ा रह गया था : सुनीता की पूरी देह पर पानी की बूँदें थीं और एक पट्टेदार जाँघिया था ! क्या घर की सारी औरतें एक ही जाँघिया पहने नहाती थीं ?

उसने पहली बार एक नंगी औरत को देखा था, जिसके नितम्बों पर धारीदार जाँघिया था।

बल्लो के घर में दिनारम्भ एक लंबी खोह-सी टट्टी, घर में बने काले दन्त मंजन, एक जीभी और एक तौलिए से होता, जो आँगन में तार पर नीम के नीचे लटकी रहती थी। टट्टी से निकलकर हाथ धुलाते हुए फिर स्नानघर में जाना होता जहाँ एक आले में मंजन और जीभी रखे थे। जीभी इस्तेमाल के बाद यथास्थान रख दी जाती। फिर अगला व्यक्ति जो स्नानघर में आता, उसे उठाता और मुँह में डालकर खों-खों करता, फिर उसे वहीं रख देता। जिस तरह एक इकलौती जीभी घर की सारी जीभें साफ़ करती थी, एक तौलिया घर के सारे बदन पोंछता था। भीगी जीभी स्नानघर के आले में मंजन के डब्बे पर रखी होती और भीगा तौलिया आँगन में नीम तले लटका होता। आँगन के छोटे-से आले में सरसों के तेल की बोतल थी। तौलिया आँगन में लटकाकर सिर में सरसों का तेल डाला जाता, जिससे जाड़ों में शरीर की मालिश भी होती। इसी तेल से पालक या मेथी की भाजी बनती जिसे किन्ने को छोड़कर सभी चाव से खाते। किन्ने आलू का शौकीन था।

जनवरी की कड़कड़ती ठंड थी। एक हफ़्ते से बारिश हो रही थी। आकाश से धरती का तार बँधा था। कभी-कभी कुछ देर धूप भी निकल आती। लेकिन तुरंत ग़ायब हो जाती जैसे धरती पर सिर्फ़ अपना मत देने आई हो। धरती पर साँवला उजाला भर जाता, जिसमें पानी के तार टँके होते। आकाश में तैरते हुए घने बादल थे। बर्फ़ीली हवाएँ आँगन के नीम से खेल रही थीं। थोड़ा-सा उजाला नीम के ऊपर था। नीम के नीचे हवा में लटकी पानी की बूँदों में अँधेरा घुला था। पानी की बूँदे नीम की पत्तियों से लटक रही थीं जैसे पेड़ अपनी अंजुरी में पानी लिए हो।

सुबह का वक्त था। मगर शाम भी हो सकती थी। छत और आँगन की हवाओं में इतना उजाला नहीं था कि अटारियों में बन्द खिड़कियों और दरवाज़ों से घुस जाए। इसीलिए बल्लो ने एक बार आँख खुलने के बावजूद फिर रजाई ओढ़ ली थी क्योंकि उसे लगा था कि अभी रात जारी है। किन्ने आँख खुलने पर तै नहीं कर सका था कि यह सुबह है या शाम। वह हड़बड़ाकर उठा था और ऐसे समय की तस्वीर बनाने

बैठ गया था। उस तस्वीर में पेड़, पानी, हवाएँ, बादल और बादल के पीछे आकाश था—कोई समय नहीं था।

बिन्नू आँगन से दालान में कँपकँपाते हुए आई थी और अलगनी से तौलिया उठाकर स्नानघर में घुस गई थी। घर में स्नानघर का अवतरण दो माह पहले ही हुआ था। पहले सब लोग आँगन में हौदी के पास पड़ी चौकोर पत्थर की पाटी पर बैठकर खुली हवा में नीम के नीचे नहाते थे। एक दिन अम्माँ ने बिन्नू को पत्थर पर नहाते हुए देखा था और दो दिन में घर का ईंधनघर स्नानघर हो गया था। आधे कमरे में चबूतरे पर लकड़ियाँ और कंडे रखे थे, आधे में नल के नीचे बाल्टी रखकर बाहर की ओर नाली निकाल दी गई थी। यह अनोखा स्नानघर था। शहर में ऐसा कोई दूसरा नहीं था। ऐसा स्नानघर शहर में क्या, दुनिया में नहीं है—किन्ने ने कहा था। जीभी-मंजन के आले के ऊपर एक आईना दीवार पर लगा था, जिसमें सदा सामने चबूतरे पर रखी लकड़ियों का अक्स रहता था। लकड़ियों के अक्स पर कभी एक लड़की का अक्स आ जाता और देर तक काँच पर ठहरा रहता : चेहरे के नीचे भी देह नंगी होती थी, जिसमें आगे-पीछे, ऊपर-नीचे उभार शुरू हो गए थे !

बल्लो की अम्माँ जलते चूल्हे के पार्श्व में बैठी थीं। जैसे बिन्नू स्वेटर बुनती थी, उसी तरह अम्माँ रोटी बेलकर तवे पर डालतीं और फिर उसे तवे से उतारकर चूल्हे की आँच में सेंकती जब तक कि वह फूलती नहीं थी। फिर वे फूली रोटी को धरती पर मारकर उसकी हवा निकालतीं और दूसरी ओर रखे बर्तन में रख देतीं। अगली रोटी के साथ भी यही सलूक होता। फिर अगली के साथ भी यही। यह सिलसिला सुबह-शाम का और हर दिन का था। कभी-कभी उन्हें लगता कि वह न जाने कब से इसी तरह जलते चूल्हे के पास बैठीं हैं और न जाने कब तक बैठी रहेंगी, दाहिने हाथ से फूली रोटी की हवा निकालती हुई ताकि उनका परिवार जीम सके। एकाएक उनकी अचार खाने की इच्छा हुई। वे तवे पर रोटी छोड़कर उठीं और आम के अचार का एक टुकड़ा मुँह में डालकर फिर चूल्हे के पास बैठ गईं। फिर उन्होंने धोती पेट पर ढीली की और रोटी सेंकने लगीं।

रामदयाल बैठक में तकिए के आगे बैठे थे और पीछे की ओर खिड़की से आती रोशनी में अख़बार पढ़ रहे थे। खिड़की से रोशनी के साथ कुछ बारिश की बूँदें भी आ रही थीं, बल्कि बूँदें खिड़की की सलाखों पर टूटकर अन्दर फ़र्श पर बिखर रही थीं। रामदयाल हाथ में अख़बार लेकर तकिए से टिककर ही बैठे थे। मगर अख़बार का मुख्य समाचार देखकर तकिया पीछे छूट गया था और शरीर आगे अख़बार पर झुक आया था। अख़बार में ऊपर मोटे अक्षरों में छपा था :

भारत समाजवाद की ओर।

फिर काँग्रेस पार्टी के आवडी अधिवेशन की रपट थी, जो कल 21 जनवरी 55 को संपन्न हुआ था। अधिवेशन के ब्यौरों के बीच में जवाहरलाल नेहरू और

यू. एन. घेबर की तस्वीरें थीं। बड़ी बात यही थी कि बड़े उद्योग अब राज्य के हाथों में होंगे और उनका लाभ बड़ों की बड़ी तोंदों में नहीं, बल्कि छोटों के छोटे पेटों में जाएगा। अपने समाज में आनेवाले समाजवादी ढाँचे के बारे में नेताओं के भीगे-भीगे उद्गार पढ़कर रामदयाल को लग रहा था जैसे घर में आनेवाले नए बच्चे की अग्रिम जन्म-कुण्डली पढ़ रहे हों। अख़बार में चारों ओर पुत्र-जन्म जैसा ही आनंद-रस बिखरा था। रामदयाल को अपनी भरी जवानी में तीस के दशक में देश में चली समाजवाद की बहसें याद आ रहीं थीं, जिनके अगुआ जवाहरलाल नेहरू थे। ठंडे पानी की एक बौछार जब उनके बदन पर गिरी तो वे जैसे जागे और थोड़ा परे सरक गए। उनकी आँखों के सामने आवडी के भाषण थे, मगर आँखों के पीछे अपने छोटे भाई हरि का चेहरा था जिसकी आख़िरी उम्र वही थी जो अब बल्लो की थी। वह छोटी उम्र में बड़ी बातें करता था। उसने भगतसिंह के समाजवादी स्वप्न की बात की थी। आवडी नेहरू का स्वप्न था। नेहरू का स्वप्न रामदयाल का स्वप्न हो गया क्योंकि रामदयाल स्वप्न देखना चाहते थे !

रामदयाल को पता नहीं चला कि बल्लो कब आया और बैठक के दूसरी ओर तकिए से टिककर बैठ गया। उन्हें तब पता चला जब उसने कहा—"बाबू !"

"हाँ", उन्होंने अख़बार से सिर ऊपर उठाया।

लेकिन शायद अख़बार की कोई पंक्ति अधूरी छूटी थी। उन्होंने तुरन्त अपनी आँखें फिर अख़बार में गड़ा दीं।

"बाबू !"

"हाँ, बोलो," रामदयाल ने अख़बार में आँखें गड़ाए पूछा।

"मुझे रुपए चाहिए !"

"कितने ?"

"पचास"

"पचास रुपए का क्या करोगे ?"

"डॉक्टरी का फ़ार्म भरना है।"

ऐसा लगा जैसे अख़बार के मसले बहुत बड़े हैं और रामदयाल के लिए सबसे ज़रूरी हैं। वे चुपचाप अख़बार पढ़ते रहे जैसे पहले पढ़ रहे थे। बल्लो का यह इंटर फ़ाइनल था। उसने जीव-विज्ञान लिया था। वह डॉक्टर बनना चाहता था। डॉक्टर बनने की इच्छा बचपन से ही मन में बैठ गई थी। इसका पहला कारण तो डॉक्टर वर्मा की शाश्वत सफ़ेद पैंट-कमीज़ थी। उसने उन्हें बचपन से कमीज़ की झक्क बाहें ऊपर उठाए आला गले में डाले शानदार क़दमों से मानिक चौक में चलते या अपने अस्पताल में बैठे हुए देखा था। उनका गोरा चेहरा हमेशा मुस्कराता रहता था। जब वे इंजेक्शन लगाते तब भी उनका चेहरा मुस्कराता हुआ लगता था। यह मुस्कान उनकी झक्क पॉपलिन की कमीज़ का प्रतिबिंब थी। या शायद इसके पीछे डॉक्टरी के पवित्र

पेशे का संतोष था। यह ऐसी दीन-दुखियों की सेवा थी जिसे करते हुए डॉक्टर मोटर में बैठता था और सिविल लाइंस में रहता था। एक बात निश्चित थी। जब बल्लो डॉक्टर बन जाएगा और सिविल लाइंस में रहेगा तो उसे पट्टे का धारीदार जाँघिया नहीं पहनना पड़ेगा, न बाबू और किन्ने को। सब मोटर पर चढ़ेंगे और बगुले-से सफ़ेद कपड़े पहनेंगे।

रामदयाल लगातार ऐसे अख़बार पढ़ रहे थे जैसे बल्लो बैठक में न हो और न ही उसने कुछ बोला हो।

''बाबू, मुझे पचास रुपए चाहिए'', बल्लो ने एक साँस में कहा, ''अम्माँ के पास नहीं हैं।''

''तुम्हें पता है बल्लो'', रामदयाल ने आँखें नहीं उठाईं, ''मेरे पास कभी पैसे नहीं रहते। मुझे पैसों की ज़रूरत नहीं है। अम्माँ के पास नहीं हैं तो पैसे नहीं हैं।''

बल्लो एकटक पिता को देखता रहा।

फिर वह एकाएक चीखा–''पैसे नहीं हैं तो फिर मैं डॉक्टर कैसे बनूँगा ?''

उन्हें विश्वास नहीं हुआ कि यह हरि की आवाज़ है। यह एक किशोर की फटती हुई आवाज़ थी, जिसमें रामदयाल की पारिवारिक खनक थी। इसी आवाज़ में हरि तीन दशक पूर्व चीख़ा था : ''खद्दर की टोपी से देश आज़ाद नहीं होगा !'' सिर्फ़ हरि की आवाज़ का ही भ्रम नहीं था, अनजाने में कभी-कभी रामदयाल के मुँह से बल्लो के लिए 'हरि' निकलता था–और बल्लो मुस्कराने लगता था। स्वर वही था। मगर संवाद हरि का नहीं था। हरि ने अपने लिए कभी सोचा नहीं था। वह अपने बारे में सोचने का ज़माना नहीं था।

रामदयाल ने आहिस्ता-आहिस्ता सिर उठाया। सधी नज़र से अपने बड़े बेटे का चेहरा देखा और कहा–

''अब तुम बड़े हो गए हो, बल्लो। पैसा होता तो हमारे देश में न कोई नंगा होता, न भूखा। पैसा नहीं है, इसीलिए फाँके हैं, मौत है। फ़िलहाल जो है, उसी से गुज़र करना है।''

''मौत से क्या गुज़र होगी, बाबू ?'' बल्लो ने आर्द्र स्वर में कहा।

''मौत नहीं, बेटा, हम समाजवाद की ओर बढ़ रहे हैं'', रामदयाल हँसकर बोले, ''आवडी में नेहरूजी ने कहा है।''

फिर रामदयाल उठे और अन्दर नहाने चले गए। उनका स्कूल जाने का वक्त हो रहा था। बल्लो तकिए पर सिर रखकर फ़र्श पर लेट गया। उसने आँखें मूँद लीं। अंदर ख़ालीपन भर गया था। ठंड बहुत थी। क्या उसने गौरीशंकर मौसा को अपने डॉक्टरी स्वप्न के बारे में इसीलिए नहीं बताया था कि उसे शुरू से ही डॉक्टरी की पढ़ाई के लिए घर में पैसा होने पर संदेह था ? वह पालथी मारकर बैठ गया और आवडी की ख़बरें पढ़ने लगा : यह एक विराट् स्वप्न था, जिसमें न बल्लो पट्टे का

जाँघिया पहने था और न सुनीता की कमर के नीचे वही जाँघिया था। वह अख़बार बंद करनेवाला ही था कि उसकी नज़र स्थानीय समाचारों के पृष्ठ पर एक समाचार पर पड़ी, जिसका शीर्षक था : "शहर का पहला आई. ए. एस."। समाचार इस प्रकार था कि शहर के फ़ौजदारी के बड़े वकील गुरु प्रसाद गुप्ता का बेटा जानकी प्रसाद गुप्ता इस वर्ष आई. ए. एस. में चुना गया था। फिर उसका जीवन-वृत्त था। जानकी ने जी. आई. सी. से इन्टर किया था। फिर प्रयाग विश्वविद्यालय से इतिहास में एम. ए.। वह कभी दूसरे नंबर पर नहीं आया। हमेशा प्रथम। वह मितभाषी और मृदुभाषी था। देखने में साक्षात् कामदेव। झाँसी में क्रिकेट खेलता था। इलाहाबाद में टेनिस खेलता था। शुरू से देवानंद के गाने गाता था। जीवन-वृत्त के बीच में उसकी मुस्कराती हुई तस्वीर थी, जिसमें गले के नीचे शानदार टाई चमक रही थी। समाचार का अंत इस टिप्पणी से हुआ था कि रानी लक्ष्मीबाई की इस पुण्य भूमि को अपने पहले आई. ए.एस. पर असीम गर्व था।

अगले दिनों में बल्लो ने शहर में अजीब चर्चाएँ सुनीं। कोई कहता, जानकी मेरी दुकान के सामने पान खाता था और दुकान के पीछे सिगरेट पीता था। एक मिठया बोला कि जानकी कलाकंद का शौकीन था और हमेशा मेरी दुकान से कलाकंद लेता था। बड़े बाज़ार के एक किरानी ने कहा कि वह झाँसी में बनियान और जुराबें और रूमाल सिर्फ़ मेरी दुकान से लेता था। ऐसे स्कूल में बहुत-से लड़के थे जिनके बड़े भाई जानकी के जिगरी दोस्त थे, जिन्होंने जानकी के साथ सिनेमा देखा था और सिगरेट पी थी। एक लड़के ने तो यह भी कहा कि जानकी मेरे बड़े भाई का दोस्त है, हमारे घर हमेशा आता है और उसका ब्याह मेरी बहिन से होगा। जब लड़के इस बात पर हँसे, तो वह गुस्सा होकर दूर चला गया। कुछ शिक्षकों ने कहा कि उन्होंने जानकी को बचपन में पढ़ाया है तो दूसरे हँस दिए और बोले कि उन्होंने नहीं हमने जानकी को बचपन में पढ़ाया है। जितने मुँह उतनी बातें। कोई अन्त नहीं था।

बल्लो को शोध करने पर पता चला कि शहर का कलक्टर आई. ए. एस. ही होता है और कलक्टर शहर का राजा है। लोग जानकी को भावी राजा के रूप में देख रहे थे। उसके बारे में राजा-जैसी किंवदंतियाँ फैलने लगीं। कोई कहता, वह दिन में छब्बीस घंटे पढ़ता था। जब उसे घड़ी के चौबीस घंटे याद दिलाए जाते तो वह हँसता—"राजा इसलिए राजा है क्योंकि उसकी घड़ी में छब्बीस घंटे हैं।" दूसरा मत यह था कि वह पढ़ता ही नहीं था। एक बार किताब के पन्ने पलटता था और किताब उसे याद हो जाती थी। पन्ने पलटने के बाद जो समय बचता, उसमें वह क्या करता था ?—वह टेनिस खेलता, देवानंद के गाने गाता और सिनेमा देखता था। कितनी फ़िल्में देखता होगा ? हर सिनेमाधर में क्या रोज़-रोज़ फ़िल्म बदलती है ? इस सवाल के जवाब में जानकार हँस पड़ता। अरे राँगड़, वह कहता, इलाहाबाद क्या झाँसी है जहाँ इने-गिने चार सिनेमा-हॉल हैं ? फिर कितने हैं—क्या तीस हैं कि महीने

में रोज़ एक हॉल में एक फ़िल्म देखें ? जानकार कहता कि तीस नहीं तो बीस तो होंगे ही। अच्छा ! लड़का मुँह फैला देता। जब एक लड़के ने पूछा कि रोज़-रोज़ सिनेमा देखने को पैसा कहाँ से आता होगा तो बाक़ी सब लड़के हँस पड़े। जब ठहाके शांत हो गए तो किसी ने कहा कि क़त्ल और डाकों के मुक़दमों से गुरु प्रसाद गुप्ता को फुर्सत नहीं और खूनियों और डाकुओं से मिली रकमें घर में कहाँ रखें घर में जगह नहीं, गुप्ता क्या करें ? एक ने तो दाँत निकालकर यह भी कह दिया कि जानकी इलाहाबाद में कभी-कभी मीरगंज भी जाता था। मीरगंज में क्या है ? इस सवाल के जवाब में जानकार ने कमर पर हाथ रखकर कमर लचका दी और कहा–

"मीरगंज में संगीत और प्यार की महफ़िलें हैं।"

वह इतवार का दिन था। जाड़े की बारिश ख़त्म हो गई थी। धूप निकल आई थी। छत की धूप में दरी बिछाकर रामदयाल बैठे थे और अख़बार पढ़ रहे थे। अचानक उनकी नज़र एक कविता के नीचे छपे नाम पर पड़ी : कृष्ण दयाल। किन्ने चित्र बनाता था, वे जानते थे। क्या वह कविताएँ भी लिखने लगा ? कविता का शीर्षक 'ठंड' था। कविता में चाँद, सितारों, पेड़ों और पहाड़ों की ठंड की चर्चा थी। यदि यह किन्ने की कविता थी तो इसका कारण वह कोट था जिसे किन्ने ने पहनने से मना कर दिया था और जाड़े सिर्फ़ स्वेटर पहने काटे थे। असल में यह रामदयाल का पुराना कोट था जिसे पलटाकर छोटे आकार में बल्लो ने पहना था और अब बल्लो के बड़े हो जाने पर वही कोट किन्ने को पैतृक सम्पत्ति की तरह मिला। किन्ने का कहना था कि मुझे जीर्ण दाय मंजूर नहीं, मुझे नया कोट चाहिए। जब नए कोट की माँग रामदयाल तक पहुँची तो वे हँसे थे। उन्होंने कहा था–"चाहने से चादर लम्बी नहीं हो जाती, चादर जितनी लम्बी हो उतने ही पैर पसार सकते हैं !"

किन्ने बड़ी अटारी से बाहर आया और छत पर सीढ़ियों की ओर जाने लगा। रामदयाल ने टोका–

"किन्ने"

"जी"

"अख़बार में यह कविता तुम्हारी है ?" रामदयाल ने कविता पर उँगली रखकर पूछा।

किन्ने ने कविता देखी और कहा–"हाँ।"

उसके चेहरे पर कोई भाव नहीं था। मन में यह भरोसा ज़रूर था कि एक दिन उसकी कविताएँ और चित्र संसार में जाने जाएँगे और तब वह अपने बँगले का एक कमरा नए गर्म कोटों से भर देगा। हर रंग का एक-एक कोट होगा। हर चेक का एक-एक कोट होगा। हर चेक का हर रंग में एक-एक कोट होगा। कुछ बादलों के रंग के कोट होंगे, कुछ आसमान के रंग के और कुछ पहाड़ों के रंग के–पहाड़ विंध्याचल के होंगे और हिमालय के पहाड़ होंगे। कुछ कोट बेतवा के रंग के होंगे,

कुछ गंगा के रंग के। कुछ कोट चाँद के रंग के होंगे, कुछ सितारों के रंग के। एक कोट काला होगा।

अम्माँ जानती थी।

''बाबू, झाँसी गले की फाँसी क्यों कहते हैं ?'' बिन्नू ने ठुनकते हुए पूछा।

रामदयाल मुस्कराकर रह गए। यह शिवरात्रि की सुबह थी। ठंड जा चुकी थी। गर्मी नहीं आई थी। मार्च का आरम्भ था। नीम से खूब पत्ते झरते और आँगन में काग़ज़ के टुकड़ों की तरह इकट्ठे हो जाते। उठती हवाओं में पत्ते तैर-तैर जाते और कभी आँगन और कभी छत पर लौट आते या कभी घर के बाहर उड़ जाते जैसे कोई परिंदे हों।

बिन्नू ने घर के हर सदस्य की तरह उपवास रखा था। मगर सुबह-सुबह उसे भूख लगी थी। भूख भुलाने के लिए वह बैठक में चली आई थी। जब रामदयाल मुस्कराकर रह गए तो बिन्नू ने फिर पूछा–

''बताओ बाबू, झाँसी को गले की फाँसी क्यों कहते हैं ?''

रामदयाल तकिए से अधलेटे टिके थे। वे बैठ गए। उन्होंने एक लम्बी साँस ली और बोले–

''एक सदी पहले की बात है। तुमने इतिहास की किताब में 1857 के स्वतंत्रता संग्राम के बारे में पढ़ा होगा। रानी लक्ष्मीबाई की सेना ने अंग्रेज़ों के दाँत खट्टे कर दिए थे। अंग्रेज़ों ने पहली बार झाँसी में स्त्रियों को लड़ते देखा, क़िले की बुर्ज पर तोप चलाते देखा। वे दंग रह गए। रानी के झाँसी छोड़ने के बाद भी झाँसी ने कभी अंग्रेज़ों को कबूल नहीं किया। जब झाँसी का कमिश्नर 1862 में मरा तो उसकी कब्र को लोगों ने ''कुत्ते की टौरिया'' नाम दिया। क्या तुमने ''कुत्ते की टौरिया'' देखी है ?''

''नहीं''

''एक दिन ले चलूँगा।''

''अच्छा,'' बिन्नू ने पहाड़ी पर 'कुत्ते की कब्र' का तसव्वुर करते हुए कहा, ''फिर क्या हुआ ?''

''बेटी, अंग्रेज़ों ने झाँसी को कभी माफ़ नहीं किया। यहाँ के उद्योग-धंधे उजाड़े। खेती के लिए पानी जैसे पहले आसमान से आता था, अभी तक आता है। पथरीली ज़मीन पर चट्टानी दिल के लोग थे, मगर न पानी था, न अन्न था। बस, काँस थी।''

''काँस क्या, बाबू ?'' सामने बैठी बिन्नू ने आँखें फाड़ीं।

बल्लो भी बैठक में दूसरी ओर आकर बैठ गया था और कान खड़े करके सुन रहा था।

''काँस खेतों का ज़हर थी। यह तालाब की काई की तरह थी, जो जलाने पर

और घनी उग आती थी। काँस के साथ खेतों में सिर्फ भूख उगती थी। इसलिए लोगों ने झाँसी को गले की फाँसी कहा।''

बिन्नू चुप बैठी थी।

बल्लो बोला, ''मैंने पढ़ा था कि 1857 के बाद कुछ लोग यहाँ से पश्चिम की ओर मालवा और गुजरात चले गए।''

''यह सही है'', रामदयाल ने एक गहरी साँस लेकर कहा, ''जो काम अंग्रेज़ न कर सके, भूख ने किया। लोगों को उनके घरों से खदेड़ दिया।''

''भूखे घर छोड़ना कैसा लगता होगा, बाबू ?'' बिन्नू बोली।

एक क्षण सन्नाटा रहा। उस सन्नाटे में बाहर सड़क पर एक ताँगे के जाने की आवाज़ें थीं और दो साइकिलों की घँटिया थीं। दो कुत्ते भी एक-दूसरे के जवाब में भूँक रहे थे।

रामदयाल ने मौन तोड़ा—''कुछ घर भी तबाह हुए थे।''

''कैसे ?'' बिन्नू ने पूछा।

''जब अंग्रेज़ी सेना शहर में घुसी तो उसने शहर के कुछ सैनिकों को मारकर उनकी लाशों को उनके घरों के सामने पेड़ पर लटका दिया। खूब लूट-पाट की। बहुत-से घरों को जला दिया। रात के अँधेरे में घर मशालों की तरह धू-धू जलते थे।''

रामदयाल एकदम चुप हो गए। उन्होंन आँखें बंद कर लीं जैसे आँखों के अँधेरे में मशालें जल रहीं हों और वे उन्हें देख रहे हों। अब सड़क पर सिर्फ़ कुत्ते भौंक रहे थे। उनकी आवाज़ कुछ और तेज़ हो गई थी।

''उनमें से एक घर अपना था,'' वे अचानक बोले।

''क्या ?'' बल्लो और बिन्नू की आवाज़ें गुँथ गईं।

''हाँ, बच्चो,'' रामदयाल ने कहा, ''उनमें से एक घर अपना था। उस घर के सामने पेड़ पर जो लाश टँगी थी, वह मेरे बाबा की लाश थी—जिसे देखकर मेरे पिता की माँ अचेत हो गई थीं और उन्हें फिर कभी होश नहीं आया।''

एक क्षण सन्नाटा खिंचा रहा।

रामदयाल ने ठंडी साँस लेकर कहा, ''मेरे पिता के होंठ पर तब रेखा नहीं आई थी। वे बस्ती के बाहर खेतों में भाग गए। कुछ और लोग उनके साथ थे। सब पश्चिम की ओर चले। रास्ते में उन्होंने घास खाई।''

''घास !''

''हाँ'', उन्होंने बल्लो की ओर देखकर कहा, ''जब मैं तुम्हारी उम्र का था, तो उन्होंने मुझे बताया था कि असली भूख का स्वाद घास जैसा होता है।''

''मैं घास चखूँगी'', बिन्नू छत की ओर देखते हुए बोली।

अभी बिन्नू का कुछ भी चखने का मन नहीं था। उसके मन में अभी उपवास था। वह बचपन से अम्माँ के साथ पीपल के पेड़ की छाया में बने नुक्कड़ वाले शिव

के मन्दिर में जाती थी, जहाँ घुसना किसी गुफ़ा में घुसने की तरह होता था। प्रवेश-द्वार के बाद मन्दिर किसी प्राचीन गुफ़ा जैसा था, फिर एक छोटा दरवाज़ा था जिसमें बिन्नू को भी सिर झुकाकर जाना पड़ता था। छोटे दरवाज़े के छोटे से कक्ष में शिव-लिंग था, जिसके ऊपर एक फूटी गागर में भराबूँद-बूँद पानी गिरता था। इस फूटी गागर को सदा कौन भरता था ? बिन्नू ने एक बार अम्माँ से पूछा था। शिव-लिंग के छोटे-से कक्ष में अँधेरा कुछ ज़्यादा घना था। एक ओर झिंझरी थी, जिससे आती रोशनी में गागर से गिरती बूँद चमकती थी। अँधेरे में चमकती बूँद चमत्कार-सी लगती थी। अँधेरे में चमत्कार का आतंक था। इसीलिए साल-भर पहले जब अम्माँ ने पहली बार कहा कि आँख मूँदकर शिवजी से श्रेष्ठ वर माँगों जैसे पार्वती ने शिव को माँगा था तो बिन्नू ने वैसा ही किया था—यद्यपि श्रेष्ठ वर का अर्थ वह नहीं जानती थी। आज क़िले के शिव-मंदिर में भी उसे यही वर माँगना था जिसका रूप उसे पता नहीं था। वह भूखी नहीं थी। क़िले से लौटकर घर के सब लोग उपवास तोड़ेंगे। फरार में केले, लप्सी-दूध और सिंगाड़े का हलुआ था, जिसे अम्माँ अभी चौके में बना रहीं थीं।

सब लोग घर से बाहर निकले और रामदयाल ने पौर के दरवाज़े की साँकल चढ़ाकर ताला लगा दिया। यह वह ज़माना था जब घर में ताला लगाकर ख़ाली घर की चिंता ख़त्म हो जाती थी। सड़क पर दो पुरुष अकेली धोती पहने दिखे, जो मंदिर की ओर मंत्र बुदबुदाते जा रहे थे। रामदयाल का परिवार जब कोतवाली के सामने पहुँचा तो वहाँ चौड़ी सड़क पर भीड़ थी। भीड़ में आदमियों, औरतों और बच्चों के अलावा ताँगे, साइकिलें, गाएँ, एक बैल और पाँच कुत्ते थे। कोतवाली हरे रंग से पुती थी। बच्चे नहीं जानते थे कि कोतवाली असल में कोतवाली नहीं थी। यह रानी लक्ष्मीबाई का महल था जिसकी दीवारों, मेहराबों और छतों पर चित्र बने थे, जिन पर अंग्रेज़ों ने पुलिस का रंग पुतवाकर रानीमहल को कोतवाली बना दिया। अलबत्ता सदर दरवाज़ा किले के दरवाज़े की तरह था और अंदर प्राँगण में विशाल फ़व्वारा था। रामदयाल ने बच्चों से कहा कि एक दिन तुम्हें कोतवाली के अंदर रानीमहल दिखाएँगे।

"क्या रानीमहल अभी कोतवाली में क़ैद है ?" बिन्नू हँसी।

"हाँ", रामदयाल बोले।

रानीमहल के मोड़ के आगे गिरजाघर का पिछवाड़ा था, जिसमें हर इतवार शहर के ईसाई जमा होते थे जो शहर के बाहर सदर, सीपरी या सिविल लाइंस में रहते थे। फिर क़िले के नीचे मोटर स्टैंड के सामने मिनर्वा टॉकीज़ था, जहाँ "मिसटर एण्ड मिसेज़ 55" लगी थी। बिन्नू टॉकीज़ के माथे पर लगा पोस्टर पढ़ रही थी, जब एक गाय उससे टकराते-टकराते बची। बल्लो ने उसे हाथ से पकड़कर खींचा और डाँटा, "देखकर नहीं चलती ?" "मैं यह देखते हुए चल रही थी," बिन्नू ने कहा, "कि हिन्दी फ़िल्म का अंग्रेज़ी नाम कैसे हो सकता है ? क्या मिनर्वा में अंग्रेज़ी फ़िल्म लगी है ?"

"नहीं, हिन्दी फ़िल्म है", बल्लो ने कहा।

"हिन्दी फ़िल्म का अंग्रेज़ी नाम क्यों ?" बिन्नू ने फिर पूछा।

रामदयाल पीछे चल रहे थे। उन्होंने हँसकर कहा :

"अगर रानीमहल कोतवाली हो सकता है, तो हिन्दी फ़िल्म का नाम अंग्रेज़ी में क्यों नहीं हो सकता ?"

"क्या मेरा नाम अंग्रेजी में हो सकता है ?" बिन्नू ठुनकी।

"हाँ, हो सकता है", किन्ने ने जोड़ा।

"क्या हो सकता है ?"

"बन्नी ! बी.ए.एन.एन.वाई.।"

चुपचाप चलती हुई अम्माँ हँसी—यह तो बुंदेली है। बन्नी का मतलब दुलहिन :

बन्ना आगरे से आया,
देखो कैसी बन्नी लाया।

रामदयाल मुस्कराए।

वे मोटर स्टैंड की बसों को पार करके क़िले की ऊबड़-खाबड़, पथरीली चढ़ाई पर चल रहे थे। वे भूखे पेट थे। उन्होंने उपवास रखा था। वे क़िले के भीतर एक चक्कर लगाएँगे और शिवजी के मंदिर में दर्शन करेंगे जहाँ रानी लक्ष्मीबाई एक सदी पहले पूजा करती थीं। फिर वे अपने घरों में लौटकर फरार जीमेंगे। यह शहर का वार्षिक मेला था।

रामदयाल क़िले के अंदर एक बड़ी तोप के सामने खड़े थे जब बिन्नू ने तोप पर लिखा तोप का नाम पढ़ा और हँसने लगी। वह "कड़क बिजली, कड़क बिजली" कह रही थी और हँस रही थी। जब उससे हँसने का कारण पूछा गया तो उसने बताया कि हँसने के दो कारण हैं। पहला, तोप क्या सैनिक है जिसका नाम हो ? दूसरा, कड़क बिजली भी क्या कोई नाम है ? रामदयाल ने बताया कि तोप कभी-कभी सैनिक क्या सेनापति का भी काम करती थी। 'कड़क बिजली' असल में रानी लक्ष्मीबाई की एक सेनापति ही थी जिसने अंग्रेज़ों को छठी का दूध याद दिला दिया था। फिर रामदयाल ने कड़क बिजली और बख़्शी-बख़्शिन की कथा सुनाई जिसमें अंग्रेज़ों से लड़ते हुए उत्तरी बुर्ज पर बख़्शिन का कंधा टूटता है और बख़्शी पूर्वी मोर्चे से नहीं हिलता और हरकारे से कहता है कि बख़्शिन यदि साँस तोड़ दे तो साँझ तक उसे जलाना मत !

जब वे शहर के लोगों के साथ आगे बढ़े तो रामदयाल ने सोचा कि क्या पता उनके पितामह सियाराम सिंह के एक सदी पुराने क़दमों के निशान इसी बजरी में हों जो अब उनके पैरों के नीचे है ! क्या पता तीस-पैतीस के सियाराम सिंह एक सिपाही का बुंदेलखंडी बाना पहने इसी ज़मीन पर झाँसी बचाने के लिए दौड़े हों ? उनकी उम्र तीस-पैंतीस से ज़्यादा नहीं होगी क्योंकि उनका बेटा देवकी प्रसाद तब दस-बारह

का था जो जलता, वीरान घर छोड़कर रास्ते में घास खाता हुआ गुजरात चला गया था। मेरे पितामह मुझसे छोटे थे, रामदयाल ने सोचा। उनकी उम्र पैंतीस के आगे नहीं बढ़ी जैसे हरि की उम्र सत्रह-अठारह के आगे नहीं बढ़ी। उन्हें क्या मालूम था कि एक दिन उनके बेटे का बेटा उनसे बड़ा होगा और इसी ज़मीन पर चलेगा जिस पर मैं अभी झाँसी बचाने को भाग रहा हूँ !

फिर वे क़िले के उत्तरी भाग की बुर्ज पर चढ़ गए, जो बख़्शिन के कंधे के साथ अंग्रेज़ों के गोले से टूटी थी। सामने शहर फैला था और दूर जार की पहाड़ी थी जहाँ अंग्रेज़ों ने अपना मोर्चा लगाया था। एक सदी पूर्व परकोटे के बाहर शहर नहीं था, सिर्फ़ जार पहाड़ी और अंग्रेज़ थे। बीच में क़िले के नीचे जंगल फैला था। जंगल पर हवाएँ, धूप की चकाचौंध और गोलों की बौछार थी। आसमान में धूप का सैलाब इसी तरह उमड़ रहा था जैसे आज रामदयाल की आँखों के सामने था।

धरती को सूर्य ने इतना उजाला दिया है, रामदयाल ने बुर्ज से पीठ मोड़ते हुए सोचा। फिर भी लोग लड़ते हैं ? रामदयाल अपने सोच पर खुद ही हँसते हुए सीढ़ियों से नीचे उतरे और सपरिवार मंदिर की ओर बढ़े। बीच में खूब ऊँचा फाँसीघर था, जो अब अजायबघर था। क़िले की विराट् काई-मंडित दीवारें और कंगूरे-बुर्ज भी अजायबघर ही लगते थे, जिसे शहर के लोग हर साल शिवरात्रि के दिन छूने आते थे। क़िला शहर का भूगोल था जैसे जार या कैमासन की टौरियाँ थीं जिन पर लोग कौतूहलवश चढ़ जाते थे, फिर उतर आते थे। हर मौसम में क़िला अपनी जगह खड़ा रहता था। आकाश को इसे देखने की आदत हो गई थी।

शिव-मन्दिर में क्यू लगा था। फाँसीघर के बाद सीढ़ियों से ही काफ़ी भीड़ शुरू हो गई थी। क़तार में खड़े हुए नीचे क़िले की बावड़ी नज़र आती थी जिस पर टीन की चादरें पड़ीं थीं। वहाँ कोई नहीं था। बावड़ी सूनी थी। मंदिर के क्यू में धक्का-मुक्की थी। शायद सब लोग दर्शन करके घर जाने की जल्दी में थे, जहाँ फरार उनका इंतज़ार कर रहा था। क़िले-भर घूमने से भूख की धार और तेज़ हो गई थी।

मन्दिर के अंदर घुसते ही लोग छत से लटका घंटा बजाते और भरी भीड़ में शिव-लिंग के समक्ष हाथ बाँधकर आँखें मूँदे खड़े हो जाते। कुछ लोगों के होंठ फड़कते थे। कुछ आँखें मूँदे हाथ बाँधे निश्चल रहते थे। पता नहीं, साल-दर-साल लोग क्या-क्या माँगते थे ! सबको मालूम था कि रानी ने अपनी झाँसी माँगी थी और उन्हें मौत मिली थी। पहले रामदयाल ने आँखें मूँदी, फिर अम्माँ और बिन्नू ने। तब बल्लो और किन्ने का नंबर आया। बल्लो की बंद आँखों में आई.ए.एस. का सपना था और किन्ने की आँखों में दुनियां-भर नाम और कमरा-भर गर्म कोटों की परछाइयाँ थीं।

मंदिर के बाहर क़िले की ऊँची दीवारों से घिरी हवा में राजा खड़ा हँस रहा था। वह अकेला था। बल्लो को अचरज हुआ।

"क्या क़िले में अकेले आए हो ?"

''नहीं'', सब लोग मंदिर के अंदर हैं। मैं मत्था टेककर बाहर खुली हवा में आ गया।''

''हवा खुली कहाँ है ?''

''क्यों ?''

''क़िले की ऊँची-ऊँची दीवारें हैं,'' बल्लो हँसा।

राजा चारों ओर क़िले की काई-मण्डित दीवारों को देखने लगा, जो उसे व्यूह-सी लगीं।

''तुमने उपवास रखा है ?'' बल्लो ने पूछा।

''हाँ'', राजा हँसा।

''हँस क्यों रहे हो ?''

''उपवास सबके लिए है।''

''क्या मतलब ?''

''मैंने सुबह-सुबह घर की छत पर चढ़कर दो सेब और तीन केले खा लिए थे। छत पर भगवानजी नहीं हैं। इसीलिए सबके लिए मेरा उपवास क़ायम है।''

''छत पर भगवानजी क्यों नहीं है ?'' बल्लो हँसा।

''क्योंकि भगवानजी मन्दिर में हैं।'' राजा बोला, ''छत पर होते तो हम मन्दिर में क्यों आते ?''

वे दोनों बावड़ी की ओर देख रहे थे जहाँ कोई नहीं था। बावड़ी के आस-पास कुछ पेड़ थे और थोड़ी रोशनी थी। रोशनी क़िले की दीवारों के परे और ऊपर आसमान में थी।

''राजा,'' बल्लो ने अचानक उसकी ओर देखा।

''हाँ'', राजा आसमान में देख रहा था।

''तुम ज़िंदगी में क्या बनना चाहते हो ?''

''कुछ नहीं।''

''क्यों ?''

''क्योंकि मैं राजा हूँ। राजा की तरह सेब खाते, क़िले में सैर करते, मॉरिया की कमर में हाथ डाले नाचते हुए और छत पर पतँग उड़ाते या मैदान में क्रिकेट खेलते हुए बड़ा होना चाहता हूँ। बड़ा होकर बड़ा राजा हो जाऊँगा। कुछ और होने की कोशिश करूँगा तो राजा नहीं रहूँगा।''

शायद बावड़ी पर छाए पेड़ों से किसी कोयल की कुहू-कुहू हवा में तैर आई और मंदिर के ऊपर कुछ परिंदे रोशनी में चमके जैसे वे हवा में नहीं रोशनी में उड़ रहे हों। उन्हें निहारते हुए राजा ने कहा—''इस बार होली के लिए ऐसा रंग तैयार कर रहा हूँ जो पहले तो हरा रहेगा पर पानी लगने से काला हो जाएगा—और कभी छूटेगा नहीं।''

"तुम्हारा मतलब हरे चेहरे वाला जब अपना चेहरा धोएगा तो उसका चेहरा काला हो जाएगा और फिर सदा काला ही रहेगा," बल्लो हँसा।

"हाँ, यार, ज़रा सोचो," राजा हँसा, "कोई लड़की अपना हरा मुँह धोने को आँखें बंद करके चेहरे पर साबुन रगड़ती है और जब आँखें खोलकर आईने में देखती है तो उसे अपनी आँखों को घेरे एक काला चेहरा नज़र आता है।"

"कोई लड़की ?"

"हाँ"

"कोई लड़की जिसका नाम मॉरिया है," बल्लो हँसा।

राजा संजीदा हो गया।

झाँसी में होली के दिन होली नहीं होती थी क्योंकि उस दिन एक सदी पूर्व रानी लक्ष्मीबाई के पति गंगाधर राव की मृत्यु हुई थी। होली अगले दिन होती थी यानी दोज के दिन। उस दिन सारे रिश्तेदार दिवाली की तरह बाबा के घर जुड़ते। दालान में गुलाल उड़ता। फिर आँगन और छतों पर रंग बिखरते और फैल जाते। धूप रंगों को छू कर रंगीन हो जाती और वापिस आकाश में लौट जाती।

बाबा पितामह थे। सब त्यौहार उन्हीं से शुरू होते। वे आँगन में सफ़ेद दाढ़ी के नीचे सफ़ेद कुर्ता-पाजामा पहिनकर पटे पर बैठ गए। हँसते हुए लड़के-लड़कियों ने उन्हें घेर लिया। किसी का बाबा से होली खेलने का रिश्ता नहीं था। इसीलिए बाई को चौके से बुलाया गया। वे हँसते हुए आईं और हर बार की तरह उन्होंने रंग की बाल्टी उठाकर बाबा के सिर पर आहिस्ता-आहिस्ता उंड़ेल दी। बाबा ऐसे बैठे रहे जैसे वे बच्चे हों और उनकी पत्नी उन्हें आँगन में पटे पर बिठाकर स्नान करा रहीं हों। फिर भीगे बाबा उठे और सूखी बाई पटे पर बैठ गईं। तब बाबा ने बाई को रंग-स्नान कराया। इस बीच लड़के-लड़कियाँ हँसते हुए तालियाँ बजा रहे थे। बाबा लगातार मुस्करा रहे थे।

फिर गौरीशंकर का नंबर आया। वे मुस्कराए नहीं। पटे पर बैठ गए। उन्होंने आँखें बन्द कर लीं। "आज तो भजन छोड़ दो," भीगी बाई ने हँसते हुए कहा और एक बाल्टी रंग उनके सिर पर छोड़ दिया। उन्होंने आँखें नहीं खोलीं। जब रंग की धार बंद हो गई तो उन्होंने आँखें खोलीं और खड़े हो गए। तब उन्होंने भीगी बाई पर रंग उँड़ेलने की औपचारिकता सम्पन्न की। इस बीच लड़के-लड़कियाँ आँगन में हँसी के साथ गुलाल भी उड़ाते रहे। गुलाल लाल रंग का था जो धूप को चमका रहा था।

बाबा को होली खेलने के लिए अपनी पत्नी और गौरीशंकर को साली की दरकार थी। घर में भरे लड़के-लड़कियों के बीच ऐसी बाधाएँ नहीं थीं। कोई भी किसी के साथ होली खेल सकता था। कोई भी किसी पर रंग डाल सकता था। लड़के की पिचकारी का निशाना लड़की का कोई भी अंग हो सकता था। लड़की खिलखिलाकर

लड़के को देखती और आँखें दिखाती। अक्सर ऐसा हुआ कि लड़का-लड़की ममेरे-चचेरे भाई-बहिन हुए या मौसी-भतीजे। एक बार तो गौरीशंकर बल्लो-सुनीता को उलझा देखकर तुनके—"यह घर है या सड़क ?" लेकिन राजा हँसते हुए कमर पर हाथ रखे नाचने लगा। उसने दोनों हाथ आगे-पीछे घुमाए और गाया—

होलिया में उड़त गुलात
हाँऽ ऽहोली है।

राजा तब बल्लो की बाँह पकड़कर भीतर कमरे में ले गया। वे जब वापिस आँगन में आए तो दोनों की चारों हथेलियों पर हरा रंग पुता था। फिर उन्होंने एक-एक लड़की को पकड़ा और सब लड़कियों के चेहरे हरे हो गए। सब एक-दूसरे का चेहरा देखकर हँसने लगीं। वे राजा-बल्लो की रिश्ते की बहिनें, मौसियाँ, बुआएँ और भतीजियाँ थीं। उन्हें हरे चेहरे का अफ़सोस नहीं था। आज होली थी। होली में कोई रिश्ता नहीं था। सिर्फ़ लड़के थे—और लड़कियाँ थीं। शहर के बाग़ों में खूब पलाश के फूल खिले थे। उसी का पीला रंग शहर-भर में फैला था। लड़कियों की देह से पलाश का रंग चू रहा था। उनके चेहरे मलमलकर लड़कों ने हरे कर दिए थे। लड़कियाँ खिलखिला रहीं थीं।

उस शाम सबने मिनर्वा टॉकीज़ में "मिस्टर एण्ड मिसेज़ 55" देखी। वह एक शानदार लड़के के शानदार लड़की से मिलने और मिल जाने की कहानी थी, जिसमें दोनों जीवन-पर्यंत भव्य पृष्ठभूमि में एक-दूसरे की आँखों में निहारते हुए प्रेम-गीत गाते हैं। मधुबाला जैसा दिलकश चेहरा परदे पर ही नहीं, धरती पर भी हो सकता था—यह जानकारी सुखद थी। मगर सिनेमा का पर्दा मधुबाला के चेहरे की रोशनी सम्भाल नहीं पाता था। लगता था पर्दा बीच से फट जाएगा। इंटरवल में जब पर्दा बुझा और हॉल की रोशनियाँ जलीं तो बल्लो सुनीता का चेहरा देखकर आश्वस्त हुआ—उसका चेहरा एक परत उजला लग रहा था।

रामदयाल को जब बिन्नू ने बताया कि उन्होंने आज मिनर्वा में "मिस्टर एण्ड मिसेज 55" देखी तो वे खूब हँसे।

भारत ने 55 में दो स्वप्न देखे : आवडी का समाजवादी स्वप्न और "मिस्टर एण्ड मिसेज 55" !

पंचवर्षीय योजना यह थी कि बल्लो दो वर्ष झाँसी में बी. ए. के पश्चात दो वर्ष प्रयाग विश्वविद्यालय से एम.ए. करेगा और एक वर्ष तैयारी के पश्चात् आई. ए. एस. प्रापर में नहीं तो 'एलाइड' में आ ही जाएगा—और यदि 'एलाइड' में भी क़िस्मत दग़ा दे गई तो पी.सी.एस. तो कहीं गया नहीं। प्रयाग संगम, भारद्वाज ऋषि के आश्रम, हाईकोर्ट और आनंद भवन के अलावा सरकारी अफ़सरों के कारखाने के रूप में भी विख्यात था। शहर के एक छोर पर ऋषि भारद्वाज की बेटी गंगा अपनी छोटी बहिन जमना से सदियों से गले मिल रही थी, दूसरे छोर पर विश्वविद्यालय में सूटिड-बूटिड प्रोफ़ेसर थे जो लहरा के अंग्रेज़ी बोलते थे और लड़के गुरु-शिष्य परंपरा में उन्हीं की नक़ल करते थे। विश्वविद्यालय परिसर में अंग्रेज़ी की अदृश्य नदी थी, जिसके तट पर स्नान करके बल्लो को लगा था कि अंग्रेज़ी बोलता हिन्दुस्तानी अफ़सर होना ही उसकी नियति है।

यह पाँचवाँ साल था। घर से रुपए आने बंद हो गए थे। उसके प्रयाग विश्वद्यिालय आने के लिए अम्माँ का हार बिका था। तीसरे वर्ष कुछ और बेचने को नहीं था, अम्माँ ने यही कहा था। अम्माँ ने यह भी कहा था कि अपनी ताड़ की तरह बढ़ती बहिन को देखो। उसे भी पार लगाना है। तुम्हारे बाबू तो कह देंगे कि रुपया नहीं है तो रुपया नहीं है—रुपया होता तो शहर के ऊपर शामयाना न तन जाता ! क्या अपनी बहिन का ब्याह किसी ताँगेवाले से करोगे ?—सुशीला के अलावा अब अम्माँ की गोद में सुजाता भी थी। फिर उन्होंने बल्लो को ऐसे देखा था जैसे जुआरी अपने हाथ में पत्तों को देखता है।

दो वर्ष पूर्व झाँसी छोड़ना और शहर के सफल वकीलों और डॉक्टरों के लड़कों में शामिल हो जाना जो बाहर पढ़ते थे एक मुक्ति थी। बाहर पढ़ने और हॉस्टल में रहने के बहाने धारीदार जाँघिया फ़ौरन धारीदार पायजामे में तब्दील हुआ, फिर स्लीपिंग सूट हो गया था। जब बल्लो ने पहली दशहरे की छुट्टियों में यह माँग पेश की तो रामदयाल क़हक़हा लगाकर हँसे थे। हँसी रुकने पर उन्होंने कहा था—"गाँधी ने देश

की आज़ादी के लिए सूट फेंककर लंगोटी लगाई। तुम अब आज़ाद देश में अफ़सर बनने के लिए सूट पहिनकर सोओगे !" हॉस्टल में अब कुचैयों की जगह टोस्ट-मक्खन का नाश्ता होता था और ख़ाने में दोनों वक्त दाल-चावल के अलावा दो सब्ज़ियाँ ज़रूरी थीं। फिर हर हफ़्ते सिनेमा था और सिनेमा देखने सिविल लाइंस जाने को रिक्शे पर बैठकर मैक्रोपोलो की एक सुगंधित सिगरेट पीना था। नथुनों में फड़कती सुगंधित तंबाकू से महकते शरीर में बल्लो सोचता ये सुख बिना घर से बाहर आए कैसे मिल सकते थे !

हर माह पहले सप्ताह में सौ का मनीऑर्डर आता था जैसे कोई वेतन आता हो। यह अफ़सर बनने का वेतन था। एक रुपया डाकिया बख़्शीश लेता। यही रिवाज़ था। निन्यानबे बचते। इन निन्यानबे में कोई फेर नहीं था। प्रयाग विश्वपिद्यालय के पी. सी. बी. छात्रावास में निन्यानबे से एक माह अफ़सरी जीवन जिया जा सकता था। विश्वविद्यालय में अंग्रेज़ी के भाषण सुनते और कमरे में अंग्रेज़ी की किताबें पढ़ते हुए बल्लो को अपने घर का नीम बहुत दूर और बहुत मधुर लगता। उसे यह भी लगता कि इस नीम से दूर रहना एक निजात है। वह एक उच्छ्वास के साथ नीम को याद करता था। खुली आँखों में जब नीम समा जाता तो और कुछ दिखाई नहीं देता था। वह सोचता था कि एक दिन वह नीम जितना बड़ा होकर घर जाएगा और नीम से गले मिलेगा। यह अजीब झिलमिल थी। वह घर से बड़ा होकर घर जाना चाहता था। आठों पहर उसकी यही चिंता थी।

उन्ही दिनों नेहरू जी आए थे। विश्वविद्यालय के सीनेट हॉल में उनका भाषण हुआ था। सीनेट हॉल खचाखच भरा था। सिर्फ़ तिल रखने की जगह थी। प्रतीक्षारत लड़के बतियाते खड़े थे। एकाएक मंच पर नेहरूजी आए और माइक के सामने खड़े हो गए। हॉल में चुप्पी हो गई। चुप्पी पर दिन की रोशनी की छाया थी जिसे भेदती हुई एक कोयल बोली जो छत की ऊँचाइयों में कहीं थीं। नेहरूजी मुस्कराए और बोलने लगे। ये आवडी प्रस्ताव के बाद दूसरी पंचवर्षीय योजना के दिन थे। नेहरूजी क्षण-भर में बड़ी सहजता से दो सदी पीछे यूरोप में चले गए जब औद्योगिक क्रांति का शुभारंभ हो रहा था। ऐसा लगा जैसे पंडितजी अपनी आँखों के सम्मुख मानव और मशीन का चमत्कार देख रहे हों और आँखों देखा हाल सुना रहे हों। वे ऐसे संजय थे जो अतीत को वर्तमान की तरह देख रहे थे : एक सामंती समाज सृजन की पीड़ा और प्रफुल्लता से आधुनिक समाज में बदल रहा था। भाप के इंजन से हवाई जहाज तक की उड़ान थी। बीच में कृषि का मशीनीकरण और उद्योगों का चहुँमुखी विकास था। एक ऊँघता-सा समाज सरपट दौड़ने लगा था। बल्लो को लगा था कि नेहरूजी के स्वर में कोयल-सी सहजता और रवानी है। वे यूरोप की औद्योगिक क्रांति का इतिहास नहीं बयान कर रहे थे, कोई गीत गा रहे थे मानो उसी गीत को भारत की धरती पर सरसराता देख रहे हों। जब किसी छात्र ने टिप्पणी की कि बर्तानिया

की औद्योगिक क्रांति के पीछे भारत का पैसा और कपास और कपड़े के उजड़े उद्योग थे तो नेहरूजी ने कहा कि वह सवाल अलग है। फिर जब एक और छात्र ने भारत के छोटे किसान और उसकी छोटी खेती की बात की और गाँधीजी को याद किया तो नेहरूजी मुस्करा दिए। उन्होंने कहा कि बड़ी खेती का रास्ता भी छोटे किसान की ओर ही जाएगा। क्या कभी बड़े रास्ते छोटे लोगों की ओर जाते हैं ? उस दिन सीनेट हॉल से लौटते हुए बल्लो दोस्तों से यही बहस करता रहा। बादल सुबह से ही घिरे थे। रास्ते में अचानक ज़ोर से पानी गिरा। सब भीग गए।

बल्लो इतिहास का विद्यार्थी था। उसने एम.ए. इतिहास में इसलिए प्रवेश लिया था क्योंकि उसकी प्रेरणा जानकीप्रसाद गुप्ता आई.ए.एस. ने भी इतिहास में एम. ए. किया था। अगले दिन प्रोफ़ेसर मलहोत्रा ने अपने ट्यूटोरियल में मुस्कराते हुए कहा कि कल नेहरूजी को एक घंटे औद्योगिक क्रांति पर बोलने की क्या ज़रूरत थी, वह तो हम लोगों का काम है। उनके कमरे में उनकी मेज़ को घेरे बैठे सब लड़के भी मुस्कराए। सब लड़कों के साथ बल्लो भी मुस्कराया। लेकिन वह मन-ही-मन झुँझलाया। वह कैसे कहता कि प्रोफ़ेसर मल्होत्रा, आप एक दशक पुराने नोट्स को सामने रखकर जब 'नाउ देन' 'वेल देन' कहते हुए बोलते हैं तो आधा क्लास सो जाता है और आधा जम्हाइयाँ लेता है। तभी सब जागते थे जब प्रोफ़ेसर मलहोत्रा "जब पिछली बार मैं लन्दन में था..." कहकर कोई चुटकुला शुरू करते। नेहरूजी यूरोप की औद्योगिक क्रांति पर बोले नहीं थे। उन्होंने सपनीली आँखों और गहरी आवाज़ से औद्योगिक क्रांति का गीत गाया था जैसे किसी मंत्रोच्चार से अपनी धरती पर उसका आह्वान कर रहे हों।

पिछले वर्ष बड़े दिन की छुट्टियों के पहले उसे इतिहास समिति की ओर से जो लेख लिखने को कहा गया था, उसका विषय था : "1857 के स्वतंत्रता-संग्राम में झाँसी"। बड़े दिन की छुट्टियों में जब वह झाँसी आया तो इसी लेख पर काम कर रहा था। 1857 के संग्राम से संबद्ध कुछ परिवारों के मुखियों से मिलने के अलावा वह बाबू वृंदावन लाल वर्मा से मिलने सिविल लाइंस उनके बँगले पर एक सुबह गया। वह अपने एक दर्जन अंडों और पाँच गिलास दूध के प्रसिद्ध नाश्ते के बाद धूप में बैठे अख़बार पढ़ रहे थे। जब बल्लो ने अपना परिचय दिया तो उन्होंने पिता का नाम पूछा। फिर उन्होंने कहा—"मैं रामदयाल जी को जानता हूँ।" वह पेड़-पौधों पर बिछलती धूप में फूलों से घिरा 'झाँसी की रानी' के उपन्यासकार के समक्ष बैठा था। उसने जब अपने आने का प्रयोजन बताया तो 'बाबू' बहुत खुश हुए। जब वे हँसे तो उनके दाँत चमके। पूर्वी आकाश में सूर्य उछला।

"उल्टे बाँस बरेली को" वर्मा जी हँसे।

"क्यों ?" बल्लो ने आँखें फाड़ीं।

"तुमने सियाराम सिंह का नाम सुना है ?"

"जी"

"तुम रानी के उसी सैनिक के प्रपौत्र हो, जिसने झाँसी के लिए अपनी जान कुर्बान कर दी।"

एक क्षण धूप और हवा और फूलों में सन्नाटा छाया रहा। फिर कोई गौरैया फुर्र-से हवा में उड़ी और धूप में उसके पँख चमके।

वर्मा जी फिर बोले, "झाँसी तुम्हारे खून में है। अपने खून को पढ़ो।"

"बाबू", बल्लो बोला, "झाँसी के खून में झाँसी के लिए जान देने वाला गुलाम गौस खाँ है और झाँसी बेचनेवाला पीर अली भी है।"

वर्मा जी उदास हो गए।

"काश !" उन्होंने कहा, "काश ! मैं पीर अली के बिना 'झाँसी की रानी' लिख सकता।"

इलाहाबाद में तीसरे वर्ष जब घर से पैसे आने की जुगाड़ नहीं थी तो बल्लो ने हॉस्टल छोड़ दिया, कुछ ट्यूशन पकड़े और टैगोर टाउन की एक कोठी के पीछे एक कोठरी किराए पर ले ली। कमरे में कोई खिड़की नहीं थी, एक दरवाज़ा था जो पिछवाड़े सर्वेंट्स क्वार्टर्स की ओर खुलता था। इस कमरे के किराएदार को टट्टी और स्नानघर नौकरों का ही इस्तेमाल करना था। यों इस ओर कोई आता-जाता नहीं था। बल्लो को ट्यूशन के पैसों से ही गुज़र करना था। किफ़ायत को अंतिम सिरे तक खींचना था। पहले माह में ही उसने अपने कमरे में धारीदार जाँघिया पहनना शुरू कर दिया था, जिसके नीचे उसकी नंगी टाँगे कमरे में इधर-उधर घूमतीं थीं। एक बार इसी अवस्था में उसे ज़ोर की हाजत महसूस हुई और बल्लो जाँघिया पहने ही टट्टी-स्नानघर जाने लगा जैसे कोठी के नौकर जाते थे। लेकिन एक दिन सुबह-सुबह कोठी की मालकिन ने दूसरी मंज़िल से उसे नौकर के नाम से बुलाया। वह दौड़कर अपने कमरे में घुसा और उसने अंदर से कुंडी लगा ली।

वह कमरे से बाहर सिर्फ़ ट्यूशनों के लिए निकलता था या कभी-कभी ढाबे पर खाना खाने। अधिकतर वह खाना स्टोव पर एक बार दोनों बार के लिए बना लेता था। उसने नाश्ता करना पहले छोड़ा, फिर भूल गया। दिन में दो-तीन पनामा सिगरेटें ज़रूरी हो गईं। उसके जीवन का आनंद इन दिनों दो-तीन चुटकी तंबाकू में सिमट आया था। तंबाकू में नहीं, उसके धुएँ में। बाक़ी कोल्हू के बैल की तरह रोज़-रोज़ किताबें पढ़ना और किताबें पढ़ाना था। कोल्हू में जुता बैल कितना अकेला होता होगा ? शायद इसीलिए कभी-कभी उसकी आँखों में आँसुओं की झाँई नज़र आती है।

उसके तीन ट्यूशनों में एक ट्यूशन जस्टिस शुक्ला की बेटी अनीता शुक्ला का था। अनीता बी.ए. की छात्रा थी और अंग्रेज़ी में कमज़ोर थी। वह नृत्यांगना थी और अक्सर थिरकती हुई कमरे में प्रवेश करती थी और थिरकती हुई प्रस्थान करती

थी। वह बचपन से नाचती थी और नाचती हुई जवान हो रही थी। जब वह कमरे में आती या कमरे से जाती किताबें उसके सिर पर होतीं थीं और उन्हें हाथ में लेने से पहले वह दोनों हाथ जोड़कर ''नमस्कार, मास्टरजी'' करती थी जैसे यह कोई नृत्य-मुद्रा हो। उसकी आँखें नृत्यांगना की आँखें थीं जो एक बार में दो-तीन ओर देख सकतीं थीं जैसे पक्षी हवा में अपनी राह ढूँढ़ रहा हो। एक दोपहर वह ''नमस्कार, मास्टर जी'' की मुद्रा के बाद किताबें हाथ में लेकर बल्लो के सामने बैठने के बजाय बल्लो की गोद में बैठ गई और खिलखिलाकर चेहरा पीछे बल्लो की ओर मोड़ती हुई बोली–''पढ़ाओ, पढ़ाओ मास्टर जी।'' दोनों की आँखों और होठों के बीच दस सेंटीमीटर का फ़ासला था। दस सेंटीमीटर के फ़ासले पर दो जोड़ी आँखें और दो जोड़ी होंठ उसी तरह सधे रहे। अनीता चुप हो गई थी। वह फिर हँसी। बल्लो का शरीर काठ हो गया था। वह धारीदार जाँघिया पहने जस्टिस शुक्ला की बेटी को कैसे चूम सकता था ? बेटी को हक़ था। वह अपने होठों से उसके होठों को छूकर हँसती हुई उठी और सामने बैठ गई।

अगले दिन बल्लो को दिल्ली जाना था। करोड़ीमल कॉलेज में इंटरव्यू था। उसने सोचा था कि यदि दिल्ली में नौकरी मिल जाए तो किन्ने भी उसी के साथ रह लेगा और दिल्ली में आई.ए.एस. की तैयारी भी बेहतर होगी। किन्ने इसी वर्ष बी.ए. के बाद दिल्ली चला गया था और बाबू ने लिखा था कि वह दो-तीन पत्रों का जवाब एक-साथ दो-तीन वाक्यों में दे देता है जिनका आशय यही होता है कि आप मेरी चिंता न करें, मुझे मेरे हाल पर छोड़ दें। उसने बल्लो को लिखा था कि मैंने एक रात्रि पाठशाला में नौकरी कर ली है; कोई चिंता की बात नहीं है। दिल्ली में रैगड़पुरा के दिए पते पर जब बल्लो पहुँचा तो एक लड़के ने ऊपर सीढ़ियों पर चढ़ते हुए कहा, 'पीछे आइए'। दो बार सीढ़ियों पर मुड़कर जब बल्लो तीसरी मंज़िल पर पहुँचा तो उसने देखा कि छत पर एक अकेला कमरा था जिसे दिल्ली में बरसाती कहते थे। जब उसने नीचे लड़के से किन्ने के बारे में पूछा था, तो लड़के ने कहा था कि वे इसी मकान में बरसाती पर रहते हैं। सीढ़ियों पर चढ़ते हुए बल्लो सोचता रहा था कि बरसाती में रहने का मतलब कहाँ रहना होता होगा ? उसने हाँफ़ते हुए एक गहरी साँस ली जब यह देखा कि छत पर आसमान के नीचे टँगे कमरे का नाम ही बरसाती था। गुसलखाना नीचे था, जहाँ पहुँचने के लिए मकान की सारी सीढ़ियाँ उतरना पड़ती थी। बल्लो को यह देखकर ख़ुशी हुई कि यहाँ मकान-मालिक भी धारीदार जाँघिया पहनता था और घर में कोई नौकर नहीं था। किराएदार को नौकर के नाम से पुकारे जाने का कोई ख़तरा नहीं था।

जब बल्लो ने किन्ने से पूछा कि आगे क्या करोगे तो उसने 'कृति' और 'कल्पना' की प्रतियाँ खोलकर बल्लो के आगे कर दीं। दोनों पत्रिकाओं में कविताएँ थीं, जिनका लेखक था कृष्ण कुमार। ''यह कृष्ण कुमार कौन है ?'' बल्लो ने आँखें उठाकर पूछा।

किन्ने ने हँसकर बताया कि यह मेरा ही नाम है।

"नाम बदलने की क्या ज़रूरत थी ?" बल्लो हैरान था।

"कृष्ण दयाल बड़ा पुराना-सा लगता है", किन्ने बोला।

"मगर दयाल हमारा पैतृक नाम है, किन्ने।" बल्लो का स्वर उत्तेजित था।

किन्ने हँसा, "मेरी बिरादरी अब कलाकार-बिरादरी है, दादा !"

"मुझे दादा मत कहो, किन्ने", बल्लो बिखर गया, "दिल्ली के कलाकार ही अब तुम्हारे माँ-बाप, भाई-बहिन हैं, हाँ।"

किन्ने जाँघिया पहिने उठा और तौलिया लेकर नीचे नहाने चला गया। बल्लो खटिया पर बैठा कमरे में चारों ओर देखता रहा, जहाँ दीवार से टिके कैनवास बिखरे थे। चित्र मूर्त और अमूर्त के बीच कहीं थे। जहाँ वे थे, वहाँ से बल्लो को किन्ने की ख़बर नहीं मिली। पता नहीं, यह लड़का अपना नाम बदलकर चेहरों के पीछे कहाँ जा रहा था ?

"कहाँ जाओगे, किन्ने ?" बल्लो ने पूछा जब रात को किन्ने ने कहा कि वह रैगड़पुरा जल्दी ही छोड़ देगा।

"पेरिस"

"क...क्या ?"

"हाँ, पेरिस", किन्ने ने ठंडे स्वर में कहा, "आपको विश्वास नहीं होता न ?"

"नहीं"

"जब तक झाँसी से चिपके रहोगे, दादा", किन्ने हँसा, "पेरिस पर विश्वास कैसे होगा ? जिस तरह झाँसी से दिल्ली को सीधी गाड़ी है, उसी तरह दिल्ली से पेरिस सीधा हवाईजहाज है।"

"मगर", बल्लो ने किन्ने की अधनंगी टाँगे देखते हुए कहा, "पैसे का बंदोबस्त कैसे होगा ?"

"यदि कोई राष्ट्रीय कलाकार हो जाए", किन्ने ने भाषण की मुद्रा में कहा, "तो उसे अंतर्राष्ट्रीय कलाकार होने में देर नहीं लगती।"

"मगर पैसा कहाँ से आएगा ?" बल्लो नें अपना सवाल ज़िद की तरह दुहराया।

"पैसा ?" किन्ने हँसा।

"हाँ, पैसा ?" बल्लो ने आँखें फाड़ी।

"अंतर्राष्ट्रीय कलाकार को पैसे की ज़रूरत नहीं होती। पैसे को अंतर्राष्ट्रीय कलाकार की ज़रूरत होती है क्योंकि वह अंतर्राष्ट्रीय कलाकार का रोज़गार करता है।"

किन्ने हँस रहा था।

खटिया एक थी। बिस्तर एक था। उसे फ़र्श पर बिछा दिया गया था। दोनों उसी पर अगल-बगल लेटे थे जैसे बचपन में अम्माँ दोनों को एक ही बिस्तर पर सुला

देती थीं। जब कुछ देर चुप्पी रही तो किन्ने ने उठकर बत्ती बुझा दी। दोनों सो गए।

अगली सुबह इंटरव्यू था। किन्ने बल्लो को कॉलेज के दरवाज़े पर छोड़कर आगे चला गया। बल्लो जब अंदर पहुँचा तो उसने पाया कि कमरा-भर लोग इंटरव्यू के लिए आए थे। एक जगह थी। कमरा-भर लोग एक नौकरी के लिए आपस में फुसफुसा रहे थे। जब एक लंबा, गोरा लड़का क्रीम रंग की डेढ़ फुट पांयचे की पैंट पहने घुसा तो दूसरी ओर एक साँवले नाटे लड़के ने अपने पड़ोसी से कहा—"देखना, यही चुना जाएगा।" कमरे के सारे लड़कों की तरह पड़ोसी भी लड़के की छः फुट लंबाई और उसके पेंट के पांयचे की डेढ़ फुट चौड़ाई को ठगा-सा देख रहा था—उन दिनों पैंट के पांयचों के फैलने का फ़ैशन था, लेकिना इतना फैलाव दिल्ली में ही संभव था। "तुम्हें कैसे मालूम ?" पड़ोसी ने नाटे साँवले लड़के से पूछा। "मुझे मालूम है। लड़के का नाम एम.एल. कपूर है।" यह बात कमरे में आग की तरह फैल गई। तब एक लड़के ने एम. एल. कपूर से पूछा—"तुम्हारा नाम क्या है ?"

"एम.एल. कपूर", एम.एल. कपूर ने भारी आवाज़ में कहा।

सबके कान खड़े हो गए। इंटरव्यू शुरू हो चुके थे। पहला लड़का अंदर था। जब वह बाहर आया, उसका चेहरा लाल था। फिर जितने भी लड़के अंदर गए, बंदर जैसा लाल चेहरा लेकर ही बाहर निकले और बाहर निकलकर वे कमरे में नहीं रूके, बाहर गेट के बाहर चले गए। जब एम. एल. कपूर का नाम पुकारा गया, एम.एल. कपूर शम्मी कपूर की तरह उठा और तेज़-तेज़ अंदर चला गया। सब लड़कों को दस-दस मिनट लगे थे। वह बीस मिनट बाद शम्मी कपूर की तरह मुस्कराता बाहर आया जैसे नायिका के बाप को पटा कर आ रहा हो। वह बाहर नहीं गया। कुर्सी पर पसर कर बैठ गया। फिर उसने जेब से 'विल्स फ़िल्टर' का पैकेट निकाला और पैकेट से सिगरेट निकालकर पीने लगा। बल्लो पनामा पीते-पीते तंग आ गया था और सोचता था कि नौकरी के बाद वह विल्स फ़िल्टर पीएगा। एम.एल. कपूर नौकरी मिलने के पहले ही विल्स फ़िल्टर पी रहा था। उसे नौकरी की ऐसी क्या ज़रूरत थी ? फिर जैसा कि लड़कों ने उसके अंदर जाने पर बताया था, वह विभागाध्यक्ष जे. के. कपूर का भतीजा था। यह विल्स फ़िल्टर का कैसा भाई-भतीजावाद था ? बल्लो से आँखों के सामने कुर्सी पर पसरा विल्स फ़िल्टर सिगरेट पीता एम. एल. कपूर नहीं देखा गया। वह सामने मेज़ पर पड़ा अख़बार उठाकर देखने लगा। मुख पृष्ठ पर इंदिरा गाँधी की तस्वीर थी। समाचार यह था कि इंदिरा गाँधी को कांग्रेस पार्टी का अगला अध्यक्ष बनाने का प्रस्ताव है, जिसे नेहरूजी का अशीर्वाद प्राप्त है। नेहरूजी ने पूछा था कि इंदिरा कांग्रेस अध्यक्ष क्यों नहीं हो सकती ?

यह "हिंदी-चीनी भाई-भाई" का ज़माना था, जो आवडी काँग्रेस के समाजवादी समाज के प्रस्ताव के पीछे-पीछे आया था। झाँसी से लेकर प्रयाग और दिल्ली की हवाओं में कोई रूपहली ख़ुमारी थी। कोई झिलमिल परदा हवा में झूल रहा था, जिसके

परे देश के लिए पूरी रोटी, सिर पर तना शामियाना और गुलाब का फूल था।

"बलरामदयाल !"

जब उसका नाम पुकारा गया तो बल्लो हड़बड़ाकर उठा और अंदर जाने लगा। न जाने उसी से शम्मी कपूर ने क्यों कहा, "गुड लक !" अंदर तीन लोग थे। एक जम्हाई ले रहा था। दूसरा पानी पी रहा था। तीसरा सिगरेट पी रहा था। सिगरेट विल्स फ़िल्टर ही थी और पीनेवाला जे.के.कपूर था क्योंकि उसकी सूरत और खिचड़ी बाल ऐसे थे जैसे एम. एल. कपूर बीस साल बाद अंदर आकर बैठ गया हो। उसी ने पहला, दूसरा, तीसरा और चौथा सवाल पूछा। पाँचवाँ किसी ने नहीं पूछा। यद्यपि कपूर ने बाक़ी दो लोगों से दो बार कहा कि आप कुछ पूछिए, मगर दोनों बोले, हमें कुछ नहीं पूछना, आप चाहें तो आप ही कुछ पूछिए। वे दोनों फिर जम्हाई लेने लगे और पानी पीने लगे। कपूर ने ही सिगरेट का एक लंबा कश लेकर धुआँ उड़ाते हुए फिर पूछा–

"आधुनिक भारत की सबसे महत्त्वपूर्ण घटना क्या है ?"

"आवडी काँग्रेस का समाजवादी प्रस्ताव !"

कपूर हँसे, "यह प्रस्ताव है। घटना नहीं।"

"यह प्रस्ताव ही घटना है, सर।" बल्लो ने कहा।

मेज के दूसरी ओर तीनों एक-साथ बोले–

"जाइए।"

वह चला आया। बाहर कमरा ख़ाली था। एम.एल. कपूर की जगह उसकी कुर्सी के आस-पास धुएँ की कुछ लकीरें थीं। बगल के कमरे से तीन लोगों के खिलखिलाने की आवाज़ आ रही थी। वह गेट के बाहर चला आया। सड़क पर उसने रैगड़पुरा जाने के लिए बस और बस-स्टैंड का पता पूछा। एक लड़के ने उसके सवाल का जवाब दिया–"रैगड़पुरा !" फिर वह हँसकर बोला, "करोड़ीमल कॉलेज से कोई बस रैगड़पुरा नहीं जाती।" अजीब बात है, बल्लो ने अपने से कहा, रैगड़पुरा से करोड़ीमल कॉलेज बस आती है, मगर करोड़ीमल कॉलेज से रैगड़पुरा बस नहीं जाती। उसे विश्वास नहीं हुआ। उसने फिर एक लड़के से पूछा, जिसकी पैंट का पायंचा बल्लो के पैंट के पायंचे की तरह ही संकरा था। उसने कहा –"सीधे चले जाइए। दूसरे खंभे से दाईं ओर मुड़कर, फिर बाएँ मुड़ जाइए। बस नं. 99 वहीं से मिलेगी।"

जब बल्लो मोड़दार सीढ़ियाँ चढ़ता हुआ बरसाती में पहुँचा, किन्ने स्टोव पर सब्ज़ी बना रहा था। जब सब्ज़ी बन गई, उसने स्टोव बुझा दिया। "अभी आया" कहकर वह नीचे गया और दही और रोटियाँ ले आया। वे खाना खाकर लेट गए। बल्लो जानता था कि दही आतिथ्य के लिए लाया गया है। सामान्य भोजन स्टोव पर बनी सब्ज़ी और तंदूर से लाई रोटी ही थी। सब्ज़ी में यह सुविधा थी कि एक बार में दोनों बार के लिए भोजन तैयार हो जाता था। यही स्टोव-भोजन था, जो बल्लो

प्रयाग में अपने कमरे में करता था। यही सब्ज़ी-रोटी उनका परिवार झाँसी में शाम को खाता था। मगर वहाँ दोपहर में अक्सर दाल-चावल और सूखी सब्ज़ी भी बनती थी। तीज-त्यौहार को कढ़ी, रायता, पूड़ी-कचौड़ी और दही-बड़े भी बनते थे। दही-बड़े बल्लो और किन्ने दोनों को बहुत पसंद थे। जब वे खाने बैठते तो उनकी शर्त लगती थी और बिन्नू गिनती थी।

इलाहाबाद लौटकर पहली रात बिस्तर में अकेले बल्लो फूट-फूटकर रोया। उसे खुद पता नहीं था कि वह क्यों रो रहा है ? किन्ने के लिए, अपने लिए, दही-बड़ों के लिए या घर के नीम की छाँव के लिए ? उसने सपना देखा कि वह दौड़ रहा है और उसके पैरों के नीचे रेत है, सिर के ऊपर रेत है और चारों ओर हवा में रेत उड़ रही है। रेत का ऐसा अँधेरा था कि आँखें खोलने या बंद करने से कोई फ़र्क़ नहीं पड़ता था।

सवेरे वह पायजामा पहिनकर कमरे से बाहर हाथ में मग लिए गुसलखाने के लिए निकला और दोपहर में पैंट पहिनकर अनीता शुक्ला की कोठी की ओर चला। वह घर से पुरानी साइकिल ले आया था। यह वह जमाना था जब इलाहाबाद में बड़े-बड़े घरों के लड़के भी साइकिल चलाते थे और शहर की सड़कों पर साइकिल चलाने में कोई हेठी नहीं थी। रिक्शा तो ख़ैर रईसी थी। हवा से उमस और गर्मी जा रही थी। धूप में अक्टूबर की ठंडक थी। चौड़ी सड़क पर धूप और हवा पेड़ों से छनकर आती लगती थी। सड़क पर काँपते साए फैले थे। बल्लो को रात के सपने की रेत के सिवा कुछ याद नहीं था यद्यपि सुबह से कई बार उसने सपने को याद करने की कोशिश की थी। ''दयाल'', पीछे से कोई आवाज़ आई। बल्लो चौंका। उसे लगा दिमाग़ में चलते सपने की रेत ही उसे बुला रही है। वह पैडिल मारता रहा। आवाज़ दूसरी बार आई। तीसरी बार कंधे पर हाथ पड़ा।

''क्या बात है ? अपना नाम भूल गए ?'' शेखर ने कंधे पर हाथ रखे हुए हँसकर कहा।

वह भी साइकिल पर था। वह और बल्लो दोनों पहले वर्ष छात्रावास में एक ही कमरे में रहे थे।

''नहीं, तुम्हारी आवाज़ नहीं पहचान सका'', बल्लो ने साइकिल रोक दी।

दोनों सड़क के किनारे खड़े हो गए जहाँ पीपल के पेड़ की विराट छतरी तनी थी।

''कहाँ रहते हो, क्या करते हो, तुम्हारा कुछ पता ही नहीं चलता ?'' शेखर ने शिकायत की।

''यार, वक्त नहीं मिला।''

''कहाँ रहकर वक्त की तलाश करते हो ?'' शेखर हँसा।

''वो...'' बल्लो शायद हकलाया, ''वो आगे जस्टिस शुक्ला की कोठी में।

पिताजी के दोस्त हैं। बोले हॉस्टल में नहीं रहना तो मेरे साथ आकर रहो। आधी कोठी ख़ाली पड़ी है।"

बल्लो हँस रहा था।

जब वे दोनों साइकिल पर चढ़कर सड़क पर विपरीत दिशाओं में चले तो एक चील उनके सिरों पर बड़े-बड़े डैने फड़फड़ाती हुई निकल गई। इसके बाद बलरामदयाल का घर जस्टिस शुक्ला की कोठी में ही हो गया। जो मिला, बल्लो उसे यही कह देता। यह आवास-परिवर्तन उतना ही सहज था जितना एक चील का आकाश में उड़ जाना। यह जाड़ों-भर चला। मगर उतरते जाड़ों की एक दोपहर वह अंतिम बार जस्टिस शुक्ला की कोठी में घुसा।

उस दोपहर वह कमरे में बैठा अनीता का इंतज़ार करते हुए खिड़की के बाहर लॉन की क्यारियों में बसंत निहार रहा था : लाल और सफ़ेद और काले गुलाब के फूल खिले थे और डेहलिया पगला रहा था। हवा और धूप में इशारों की तरह फूल जुंबिश खा रहे थे। धूप लॉन पर लॉन के रंग की थी और फूलों पर फूलों के रंग की। कोई अदृश्य, पारदर्शी चादर थी जो खिड़की के बाहर हवा में लहरा रही थी। सूर्य इस समय आकाश में पता नहीं कहाँ था। बल्लो को पता नहीं चला अनीता कब कमरे में आई, कब उसने उसकी आँखों पर हथेलियाँ रखकर उसकी आँखें मूँदी और उसके होंठ चूम लिए। फिर उसने बल्लो के हाथ पकड़ लिए और कहा, "उठो, उठो, मास्टर जी !"

बहार, फूल, धूप, हवा और होंठ एकाएक ही सपने की तरह घट गए थे। वह सपने से यथार्थ के रेशे अलगा रहा था। रेशे पूरे उलझे थे। उनका रंग एक था। कभी यथार्थ सपना लगता। कभी सपना यथार्थ लगता। मैं सो रहा हूँ या जाग रहा हूँ ?—उसने एकाएक सोचा। मगर शक़ की कोई गुंजाइश नहीं थी। अनीता उसके हाथ थामे चीख़ी थी :

"छोड़िए, छोड़िए मेरे हाथ !"

बल्लो ने किंकर्तव्यविमूढ़ हड़बड़ाकर चारों ओर देखा। दरवाज़े पर अनीता की माँ खड़ीं थीं। अनीता उसके हाथ छोड़कर कमरे से भाग गई थी।

वह एकाएक उठा और कोठी से बाहर चला अया। जब वह बाहर आ रहा था, अनीता की माँ ने पीछे से बुलाया था। क्यों बुलाया था ? क्या महीने के बाक़ी पैसे देने को बुलाया था ? बल्लो बाद में लगातार अपने कमरे में रोटी-प्याज़ खाते हुए लालच से सोचेगा। उस समय वह निश्चित नहीं था। बल्कि उसे लगा था कि अनीता ने उसके हाथ पकड़कर जिस तरह "छोड़िए, छोड़िए" कहा था, उससे यह ज़ाहिर था कि बल्लो ने ही अनीता के हाथ पकड़े थे और उसने अनीता को चूमा था। जस्टिस शुक्ला ने उसे सज्जन समझकर अपनी जवान बेटी को पढ़ाने के लिए रखा था और श्रीमती शुक्ला उस पर भरोसा करके उसे अनीता के साथ अकेले कोठी

में छोड़कर चली गईं थीं। फिर बल्लो उर्फ़ बलरामदयाल ने क्या किया ? उसने जस्टिस शुक्ला की जवान बेटी को चूम लिया !

लेकिन अनीता ने भी तो बल्लो को चूमा था। दोनों के होठों का सम्मिलन ही चुंबन था। यदि अनीता बल्लो को न चूमती तो बल्लो अनीता को कैसे चूम लेता ? शायद अनीता की अनुभवी, प्रौढ़ माँ ने यह पेचीदगी समझी हो और सोचा हो कि जिस व्यक्ति ने उसकी बेटी को विद्या-दान दिया, उसके पैसे क्यों मारे ?—उसने अपने कमरे में रोटी-प्याज़ खाते हुए कई बार यह सोचा था। मगर सोच कभी-कभी रास्ता बदल देता। कभी वह देखता कि उसके पलटने पर अनीता की माँ उससे पूछ रही है, "मास्टर जी, क्या आपको शर्म नहीं आती ?" अगले दृश्य में बल्लो उर्फ़ बलरामदयाल जस्टिस शुक्ला की कोठी से दरबान द्वारा निकाला जा रहा होता और गेट पर शेखर हँसता खड़ा होता।

प्याज़ के साथ रोटी खाने की नौबत दो सप्ताह बाद ही आ गई। सब्ज़ी के लिए पैसे नहीं थे। सब्ज़ी उधार नहीं ली जा सकती थी। चावल, दाल, आटा, साबुन, टूथ-पेस्ट, तेल—सब उधार आ सकता था। धोबी का भी उधार चल सकता था। अख़बारवाला तो रोज़ अख़बार डालता ही था। वह इधर अख़बार में नौकरी का विज्ञापन ध्यान से देखने लगा। बल्कि इन दिनों वह सुबह-सुबह अख़बार पढ़ना दूसरे पृष्ठ से ही शुरू करता। दुनिया इंतज़ार कर सकती थी। पेट इंतज़ार नहीं करता। मध्यवर्गीय पेट की मध्यवर्गीय मुश्किलें थीं। एक सुबह एक इश्तहार था :

"क्या किसी साहसिक युवक को सुनहरा भविष्य चाहिए ?"

"हाँ, हाँ, मुझे चाहिए।"

बल्लो के मुँह से उपर्युक्त शब्द निकले। उसे अपने साहसी होने में कोई संदेह नहीं था। साहस न होता तो वह अनीता को कैसे चूमता ? साहसी युवक को बारह बजे बार्नेट्स में मिस्टर ए. मुखर्जी से मिलना था। वह ग्यारह बजे अपने कमरे से निकला और साढ़े ग्यारह बजे उसने सिविल लाइंस में पैलेस के स्टैंड पर अपनी साइकिल जमा कर दी। फिर वह सिनेमा टॉकीज़ के बरामदे में दीवारों पर लगी तस्वीरें देखने लगा। "टी हाउस इन दि ऑगस्ट मून" की तस्वीरें थीं। तस्वीरों से ही लगता था कि यह कोई नाजुक-सी प्रेम-कहानी है। चाँद और चाँदनी का प्रेम और कविता से सीधा संबंध था। फ़िल्म में नायक अमरीकी था और नायिका जापानी थी। बड़ी-बड़ी आँखों वाली। अनीता की तरह। इतनी सुंदर लड़कियों की आँखें इतनी बड़ी क्यों होतीं हैं ? बल्लो उर्फ़ बलरामदयाल ने सोचा। क्या ज़रूरत है इतनी बड़ी आँखों की ? तभी उसे अपने पीछे हॉल की सीढ़ियों पर अनीता की आवाज़ सुनाई दी। वह अपनी सहेलियों से खिलखिलाती हुई बतिया रही थी। वे दोपहर का शो देखने आईं थीं। वह टॉयलेट की ओर बढ़ा। उसने पेशाब किया। मुँह धोया। आईने में अपने बाल सँवारे। फिर वह बार्नेट्स की ओर बढ़ा।

वह जीवन में पहली बार इतने शानदार होटल में घुस रहा था। लॉन मखमली था। उसके चारों ओर रंग-बिरंगे फूल तरतीब से खिले थे। धूप में रंगों की बहार थी। पोर्टिको से अंदर हॉल में घुसकर उसने पाया कि इलाहाबाद में साहसी युवकों की कमी नहीं थी, जो उसी की तरह सुनहरे भविष्य की ख़ातिर वहाँ जमा हो गए थे। अलबत्ता यहाँ कोई एम.एल. कपूर नज़र नहीं आ रहा था। आख़िरकार उसे अंदर बुलाया गया। मिस्टर ए. मुखर्जी एक सोफ़े पर बैठे सिगार पी रहे थे। उन्होंने उसे बैठने को कहा। जब वह सोफ़े पर बैठा तो उसे लगा कि वह सोफ़े में धँस जाएगा—सोफ़ा इस कदर नर्म था। उसने अपना वज़न सीधे संभालने की कोशिश की और सामने देखा : मिस्टर ए. मुखर्जी हाथ में सिगार थामे मुस्करा रहे थे।

इंटरव्यू ऐसे शुरू हुआ जैसे एक नया दोस्त दूसरे दोस्त से उसके बारे में पूछ-ताछ करता है। मि. ए. मुखर्जी ने उससे इसी तरह हर चीज़ के बारे में भी सवाल पूछे। बलरामदयाल के परिवार में कितने लोग हैं ? पिताजी क्या करते हैं ? छोटा भाई क्या करता है ? बड़ी बहिन किस क्लास में पढ़ती है ? बलरामदयाल, तुमने इंटर तक साइंस पढ़ी, फिर आर्ट्स में क्यों चले गए ? तुम्हारी क्या महत्त्वकाँक्षा है ?—इस प्रश्न के जवाब में बल्लो कहना चाहता था कि आज सुबह मैंने फिर रोटी प्याज़ के साथ खाई। प्याज़ भी दो-तीन दिन में ख़त्म हो जाएगा। फिर क्या मैं रोटी रोटी के साथ खाऊँगा ? मगर सवाल का जवाब सवाल नहीं होता। इसलिए उसने कहा :

"सुनहरा भविष्य !"

मिस्टर ए. मुखर्जी ने बताया कि उन्होंने कलकत्ता में एक दवाई की कंपनी शुरू की है। उसका भविष्य सुनहरा है। इसलिए तुम्हारा भविष्य भी सुनहरा है, बलरामदयाल। मैं सिर्फ़ विज्ञान के स्नातकों को ले रहा हूँ। मगर तुम बहुत ज़हीन लगते हो। इंटर साइंस से भी काम चल जाएगा। डेढ़ सौ रुपए वेतन मिलेगा। भत्ता अलग।

जब वह कमरे से बाहर आया उसके पैर ज़मीन पर नहीं पड़ रहे थे। ज़मीन पर कालीन बिछा था। कालीन मोटा था। जैसे ही पैर उस पर पड़ता, कुछ उछाल का अहसास होता। वह उछलता-सा बाहर आया। पोर्टिको के बाहर गेट तक लाल बजरी बिछी थी। लाल बजरी में उछाल का सवाल नहीं था। लेकिन बल्लो को लगा मानो बजरी भी उसके तलवों को गुदगुदा रही है। क्यारियों में फूलों ने ठहाका लगाया जो चारों ओर धूप में बिखर गया।

जब ताँगा मानिक चौक से गली में मुड़ा तो बल्लो को एक झटका लगा। वह गिरा नहीं क्योंकि उसका दायाँ हाथ ताँगे की पीछे की सीट पर फैला था और टाँगें दूसरी ओर टिकी थीं। उसने तकिए की पट्टी को दाएँ हाथ से झटके के दौरान भींच लिया था—यह झटके के बाद पता चला। सुबह का वक्त था। गली में भीड़ नहीं थी। पत्थर के फ़र्श पर घोड़े की टापें बोल रहीं थीं। उसका दवाइयों के नमूनों से भरा चमड़े का बैग ताँगे की अगली सीट पर रखा था और सीट के आगे ताँगेवाले की टाँगों के नीचे उसकी चमड़े की नई अटैची थी जिसके पेट पर दो पेटियाँ बँधी थीं। गली में तीन मेहतरानियाँ सिर पर टोकरियाँ लिए मिलीं, कुछ लड़के स्कूल जाते मिले और एक अधेड़ अकेली धोती बदन पर लपेटे जैन मंदिर की ओर जा रहा था। बल्लो इस अधेड़ का नाम नहीं जानता था, चेहरा जानता था—उसने इस अधेड़ के चेहरे में उसका जवान चेहरा पहचान लिया जो उसने तब देखा था जब वह स्वयं बालक था और सकूल में पढ़ता था। वह तब गली में बस्ता टाँगे स्कूल जाते लड़कों की तरह स्कूल जा रहा होता और एक युवक नंगे बदन धोती से ढँके मंदिर जा रहा होता। उसी युवक का चेहरा अब ढल गया था और खिचड़ी बालों को सिर पर रखे वह मंदिर जा रहा था जैसे मंदिर जाते-जाते उसके बाल सफ़ेद हो गए हों।

जैसे ही ताँगा पौर के सामने रूका, अंदर से ढोलक की आवाज़ आई। बल्लो चौंका। क्या उसकी सगाई का मुहूर्त आज निकाल लिया गया है ? उसने तो उरई, चरखारी और जालौन तीनों जगहों से आई तस्वीरों को वापिस भेजकर मना लिख दिया था और लिख दिया था कि मुझे अभी ब्याह करना ही नहीं। उसे यह बात अजीब लगती कि जीवन की पहेली का हल सामने रखकर उससे कहा जाए कि अब पहेली हल करो। यदि प्रेम जीवन में न होता तो किताबों में कहाँ से आता ? और यदि प्रेम किताबों में है तो जीवन में ज़रूर होगा। बस, उसे ढूँढ़ना है ! उसे तब पता नहीं था कि उसके मन में सिर्फ़ जाँघिया पहने सुनीता और नाचती अनीता की छवियाँ प्रेम की छवियाँ ही थीं। जब वह अटैची पौर के चबूतरे पर रख रहा था बिन्नू आँगन

से आई और "दादा, दादा" कहती उससे लिपट गई। उसका सिर अब बल्लो का कंधा छू रहा था। वह ढाई बरस बाद घर लौटा था। ढाई बरस में बिन्नू ने क्या छत छू ली थी ? वह जब अलग होकर आँखों के सामने आई तो बल्लो ने उसे देखा। वह सचमुच छत छू लेती यदि हाथ ऊँचे करती।

ढोलक दालान में बज रही थी और इसका कारण अंदर के कोठे में लेटी अम्माँ थीं, जिनके बगल में एक नन्हा शिशु आँखें बंद किए मुट्ठियाँ भींचें लेटा था। वह पिछली रात ही पैदा हुआ था और बीच-बीच में चीख़ने लगता था। उसकी चीख़ ढोलक की थापों के बीच दब जाती थी। ढोलक के चारों ओर पड़ोसिनें बैठीं थीं। उसने सबके पैर छुए। आँगन में खड़ी बिन्नू को लगा जैसे बल्लो ढोलक के पैर चारों ओर से छू रहा है। वह हँसने लगी। फिर बल्लो ने ठाकुरजी, नाइन मौसी, और मेहरी मामी के पैर छुए। नीम की डालें आँगन के ऊपर झूमती हुई नीचे झुक रहीं थीं। सूर्य छत पर मंदिर के गुंबद के पीछे उभर रहा था। गुंबद की चोटी पर मढ़ा सोना धूप में दमक रहा था। बल्लो छोटी अटारी में अटैची लिए घुसा जैसे स्टेशन से वह घर में नहीं छोटी अटारी में आया हो। अटैची अंदर रखकर वह बाहर छत पर आया और बड़ी अटारी की ओर बढ़ा जहाँ रामदयाल धारीदार जाँघिया पहने अधलेटे अख़बार पढ़ रहे थे।

जब बिन्नू ने आँगन में बताया था कि बाबू ऊपर बड़ी अटारी में लेटे हैं तो बल्लो को अचंभा हुआ था क्योंकि यह वक्त उनका बैठक में बैठने का था। बिन्नू ने कहा था कि पिछले माह से बाबू का कार्यक्रम बदल गया है। क्यों ? बल्लो ने पूछा था। क्योंकि बाबू रिटायर हो गए हैं, बिन्नू ने कहा था। बड़ी अटारी में बाबू के साथ उनके मित्र चौबेजी बैठे थे। चौबेजी सिगरेट पीते हुए हँस रहे थे।

"बधाई"

रामदयाल ने आँखें ऊपर उठाईं। उन्हें लगा जैसे बल्लो ने पैर छूते हुए कहा हो, बधाई।

"बधाई, पुत्र-रत्न की प्राप्ति के लिए", चौबेजी हँस रहे थे।

रामदयाल के हाथ में अख़बार था और चेहरे पर उदासी थी। बधाई देनेवाला हँस रहा था और लेनेवाला उदास था। रामदयाल असल में बधाई का मतलब नहीं समझे थे। उनकी समझ में नहीं आ रहा था कि बधाई का सबब बड़े लड़के का घर लौटना है या छोटे का घर में आना। उनकी आँखों में सवालिया निशान था। उस निशान को देखकर चैबेजी संजीदा हो गए।

"क्या बात है ?" चौबेजी ने पूछा।

रामदयाल चुप रहे।

"क्या बात है ?"

"अब क्या होगा ?"

रामदयाल ने अख़बार के मुख-पृष्ठ की ओर संकेत किया था। मुख-पृष्ठ पर मृत नेहरू की तस्वीर थी। नेहरूजी कल नहीं रहे थे। चीनी आक्रमण के बाद उनकी छाया बची थी। कल छाया भी चली गई। जब छाया नहीं रहती तो अँधेरा हो जाता है। अख़बार में अँधेरा छाया था।

"अब क्या होगा ?" रामदयाल ने फिर कहा। वे कभी ऊपर देखते, कभी नीचे—जहाँ ढोलक बज रही थी।

कोई कुछ नहीं बोला।

बल्लो छोटी अटारी में लौटकर कपड़े बदलना चाहता था। वह पीछे दरवाज़े की ओर मुड़ा ही था कि रामदयाल की तेज़ आवाज़ उसके कानों में पड़ी, "बल्लो !"

"जी", उसने गर्दन पीछे मोड़ी।

"नीचे जाकर फ़ौरन ढोलक बंद कराओ।"

जब ढोलक बंद हुई तो नवजात शिशु की चीख़ घर में गूँजने लगी।

अम्माँ सोर में थीं। सोर दालान के भीतर कोठे के भीतर कोठे में थी, जहाँ दिन का उजाला दालान और एक कोठे से छनकर एक धुँधलका हो जाता था। जब नहा-धोकर बल्लो सोर में घुसा तो सोर में एक दीया जल रहा था। दीए की रोशनी धुँधलके को रोशन कर रही थी। उस धुँधलके में अम्माँ की लेटी हुई आकृति थी, जिसके बगल में एक शिशु की आकृति थी। अम्माँ के चेहरे पर धुँधली थकान थी। वे मुस्कराईं। "आ गए", उन्होंने कहा। फिर कहा, "जाओ, खाना खाओ।" और कुछ नहीं कहा। बल्लो ने देखा कि अम्माँ की आँखों में भी धुँधलका था। यह कोठे का धुँधलका था या अम्माँ का ?

जब बल्लो सोर के बाहर आया, उसके नथुनों में सोर की गंध फड़फड़ा रही थी। यह लोबान और हींग की मिली-जुली गंध थी जो तीखी थी। सोर का धुंधलका इसी गंध में डूबा था जिसमें लिपटा बल्लो बाहर आया। शायद मुन्नी को यह गंध सम्मोहित कर रही थी। तभी वह दालान या आँगन के बजाय इस बीच के आधे अँधेरे कमरे में बैठी थी और गुड़ियों से खेल रही थी। मुन्नी की उम्र अब वही थी जो बिन्नू की उम्र दस बरस पहले थी—बल्लो ने अपने से यही कहा क्योंकि पहली नज़र में बल्लो को लगा था कि बिन्नू ही गुड़ियों से खेल रही है। मुन्नी गुड़ियों से 'घर-घर' खेल रही थी। बल्लो खड़ा हो गया और घर का खेल देखने लगा : एक घर में घर था और घर के चारों ओर घर थे, हर घर घरों से घिरा था, घर के अंदर लोग थे, घर के बाहर लोग थे, घरों और लोगों के बीच रेलम-पेल मची थी, पता ही नहीं चलता था कि कौन किस घर का है ? अलबत्ता हर घर के अंदर लगता कि दुनिया आँगन में नीम के परे नहीं है। नीम के परे आकाश था।

बल्लो सीधा चौके में पहुँचा और पटे पर पालथी मारकर बैठ गया। चौके में धुआँ था जो धूप में चमक रहा था और आँगन की ओर लहरा रहा था। चूल्हे के

बगल में बिन्नू बैठी थी जैसे हमेशा अम्माँ बैठतीं थीं—जो अभी सोर में लेटीं थीं। जब आँखों में धुआँ लगा तो बल्लो ने आँखें नीची कीं। तब उसने देखा कि उसकी टाँगें नंगी थीं और उसने नहाकर धारीदार जाँघिया पहना था। उसे हँसी आई।

''क्यों हँस रहे हो, दादा ?' बिन्नू ने पूछा।

''क्या मैं हँस रहा हूँ ?''

''हाँ'', बिन्नू हँसी।

''शायद छोटे भैया के घर में आने पर हँस रहा हूँ।''

फिर बिन्नू ने थाली उसके आगे रख दी। थाली में एक कटोरी रखी थी जिसमें अरहर की दाल थी—थोड़ा-सा घी भी शायद पड़ा था। कटोरी के बगल में आलू की सूखी सब्ज़ी रखी थी और सब्ज़ी के बगल में एक ताज़ी रोटी थी जिस पर घी चुपड़ा था। रोटी के बगल में आम का अचार था और प्याज़ के कुछ कटे टुकड़े थे।

''भात भी है'', चौथी रोटी देते हुए बिन्नू ने कहा।

''अब भात देना।''

बल्लो ने सोचा कि ऐसा खाना जिसमें इतना स्वाद हो उसने शायद पिछले जनम में कभी खाया था।

छोटी अटारी की मेज़ पर रखे आईने में जब बल्लो ने टाई बाँधी तो उसे लगा कि पीछे की दीवार पर चन्द्रशेखर आज़ाद अपनी तस्वीर में मूँछें उमेठते हुए मुस्करा रहे हैं। उसने चौंककर पीछे देखा और अपना चमड़े का बैग उठाकर वह छत पर आया। उसने सफ़ेद पेंट और सफ़ेद कमीज़ पहनी थी और नीली टाई बाँधी थी। उसके हाथ में चमड़े का लाल बैग था, जिसमें दवाइयों के नमूने थे। नीम की डाल पर बैठे तीन कौए एकाएक चीख़े और पँख फड़फड़ाकर उड़ गए। कुछ पत्तियाँ टूटकर हवा में उड़ती हुई नीचे छत पर आने लगीं। पेड़ के भीतर आकाश कहीं चमका।

वह सीढ़ियाँ उतरकर आँगन के बीच खड़ा हो गया। एक क़दम उसने पौर की ओर बढ़ाया, फिर क़दम पीछे हटाया। फिर एक पैर उसने स्नानघर की ओर उठाया और तत्काल पीछे लौटा लिया। वह खड़ा रहा। बिन्नू रसोईघर से हँसी—''क्या कवायद कर रहे हो, दादा ?'' उसने हड़बड़ाकर क़दम स्नानघर की ओर बढ़ा दिया और कुंडी खोलकर बाहर गली में निकल गया। वह घर के सामने वाली सड़क पर नहीं जाना चाहता था। उसके हाथ में बैग देखकर कोई कुछ भी सवाल कर देता। तब इस क़स्बे में ऐसी नौकरी करनेवाले नहीं थे। यह किवंदंती थी कि ऐसी ग़ैर-सरकारी नौकरी सड़क पर चाट या कुल्फ़ी का ठेला लगाने की तरह थी, बल्कि उससे बदतर थी क्योंकि ठेला भी अपना नहीं था और बैग में बंद था। उसे बैग लेकर ख़ैराती अस्पताल जाना था। उसने बचपन से शहर के बड़े अस्पताल का नाम ख़ैराती अस्पताल ही सुना था। न कभी रामदयाल इस अस्पताल में गए थे, न कोई दवा कभी इस अस्पताल से घर आई थी। बल्लो ने यही समझा था कि यह दवाखाना यतीमों के लिए ही है। यह

खुलासा बाद में हुआ कि यह सरकारी अस्पताल था और अंग्रेज़ों के ज़माने में झाँसी के नागरिकों ने इसका बहिष्कार कर दिया था और नाम दिया थाः ख़ैराती अस्पताल !

राजा कचहरी से सीधा वेस्पा स्कूटर चलाता हुआ आया और आँगन पार करता हुआ सीढ़ियों पर धड़धड़ाता ऊपर छत पर आ गया जहाँ छोटी अटारी के अंदर खाट पर बल्लो धारीदार जाँघिया पहने दूसरी ओर मुँह किए लेटा था। राजा को कचहरी में किसी ने बताया था कि उसने बल्लो को ख़ैराती अस्पताल में घुसते देखा था। "क्या उसके हाथ में चमड़े का बैग था ?" उसने पूछा था। "हाँ", जवाब सुनकर राजा हँसा था और पेड़ के नीचे अपने दोस्तों के साथ फिर बतियाने लगा था। पाँच बजे उसने नई सिगरेट सुलगाई थी और अपना चमाचम स्कूटर निकाल कर सड़क पर छोड़ दिया था। अब रानी लक्ष्मीबाई की नगरी में इने-गिने स्कूटर थे। कचहरी में बस एक था : राजा का वेस्पा। राजा स्कूटर पर राजा की सवारी की तरह निकलता था।

"अब तो यह धारीदार उतार दो", राजा ने अटारी में घुसते हुए कहा।

बल्लो पलटा, "क्या नंगा हो जाऊँ ?"

उसने देखा कि राजा वकील के पूरे लिबास में था : सफ़ेद पेंट, काला कोट और सफ़ेद बैंड। राजा के सिर पर उसके बाल काली पट्टी की तरह जमे थे। एक बाल में भी जुंबिश नहीं थी। बल्लो राजा के बाल देख रहा था और राजा बल्लो का धारीदार जाँघिया देख रहा था। दोनों हँस रहे थे।

जब राजा ने उससे अपने साथ चलने को कहा तो बल्लो ने जाँघिए पर पैंट पहना और स्कूटर की पीछे की सीट पर बैठ गया। स्कूटर गलियों, बाज़ार और गलियों से होता हुआ राजा के दरवाज़े पर रूका। जब स्कूटर रूका तो राजा ने स्कूटर की जेब से एक डायरी निकाली और घर के अंदर बढ़ा। बल्लो उसके पीछे था। वे दोनों बैठक में बैठ गए। बैठक के एक कोने में तिपाई पर तीन क़ानून की किताबें एक-के-ऊपर-एक रखीं थीं जैसे तीन उपन्यास रखे हों जिन्हें कोई ऊब कर पढ़ता हो और जम्हाइयाँ लेता हुआ वापिस रख देता हो।

"क्या अभी तुम्हारी वकालत यहीं तक पहुँची है ?" बल्लो ने तिपाई की ओर उँगली दिखाते हुए कहा।

राजा हँसा, "लाइब्रेरी ऊपर है।"

"ऊपर ?"

"हाँ"

"यह मैंने आज तक नहीं देखा", बल्लो ने हताश ठंडी साँस ली, "अरे, वकील की लाइब्रेरी तो उसका शो-रूम है, जिसके भीतर उसकी दुकान होती है।"

राजा फिर हँसा।

"अच्छा", बल्लो ने पूछा, "दीवानी में काम करोगे या फ़ौजदारी में ?"

"दोनों में", राजा ने हँसते हुए कहा, "चलो, ऊपर चलें।"

ऊपर कमरे में राजा कपड़े बदलने लगा और बल्लो आराम-कुर्सी पर बैठ गया। एक लड़की चौड़ी लाल बॉर्डर की साड़ी पहने और लाल टीका लगाए कमरे में घुसी। उसके दोनों हाथों में दो पानी के गिलास थे। उसने दोनों पुरुषों को पानी दिया और बल्लो को देखकर मुस्कराने लगी। राजा ने परिचय कराया। देवी उरई के वकील रामप्रसाद की बेटी थी, जिससे पिछले माह उसका विवाह हुआ था।

"सुनो", राजा ने देवी से कहा, "ये गिलास ले जाओ और असली गिलास लाओ।"

जब देवी चली गई तो बल्लो ने पूछा, "असली गिलास क्या ?"

"अभी पता चल जाएगा।"

फिर राजा ने आलमारी से दो बोतलें निकालकर बीच की मेज़ पर रखीं। एक रम की बोतल थी, दूसरी ह्विस्की की बोतल थी।

"फ़ौजदारी करोगे ?" लाल-सी बोतल की ओर इंगित करते हुए राजा ने पूछा, फिर दूसरी बोतल की ओर देखते हुए, "या दीवानी ?"

"मैं झगड़ा नहीं करता।"

"ठीक है। दोनों का मेल कर देते हैं।"

देवी एक ट्रे में दो गिलास, एक पानी का जग और दो नमकीन की प्लेटें ले आई और ट्रे मेज़ पर रखकर एक ओर एक कुर्सी पर बैठ गई।

"यहाँ भी कोई किताब नहीं दिखती।" बल्लो ने एक घूँट लेकर कमरे में देखते हुए कहा।

"जब है नहीं तो दिखेगी कैसे ?"

"फिर लाइब्रेरी कहाँ है ?"

"ऊपर...यहाँ !" राजा ने अपने दिमाग़ की ओर उँगली उठाई।

बल्लो उसे देखता रहा।

देवी उठकर चली गई।

"राजा !"

"हाँ"

"तुम बड़े भाग्यशाली हो !"

"क्यों ?"

"लगता है, मॉरिया साड़ी पहिनकर देवी बन गई है।"

राजा ने ठहाका लगाया और ठहाके पर ठहाके लगाता गया।

"क्यों पगला रहे हो ?" बल्लो ने तंग आकर कहा।

राजा चुप हो गया। उसने आँखें मूँद लीं। फिर उसने आँखें मूँदे आहिस्ता-आहिस्ता कहा, "जब पहली रात मैंने पहली बार देवी का चेहरा देखा तो

मैं पगला गया था। मैं हैरत में पड़ गया था कि मॉरिया साड़ी पहिनकर मेरे बिस्तर पर कैसे आ गई !''

''तुम बड़े क़िस्मतवाले हो राजा !'' बल्लो ने सिगरेट का एक कश लेकर फिर कहा।

''हाँ''

''राजा की तरह !''

''हाँ''

''पैदाइशी क़िस्मतवाले !''

राजा हँसा, ''नहीं ज़्यादा।''

''कैसे ?''

''राजा को राज-पाट संभालना पड़ता है। मेरे वेस्पा की जेब में एक डायरी है, बस।''

बल्लो को अचानक सिर बहुत भारी लगा। कॉकटेल का असर था। उसने एक बड़ा घूँट लिया और एक सिगरेट सुलगा ली। घर की छतों पर रात का सन्नाटा छाया था। सन्नाटे में अँधेरा घुला था।

''राजा'', बल्लो ने सिर ऊपर उठाकर कहा।

''हाँ''

''वेस्पा भी देवी के साथ आया है न ?''

''हाँ'', राजा ने जम्हाई ली, ''वे तो फ़िएट के लिए कह रहे थे। मैंने ही मना कर दिया। गुदड़ी की गलियों में फ़िएट कैसे घूमती, बताओ ?''

बल्लो चुप रहा।

''बताओ, बताओ ?'' राजा ने फिर आज़िज़ी से पूछा।

''हाँ, तुम ठीक कहते हो'', बल्लो ने छत पर अँधेरे की ओर देखते हुए कहा, ''गुदड़ी की गलियों में फ़िएट चलाने के लिए गुदड़ी को बदलना पड़ेगा।''

राजा हँसा—''और गुदड़ी को बदलने के लिए झाँसी को बदलना पड़ेगा।''

गई रात जब बल्लो ने घर की साँकल खटखटाई, किवाड़ रामदयाल ने खोले। शायद उन्होंने फ़ौरन शराब सूँघ ली—क्योंकि वे तुरंत पलटे और ऊपर बड़ी अटारी में चले गए। बल्लो छोटी अटारी में पैंट उतारकर चारपाई पर लेट गया और उसने आँखें बंद कर लीं।

घर की क्या हालत थी ? नेहरूजी नहीं रहे थे, बड़ा लड़का शराब पीने लगा था, छोटा सोर में था—बिन्नू माँ जितनी लंबी हो गई थी। नेहरूजी के न रहने से काश्मीर से कन्याकुमारी तक एक शून्य छा गया था। अब 'आवडी-स्वप्न' का क्या होगा ? रामदयाल को नींद नहीं आ रही थी। कुछ देर वे बिस्तर पर पड़े छत की ओर देखते

रहे : छत पर चाँदनी थी। फिर वे चाँदनी में निकल आए। चाँदनी में छत पर नीम की छाया पड़ी थी। छाया आहिस्ता-आहिस्ता हिल रही थी। छत पर छायी पत्तियाँ काँप-काँप जातीं और पेड़ की शाखों को हिलाने लगतीं। चाँद आकाश में तारों से घिरा था और तारे नीले शून्य से। यद्यपि तारे काफ़ी पास लगते थे—इतने पास कि रामदयाल हाथ बढ़ाएँ तो शायद कोई तारा हाथ में आ जाए—मगर धरती और तारों के बीच साँवला शून्य था। ऐसा नहीं है कि रामदयाल को 'आवडी स्वप्न' पर पूरा भरोसा था—भरोसा होता तो रामदयाल आज़ादी के बाद काँग्रेस पार्टी छोड़ते ही क्यों ? लेकिन फिर भी नेहरू पर भरोसा था। नेहरू प्रतीक बन गए थे। एकाएक रामदयाल को लगा जैसे गली के पार मंदिर की सारी बत्तियाँ बुझ गईं हैं और मंदिर में अँधेरा है। वे अब नीम की छाया की ओर देख रहे थे।

नीम की छाया घर पर छाई थी। घर में सोर थी। माँ जितनी बिन्नू और बल जैसी मुन्नी थी। शराब में धुत्त बल्लो था। और अवकाश-प्राप्त घर का मुखिया था। किन्ने का ख़्याल भी नहीं था। रामदयाल को छत पर सूनी चाँदनी में खड़े हुए अचानक शक हुआ। क्या नेहरू की मृत्यु पर हरिदयाल ही सोर में रो रहा है ? सोर से शिशु के रोने का स्वर दालान और आँगन की हवा में छटपटाता हुआ सीढ़ियों पर चढ़कर छत पर रामदयाल के क़दमों के इर्द-गिर्द चक्कर काट रहा था। वह अनवरत रो रहा था जैसे कोई पीड़ा है जो ढाढ़स के परे है। फिर एकाएक वह चीख़ने लगा। एक चीख़ और दूसरी चीख़ के बीच सन्नाटा कौंधा। सन्नाटे में चाँदनी की चादर काँपी। रामदयाल को पता नहीं चला कब उनकी आँखों से आँसू ढरकने लगे। यह पकी आँखों के आँसू थे जिनमें दुनिया डूब जाती।

अगली सुबह जब रामदयाल ने पहली बार शिशु को देखा तो उसने आँखें खोलकर रामदयाल को देखा जैसे उन्हें पहचान रहा हो। सबको अचंभा हुआ। रामदयाल को कोई आश्चर्य नहीं हुआ। उन्हें अच्छा लगा कि हरि अब रो नहीं रहा था। शिशु का नाम हरि ही है—हरिदयाल—इसमें अब रामदयाल को कोई शक नहीं था। उन्हें लगा कि किसी समय में जब वे खुद पाँच-छः बरस के थे उन्होंने हरि का यही चेहरा देखा था। क्या यह क्षण उसी समय की छाया है—या पुनरावृत्ति ?

"हरि, हरि", रामदयाल ने शिशु को उँगलियों से छुआ।

शायद एक क्षण को शिशु मुस्कराया।

"देखो, देखो, हरि अपना नाम सुनकर हँस रहा है", रामदयाल हँसे, "देखो, हरि की अम्माँ !"

बल्लो की अम्माँ रामदयाल को टुकुर-टुकुर देख रही थीं। वह बोलीं—"मैं बल्लो की अम्माँ हूँ। हरि की भौजाई थी। हरि अब नहीं है। क्यों घर में भूत को जगाते हो ? इस बच्चे का अभी कोई नाम नहीं है।"

"यह बच्चा अपना नाम लेकर आया है, हरि की अम्माँ", रामदयाल सोर के

धुँधलके में बोल रहे थे, "जैसे सूर्य और चंद्र का कोई नाम नहीं रखता।"

शायद बल्लो की अम्माँ कुछ कहतीं, मगर रामदयाल तुरंत सोर के बाहर हो गए।

नामकरण संस्कार का यह दिलचस्प समारोह था जिसमें नाम पहले ही रख लिया गया था और नाम पंडितजी ने राशिके अनुसार नहीं बल्कि पिताजी ने रात की चीख़ के अनुसार रखा था। सबसे पहला कार्यक्रम सत्यनारायण की कथा था जिसमें रामदयाल को भूखे पेट बैठना पड़ा। कोई चारा नहीं था। उन्होंने दत्तचित्त सत्यनारायण की कृपा से लकड़हारे के संपन्न हो जाने की कथा सुनी। फिर लीलावती और कलावती के सौदागर पति समुद्र पार गए, उन्होंने खूब धन कमाया और पराए राज्य में पराए अपराध के लिए पकड़े गए क्योंकि सत्यनारायण की कथा की प्रतिज्ञा का पालन नहीं हुआ था। यही नहीं, पराए राज्य से छूटकर जब वे वापिस आ रहे थे तो नौका में लदा उनका धन मिट्टी हो गया क्योंकि उन्होंने झूठ बोला। अंत में सत्यनारायण की अनुकंपा से मिट्टी फिर सोना हो गई और लीलावती-कलावती अपने पतियों को पाकर परम सुखी हो गईं। यह सब सत्यनारायण की कथा का प्रताप था जो रामदयाल ने अभी सुनी। शायद पहली बार इतनी ध्यान से सुनी। उन्होंने सोचा कि यदि यह कथा सच्ची है तो 1857 के प्रथम स्वतंत्रता संग्राम में अपने पितामह को खोने के बजाय उनके पुरखों ने सत्यनारायण की कथा क्यों नहीं करवाई थी ? उनके पुरखे ही क्यों, नगर के पुरखे ही इस कथा का अनुष्ठान कर लेते तो अंग्रेज़ भाग न जाते ! ख़ैर, अब भी वक्त था। नेहरूजी अपना सपना लेकर चले गए। उनका सपना लौटाने का अनुष्ठान हो। पंडितजी ने तभी ऊँची आवाज़ में कहा–

"जजमान, चिरंजीव हरिनारायण के नामकरण के मुहूर्त पर दान दें।"

रामदयाल मन-ही-मन हँसे। हरिनारायण के नामकरण का मुहूर्त तो आधी रात की चाँदनी थी जब वे छत पर सन्नाटे में खड़े थे और उसका नाम तो उसके चाचा के नाम के साथ आधी सदी पहले रख दिया गया था। मगर उन्हें भूख लग रही थी। परिपाटी थी। दान के साथ कथा समाप्त हुई।

सत्यनारायण की कथा में सारे रिश्तेदार आमंत्रित थे। बाबा बीमार थे। इसलिए बाई भी नहीं आईं थीं। उनकी बेटियाँ आईं थीं। नीला, लीला और सपना भी अपने पतियों के साथ आईं थीं। इन तीनों का विवाह पिछले वर्ष एक ही मंडप के नीचे हुआ था। हुआ यह था कि बाबा ने जिन अनिल बनर्जी आई.सी.एस. के नीचे काम किया था, उन्हीं का बेटा सुनील बनर्जी आई.ए.एस. पिछले वर्ष कलक्टर होकर शहर में आ गया था। बाबा ने सुनील को बचपन में चोरी-छिपे खूब लॉलीपाप खिलाई थी–वे रोज़ ही कोठी पर जाते थे और चुपचाप एक लॉलीपाप अपनी कमीज़ की जेब से निकालकर सुनील की कमीज़ की जेब में डाल देते थे। बच्चे अक्सर लॉलीपाप

भूल जाते हैं। सुनील नहीं भूला था। जैसे ही बाबा पिछले बरस उसकी कोठी पर मिलने पहुँचे, उसने हँसकर कहा था—

"चाचा, मेरी लॉलीपाप कहाँ है ?"

"बेटा", बाबा ने कहा था, "अब मुझे तुमसे लॉलीपाप चाहिए।"

अगले माह कचहरी में तीन नए लड़कों की नियुक्ति हुई थी और एक माह बाद तीनों का विवाह नीला, लीला और सपना से संपन्न हो गया था। तीनों के माथे पर सुहाग का टीका था और नाक में नथें थीं। अलबत्ता जिस सुनीता को बल्लो ने धारीदार जाँघिया पहने आँगन में देखा था, उसे उसकी सबसे बड़ी बहिन सीता समझा और सीता को उसकी माँ गौरी—जो बीमारी की वजह से नहीं आईं थीं। गौरीशंकर कथा के दौरान लगातार आँखें मूँदे बैठे रहे थे।

खाने के बाद बल्लो राजा को छोटी अटारी में ले गया और किवाड़ बंद करके दोनों सिगरेट पीने लगे। जब एक लंबा कश लेकर राजा ने बताया कि वह कुछ माह में पिता बनने वाला है तो बल्लो ने उसे बधाई दी। बधाई के जवाब में राजा ने कहा कि आज घर में जश्न तुम्हारे बेटे के नामकरण का होना चाहिए था, समझे !

ढोलक के स्वर दालान से उठकर आँगन में घूमते हुए पेड़ पर गिलहरियों की तरह चढ़ रहे थे।

सबसे छोटी बहिन सुनीता का चेहरा सबसे बड़ी बहिन सीता के चेहरे में डूब जाना कोई मामूली बात नहीं थी जैसे बल्लो ने दिखाया था जब सुनीता ने आँखें ऊपर उठाकर कहा कि मैं सीता नहीं सुनीता हूँ। सुनीता की आँखों में सचमुच सुनीता फँसी थी। क्षण-भर बल्लो देखता रह गया था। वे आँगन में खड़े थे। राजा जान-बूझकर बल्लो को धक्का देता हुआ निकला था क्योंकि आँगन और दालान में रिश्तेदार भरे थे। आख़िरकार सुनीता—कितनी ही दूर की सही—रिश्ते में बल्लो की मौसी होती थी। रात को बिस्तर पर चित्त लेटा बल्लो देर तक उन आँखों को अँधेरे में देखता रहा। आँखें अँधेरे में चमकतीं थीं जैसे भटके हिरन की आँखें हों। आँखों को घेरे बीहड़ अँधेरा था। क्या अब जब सुनीता याद आएगी तो अँधेरे की आँखें याद आएँगी या धारीदार जाँघिए में फँसे उसके नितंब ही याद आएँगे ? क्या प्रेम सिर्फ़ उपन्यासों में है और ज़िंदगी में अँधेरे से झाँकती हुई आँखें हैं ?

वह खिड़की और दरवाज़े खोलकर छोटी अटारी में चारपाई पर चित्त लेटा था और नीम से झरती हुई ठंडी हवा को देह पर बहता महसूस कर रहा था। रात अँधेरी थी। अँधेरी रात में आगरा के किदवई पार्क में पहली मंज़िल का दरवाज़ा बंद करने की ज़रूरत महसूस होती थी जैसे यह भी मथुरा, शिकोहाबाद या फ़िरोजाबाद के होटल का कोई कमरा हो। घर के बाहर होटल के कमरे की ज़िंदगी थी। होटल के कमरे में नीम का पेड़ नहीं था। न होटल के कमरे में लंबी छतें थीं जिन पर हवाएँ भागतीं थीं। इसीलिए होटल का कोई कमरा दूसरे कमरे से भिन्न नहीं था और न एक होटल

दूसरे होटल से जुदा था। कभी-कभी बल्लो होटल के साथ शहर का नाम भी भूल जाता था। उसे लगता वह अनाम शहरों के अनाम कमरों में सोता हुआ चमड़े के लाल बैग में दवाइयों के नमूने भरे घूम रहा है—ताकि लोग बीमार पड़कर दवाइयाँ खाएँ और वह रुपए कमाए।

किदवई पार्क में निगम साहब की कोठी की पहली मंज़िल का कमरा किराए पर बलरामदयाल को इसलिए मिल गया था क्योंकि वह कायस्थ था। जब वह कमरे के लिए निगम साहब से पहली बार मिला तो उन्होंने उसका नाम पूछा था और पूछा था : "कायस्थ हो न ?" "हाँ", बल्लो ने कड़वे मन और मंद मुस्कान के साथ कहा था। उसे किदवई पार्क जैसी केंद्रीय जगह पर ही कमरे की ज़रूरत थी। "हाँ" कहते हुए उसे बरसों पहले का छात्रावास का वह दृश्य याद आया था जब एक लड़के ने उसके कमरे पर दस्तक देकर उससे कहा था, "मुझे पता चला कि आप कायस्थ हैं। मैं कायस्थ हूँ। आपसे कुछ मदद चाहता हूँ।" बल्लो ने कमरे का दरवाज़ा बंद करते हुए कहा था, "मैं कायस्थ नहीं भंगी हूँ।"

फिर निगम साहब ने उसे कमरा देकर चाय पिलाते हुए बताया था कि वे रेलवे में मामूली माल बाबू थे। ईमानदारी के बल पर पहले वे सुपरिंटेंडेंट हुए, फिर रिटायर हुए। अंग्रेज़ ईमानदारी की क़द्र करता था, उन्होंने कहा। जब उन्होंने हाथ फैलाकर कहा कि मैंने ज़िंदगी में कभी एक पैसे की रिश्वत नहीं ली। तो बल्लो ने उनके हाथों को घेरे दस लाख की कोठी की क़ीमत का अंदाज़ा लगाया। उनके दोनों लड़के रेलवे में माल बाबू थे—एक एकदिल में था, दूसरा गंजडुडवारा में था। तीन लड़कियों की शादी हो चुकी थी। चौथी हिंदी में एम. ए. कर रही थी और अक्सर शाम को चाय के साथ पकौड़ी, मगौड़ी, हलुआ या दहीबड़ा लेकर ऊपर उसके कमरे में आती थी। बल्लो को कमरे के लिए कायस्थ होना मंजूर था, मगर कायस्थ होने के लिए वह निगम साहब की उन्हीं की तरह पक्के रंग की उनकी सुपुत्री से प्रेम भी करे, यह मंजूर नहीं था। मंजुला—यही उस लड़की का नाम था—बच्चन की कविताएँ सुनाते हुए आँखें बंद कर लेती थी। तभी बल्लो चप्पलें हाथ में लेकर सीढ़ियाँ उतर जाता था।

वह एम. जी. रोड के चौराहे पर आ जाता। कुछ देर चौराहे पर खड़ा रहता जैसे सूरज डूबने का इंतज़ार कर रहा हो। फिर वह चौराहा पार करके आगे बढ़ता जहाँ हनुमानजी अपने मंदिर में सिंदूर लपेटे खड़े थे। वे कभी हँसते नहीं थे। सदा एक पैर और गदा हवा में उठाए युद्ध-मुद्रा में रहते थे। शाम घिरते ही मंदिर और बाज़ार में बत्तियाँ जल जातीं। रोशनी में आवाज़ें कुछ चढ़ी हुई लगतीं। नर-नारी बाज़ार में टहलते हुए चम-चम या गोलगप्पे खाते और पानी पीकर हनुमानजी के सामने हाथ बाँधकर आँखें मूँदकर खड़े हो जाते। सेंट जांस कॉलेज के लड़के कॉलेज से निकलकर बाज़ार और मंदिर में लड़कियों को घूरते थे, जो रोशनी में चारों ओर चमक-चमक

जातीं। अँधेरा मंदिर के ऊपरी छाए पीपल के पेड़ में गहराने लगता। ऐसा लगता जैसे मंदिर के ऊपर अँधेरे का पेड़ छाया है।

जब बल्लो बाईं ओर कॉलेज के मैदान में घुसता तो अंदर इक्के-दुक्के लोग ही नज़र आते थे। वह बड़े मैदान में घुस जाता और मैदान के किनारे-किनारे चारों ओर चक्कर लगाने लगता। एक ओर कॉलेज की सूनी-साँवली इमारत थी, दूसरी ओर सड़क का मद्धिम उजाला और वाहनों के चीख़ने की आवाज़ें थीं, बाक़ी दोनों ओर फुटबाल के गोल बने थे, जिनके पीछे घास, पेड़-पौधे और अँधेरा था। ऊपर आँखें उठाओ तो साँवला, उदास आसमान भी नज़र आता था। बल्लो मैदान में चारों ओर घूमते हुए बीच-बीच में आसमान ज़रूर देखता था। कभी-कभी ऐसा होता कि उसके पैर ज़मीन पर घूमते और आँखें आसमान में घूमतीं। इस तरह घूमते हुए उसे हमेशा घर याद आता था : घर में आँगन, आँगन में नीम का पेड़, पेड़ के चारों ओर घूमते अम्माँ, बाबू, बिन्नू, मुन्नी—अब हरि भी याद आएगा। उसे मालूम था कि बाबू रिटायर होने वाले हैं। उसे यह भी मालूम था कि बाबू के पास पैसे नहीं होते क्योंकि पैसे होते तो शहर में शामयाना न तन जाता ? अम्माँ के गहने उसकी अफ़सरी के ख़्वाब में धुआँ हो गए थे। अब बिन्नू ताड़-सी लंबी हो गई थी और मुन्नी घर का खेल खेलती थी। फिर अब हरि भी आहिस्ता-आहिस्ता बड़ा होगा।

आँखें आसमान में जमाए सेंट जांस के खेल के मैदान के अँधेरे में घूमते हुए बल्लो को लगता कि घर का नीम उसी के हाथों में सधा है। वह अपने जिस्म के दोनों ओर घूमते हुए ख़ाली हाथों को ऊपर उठाकर ग़ौर से देखता। प्रकाश की कोई किरण अचानक उसकी हथेलियों पर गिरती और वह अपनी रेखाएँ पढ़ने लगता। लेकिन तभी फिर अँधेरा छा जाता।

उस रात उसने घर में लेटे हुए घर का स्वप्न देखा : घर में कोई नहीं था, नीम अकेला आँगन में खड़ा था, उसके हाथों में पत्तियाँ नहीं थीं, वह सूखा था जैसे अब पतझड़ कभी नहीं बीतेगी, बल्लो घर के हर कमरे में किसी को ढूँढ़ता है, मगर कहीं कोई नहीं है, फिर वह आँगन में नीम के नीचे खड़ा हो जाता है और ऊपर आँखें उठाता है—आसमान में नीम की सूखी शाखें छाईं हैं, वह सूखी शाखों में फँसे आसमान को देखते हुए पुकारता है—बाबू ऽ अम्माँ ऽ बिन्नू ऽ मुन्नी ऽ हरि ऽऽ। आवाज़ आसमान के साथ नीम की सूखी टहनियों में उलझ जाती है। बल्लो सपने में अपनी टूटी हुई चीख़ें सुनता है जैसे कोई और नीम के नीचे खड़ा चीख़ रहा हो। फिर उसे भान हो जाता है कि यह स्वप्न है। वह स्वप्न की दीवारें तोड़ना चाहता है ताकि चीख़ें ख़त्म हों। लेकिन न नींद टूटती है न स्वप्न !

मुखर्जी फ़ार्मास्यूटिकल्स की अंग्रेज़ी कंपनी बुल एंड बेल से सहयोग की बात चल रही थी। बुल एंड बेल का भारत में कोई ठोस विपणन-प्रबंध नहीं था। सहयोग का शुभारम्भ बुल एंड बेल की दवाइयों का मुखर्जी फ़ार्मास्यूटिकल्स द्वारा विक्रय से

होना था। अंततः दोनों कंपनियों को भारत में एक हो जाना था और मिस्टर ए. मुखर्जी को उस भारतीय कंपनी का सर्वेसर्वा अध्यक्ष होना था। इस अभियान का आरंभ बुंदेलखंड में बुल एंड बेल की मलेरिया की दोनों दवाइयों का इन गर्मियों में व्यापक विक्रय से होना निश्चित हुआ था। बलरामदयाल इसी सिलसिले में झाँसी भेजा गया था। वह झाँसी का निवासी था। उसे शहर में नाना प्रकार के स्त्रोतों से पता लगाना था कि आगामी ग्रीष्म ऋतु में झाँसी में पानी की उपलब्धता की क्या स्थिति होगी और मलेरिया के प्रकोप का क्या आकार होगा जो बुल एंड बेल की अधिकतम दवाओं को खपा सके। प्रथम चरण में बुंदेलखंड में सात लड़के भेजे गए थे जिन्हें मि. ए. मुखर्जी ने कलकत्ता बुलाकर इस तरह रणनीति बताई थी :

1. पानी की अपेक्षित कमी का पता लगाओ।
2. इलाके की आबादी का पता लगाओ।
3. ग्रीष्म ऋतु के हर पखवाड़े में हर बस्ती में कितनी पानी की कमी होगी ?
4. लोग हर बस्ती में कितना गंदा पानी पीकर कितनी जल्दी बीमार पड़ेंगे ?
5. अंतिम उद्देश्य हर इलाके की बस्तीवार पखवारेवार दोनों दवाइयों की विक्रय-योजना तैयार करना था।

रणनीति-विवेचन के पश्चात् मिस्टर ए. मुखर्जी ने सातों लड़कों से पूछा था : "कोई शक ?" बलरामदयाल ने सवाल किया था, "क्या इस रणीनीति से झाँसी में मलेरिया से इस बार कोई नहीं मरेगा ?" मुखर्जी ने हँसकर कहा था, "मौत ऊपरवाले के हाथ में है। हमारे हाथ में मौत के पहले अपनी दवाइयाँ बेचना है।" बलरामदयाल अब तक अपने अनुभव से जान गया था कि कोई दवा अचूक नहीं होती। फिर ये दवाएँ बुंदेलखंड की जलवायु के परीक्षण के आधार पर नहीं बनीं थीं। इनमें घपले की पूरी गुंजाइश थी। यह एक संभावना थी कि लोग इस बार दवा खाकर भी उसी तरह मरते जैसे पिछली बार बिना दवा के मरे थे। पिछली बार जब वह छोटा था शहर उजाड़ हो गया था। मोहल्ला ख़ाली हो गया था। आठ-दस घरों में लोग बचे थे। बाक़ी लोग शहर छोड़कर चले गए थे। बल्लो ने तब समझा था कि मौत का मतलब घर छोड़कर चला जाना होता है।

फिर मिस्टर ए. मुखर्जी के पंचसूत्री कार्यक्रम का मूल उद्देश्य क्या था ? अंग्रेज़ी दवाइयाँ बेचकर पैसे कमाना ! झाँसी के लोग जिएँ या मरें—मुखर्जी को इससे कोई मतलब नहीं था। कलकत्ते में बैठे ए. मुखर्जी झाँसी के 1857 के पीर अली हो गए थे ! उस सुबह आँख खुलते ही नीम के नीचे छत पर खड़े हुए बल्लो के मन में यह बात साफ़ हो गई। छत पर ठंडी हवा थी। धूप नहीं थी। नीम हौले-हौले हिल रहा था। उसके शिखर की पत्तियों पर धूप की किरणें थीं, जो मंदिर के गुंबद के पीछे आकाश में उभरते सूर्य से छूटीं थीं।

सीढ़ियों से आँगन में उतरते हुए बल्लो ने सोचा कि पीर अली के गिरोह में

झाँसी के कौन से निवासी होंगे ? तैयार होकर उस सुबह जब वह घर से निकला, उसके हाथ में बैग नहीं था। गले में टाई भी नहीं थी। पौर में वही साइकिल दीवार से टिकी रखी थी जिससे रामदयाल सरस्वती पाठशाला जाते थे और जो कुछ महीनों के लिए बल्लो के पास इलाहाबाद में थी। बल्लो ने पुरानी साइकिल को प्यार से इस तरह देखा जैसे इस बार पहली बार उसे देख रहा हो। फिर उसने साइकिल उठाई और सड़क पर आ गया। पैडल पर एक पैर रखकर उसने दूसरा पैर हवा में फेंका। साइकिल आगे बढ़ी और दौड़ने लगी जैसे रास्ता पहचानती हो। साइकिल सचमुच रास्ता पहचानती थी। रास्ते में गायें, कुत्ते, बच्चे और आदमी थे। मानिक चौक में दोनों ओर जाते ताँगे थे, साइकिलें थीं और खुलती दुकानें थीं। खुलते बाज़ार में लोग खिलौनों की तरह लग रहे थे। एक ओर दुकानों में धूप थी, दूसरी ओर छाया थी। सूर्य कहीं आकाश में ज़रूर था। बाज़ार में नज़र नहीं आता था।

साइकिल जब पानी की धर्मशाला की ओर मुड़ी तो सूरज एक ओर आसमान में चमका। सड़क पर कुछ औरतें गाती हुईं देवी के मंदिर की ओर जा रहीं थीं। उनके आगे एक औरत धरती पर साष्टाँग नमस्कार करती हुई चल रही थी। इसके बच्चे को माता आईं होंगी—यानी चेचक निकली होगी। अब वह माता पूजने जा रही थी। साइकिल बल्लो को लिए आगे निकल गई और खंडेराव गेट को पार करके खुली धूप में आई। खुली धूप में पहाड़ी पर क़िला खड़ा था जैसे क़िला पहाड़ी और आसमान दोनों को अपनी जगह साधे हो। आसमान में नीली धूप थी।

सरस्वती पाठशाला पहुँचकर बल्लो ने प्रिंसिपल के कमरे में जो पर्चा भेजा उसमें पिता का नाम भी लिख दिया। चपरासी ने तुरंत बाहर आकर कहा, ''अंदर जाइए''। प्रिंसिपल चतुर्वेदी के सारे बाल सफ़ेद थे, लेकिन दाढ़ी-मूँछ साफ़ थी और चेहरे पर कोई झुर्री नहीं थी। उन्होंने बल्लो से बैठने को कहा और पूछा :

''रामदयाल जी कैसे हैं ?''

''ठीक हैं।''

''स्वास्थ्य ?''

''ठीक''

प्रिंसिपल चतुर्वेदी कुछ कागज़ों पर हस्ताक्षर कर रहे थे। उन्होंने कागज़ों को मेज़ पर एक ओर खिसकाया और कलम कलमदान में रखकर पूछा :

''तुम आजकल कहाँ हो ?''

''आगरा में।''

''जब तुम झाँसी में पढ़ते थे, हम लोग सोचते थे कि तुम ज़रूर कलक्टर बनोगे। ख़ैर, भाग्य की रेखाएँ टेढ़ी-मेढ़ी होती हैं।''

बल्लो ने प्रिंसिपल चतुर्वेदी की आँखों में देखते हुए कहा :

''मैं फिर झाँसी आना चाहता हूँ।''

''क्या झाँसी तबादला हो रहा है ?''

''नहीं''

''फिर ?''

''मैं पिताजी की जगह आना चाहता हूँ।''

प्रिंसिपल चतुर्वेदी ऐसे चौंके जैसे उन्होंने साँप देखा हो, ''क्यों ? मैंने तो सुना है कंपनियों में आजकल मोटे पैसे मिलते हैं !''

''बात सिर्फ़ पैसे की नहीं है।''

''क्यों, पैसे की क्यों नहीं है ? आदमी पैसे के लिए ही तो नौकरी करता है, बेटा।''

बलरामदयाल एक क्षण चुप रहा। कमरे में कोई चिड़िया घुस आई थी और बोल रही थी। जब वह अचानक चुप हो गई तो उसने आहिस्ता-आहिस्ता कहा–''असहयोग आंदोलन में पिताजी की तरह बहुत-से लोगों ने सरकारी वेतनों की नौकरियाँ छोड़ीं थीं।''

प्रिंसिपल चतुर्वेदी हँसे–''वह गाँधी का ज़माना था। देश गुलाम था।''

फिर चिड़िया बोली। फिर चुप्पी छा गई।

बल्लो ने कहा–''मुझे लगता है, मुझे पिताजी की तरह ही जीना चाहिए।''

''पिताजी की जगह ख़ाली नहीं है, बेटा !'' प्रिंसिपल चतुर्वेदी ने ठंडी साँस भर कर घंटी बजाई।

जब चपरासी अंदर आया तो प्रिंसिपल ने उसे कमरे में चिंचियाती चिड़िया को बाहर निकालने को कहा। चपरासी ने झाड़न से तीन बार ''हट-हट'' की। चिड़िया खिड़की के सींखचों से बाहर निकल गई। वह बाहर गाती हुई उड़ी।

''क्या हुआ पिताजी की जगह को ?'' बल्लो ने हताश पूछा।

''ख़त्म हो गई।''

''ख़त्म हो गई, कैसे ?''

''मैनेजिंग कमेटी का कहना है कि अब उस जगह की ज़रूरत नहीं है।''

जब बलरामदयाल सरस्वती पाठशाला से बाहर आया तो पैदल आया। वह साइकिल के साथ आया था, यह भूल गया। शहर में कुछ टैम्पो चलने शुरू हो गए थे। एक टैम्पो इलाइट से शहर की ओर जा रहा था। बल्लो उसे रोककर बैठ गया। उसके सड़क पर चलने से ऐसी आवाज़ हुई जिसमें धूप, हवा और क़िला सब डूब गए। बल्लो ने आँखें बंद कर लीं।

जिस दिन वह अपना शहर छोड़कर आगरा लौट रहा था, अम्माँ ने कहा :

''बेटा''

''हाँ, अम्माँ।''

''तू मान क्यों नहीं जाता ?''

हरि रोने लगा। वह अम्माँ की गोद में था। मुन्नी अम्माँ के कंधों से लिपटी थी।

"क्या नहीं मानता, अम्माँ ?" बल्लो हँसा।

"अरे, तेरे पास कितनी तस्वीरें भेजीं ?" अम्माँ हरि को आँचल से ढँक कर उसे दूध पिला रहीं थीं।

"अच्छाऽ"

"लो", अम्माँ ने फिर कहा, "अरे, कब तक होटल में खाना खाएगा ?"

"जब तक होटल में खाना है, अम्माँ !"

बिन्नू नहाकर स्नानघर से बाहर आई थी। बल्लो ने उसे स्नानघर से बाहर आते देखा। फिर अंदर के कमरे से दालान में आते देखा। अंदर के कमरे में धुँधलका था। धुँधलके में बिन्नू की आँखें बिल्लौरी-सी चमकीं थीं। दालान में चमक कम हो गई। फिर और कम हो गई। फिर और कम। एकाएक बल्लो ने बिन्नू की आँखों में सुनीता की आँखों की झाँई देखी।

वह सिहरा।

जब वह दालान से उठकर ऊपर छोटी अटारी में भागा, उसकी आँखों के सामने होटल के अनंत कमरे थे।

त्रिवेणी और रवीन्द्र भवन के बीच तब रंगीन कुर्तों का युग आरंभ हुआ था। रंगीन कुर्ते हर रंग के थे : जोगिया, हरा, नीला, पीला, फ़िरोज़ी, गुलाबी, कत्थई, लाल और काला आदि। सफ़ेद रंग नहीं था—यदि था भी तो इतना कम कि न होने के बराबर था। कभी-कभार कोई अधेड़ या बूढ़ा सफ़ेद रंग का कुर्ता पहने नज़र आ जाता था जिसे देखकर किन्ने को अपना घर या शहर एक पिछड़ी याद की तरह याद आता था। उसे घर गए चार-पाँच बरस हो गए थे। या तीन-चार ? उसे याद नहीं था। शहर की गलियों में धोती-कुर्ता या पाजामा-कुर्ता पहने लोग ज़रूर याद थे क्योंकि उनके चेहरों के अक्स कभी-कभी उसे अपने चित्रों में दिखाई देते थे। क्या यह अमृता शेर गिल का प्रभाव था ? किन्ने अपने से ही पूछता। उसे अपने घर के लोगों की झाँई भी कभी-कभी अपने अमूर्त चित्रों में नज़र आती, जिनके नीचे दाईं ओर कभी कृष्ण कुमार लिखा होता कभी सिर्फ़ के.के.। कभी उसका नाम कृष्ण दयाल था, किन्ने यह भूल चुका था।

रंगीन कुर्तों के नीचे जो जवान जिस्म थे, वे युवकों के थे और युवतियों के थे। कुर्ता भेद-भाव नहीं करता था। झाँसी और दिल्ली के कुर्तों में रंग-रूप का भेद था। दिल्ली के कुर्तों में लिंग-भेद भी नहीं था। उनके रंगों के पीछे नर या मादा शरीर समान रूप से साँस लेते थे। कुर्ता दोनों को ढँके रहता था। ढ़ीला-ढाला कलफ़ लगा कुर्ता कुछ ज़्यादा ही ढँक देता था। इन दिनों लड़कों में लंबे बालों का चलन हो चला था और लड़कियों में लड़कों जैसे छोटे बालों का। इसीलिए कभी-कभी धोखा हो जाता। लोग ''सॉरी, सॉरी'' करते। लोग ''खेद है'' या ''माफ़ कीजिए'' नहीं करते थे। ''सॉरी'' करते थे। लोग रंगीन कुर्ते पहनते थे और ''सारी, सॉरी'' करते थे।

बात सिर्फ़ ''सॉरी'' की नहीं थी। रवीन्द्र भवन के गोल चक्कर और त्रिवेणी-बँगाली मार्किट के बीच ज़्यादातर बातचीत अंग्रेज़ी के टुकड़ों में होती थी, जिनके बीच में हिंदी का इस्तेमाल शौकिया होता था। शुरू-शुरू में के.के. को काफ़ी मुश्किलों का सामना करना पड़ा था। कहाँ झाँसी की खाँटी बुंदेली गालियाँ और कहाँ

त्रिवेणी के फ़व्वारे ! उसे लगा था कि फ़व्वारे भी फुहारें ऐसे फेंक रहे हैं जैसे अंग्रेज़ी में फुसफुसा रहे हों। फुहारों पर धूप चमकती जो चारों ओर घूमती हुई पेड़ों के बीच भागती! पेड़ों पर पक्षी चहचहाते थे। क्या अंग्रेजी में ? के.के. ने एक बार हैरत से ऊपर पेड़ों की ओर देखा था। तब वह सीधा टी हाउस से आ रहा था जहाँ एक हिंदी कवि ने टी-हाउस की छत की ओर देखते हुए कहा था, "हिंदी बातचीत की भाषा नहीं है।" असल में हिंदी दिल्ली में बातचीत की भाषा नहीं थी। वे के.के. के दिल्ली में आरंभिक दिन थे जब वह अंग्रेज़ी बिलकुल नहीं बोल पाता था और हिंदी में बोलता था जैसे अभी तक बोलता आया था। बुंदेलखंड डिग्री कॉलेज में सब लोग हिंदी में बात करते थे। और तो और अंग्रेज़ी अक्सर हिंदी में पढ़ाई जाती क्योंकि अंग्रेज़ी, अंग्रेज़ी में समझ में नहीं आती थी। त्रिवेणी में घुसते हुए बुंदेलखंड कॉलेज भूलना था। झाँसी की बुंदेली गलियाँ भूलनी थीं। रैगड़पुरा की तीसरी मंज़िल की बरसाती भी भूलनी थी जहाँ के.के. रहता था। उसने एक बार ज़रूर सोचा था कि काश, मैं त्रिवेणी के आस-पास ही कहीं पैदा होकर बड़ा हो जाता तो बात बन जाती।

सिर्फ़ बातचीत की बात नहीं थी। चाहे चित्रकला हो या कविता, बातचीत में जो नाम आते थे, ज़्यादातर पश्चिमी थे जिनका के.के. को ज्ञान नहीं था। किन्ने से के.के. हो जाना आसान था। मगर पश्चिम को दिल में बसाना आसान नहीं था। यह उसने रैगड़पुरा से 9999 संतनगर की पहली मंज़िल में पहली बार जाकर ही जान लिया था। 9999 संतनगर की पहली मंज़िल पर तीन कमरों में एक चित्रकार, एक कवि और एक कथाकार रहते थे। गर्मियों की दोहपर जब वह सीढ़ियाँ चढ़ा तो कवि के कमरे के बीच में एक जार में बियर भरी थी और जार को घेरे कवि, चित्रकार और कथाकार बैठे थे। कवि ने कृष्ण कुमार को तुरंत पहचान लिया और गले लगा लिया क्योंकि उसने कृष्ण कुमार की कविताएँ 'कृति' में पढ़ी थीं। कुछ ही देर में चारों घुल-मिल गए जैसे अरसे से एक-दूसरे को जानते हों। वे उस उम्र में थे जब दूसरा दोस्त होता है या दुश्मन, तीसरा नहीं होता। उस दोपहर कवि ने निराला का नाम नहीं लिया, डब्ल्यू. बी. ईट्स की पंक्तियाँ सुनाईं। कथाकार बार-बार हेमिंग्वे-हेमिंग्वे करता रहा। चित्रकार पिकासो के प्रेम-प्रसंग सुनाता रहा। किन्ने की कहीं गति नहीं थी। वह कभी ख़ाली होते जार को देखता, कभी कमरे की छत को देखता और कभी उस सिगरेट के धुएँ को जो कमरे में भर गया था। किन्ने के आश्चर्य की सीमा न रही जब अगले दिन कॉफ़ी-हाउस में एक कहानीकार उसकी मेज़ पर आकर बैठ गया और किसी बात पर उत्तेजित होकर उसने झटके से अपनी कमीज़ के बटन तोड़ते हुए छाती नंगी की ओर कहा—"देखो, अभी मेरी छाती के सारे बाल काले हैं !" पिछले दिन संतनगर में ऐसी ही एक घटना कथाकार ने हेमिंग्वे के बारे में सुनाई थी। किन्ने ने कथाकार को ग़ौर से देखा था और उसे वह हेमिंग्वे की तस्वीर से मिलता-जुलता लगा था जो उसने एक किताब में देखी थी।

सफलता कृष्ण कुमार की नियति थी, कृष्ण कुमार जानता था। सिर्फ़ रास्ते और समय का व्यवधान था। रास्ता समय की गली से होता हुआ सफलता की चोटी की ओर जाता था—हुसैन जैसी सफलता की चोटी। चोटी क्या, हुसैन के तूफ़ानी घोड़े की राजसी सवारी थी, जिसके पीछे नग्न सुंदरियाँ चीख़ती हुई बाल लहराती दौड़ रहीं थीं ! राजसी घोड़े पर एक सुंदरी सदा साथ होती थी। घोड़ा, घोड़ा नहीं साम्राज्य था। उसके गले के बाल पताकाओं-से आकाश में उड़ते थे।

दिल्ली में दिल्ली देखकर के.के. ने हुसैन के रास्ते पर चलने का निर्णय ले लिया था। यद्यपि के.के. कविताएँ भी लिखता था, लेकिन कविता में इन दिनों मुक्तिबोध का बड़ा शोर था—और मुक्तिबोध के जीवन का भी। मुक्तिबोध की बीड़ी और बीमारी के चर्चे होते थे जिन पर उनकी धँसी आँखें, पिचके गाल और जबड़ों की हड्डियाँ छाईं रहतीं। रामकुमार ने इस चेहरे की एक तस्वीर बनाई थी जब मुक्तिबोध मृत्यु-शैया पर लेटे थे। के.के. मुक्तिबोध नहीं, मुक्तिबोध का चित्रकार ही होना चाहता था क्योंकि यह रास्ता हुसैन का रास्ता था। उसने रामदयाल के घर में एक जाड़ा बिना कोट के गुज़ारा था। वह एक कमरा कोट, एक कमरा जूते, एक चमाचम गाड़ी और एक कोठी का सपना देखने लगा था जिसमें सुंदरी का टोटा न हो। उसने दिल्ली में कवियों के छिटपुट प्रेम-प्रसंग सुने, मगर चित्रकारों का संसार भिन्न था। कम-से-कम दिल्ली में उसने कोई क़िस्सा नहीं सुना था जिसमें चित्रकार को अपने प्रेम के लिए जलती लौ पर हाथ सेंकना पड़ा हो या कान काटकर हाथ पर रखना पड़ा हो। यह दिल्ली का उन्मुक्त कला-संसार था जिसमें चित्रकार सुंदरी को अपनी नज़र में भरता और सुंदरी की देह से सातों रंग फूटने लगते। सुंदरी आँख के आईने में अपनी नंगी देह को घेरे सतरंगा हवाई लिबास देखती और पगला जाती। तभी चित्रकारों के साथ अक्सर लड़कियाँ होतीं थीं और कवि अकेले कनॉट प्लेस के गलियारों में आपस में बियर पीते घूमते थे। के.के. ने दिल्ली में हुसैन को कभी अकेले नहीं देखा और जब देखा तब यही सोचा : काश, मैं हुसैन होता !

इन दिनों कला-जगत में ग्रुप 1890 का दौर था। के.के. को बताया गया था कि 1963 में ग्रुप की पहली प्रदर्शनी का कैटलॉग ऑक्टेवियो पाज़ ने लिखा था और प्रदर्शनी का उद्घाटन नेहरूजी ने किया था। नेहरूजी का नाम सुनकर के.के. हँसा था। हँसे क्यों ? चित्रकार-मित्र ने पूछा था। के.के. ने कहा था कि नेहरू-उद्घाटन से मेरे दिमाग में भाखड़ा-नंगल और भिलाई की छवियाँ उभरीं। जिस प्रकार बाँध और कारखाने का शुभारंभ करते हुए उनके दिमाग़ में पश्चिम की औद्योगिक क्रांति की फ़िल्म चलती होगी, उसी प्रकार कला-प्रदर्शनी का लाल फ़ीता काटते हुए नेहरूजी को पिकासो की याद आई होगी। कला की पंचवर्षीय योजना नहीं हो सकती थी, मगर दस वर्ष में एक नई पीढ़ी पैदा होती थी। ऑक्टेवियो पाज़ कौन ? के.के. ने फिर पूछा था। मेक्सिको के महान कवि और कलाविद, चित्रकार-मित्र ने कहा था।

मेक्सिको के ! के.के. हँसा था। तब वह झाँसी से नया-नया दिल्ली आया था। उसे लगा था कि दिल्ली का परिचय मेक्सिको दे रहा है !

"यार, एक बात बताओ", के.के. ने पूछा था।

"क्या ?"

"क्या दिल्ली का परिचय दिल्ली नहीं दे सकती ?"

चुप्पी।

"क्या दिल्ली को पश्चिम में बिकना है जो मेक्सिको से अपना परिचय करा रही है ?"

चित्रकार-मित्र हँसा। हँसते हुए उसने कहा—"हाँ, हाँ, बिकना है भाई, दिल्ली को बिकना है।"

के.के. ने ठहाका मारा—"पश्चिम का विरोध करके पश्चिम में बिकना है।"

चित्रकार-मित्र संजीदा हो गया, "कला-जगत दुनिया-भर में एक है।"

"कला का खगोलीकरण हो गया है।"

कलाकार-मित्र चौंका, "क्या, खगोलीकरण ?"

"हाँ, खगोलीकरण यानी ग्लोबलाइज़ेशन", के.के हँसा, "झाँसी से आया हूँ न। इसीलिए हिंदी में बात करता हूँ। जब अंग्रेज़ी सीख जाऊँगा तो कहूँगा, हिंदी में बात नहीं हो सकती...हा, हा।"

सफलता के रास्ते पर चलने के लिए पहचान ज़रूरी थी, जो के.के. को एक सामूहिक प्रदर्शनी में शामिल किए जाने से मिल गई। उसी प्रदर्शनी में उसे अलका भी मिली, जिसके कंधे पर हाथ रखकर के.के. ने कहा था—"कैसे हो अरूण ?" अलका हँसी थी और के.के. ने उसके कँधे से हाथ हटा लिया था जैसे आग पर हाथ रख दिया हो। असल में अलका ने लड़कों जैसे बाल रखे थे और गुलाबी कुर्ता पहना था। उसका बदन भीड़ में ढँका था। लेकिन जब के.के. ने उसके कंधे पर हाथ रखकर अरूण का नाम लिया और वह हँसी तो उसकी आवाज़ में उसकी पूरी देह हँसने लगी थी।

अलका अरूण की बहिन थी। अरूण-अरूण आनंद—एक उभरता हुआ नाटककार था, जो शहडोल से आया था और मोहन राकेश का भक्त था। कुछ मित्रों का कहना था कि अरूण कुमार ने अपना नाम अरूण आनंद मोहन राकेश की तर्ज़ पर रखा था। बहरहाल ये 'आधे-अधूरे' की धूम के दिन थे। यह किंवदंती थी कि एक बार एक तिपहिया-चालक ने पीछे घूमकर राकेश की ओर देखा था और पूछा था—"क्या आप मोहन राकेश हैं ?" दिल्ली में हिंदी के ऐसे दिन भी आए—इसकी चर्चा लेखक—हिंदी लेखक—रहस्य-रोमांच की तरह करते ! उन्हें विश्वास नहीं होता था। लेकिन वे विश्वास करते। इसी भरोसे के तहत अरूण राकेश को 'दादा' कहता

था और उनके पीछे चलता था।

प्रदर्शनी में जब के.के. ने अलका के कंधे पर हाथ रखकर 'अरूण' कहा और अलका हँसी तो अरूण पीछे से आ गया था और वे बाहर ढाबे पर चले गए थे और उन्होंने चाय पी थी। वे जाड़ों की प्रसन्न धूप के दिन थे जब पेड़ों की शाखें हिलतीं थीं और पत्तियों की परछाइयों की नर्म झिलमिल नीचे बैठे चेहरों पर जादू बिखेर देती थीं। इसी नर्म झिलमिल के बीच अलका के.के. के गुलाबी कुर्ते को देखकर हँसी थी और हँसते हुए बोली थी–"इट इज़ सो फ़न्नी !" के.के. समझ नहीं सका था कि वह अपने और उसके गुलाबी कुर्तों की समानता पर प्रसन्न हो रही थी या गुलाबी रंग को ज़नाना मानकर के.के. के गुलाबी कुर्ते पर हँस रही थी। के.के. अवाक् उसके चेहरे को देख रहा था। उसकी खिलखिलाहट के अनिश्चय में जादू था।

"इट इज़ सो फ़न्नी !" वह 'फ़नी' को 'फ़न्नी' कह रही थी। 'फ़न्नी' में झटका था।

पत्तियों की छाया जब उसके होठों से हटती तो होंठ और तेज़ चमकने लगते जैसे होठों पर उसका लहू हिलोर मार रहा हो। वे एन.एस.डी. के गेट पर ढाबे के सामने बैठे थे। गोल चक्कर पर कारें धूप का पीछा कर रहीं थीं, जो चारों ओर सड़कों पर ज्वार की तरह बह रही थी। सड़क के दोनों ओर पेड़ों के साए धूप के ज्वार में काँप रहे थे। देहें भीतर-ही-भीतर सिहर रहीं थीं।

प्रदर्शनी के बाद के.के. ने दो काम नियमित शुरू किए : एक, प्रतिष्ठित चित्रकारों से मिलने का प्रयास करना, दो, अरूण और अलका के घर जब मौका मिले जाना। अरूण और अलका लोदी कॉलोनी के एक सरकारी फ्लैट में पहली मंज़िल पर डेढ़ कमरों में रहते थे। अरूण स्वतंत्र लेखन कर रहा था। अलका एक स्कूल में पढ़ाती थी और दोपहर में स्कूल से लौट आती थी। दक्षिण दिल्ली में बहुत-से नामी चित्रकार और साहित्यकार रहते थे जिनके निवास की परिक्रमा करने के.के. अक्सर जाता। लौटते हुए वह अरूण के घर चला जाता जबकि उसका असली मकसद अलका से मिलना होता था और पैरों में हल्का कंपन महसूस करते जब वह उनके कमरे में घुसता और पाता कि अरूण नहीं है तो उसके मन में खुशी की एक लहर दौड़ जाती थी।

"कैसी हो ?" वह अंदर घुसकर पूछता

"अच्छी हूँ, बैठो।" उसके लाल होंठ फैल जाते।

"अरूण क्या बाथरूम में है ?"

"नहीं, अभी लौटे नहीं।"

"इतनी देर हो गई ?" वह कृत्रिम आश्चर्य प्रकट करता।

"हाँ", वह मुस्कराती रहती।

फिर वह चाय बनाती और एक तश्तरी में बिस्कुट रख देती। वे चाय-बिस्कुट

के सहारे बातें करने लगते।

"तुम्हारा घर कहाँ है ?"

वह मुस्कराता रहता।

वह हँसती, "अरे, कहीं-न-कहीं पैदा तो हुए होगे ?"

"झाँसी"

"मैं एक बार झाँसी गई थी। मेरी मौसी झोकन बाग में रहतीं हैं।"

"अच्छाऽ", वह आँखें फैलाता।

"तुम लोग झाँसी में कहाँ रहते हो ?"

"हम लोग...मेरे पिताजी जी.आई.सी. में प्रिंसिपल हैं। हम लोग कॉलेज कम्पाउण्ड में ही रहते हैं।"

वह बिस्कुट की प्लेट उसके आगे कर देती।

"जी.आई.सी. शानदार कॉलेज है। रेल में बैठे हुए दिखता है।"

"हाँ"

वह कुछ सोचने लगती।

"क्या सोच रही हो ?"

"कुछ नहीं।"

"बताना नहीं चाहतीं न ?" वह हँसता।

"नहीं, कुछ नहीं।" वह भी हँसती।

"कुछ तो ?"

वह फिर हँसती, "अच्छा, एक बात बताओ।"

"पूछो।"

"तुम क्या चाहते हो ?"

प्रश्न एक क्षण दोनों के बीच टँगा रहता जैसे कोई तीसरा आ गया हो।

फिर वह आहिस्ता-आहिस्ता छत की ओर देखते हुए कहता, "मैं चाहता हूँ कि बीस बरस बाद लोग हुसैन को भूल जाएँ और हुसैन की जगह उनकी जुबान पर मेरा नाम हो !"

वह खिलखिलाकर हँसती जैसे फिर उसके गुलाबी कुर्ते पर हँस रही हो। एक बार घबराकर के.के. ने उसके हँसते होठों को ज़ोर से चूम लिया। उसे अचरज हुआ जब अलका ने प्रतिरोध कुछ क्षण बाद साँस घुटने पर किया। वह छूटकर फिर हँसते हुए बोली—"हँसने की सज़ा क्या मौत है ?" उसने अगली बार ब्लाउज़ का हुक खोलने पर भी एतराज़ नहीं किया।" मगर उसके नीचे नहीं", उसने जोड़ा।

"क्या कोई चित्र सिर्फ़ कमर तक हो सकता है ?" के.के. ने बौखलाते हुए कहा, "क्या तुमने हिम्मत शाह के चित्र देखे हैं ?"

"कला में कल्पना है !"

"लेकिन कल्पना का आधार यथार्थ है।"

"यथार्थ फ़िलहाल कमर तक है", वह हँसी।

"फ़िलहाल ?" के.के. ने उसकी आँखों में आँखें डाल दीं।

वह मुस्कराई—"शादी के पहले !"

के.के. ठंडा हो गया।

"जब शादी नहीं है", उसने कहा, "तो शादी के पहले कहाँ से आया ?"

वह एकाएक खड़ी हो गई।

"तुम्हें मालूम है ?" वह चीख़ी।

"क्या ?"

"तुम कायस्थ हो", उसने कहा, "हम ब्राह्मण हैं। मेरी माँ तो इस प्रस्ताव पर ही अनशन कर देगी।"

"ऐसा कोई प्रस्ताव नहीं है", के.के. ने कहा नहीं, सोचा।

उसे कुछ कहना नहीं पड़ा क्योंकि अरूण तभी कमरे में घुसा और सामने रखी कुर्सी पर ढेर हो गया। उसके चेहरे पर दिल्ली के एक बेकार मध्यवर्गीय नौजवान की हताशा थी—जो असल में दिल्ली का नहीं था, शहडोल का था जहाँ उसकी माँ रोज़ ढाई घंटे पूजा करती थी, तुलसी को पानी देती थी और रामजी से अपने बेटे की सफलता और बेटी के ब्याह की मनौती मानती थी।

उस रात के.के. को देर तक नींद नहीं आई। गर्मी के दिन थे। वह बरसाती के बाहर खुली छत पर खाट डाले लेटा था। आसमान में तारे थे जो पूरे दिल्ली शहर पर छाए थे। असल में दारू ज़्यादा हो जाने की वजह से वह खाट पर गिरते ही अचेत हो गया था। मगर कुछ देर बाद उसे प्यास लगी और आँखें खुल गईं। वह कमरे में गया। सुराही में पानी नहीं था। वह सुराही लेकर सीढ़ियों से नीचे उतरा। इस वक्त नल में पानी नहीं था। मकान-मालिक का दरवाज़ा बंद था। उसने कलाई पर बँधी घड़ी में वक्त देखा : तारों की रोशनी में दो बजे थे। दो बजे के सन्नाटे में पानी नहीं था। एक शीशी में थोड़ी जिन थी, जिसका रंग पानी के रंग की तरह था। के.के. ने शीशी ख़ाली कर दी। प्यास बुझी नहीं, भड़क गई।

वह आख़िरकार तारे देखते-देखते भड़की प्यास में सोया। हर तारे में अलका का चेहरा था। केवल चेहरा नहीं था। हर तारे में अलका की पूरी लरजती देह थी। जितने तारे थे उतनी अलका की देहें थीं। के.के. की सूनी आँखें पृथ्वी पर अकेली थीं। आँखों में तारों के बिंब थे और तारों और बिंबों के बीच युगों की दूरियाँ थीं। उन नीली दूरियों में तारों की रोशनी थी। के.के. की आँखें उसी रोशनी में पथरा गईं। इतनी बेचैनी उसने कभी महसूस नहीं की थी। उसे लगा उसके शरीर का हर ज़र्रा नीली दूरियों में घूम रहा है। रोशनी है। रोशनी में घूमते हुए ज़र्रे हैं। इन्हीं ज़र्रों के आस-पास वह फिर अचेत हो गया था।

जब सुबह उसकी आँख खुली सूरज छत पर निकल आया था। एक प्यास का सूरज उसकी देह के भीतर उगा था। वह छटपटा कर उठा और सुराही लेकर नीचे भागा। वह एक सुराही पानी पी गया। दूसरी सुराही भरकर जब वह सीढ़ियों पर चढ़ा तो उसे लगा कि उसकी प्यास बुझी नहीं है।

बारिश की एक शाम वह 9999 संतनगर पहुँचा। कवि, कथाकार और चित्रकार ने उससे कहा, चलो हम लोग ग्रेटर कैलाश सागर कुमार के घर जा रहे हैं। 'घर' शब्द उस कोठी के अनुपात में छोटा था जिसमें सागर कुमार रहते थे। कोठी में घुसते ही के.के. ने यही कहा। फिर उसने कहा कि कोंठी को देखकर लगता है कि किताबें लिखने से बेहतर उनका व्यापार करना है। उसका संकेत सागर कुमार के बड़े प्रकाशक होने की ओर था। कवि जहाँ था वहीं खड़ा रह गया। बाक़ी लोग भी रुक गए। कवि ने तल्ख़ी से कहा—

"प्रकाशन धंधा है। कविता धंधा नहीं है।"

सब मुस्कराए और आगे बढ़े। घंटी बजाई। नौकर ने दरवाज़ा खोलकर सबको ड्राइंग-रूम में बिठा दिया। कुछ देर के.के. ड्राइंग-रूम की सजावट देखता रहा। सजावट ऐसी थी जैसी कुछ रंगीन पत्रिकाओं के विज्ञापनों में होती है। ऐसी पत्रिकाएँ पलटते हुए के. के. अपने घर की कल्पना करता था जो दक्षिण दिल्ली में ही होगा। घर के पोर्टिको में गाड़ी खड़ी होगी जैसे इस कोठी के पोर्टिको में खड़ी थी। गाड़ी जर्मन वॉक्सवेगन थी जो के.के. को बहुत पसंद थी। रैगड़पुरा की बरसाती में धारीदार जाँघिया पहने हुए वह वॉक्सवेगन का तसव्वुर करता था।

दिन में पानी गिरा था। बाहर उमस थी। ड्राइंग-रूम में ए.सी. चल रहा था। किसी के बदन पर कोई पसीना नहीं था। चर्चा फुसफुसाहटों में इस बात पर छिड़ी थी कि सागर कुमार अपने परिवार में पहले व्यक्ति हैं जिन्होंने पहले उपन्यासकार होने का प्रयास किया और अब उन्होंने अपनी कोठी के एक बेड-रूम को स्टूडियो बना लिया है। जैसे उन्होंने अपने दो उपन्यास छाप लिए, किसी गैलरी में उनकी प्रदर्शनी भी लग जाएगी। उपन्यास या चित्र न बिके, इससे उनको क्या फ़र्क पड़ेगा—यद्यपि उनके उपन्यास रेणु के उपन्यासों की तरह भी बिक सकते हैं, कथाकार ने कहा। पिछले वर्ष वे यूरोप गए थे। इस वर्ष अमरीका हो आए हैं। सारे संग्रहालय देख आए हैं। गोया अब वे चित्रकार हो जाने को पूरी तरह लैस हैं। कथाकार ने ठंडी आह भरकर कहा—

"अच्छा है, मैं चित्रकार नहीं हूँ।"

"क्यों ?" चित्रकार ने पूछा।

"अरे, कहाँ से स्टूडियो लाता ? और पेरिस-न्यूयॉर्क के टिकट कहाँ से लाता ?"

"सब हो जाता", यही कहते हुए सागर कुमार एक ओर से दाख़िल हुए। वे हँस रहे थे।

वे झक्क कुर्ता-पाजामा पहने थे और सफ़ेद चप्पलें पहने थे। सागर कुमार मोटे और गोरे थे। उनका सिर भी गोरा था। सिर पर बाल नहीं थे। इसलिए उम्र का अंदाज़ा लगाना कठिन था। बाल होते तो बालों के रंग से कुछ अंदाज़ा हो जाता। उनके गोरे, सपाट चेहरे को देखकर लगता जैसे वे किसी सदाबहार उम्र में हैं। उनका चेहरा आगे से शुरू होकर पीछे तक जाता था—चमकती खोपड़ी चेहरे का ही फैलाव लगती थी। लगता था उनकी गर्दन पर सिर नहीं है, चेहरा ही चेहरा है।

सागर कुमार ने बताया कि इन दिनों अमरीका में बहुत-से चित्र ऐसे बन और बिक रहे हैं, जो कुछ लोगों को जुगाड़ लगते हैं। कोई प्रदर्शनी में जूता रख देता है। कोई ख़ाली कैनवास खड़ा कर देता है। कोई एक चित्र को दो बार फाड़कर चार चित्रों में तब्दील कर देता है। अन्दाज़ा करो, आधुनिक अमरीकी चित्रकला के जनक जैक्सन पोलक 'एक्शन पेंटिंग' करते थे यानी कैनवास के बीचोंबीच खड़े होकर ट्यूब से पेंट की धारा बहा देते थे। जैसे कोई ख़ाली कैनवास को जुगाड़ कह सकता है, उसी तरह पेंट को कैनवास पर बहाने को भी जुगाड़ कह सकता है।

चुप्पी।

"क्या चीज़ है जो जुगाड़ को कला बना देती है ?" सागर कुमार ने स्वयं पूछा।

हॉल में सन्नाटा छा गया। ए. सी. की घुर-घुर होती रही।

'आस्था', सागर कुमार एकाएक हँसे, "कोई ख़ाली कैनवास रखकर आत्म-विश्वास से कहे, यह चित्र है, तो वह चित्र हो जाएगा !"

सबके हाथ में ह्विस्की का गिलास था। सागर कुमार का पेग दिल्ली के साहित्य-कला-जगत में प्रसिद्ध था। वह नियमित पेग से आधा होता था, जिसे गिलास में सम्मानजनक आकार विशेष गिलासों की विशिष्ट संकरी पेंदी से मिल जाता था। यह शिष्टाचार था कि जब तक सागर कुमार अगला पेग नहीं बनाते थे, कोई दूसरा नहीं बनाता था। असल में पेग हमेशा सागर कुमार ही बनाते थे। बोतल उन्हीं के पास होती थी।

कवि हँसा—"सागर जी, हम लोग अभी बात कर रहे थे कि 'घर' शब्द आपकी कोठी के लिए छोटा है। उसी तरह 'आस्था' जुगाड़ के लिए छोटा है। संकल्प बेहतर रहेगा। क्या ख़्याल है ?"

"हाँ", कथाकार बीच में बोला, "संकल्प का जुगाड़ से जोड़ अच्छा है।"

सागर कुमार ने चुपचाप एक घूँट लिया। फिर वे बोले, "नाम में क्या धरा है ! कुछ भी कह लीजिए।"

"यह भी शेक्सपीयर ने कहा था", कवि बोला।

फिर बात उपन्यास पर चल पड़ी। हिंदी उपन्यास पर नहीं। अमरीकी उपन्यास

पर। हेमिंग्वे के बाद सॉलबेलो का युग शुरू हो गया था। कथाकार ने कहा कि पश्चिम में उसके नए उपन्यास 'हर्ज़ोग' की धूम है। उसने मेलविल और हेमिंग्वे की अमरीकी मूर्ति को तोड़ दिया है।

"मैंने उपन्यास पढ़ लिया है", सागर कुमार बोले।

"कहाँ ? अभी भारत में तो आया नहीं।"

"मैं न्यूयार्क से एक प्रति लाया था", सागर कुमार ने कहा। फिर जोड़ा, "आपको दे दूँगा।"

कथाकार की लार टपकी, "अभी।"

"अच्छा, अभी दे दूँगा", सागर कुमार हँसे।

फिर सागर कुमार ने कहा, "मैं जब न्यूयार्क में था, सॉल बेलो से मिलते-मिलते रह गया। वे शिकागो से किसी काम से एक दिन को आए थे। जिस दिन मुझे पता चला, वे उसी सुबह वापिस शिकागो लौट गए थे।"

"अच्छा !" कथाकार ने आँखें फाड़ीं।

"मगर", सागर कुमार ने कहा, "मैं पेरिस में सेम्युएल बैकेट से मिला था।"

"अच्छा !" सामने सोफ़े से तीन स्वर एक-साथ आए, "कहाँ ?"

"उसके घर पर।"

"हाँऽऽ !"

"मैंने एप्वाइंटमेंट लिया था। उसके फ्लैट में पहुँचा। अकेला बैकेट था। कोई नहीं था। अकेले फ्लैट में बैकेट की छाया डोल रही थी। हाय, उसकी ज़ालिम तनहाई !" सागर कुमार ने ठंडी साँस ली।

सागर कुमार के चेहरे को देखकर लगा कि हॉल में कोई और नहीं है।

"क्या कहा उसने ?" कवि ने पूछा।

"उसने कहा कि सागर साहब, आपको अपने उपन्यासों का अनुवाद हमें उपलब्ध कराना चाहिए।"

कवि के हाथ से गिलास छूट गया। गिलास फ़र्श पर गिरकर चकनाचूर हो गया था, जिसे नौकर बटोर रहा था।

"कोई बात नहीं", सागर कुमार ने संजीदा स्वर में कहा।

"फिर ?" चित्रकार ने पूछा।

"फिर क्या, मुझे इंतज़ाम करना पड़ा", सागर कुमार बोले, "अगले वर्ष अंग्रेज़ी और फ्रांसीसी में अनुवाद आ जाएँगे।"

उपन्यास पर यही बात थी। यों भी टी-हाउस, कॉफ़ी-हाउस या शराब की महफ़िलों में जो बातें होतीं थीं, उनका केंद्र सात समुद्र पार पश्चिम का साहित्य-जगत ही होता था। निराला और प्रेमचंद का नाम रस्मी तौर पर गोष्ठियों में ज़रूर लिया जाता था। मगर उनसे नई पीढ़ी का कोई नाभिनाल संबंध हो, ऐसा नज़र नहीं आता

था। कोई वर्जीनिया वुल्फ़ की बात करता, कोई हेमिंग्वे की। सार्त्र और कामू की बातें सभी करते थे। उनका ज़माना चल रहा था।

तभी अरूण आनंद हॉल में घुसा जैसे उसका इंतज़ार हो रहा हो। सागर कुमार ने उसे ह्विस्की का एक गिलास थमाया। एक घूँट पीकर उसने कहा–

"मैं टोस्ट खाना चाहता हूँ।"

"ज़रूर, ज़रूर", कहकर सागर कुमार ने नौकर से टोस्ट लाने को कहा।

अरूण का चेहरा शराब के घूँट से कुछ जागा था।

"क्या हो रहा है ?" सागर कुमार ने पूछा।

"कामू का 'कैलीगुला'।"

"फिर..."

"सार्त्र का 'नो एग्ज़िट'।"

"अरे अरूण, तुम्हारा क्या हो रहा है ?"

तभी टोस्ट की प्लेट उसके सामने रखी गई। अरूण टोस्ट खाने लगा। वह भूखा था।

दो जोड़ी यानी चार टोस्ट खाने के बाद उसने कहा कि हिंदी में मौलिक नाटकों का टोटा है। स्तरीय नाटक कम हैं। शायद इस क्षेत्र में श्रेष्ठ प्रतिभाएँ नहीं पैदा हो रहीं या आ नहीं रहीं। क्यों ? कथाकार ने पूछा, भारतेंदु और प्रसाद की परंपरा का क्या हुआ ? अरूण हँसा : क्या दिल्ली में कोई इस परंपरा का दिल से नाम लेता है ? कामू और सार्त्र और बैकेट और आयनेस्को की धूम है, अरूण बोला। यह सिर्फ़ नाटक के क्षेत्र में नहीं है, कथाकार ने कहा, दिल्ली में कोई युवा कथाकार प्रेमचंद का नाम नहीं लेता। न कोई युवा कवि निराला का, कवि ने जोड़ा। इसीलिए अकविता और अकहानी का ज़माना आ रहा था।

दारू के बाद सागर कुमार सबको अपने स्टूडियो में ले गए। सारी बत्तियाँ जला दीं। दिन का उजाला हो गया। चारों दीवारों पर चित्र लगे थे। यह दिन के उजाले का अमूर्त संसार था जिसकी कुछ प्रतीति चित्रकार और के.के. को हुई थी। वे चित्रों के सामने खड़े हुए कभी स्तब्ध नज़र आए, कभी सिर हिलाते हुए। सिर सभी हिला रहे थे क्योंकि सबके पेट में दारू थी।

"इसका आधार क्या है ?" कथाकार ने पूछा।

"किसका ?" सागर कुमार ने आँखें ऊपर उठाईं।

"अमूर्तन का दिल के सिवा कोई आधार नहीं होता", सागर कुमार हँसे।

"क्या हृदय अमूर्त हो सकता है ?"

"पता नहीं", सागर कुमार फिर हँसे।

कुछ देर स्टूडियो में मौन छाया रहा। रोशनी और दीवारों के बीच सब टहल रहे थे। चित्र मौन थे। एक कोने में एक चित्र के समाने खड़े हुए कवि ने चित्रकार

से कहा–

“क्या इस अमूर्तन का अकविता और अकहानी से कोई रिश्ता है ?”

चित्रकार चुप रहा। वह सागर कुमार की ओर बढ़ा और उसने पूछा–

“क्या इस अमूर्तन का आपकी यूरोप और अमरीका की यात्राओं से कुछ रिश्ता है ?”

सागर कुमार मुस्कराते रहे। फिर उन्होंने कहा कि दिल्ली में ऐसे कवि और कथाकार हैं जो बरसों पश्चिम में रहे और हर दूसरे साल पश्चिम जाते हैं। क्या वे हिंदी में पश्चिमी मुहाविरे का तर्जुमा कर रहे हैं ? वे यही कर रहे हैं, कवि ने कहा। कोई अस्तित्त्ववादी कहानी लिखता है, कोई अस्तित्त्ववादी उपन्यास लिखता है, कोई कविता को अस्तित्त्ववाद में डुबोकर उसे पत्थर पर मार रहा है। और तो और, रवांटे मुक्तिबोध को क़स्बाती बता दिया है–मानो भारत सिर्फ़ इस कम्बख़्त दिल्ली में है !...कभी सोचता हूँ, कवि ने तरल स्वर में कहा, अभी देर नहीं हुई। मैं दिल्ली छोड़कर बरूआसागर चला जाऊँगा। बरूआसागर में कविता लिखूँगा।

“बरूआसागर कहाँ है ?” सागर कुमार ने पूछा।

“झाँसी से आगे।”

सागर कुमार ने के.के. की ओर देखकर कहा–“के.के. की झाँसी !”

के.के. ने कहा–“नहीं, झाँसी मेरी नहीं है।”

“फिर ?”

“सारी दुनिया मेरी है।” वह हँसा।

स्टूडियो के फ़र्श पर रोशनी के साथ सन्नाटा छाया रहा।

“मगर”, कवि की संजीदा आवाज़ उभरी, “क्या सारी दुनिया में होने के लिए अपने घर में होना ज़रूरी नहीं है ?”

“मैं अपने घर को अपने साथ लेकर चलता हूँ”, के.के. बोला।

“क्या अपनी जेब में ?”

कवि और के.के. आमने-सामने थे। आँखें चढ़ाए हुए। सबने समझा दारू की वजह से आँखें चढ़ीं थीं।

खाने की मेज़ पर सागर कुमार ने बताया कि पश्चिम में जाली चित्रों का खूब धंधा होता है। जो चित्रकार पिछली सदी में भूखे मरे, उनके चित्र लाखों में बिकते हैं–और कभी-कभार उनकी जाली अनुकृतियाँ भी ! “असली आदमी भूखा मरा, जाली चित्र लाखों में !” कवि हँसा। पिछले वर्ष दिल्ली में एक कला-विक्रेता पकड़ा गया था, चित्रकार ने जोड़ा, जो नक़ली जामिनी राय बेच रहा था।

“किसने पकड़ा ?” कवि ने पूछा।

“एक पारखी ने”, चित्रकार ने कहा।

“कैसे ?”

"जिन रेखाओं ने कैनवास पर स्त्रियों की देह को घेरा था", चित्रकार ने कहा, "वे रेखाएँ सुदृढ़ नहीं थीं, संदिग्ध थीं और काँप रहीं थीं जैसे स्त्री को सँभाल न पा रही हों। जामिनी राय की रेखा सन्देह के परे है।"

"शब्द भी कभी-कभी संदेह के परे हो जाता है", कवि ने कहा, "और जब ऐसा होता है तो चमत्कार होता है।"

अगले जाड़ों में लोगों ने त्रिवेणी, कमानी और रवीन्द्र भवन के आस-पास अक्सर एक पश्चिमी गोरी लड़की को देखा जो लंवी थी और जींस और कुर्ता पहनती थी। इस इलाक़े में गोरी लड़की कोई ख़ास बात नहीं थी, बहुत-सी गोरी-पश्चिमी लड़कियाँ थीं। ख़ास बात उस लड़की का हमेशा के.के. के बगल में रहना था। परिचितों को के. के. इन दिनों कुछ ज़्यादा तना नज़र आने लगा था। जब कुछ लोगों ने मज़ाक किया कि के.के इसलिए ज़्यादा तना रहता है क्योंकि गोरी लड़की बहुत लंबी है और वह लड़की से लंबा दिखना चाहता है तो के.के. ने हँसकर कहा, "अरे, क्यों मज़ाक करते हो ?" मगर यह सच था। वह त्रिवेणी या रवीन्द्र भवन की कला-दीर्घाओं में लड़की के बगल में खड़ा चित्रों को देखता हुआ कुछ ज़्यादा तन जाता था जैसे चित्र को कुछ ऊपरी कोण से देख रहा हो। कमानी हॉल में नाटक देखते हुए वह इस तरह गर्दन ऊँची करके बैठता मानो अगली सीट पर कोई सरदार पगड़ी बाँधे बैठा हो।

गोरी लड़की फ्रांसीसी थी। उसका नाम नथालिया था। वह भारत एक वर्ष के लिए भारतीय कला के अध्ययन के लिए आई थी। के.के. उसे हिंदी सिखाता था और कला-दीर्घाओं में ले जाता था। जब नथालिया को पता चला कि वह खुद भी नई पीढ़ी का चित्रकार है तो वह उसे 'गुरु' कहने लगी। कभी कभी वह जिस काव्यात्मक ढंग से चित्रों की व्याख्या करता, नथालिया विस्मित हो जाती। उसका ख़्याल था कि चित्रकार दृष्टि की भाषा ही जानते हैं। जब उसने के.के. से यह कहा तो के.के. ने कहा कि तुम ठीक कहती हो, मगर मैं कवताएँ भी लिखता हूँ। कविता सुनाने वह नथालिया को एक दिन कुतुब मीनार ले गया था जहाँ कुतुब मीनार से दिल्ली देखने के बाद वे दूर झाड़ियों के एकांत में चले गए थे जहाँ उन्होंने बीयर पीते हुए एकल कवि-गोष्ठी की थी, हैम्बर्गर खाए थे और खुशी से एक-दूसरे को चूम लिया था। उस दोपहर के पहले वे जब मिलते या विदा होते थे तो हाथ मिलाते थे। लेकिन उस दोपहर के बाद जब वे मिलते या विदा होते तो एक-दूसरे को चूमते थे जैसे एक-दूसरे को प्यार करते हों। के.के. भी कभी-कभी आँखें बंद कर लेता और उसे लगता वह फिर अलका को चूम रहा है।

कनॉट प्लेस के केंद्र में पेड़ों की चोटियों में अटकी वह शाम कुछ उदास थी। के.के. और नथालिया कनॉट सर्कस के बरामदों का एक चक्कर लगा चुके थे। न उन्होंने प्रदर्शन-खिलाड़ियों को देखा था, न दूसरे लोगों को। उन्होंने कॉफ़ी-हाउस में

कॉफ़ी पी थी, फिर सड़क पार करके बीच के उद्यान में आ गए थे जहाँ ऊँचे-ऊँचे पेड़ हरी घास पर दूर-दूर उदास खड़े थे और पखेरू आकाश में कहीं दूर उड़े जा रहे थे। के.के. ने आकाश की ओर देखते हुए कहा :

"मैं एक नंगे आकाश का चित्र बनाऊँगा।"

बेंच पर उसके बगल में बैठी नथालिया मुस्कराई, "ज़रूर !"

"और एक नंगी औरत का चित्र बनाऊँगा।;;

"ज़रूर", नथालिया ने उसकी ओर हैरत से देखा, "क्या तुमने अभी तक नहीं बनाया ?"

के.के. ने आकाश की ओर देखते हुए कहा—"मैंने नंगी औरत नहीं देखी।"

नथालिया हँसी।

तयशुदा रात के दस बजे के.के. ने नथालिया के कमरे पर दस्तक दी। नथालिया ने मुस्कराते हुए दरवाज़ा खोला, "हलो"।

"हलो", के.के. ने कहा और कमरे में घुसकर उसने अपना कैनवास एक ओर रखा।

कैनवास रखकर जब के.के. पलटा तो उसने देखा कि नथालिया की जगह कमरे में एक नंगी औरत खड़ी मुस्करा रही थी। नथालिया ने जो गाउन पहना था, वह एक ओर एक तिपाई पर पड़ा था।

"नथालिया कहाँ है ?" के.के. ने घबराकर पूछा।

वह हँसी।

फिर उसने तौलिया उठाया और के.के. के चेहरे का पसीना पोंछ दिया। तौलिया वापिस अपनी जगह रखकर जब उसने के.के. को देखा तो उसके चेहरे पर फिर पसीना छलछला आया था जैसे पसीना न हो खून हो और के.के. को कोई गहरी चोट लगी हो जिसका खून रूकता न हो।

के.के. जड़ खड़ा था। वह खिलखिला रही थी।

उसने हज़ारों स्त्रियों की नंगी तस्वीरें देखीं थीं। कुछ विदेशी चल-चित्र देखे थे जिनमें नंगी औारतों की भूमिकाएँ थीं। लेकिन वह चकित था कि वह नंगी औरत पहली बार देख रहा था। वह यह भी सोच रहा था कि वह भी नंगी औरत का एक चित्र ही बनाएगा !

नथालिया ने के.के. का ख़ाली कैनवास कमरे के एक कोने में उल्टा रख दिया और अपना गाउन उठाकर के.के. की ओर बढ़ाया और कहा :

"लो, मुझे पहना दो !"

"नथालिया !" के.के. चीख़ा।

कमरे की बंद खिड़की के काँच पर जब रात का अँधेरा हल्का हुआ तो के.के. की आँख खुली। उसने नथालिया को अपनी बाहों में सोता हुआ पाया। उसका

एक हाथ नथालिया के नंगे नितंब पर था। वह आहिस्ता-आहिस्ता उठा और उसने कमरे में अपने कपड़े ढूँढ़े। कपड़े पहिने खड़ा वह नथालिया का नग्न शरीर पलँग पर देख रहा था जब वह जाग गई।

फिर उसने कोने से अपना कैनवास उठाया और अपना पहला नंगी स्त्री का चित्र बनाया।

एक रात जब के.के. घर पहुँचा तो कमरे का दरवाज़ा खोलते ही फ़र्श पर दो पत्र पड़े मिले। एक फ्रांसीसी दूतावास का था। उसने बेकली से लिफ़ाफ़ा फ़ाड़ा और पत्र निकालकर पढ़ा। वह खुशी से पगलाया और उछल पड़ा। उसका सिर छत से टकराते-टकराते बचा और अगले क्षण मकान-मालिक धारीदार जाँघिया पहने छत पर आ गया। उसने हैरत से पूछा—"क्या हुआ ?"

"चड्ढा सा'ब, मैं पेरिस जा रहा हूँ।"

"वाह, खूब जाओ जी। लेकिन मेरी छत तोड़कर तो न जाओ जी।"

फिर के.के. ने ज़बर्दस्ती खुशी का एक जाम चड्ढा को पिलाया और एक खुद पिया। जिस तिपाई पर शराब की शीशी रखी थी, उसी पर दूसरा ख़त रखा था। ख़त अंतर्देशीय था। उस पर रामदयाल की लिखावट थी। के.के. बाबू के अक्षर पहचान गया था। अक्षर पहचानकर वह यह ख़त भूल गया था। रात-भर ख़त शराब की ख़ाली शीशी के नीचे दबा रहा।

सुबह जब उसने अतर्देशीय खोलकर पढ़ा तो वह दंग रह गया। बिन्नू की शादी उसी दिन थी जिस दिन उसे पेरिस के लिए उड़ना था : 9 नवंबर ! कैसा विचित्र संयोग था ? वह झाँसी जा सकता था या पेरिस जा सकता था। झाँसी होकर पेरिस नहीं जा सकता था। पेरिस से लौटकर झाँसी जाने का कोई मतलब नहीं था। सुशीला उससे पाँच साल छोटी थी। वह दस साल पहले घर छोड़ चुका था। शायद घर में वह सबसे ज़्यादा उसी को चाहता था। उसके साथ सीताफल खाने, उससे झगड़ाकर उसे रूलाने, उसके बाल खींचने और अपने दोस्त आने पर स्टोव पर उससे चाय बनवाने के अनेक संस्मरण थे। मगर ये संस्मरण अब पिछले जनम के लगते थे।

बाबू ने लिखा था कि बल्लो बिन्नू के ब्याह के लिए बीस हज़ार रुपए भेज रहा है, तुम दस हज़ार ही भेज देना। उन्हें पता था कि किन्ने के पास बल्लो की तरह कोई पक्की नौकरी नहीं हैं। मगर बहिन की शादी तो होनी ही थी। और अगर दोनों भाई मदद नहीं करेंगे तो क्या पड़ोसी मनीऑर्डर भेजेंगे ? दिल्ली में के.के. किसी पड़ोसी से दस हज़ार नहीं माँग सकता था जो उसे पेरिस जाने के लिए कम पड़ रहे थे। यदि सुशीला का विवाह न होता तो वह बल्लो या बाबू को लिखता कि देखो, तुम्हारे परिवार से पहला व्यक्ति सात समुंदर पार अंतर्राष्ट्रीय कलाकार बनने जा रहा

है, क्या तुम दस हजार रुपए भी नहीं भेज सकते ?

उसने खीझकर अख़बार उठा लिया जिसमें इन दिनों रेडियो और दूरदर्शन की तरह 'ग़रीबी हटाओ' के लोक-लुभावन चर्चे थे। लोग बहसों में मस्त थे। 9999 सन्तनगर में कथाकार एक साँस में राजाओं के प्रिवी पर्सो के निरस्तीकरण, बैकों के राष्ट्रीयकरण और 'ग़रीबी हटाओ' की बात करता था जैसे ग़रीबी भी प्रिवी पर्स और बैंकों पर निजी नियंत्रण की तरह सरकारी आज्ञा से हट जाएगी। असल में कथाकार एक ग़रीब, निम्न मध्यवर्गीय परिवार का बेटा था और वह हर माह घर आधी कमाई भेजता था ताकि घर बना रहे। वह सपना देख रहा था। उस उम्र में बिना सपने के जीना मुश्किल था।

'ग़रीबी हटाओ' और अपने अंतर्राष्ट्रीय प्रेम की चर्चाओं को दिल्ली में छोड़ के.के. 9 नवंबर की रात को पालम से पेरिस उड़ गया। जलनेवालों की कहीं कमी नहीं होती। त्रिवेणी में अफ़वाह उड़ी कि के.के. की पेरिस उड़ान के पीछे नथालिया थी जो उसी के साथ भोरत छोड़ गई है। मगर नथालिया अगले सप्ताह रबीन्द्र भवन की कला-दीर्घा में घूमती नज़र आई। कुछ लोगों ने कहा कि यह के.के. की चाल है—वह अगले सप्ताह पेरिस चली जाएगी। वह अगले सप्ताह नहीं गई। वह जाड़ों के बाद गई जैसे पिछले जाड़ों के बाद आई थी।

पेरिस पहुँचकर के.के. ने सबको पिक्चर-पोस्टकार्ड भेजे। एक पिक्चर पोस्टकार्ड 99 गुसाईंपुरा, झाँसी भी पहुँचा। उस पर ऐफ़ील टावर की तस्वीर थी। तस्वीर की पीठ पर लिखा था :

एक दिन मैं ऐफ़ील टावर जितना ऊँचा कलाकार हो जाऊँगा !

रामदयाल बिन्नू का ब्याह निपटाकर बैठक में बैठे थे। उन्होंने चित्र पलटकर देखा, एक ठंडी साँस ली और कहा : "तुम तो अभी भी हमारे लिए ऐफ़ील टावर हो, मेरे लाल।"

बल्लो आज सुबह झाँसी से लौटा था। बिन्नू का ब्याह संपन्न हो गया था। वह पाँच वर्ष पूर्व लखनऊ की पहली शाम इसी जगह नदी किनारे बैठा था और अपने को भरोसा दिला रहा था कि वह आगरा में जमना किनारे नहीं लखनऊ में गोमती किनारे बैठा है। सब-कुछ दो दिन में हो गया था। आगरा में बाबू का तार मिला था। झाँसी पहुँचने पर उन्होंने बताया था कि तुम्हें कल लखनऊ जाकर क्रिश्चियन कॉलेज में इतिहास के प्रवक्ता के पद के लिए इंटरव्यू देना है। बाबू ने बड़ी अटारी में बाहर खिड़की में देखते हुए बताया था कि उन्होंने उसे दवाइयों का बैग लिए आँगन में ठमठमाते देखा था और उन्हें पता चल गया था कि वह शिक्षक की नौकरी के लिए झाँसी के स्कूलों में गया था। इस नौकरी के लिए बाबू ने तिवारीजी से बात कर ली थी जो जेल में उनके साथ थे और अब प्रदेश के मंत्रिमंडल में थे। बलरामदयाल क्रिश्चियन कॉलेज में इतिहास के लेक्चरर हो गए हैं—यह भरोसा बल्लो को गोमती नदी पहचानकर ही हुआ था।

नदी का किनारा उसे ज़्यादा विश्वसनीय लगा होगा क्योंकि यहीं पिछले वर्ष उसने पहली बार मिस उल्फ़त सिद्दीक़ी से कहा था : "मिस सिद्दीक़ी, मुझे आपका नाम बहुत अच्छा लगता है।"

मिस सिद्दीक़ी ने अपनी काली, नाव-सी आँखें उसकी ओर घुमा दीं थीं और हँसकर कहा था, "मिस्टर दयाल, सिद्दीक़ी उतना ही मामूली नाम है जितना दयाल !"

"सिद्दीक़ी नहीं।"

"फिर ?"

"उल्फ़त !" बल्लो ने नन्हीं-सी आह भरी।

उल्फ़त ने हैरत से उसकी ओर देखा था। फिर एकाएक वह हँस पड़ी थी। उसने बाद में बताया था कि इतनी ज़ोर से हँसने का एक कारण उसका नाम बलरामदयाल होना भी था--यदि उसका नाम शक़ील सिद्दीक़ी होता तो शायद वह इतने ज़ोर से न हँसती। वे चार-पाँच शिक्षक वहाँ से गुजरते हुए नदी किनारे रुक

गए थे। बाक़ी लोग दूसरी ओर निकल गए थे। वे दोनों अकेले छूट गए थे। उल्फ़त इसी सेशन में आई थी–हिंदी विभाग में। वह बल्लो को इतनी सुंदर लगी थी कि उसके सौंदर्य की प्रशंसा नहीं हो सकती थी। इसीलिए बल्लो ने उसके नाम पर हाथ डाला था।

अगले दिन दोपहर में कॉलेज ख़त्म होने पर जब वह स्कूटर स्टार्ट कर रहा था उल्फ़त बाहर आई थी और बल्लो ने उससे कहा था, "आइए, मैं आपको घर छोड़ दूँगा।" "आपको मेरा घर कैसे मालूम ?" उल्फ़त ने उससे पूछा था। "मैं आपको न्यू हैदराबाद की तरफ़ से आते हुए देखता हूँ", बल्लो ने कहा था। उल्फ़त स्कूटर पर पीछे बैठ गई थी। फिर कुछ ऐसा होता कि अक्सर उल्फ़त जब बाहर आती, बल्लो स्कूटर के पास खड़ा होता और वह उसे घर छोड़ता। बल्लो ने बाद में उल्फ़त को बताया था कि वह हर दिन उल्फ़त की आख़िरी क्लास का पता कर लेता था और उसी समय बाहर आता था जब उल्फ़त के लौटने का समय हो ।

जिस दिन उल्फ़त ने पीछे बैठकर बल्लो के कंधे पर हाथ रखा, वह उतरते अक्टूबर का एक रूपहला दिन था। बल्लो ने बंदे पर स्कूटर रोक दिया था। वे नीचे नदी किनारे एक चट्टान पर बैठ गए थे और देर तक बहते पानी पर सूर्य की किरणों का खेल देखते रहे थे। उल्फ़त ने नदी की मझधार की ओर देखते हुए कहा था :

"ग़ौर से देखो तो एक-एक बूंद में एक-एक सूर्य नज़र आता है।"

ठंडी हवा मंझधार से उठकर किनारे की ओर आ रही थी। बल्लो और उल्फ़त को पहली बार लगा कि हवा में अब तुर्शी आ गई है। उनकी देहें एक-साथ सिहरीं। वे एक-दूसरे को देखकर मुस्कराए। बल्लो ने सोचा कि यहाँ कोई साया होता या अँधेरा होता तो वह उल्फ़त के मुस्कराते होठों को चूम लेता। उसके होंठ लाल थे। उसे लिपस्टिक लगाने की ज़रूरत नहीं थी।

एक शाम उल्फ़त बलराम को अपने घर पहली मंज़िल पर ले गई। बैठक में घुसकर वह हैरान था। वह एक मध्यवर्गीय घर की बैठक थी जिसमें एक मध्यवर्गीय सोफ़ासेट एक मध्यवर्गीय कालीन पर रखा था और सामने छोटे-से तख़्त पर एक गद्दा और दो तकिए पड़े थे। दीवारों पर तीन मध्यवर्गीय तस्वीरें लगीं थीं जो किसी भी मध्यवर्गीय घर में हो सकती थीं : एक तस्वीर में पेड़ थे, दूसरी में पहाड़ थे और तीसरी में पानी-ही-पानी था। इसे एक इत्तफ़ाक ही कहना होगा कि वह अभी तक किसी मुस्लिम घर में नहीं घुसा था। उसके क्लास में हमेशा मुसलमान लड़के रहे थे। मगर उनसे दोस्ती सड़क और खेल के मैदान तक ही सीमित थी। आशिक अली उसके घर आया था, बैठक में बैठकर चाय पी थी और उसने बिन्नू से बातें की थीं। लेकिन बल्लो आशिक़ अली के घर के अंदर नहीं घुसा था। जब वह उसके घर गया, सड़क पर ही खड़ा रहा। सड़क पर ही आशिक़ अली उसके लिए पानी लाया था और चाय उसने बल्लो को भाजीवारी नरिया पर एक होटल में पिलाई थी। आशिक़

अली भाजीवारी नरिया के पीछे जिस बस्ती में रहता था, वह काफ़ी गंदी थी। वहाँ सुअर नज़र आ जाते थे और बड़ी-बड़ी खुली नालियाँ थीं जिनके गिर्द मुर्गियाँ घूमती रहती थीं। घरों के आगे टाट के परदे थे, जो सड़क से नज़र आते थे। आशिक़ अली के घर के अंदर टाट का परदा सड़क से दीखता था। टाट का परदा गंदा होता था। शायद इसीलिए आशिक़ अली कभी उसे घर के अंदर नहीं ले गया था। उनके बीच गंदा टाट का पर्दा था। उल्फ़त के घर में कोई टाट का पर्दा नहीं था। कुछ देर बाद उसके अब्बा बैठक में आए। वे दाढ़ी रखते थे जो काली थी। वे कृषि विभाग में सहायक निदेशक थे और पान खाते थे। उनका पान का डिब्बा तख़्त पर एक ओर रखा था। पान का डिब्बा देखकर बल्लो को शक हुआ कि उल्फ़त के होठों के रंग में कहीं पान का रंग तो नहीं है।

यह शक कुछ दिन बाद एक दोपहर ख़त्म हो गया जब कॉलेज से लौटते हुए गोमती के बंदे पर बल्लो ने उल्फ़त से कहा, ''चलो, आज तुम्हें मैं अपने शीशमहल ले चलता हूँ।'' दोनों के बीच कब 'आप' से 'तुम' हो गया, दोनों को पता नहीं चला। पहली मंज़िल के कमरे के 'शीशमहल' कहने का राज़ उल्फ़त को तब पता चला जब वह सीढ़ियाँ चढ़कर छत पर पहुँची और बल्लो ने ताला खोला। कमरे की तीन दीवारों पर खिड़कियाँ थीं जिन पर बादामी शीशे लगे थे जो धूप में चमक रहे थे जैसे अपनी रोशनी में कोई महल छिपाने की कोशिश कर रहे हों।

''सचमुच यह शीशमहल है'', उल्फ़त हँसी।

''लो, इसे बादलों से ढक देते हैं'', बल्लो ने हँसते हुए कहा और खिड़कियों पर स्लेटी परदे तान दिए।

कमरे में धुँधलका छा गया। धुँधलके में उल्फ़त का चंपई चेहरा ऐसे चमका जैसे कोई शमा अचानक अँधेरे में चमकी हो।

'उल्फ़त', बल्लो का स्वर एकाएक भारी हो गया और उसे लगा जैसे उसके जिस्म पर पसीना छलछला आया है यद्यपि जाड़े शुरू हो गए थे।

''हाँ''

''मुझे समझ में नहीं आ रहा।''

''क्या ?''

''यही कि तुम लड़की हो या मोमबत्ती ?''

वह खिलखिलाकर हँसी। बल्लो ने कब उसका चेहरा अपनी हथेलियों में थामा, कब वह उसके होठों की ओर घबराते हुए बढ़ा जैसे आग की ओर बढ़ रहा हो और कब उल्फ़त की हँसी रूक गई, बल्लो को पता नहीं चला। कमरे में परदों का स्लेटी रंग चुपचाप गाढ़ा हो रहा था। कोई अँधेरी सुरंग थी जो उस ओर जा रही थी जहाँ सिर्फ़ उजाला है : उस उजाले में चलने की ज़रूरत नहीं होती क्योंकि उजाला स्वयं चारों ओर घूमता है, उस उजाले में आँखें खोलने की ज़रूरत भी नहीं होती क्योंकि

उजाला पलकों के आर-पार होता है—वह उजाला अंदर होता है, एक शमा की तरह !

यही मुश्किल थी। बल्लो को अब सोते-जागते यही लगता कि उसके जिस्म के अंदर कोई शमा जल रही है। शमा दिल के पास कहीं थी। उजाला बदन भर में था। आँखों में भी शमा का उजाला था। इस उजाले से दुनिया की रंगत बदल गई। जब वह उस शाम अपने कमरे से उतरकर महानगर के बाज़ार में आया तो उसने पाया कि दुकानों का रंग बदल गया है और लोग इस तरह मुस्करा रहे हैं जैसे ज़िंदगी में कोई दुःख नहीं है। सारी लड़कियाँ मुस्करा रही थीं और उनकी आँखों से उल्फ़त झाँक रही थी। क्या धरती की सारी लड़कियाँ उल्फ़त हो गई हैं ?

अगली सुबह जब कॉलेज जाते हुए वह बंदे पर आया तो उसने पाया कि नदी बदल गई थी। वह स्कूटर रोक कर खड़ा हो गया। दोनों किनारे वही थे। दोनों किनारों पर फैला शहर वैसा ही था। सूरज पूरब से ही निकल रहा था। मगर उसकी किरणें पानी को सितार के तारों की तरह छू रहीं थीं। पानी बार-बार सिहर जाता जैसे लहरों में कोई शमा काँप रही हो।

सड़कें धुली-पुँछी लगती थीं। एकाएक गड्ढे ग़ायब हो गए थे। स्कूटर चलाते हुए झटके नहीं लग रहे थे। रिक्शेवाले ज़्यादा शालीन थे। साइकिलें अपने आप रास्ता दे रहीं थीं। पैदल सड़क के दोनों ओर ही थे। सुबह-सुबह सब नए कपड़े पहनकर घर से निकले थे। जब वह बंदे से पुल की ओर मुड़ा तो उसने देखा कि हनुमान मंदिर के सामने भिखारी नहीं थे। कहाँ गए भारतवर्ष के सब भूखे ? क्या उसके दिल के पास जलती शमा ने सबकी भूख मिटा दी है ?

शाम को हज़रतगंज ज़्यादा खुशहाल था। रोशनियाँ कुछ ज़्यादा नीली थीं। हवाएँ जिस्म को सहलाती हुई चल रही थीं। इतनी ठंडी हवाएँ नहीं थीं कि जिस्म सर्द हो जाएँ। हवाएँ देहों को सिहराकर देहों को खोल रहीं थीं। चाहे मेफ़ेयर का बरामदा हो, लव-लेन का गलियारा हो या हनुमान मंदिर के सामने सड़क का टुकड़ा—हर ओर जिस्म निखर रहे थे। कहीं उल्फ़त का चंपई रंग नज़र आता, कहीं उसकी छरहरी लंबाई दिखती, कहीं उसके रेशमी बाल नितंबों पर झूल जाते, कहीं उसकी लंबी सुतवाँ नाक झाँकती, कहीं आँखें नाव-सी सड़क पर तैर जाती और कहीं बिना पान के लाल होंठ ऐसे चमकते जैसे दो बीड़ा पान खाए हों! जब हनुमान मंदिर के सामने भी लड़कियों के चेहरों में बल्लो को उल्फ़त का चेहरा दिखा तो बल्लो घबरा गया। वह हाँफ़ता हुआ कॉफ़ी हाउस पहुँचा और कोने की मेज पर बैठ गया। मेज़ पर दूसरी ओर बैठे दादा ने ऐनक में से झाँक कर पूछा :

"क्या हुआ ? क्यों हाँफ़ रहे हो ?"

"दादा, बड़ी मुश्किल में हूँ।"

"क्यों ?" दादा की ऐनक मेज़ पर आगे आई।

"मुझे पूरे हज़रतगंज में सिर्फ़ एक लड़की नज़र आती है।" बल्लो ने हाँफते

हुए कहा।

दादा हँसे, "तब तुम्हारी ज़िंदगी की मुश्किल हल हो गई।"

"कैसे ?"

"उस लड़की से शादी कर लो", दादा ने ठहाका लगाया, "तुम हज़रतगंज के दूल्हा हो जाओगे।"

बलरामदयाल हफ़्ते-भर शहर के हर कोने में सोचता रहा। उसने हज़रतगंज, अमीनाबाद, कैसरबाग और ऐशबाग में सोचा। उसने बड़े इमामबाड़े और छोटे इमामबाड़े में सोचा। उसने बारादरी की झिंझरियों में सोचा और चिड़ियाघर की घास पर सोचा जहाँ चारों ओर सृष्टि के सभी नमूने अपने-अपने पिंजरों में थे। वह अपने कमरे से लगी टट्टी में सोचता, अपने पलँग पर लेटे हुए सोचता, फिर आँखें बंद करके सोचता और सोचते हुए सो जाता और सपने में सोचता। स्कूटर पर अकेले चलते हुए सोचता, उल्फ़त को पीछे बिठाकर सोचता और उसके घर उसके अब्बा के साथ चाय पीते हुए सोचता। उसने नदी में सोचा, आसमान में सोचा, सितारों में सोचा, मंदिर के आगे सोचा, थाने के पिछवाड़े सोचा और उस उजाले में सोचा जो उसके दिल के आस-पास था।

"इन दिनों बहुत सोच में हो", एक दिन उल्फ़त ने उलाहना दिया।

"उल्फ़त !" उसने सामने बैठी उल्फ़त की आँखों में देखा।

"हाँ !"

"कोई कितने दिन ऐसे जी सकता है ?"

"कैसे ?"

"मैं मोमबत्ती हो गया हूँ, उल्फ़त !" उसने नदी के ऊपर छाए आकाश की ओर दूर देखते हुए कहा।

"मैं भी", कहते हुए उल्फ़त उससे लिपट गई।

नदी पर शाम घिर रही थी। सूरज पुल के पीछे डूब गया था।

नदी शांत बह रही थी। वर्षा बीत चुकी थी। नदी ज्वार-ग्रस्त समुद्र की तरह बहे जिसमें किनारों का झाड़-झंखाड़ हो, तल की मिट्टी हो या हहराता पानी जो अपने से झगड़कर भागने का प्रयास कर रहा हो—वह समय बीत चुका था। तब कभी-कभी नदी के बीचोंबीच समुद्र बहता लगता था : वेगवती लहरें उछलती हुई दौड़तीं और उनके सिर पर फेन होता जैसे सागर-तट पर भागी जा रही हों। किनारे तब मुश्किल में फँस जाते थे। नदी के दोनों किनारे बारिश में अस्थिर रहते और अक्सर टूट-फूट जाते। अब किनारे स्थिर और शान्त थे। नदी चुपचाप बह रही थी मानो उसका पानी पहाड़ से नहीं आकाश से आ रहा हो। पानी पर धूप की झिलमिल चादर तनी थी।

बल्लो शहीद स्मारक की नदी किनारेवाली दीवार पर नीचे पैर लटकाए बैठा था और उल्फ़त का इंतज़ार कर रहा था। उसे उल्फ़त का इंतज़ार करना अच्छा लगता था। वह उल्फ़त का इंतज़ार करते हुए नदी, आसमान और धूप को देखता था। किनारे पर लोग यहाँ-वहाँ बिखरे थे। नदी में कुछ नावें थीं। कुछ नावें किनारे पर थीं, लोगों का इंतज़ार करती हुई।

नदी-किनारे अकेले बैठे हुए उसने पहले भी अपने घर के बारे में सोचा था। जब वह अपने रिटायर्ड पिता, दो छोटी बहनों और आँगन में नंगे खेलते भाई का तसव्वुर करता तो उसका दिल काँप जाता। लड़का पेड़ नहीं होता जो अपने-आप बड़ा हो जाए, न लड़की बेल होती है जो अपने-आप पेड़ पर चढ़ जाए। दोनों को सहारा चाहिए। पिता रिटायर हो गए थे—यद्यपि वे ट्यूशन की क्लासें घर में लगाने लगे थे। अलबत्ता बल्लो अपने जीवन की दहलीज़ पर था—और उसकी दो छोटी बहनें और एक छोटा भाई घर में नीम के नीचे खेल रहे थे। कभी-कभी उसे लगता कि जो बच्चे घर में नीम के नीचे खेल रहे थे वे उसी के बच्चे थे।

फिर एकाएक एक दिन बल्लो ने उल्फ़त से कह दिया था कि मुझे तुम्हारा नाम बहुत अच्छा लगता है और गोमती नदी देखते-देखते बारिश में समुद्र-नुमा हो गई थी। उसे किनारों का कोई ख़्याल न था। बिन्नू की विदा के अगले दिन जब अम्माँ ने उसके सामने फिर तीन लड़कियों की तस्वीरें रख दीं तो बल्लो ने कहा—

"अम्माँ, मैंने लड़की देख ली है।"

"कहाँ ?" अम्माँ ने उसकी ओर हैरानी से देखा, "इनमें से कौन-सी लड़की देखी है तुमने ?"

"इनमें से नहीं।"

"फिर ?"

"लखनऊ में एक लड़की है।"

"हाँऽऽ लखनऊ तो कायस्थों का गढ़ है। वहाँ माथुर भी हैं। माथुर लड़कियाँ बड़ी सुंदर होती हैं। माथुर की चलेगी।"

"लड़की बहुत सुंदर है, अम्माँ !"

"अच्छाऽ", अम्माँ हँसी, "क्या नाम है ?"

"उल्फ़त"

"क्...क्या ?"

"उल्फ़त"

"क्या लड़की मुसलमान है ?"

"हाँ"

अम्माँ सामने दालान में बैठी लुढ़क गईं। उन्हें फ़िट आ गया था। कल रात जब बिन्नू की विदाई हुई तो भी फ़िट आया था। उनके जबड़े भिंच गए थे। आँखें

बंद हो गईं थीं। पहले चम्मच से उनके जबड़े खोले, फिर आँखों पर पानी डाला तो आँखें खुलीं थीं। आँखें खोलकर उन्होंने फिर पूछा–

"क्या लड़की सचमुच मुसलमान है ?"

बल्लो चुप रहा।

"अरे, तुझे जात बिगाड़नी थी तो कम-से-कम कायस्थों में तो रहता।"

वह कैसे कहता कि उल्फ़त का नाम उल्फ़त होना उसकी सुंदरता को और बढ़ाता था। गुलाब का नाम गुलाब ही होता है, बबूल नहीं होता। वह यदि किसी दूसरे ग्रह से आई होती तो शायद बल्लो का अधिकतम चाहना कुछ और ज़्यादा चाहना होता। जब उसने पहली बार अपने दाएँ हाथ की उँगलियाँ माथे से छुलाकर कहा था, "सलाम वालेकुम", तो बल्लो ने उससे कहा था कि अब हम हमेशा इसी तरह मिलेंगे।

"सलाम वालेकुम", वह पीछे से बोली।

"वालेकुम सलाम", उसने आवाज़ पहचानकर नदी की धार देखते हुए कहा।

फिर वह दीवार से उतरा और वे दोनों एक बेंच पर बैठ गए, जो नदी की ओर थी। जब बल्लो ने उल्फ़त को अम्माँ-बेटा सँवाद सुनाया तो उल्फ़त पेट़ पकड़कर हँसने लगी। बल्लो ने उसे हैरत से देखा :

"तुम हँस रही हो ?"

"हाँ", उसने हँसते हुए कहा।

"क्यों ?"

"क्योंकि मेरी अम्मीं ज़िंदा होतीं तो वे बेहोश नहीं होतीं, बुक्का फाड़ के रोतीं।"

बल्लो नदी के परे दूसरे किनारे की ओर देख रहा था जहाँ रेत थी, कोई इमारत थी और रेत के परे बंदे पर साइकिलें और गाड़ियाँ और पैदल जा रहे थे। गाड़ियों में बंद लोग नहीं दिखते थे। नदी के पार अंधी गाड़ियाँ भाग रहीं थीं। गाड़ियों के चारों ओर छितरे हुए लोग थे जैसे कठपुतलियाँ हों।

"चलो, नाव में बैठते हैं", बल्लो ने कहा।

वे नीचे किनारे पर उतरे और एक नाव में बैठ गए। नाव में एक ओर वे दोनों आस-पास बैठे थे। दूसरी ओर नाविक था। और कोई नहीं था। कुछ देर बाद बल्लो ने बंदे पर सामने फिर देखा : अब कठपुतलियाँ कुछ और बड़ी हो गई थीं।

"कभी-कभी मन में आता है कि घर छोड़ दूँ, उल्फ़त !"

उल्फ़त हँसी–"एक घर बनाने को एक घर तोड़ोगे। मैं ज़िंदगी-भर भाई-बहिनों को तरसी। तुम भाग्यशाली हो।"

बल्लो उल्फ़त को अपने घर का सारा भूगोल और अर्थशास्त्र बता चुका था। उसने उसे यह भी बताया था कि बिन्नू, मुन्नी और हरि उसे अपने बच्चों की तरह लगते हैं और कभी-कभी वह उनके बारे में उसी तरह चिंतित हो जाता है जैसे कोई बाप परदेस में होता होगा।

वे मझधार में पहुँच गए थे। बहाव तेज़ था। नाविक पसीने-पसीने हो रहा था। वह तेज़ धार को काटने की कोशिश कर रहा था।

"पता नहीं, पानी कितना गहरा है ?" उल्फ़त मझधार को देखते हुए बोली।

"फ़िक्र न करो। मुझे तैरना आता है।" वह हँसा, "एक बार मैंने एक लड़की को बेतवा में डूबने से बचाया था।"

"मैं डूबी", वह खिलखिलाई, "तो नहीं बचा पाओगे।"

नाव के इर्द-गिर्द पानी खुद चक्कर खाता हुआ चक्कर लगा रहा था। नाव धारा के ख़िलाफ़ चल रही थी। पानी उसे उलट देना चाहता था। पानी को और कुछ पता नहीं था।

उन्होंने नाव में सैर करते हुए यह तय किया कि कल विवाह के लिए कचहरी में अर्जी दे देंगे। फिर उन्होंने नाव से उतरकर कबाब खाए और कोका-कोला पिया। उस शाम जब वे जुदा हुए तो हमेशा की तरह उल्फ़त ने कहा—

"खुदा हाफ़िज़"

"खुदा हाफ़िज़", बल्लो ने कहा।

पिछले दो वर्षों में शहर को घेरे पहाड़ियों के बीच बहुत-सी धूल उड़ी थी जिसमें बैंक राष्ट्रीयकरण, प्रिवी पर्स की समाप्ति और 'ग़रीबी हटाओ' के नवजात नारे के चक्रवात् थे। मगर शहर इस तरह नहीं हिला था जैसे इस ख़बर से हिला कि कचहरी में एक नोटिस लगा है जिसमें लिखा है कि झाँसी के बलरामदयाल वल्द रामदयाल लखनऊ की उल्फ़त सिद्दीक़ी से शादी करना चाहते हैं, किसी को कोई एतराज़ तो नहीं। इस ख़बर को अफ़वाह समझा गया। अफ़वाह की तरह इसका बहुमुखी मज़ा लिया गया। इसको तोड़ा गया, मरोड़ा गया, पिचकाया गया और फुलाया गया। इसे जितना और जैसे खींच सकते थे, खींचा गया। किसी ने कहा कि उल्फ़त सिद्दीक़ी अरब की हूर है—उसे लखनऊ की 'लव-लेन' में रोज़ शाम देख सकते हैं। लखनऊ की 'लव-लेन' क्या ? लो, इतना भी नहीं जानते। अरे, राजधानी के राजसी बाज़ार का नाम सुना है ? हज़रतगंज ! अपने सदर का सिविल लाइंस उसके सामने ऐसे है जेसे लहर के सामने लेड़ीपुरा। उस राजसी बाज़ार की मुख्य सड़क की तिरछी कमर पर एक गली है। उसी गली का नाम है : 'लव-लेन'। क्या उस गली में प्यार की दुकानें हैं भैया ? अरे नहीं, राजा भैया, उस गली में सूबे-भर की शिखर-सुंदरियाँ हर शाम दिया जले आतीं हैं और विहार करतीं हैं। क्या यह अपने सालाना 'जल-विहार' की तरह है ? हाँ, मगर यह प्रेम-विहार हर रोज़ होता है।

एक शाम 'लव-लेन' में अपना बल्लो गेरूआ वस्त्र धारण किए और सूफ़ियों की तरह माला लिए 'उल्फ़त-उल्फ़त' जप रहा था कि उल्फ़त आई और उसने अपनी

बेलों जैसी बाहें बल्लो के गले में डाल दीं। पता नहीं, कितने लोग लखनऊ की गलियों में 'उल्फ़त, उल्फ़त' रटते घूमते हैं। कम्बख़्त लफ्ज़ ही ऐसा है। एक बार लबों पर रखो तो फिसलकर भीतर, सीधा दिल में उतर जाता है। लोग पगलाए घूमते हैं। लेकिन उल्फ़त ने अपनी बाहों की जयमाल हमारे बुंदेले वीर के गले में डाल दी जो उसके लिए जोगी हो गया था। कोई बोला कि सुना है कि उल्फ़त के तीन बच्चे हैं। तीन बच्चों की माँ लव-लेन में क्या करती थी ? भाई मेरे, ये अरब की हूरें हैं जिनकी कोई उम्र नहीं होती। तो क्या तीन बच्चों की माँ 'लव-लेन' में उनके पिता को ढूँढ़ने आई थी ? क्या मालूम, जोगी से पूछना !

शहर की ज़्यादातर बस्तियों में अफ़वाह फिर ख़बर हो गई जब कुछ लोगों ने बाक़ी लोगों से कहा कि हमने कचहरी में नोटिस खुद अपनी आँखों से पढ़ा है। मगर कुछ बस्तियाँ ऐसी थीं जिनमें किसी ने आकर यह नहीं कहा कि मैंने कचहरी में नोटिस पढ़ा है। इन बस्तियों में अफ़वाह लड़की की तरह रोज़ बढ़ती रही। ये बस्तियाँ शहर के बाहरी इलाक़ों में गंदे टाट और कच्ची दीवारों की बस्तियाँ थीं जहाँ नालियों में सुअर सूँघते हुए नज़र आते थे। यहाँ न काम था, न आराम था। बतकही, गप्प और लंतरानियों का साम्राज्य था। कोई कहता उल्फ़त असल में एक परी का नाम है जो बल्लो से निकाह के बहाने झाँसी आएगी और क़िले की सारी जानकारियाँ पाकिस्तान भेज देगी ताकि पाकिस्तान क़िले पर बम गिरा दे। यदि कोई इस बात पर हँसता तो उसे पाकिस्तान द्वारा ताजमहल पर बमबारी करने के मंसूबे की ख़बरों का हवाला दे दिया जाता जो शहर की हवाओं में थीं।

भारत-पाक युद्ध शुरू हो गया था। बाँग्लादेश की क़िस्मत का सवाल था। एक तरफ़ दूरस्थ धर्म का दमन था, दूसरी तरफ़ अपनी अस्मिता थी। कभी अफ़वाह उड़ती कि बंबई पर हवाई हमला होने की आशंका है, कभी कोई दिल्ली की अफ़वाह उड़ा देता। कोई कहता कि पाक सेना राजस्थान-गुजरात के रेगिस्तान से होती हुई आएगी और ताजमहल से शाहजहाँ-मुमताज़महल की क़ब्रें ले जाएगी। देख लेना, कोई जोड़ देता, उल्फ़त सिद्दीक़ी झाँसी से आगरा ज़रूर जाएगी और ताजमहल के गुंबद पर खड़े होकर झंडी हिलाएगी।

कुछ बस्तियों में यह अफ़वाह उड़ी कि असल में बल्लो जिस लड़की से शादी कर रहा है वह उसी की जाति की है और उसका नाम उमा वर्मा है, कुछ शरारती तत्त्वों ने लड़की का नाम बदलकर उमा से उल्फ़त और वर्मा से सिद्दीक़ी कर दिया है ताकि भारत-पाक युद्ध समाप्त होने के पहले ही भारत युद्ध जीत ले। लेकिन यह कोई क्रिकेट मैच नहीं है, दूसरी बस्ती के लोगों ने कहा, बंगाल की खाड़ी में अमरीका का जहाजी बेड़ा आएगा। यदि ऐसा हुआ, दूसरी ओर से जवाब आया, तो बंगाल की खाड़ी में रूसी जहाज तुरंत आ जाएँगे। विश्व-युद्ध छिड़ेगा, देख लेना। यह सिर्फ़ बल्लो और उल्फ़त के इश्क़ का मामला नहीं है।

विश्व-युद्ध नहीं छिड़ा। धर्म हार गया। अस्मिता जीती।

जिस सुबह बल्लो और उल्फ़त झाँसी के विश्व-प्रसिद्ध लंबे रेलवे प्लेटफार्म पर उतरे, भारत-पाक युद्ध समाप्त हो चुका था। अब बल्लो-उल्फ़त विवाह में शहर की दिलचस्पी युद्ध-स्तर की नहीं थी। प्लेटफ़ार्म पर उन्हें लेने राजा, उसकी पत्नी और मुन्नी खड़े थे। सर्दी की सुबह थी। धूप खुले प्लेटफ़ार्म पर जगमगा रही थी जैसे शहनाई बज रही हो।

बल्लो की अम्माँ ने मोहल्ले-भर से कह दिया था कि बल्लो का कल लखनऊ में आर्यसमाज मंदिर में विवाह हुआ है और आज सुबह वह रात की गाड़ी से बहू को लेकर आ रहा है। जब किसी ने कहा कि कचहरी में नोटिस तो कचहरी की शादी का था तो बल्लो की अम्माँ ब़ोलीं कि पहले कचहरी में शादी हुई, फिर आर्य समाज मंदिर में। कोई बोला कि बहू का नाम तो उल्फ़त सुना है। बल्लो की अम्माँ ने हँसकर कहा कि कचहरी में नाम उल्फ़त था, मंदिर में उमा हो गया, इस घर में उमा आएगी। घर के दरवाज़े पर बंदनवार लगा, चबूतरे पर गोबर से लीपकर चौक पूर दिया गया और देहरी के दोनों ओर पानी से भरे कलश रखे गए। जैसे ही ताँगा रूका, स्त्रियाँ देहरी पर उमड़कर गीत गाने लगीं।

दालान में बहू को बिठाकर जब स्त्रियों ने बहू का मुँह देखा तो बहू का मुँह देखती ही रह गईं। उनकी ईर्ष्या के नाप का पैमाना उनकी उम्र थी—जितनी उम्र कम, उतनी ईर्ष्या ज़्यादा। सबने आह-सी भरकर कहा, ''मोहल्ले में ऐसी बहू पहले नहीं आई।'' तब मुन्नी खिलखिलाई। उसने खिलखिलाते हुए कहा, ''मोहल्ले में नहीं, शहर में !'' उल्फ़त घूँघट में थी। घूँघट में घुटन थी। उसने कभी बुर्क़ा नहीं पहना था। मगर अब वह घूँघट पहने थी—और उसका नाम उमा था। उसे अपने नाम बदल जाने पर ताज्जुब हो रहा था। बलराम और उमा—दोनों में 'म' था। दिन-भर दालान में उसका सबसे परिचय कराया गया : सबके नाम के आगे भौजी, भाभी, बुआ, मौसी आदि लगा था। सबके पैर छूने थे। उल्फ़त ने जीवन में कभी दूसरे के पैर नहीं छुए थे।

सुहागरात का इंतज़ाम छोटी अटारी में था। पुरानी खाट थी, जिसकी अदवाइन कस दी गई थी। बिस्तर पर चादर नई थी। बल्लो अपना नया कंबल लखनऊ से लाया था। उल्फ़त की अटैची उसने छोटी अटारी में ही रख ली थी। जब बंबइया फ़िल्म की तरह मुन्नी और कुछ लड़कियाँ उसे छोटी अटारी तक पहुँचा गईं तो उल्फ़त ने बल्लो से साँकल और आँखें बंद करने को कहा और कपड़े बदले। वह बल्लो से मुँह फेरकर आज़ाद की तस्वीर की ओर घुमा लेने को भी कह सकती थी, लेकिन उसे बल्लो पर भरोसा था। बल्लो ने अपनी दोनों हथेलियाँ आँखों पर रख लीं थी। उसने उँगलियों की दरारों के पार जब आँखें खोलीं तो उल्फ़त पेंटी भी उतार चुकी थी और नाइटी उठा रही थी : उसकी देह निचाट नंगी थी। उसने कमरे की रोशनी बुझा दी थी। मगर उसकी नंगी संगमरमरी देह एकाएक अँधेरे में लौ की तरह चमकी !

बल्लो की साँस रूक गई। फिर जब उसने उल्फ़त की बाँह पकड़कर उससे खाट पर बैठने को कहा तो वह हँसी–

"मैं कुछ देर खड़ी रहना चाहती हूँ।"

"क्यों ?" बल्लो ने खड़े होकर पूछा।

"मेरी कमर दर्द कर रही है।"

"क्यों ?"

"मैंने आज सौ जोड़ी पैर छुए। सौ बार झुकी।" फिर हँसकर, "दूसरे नाम तले। मैं आज उल्फ़त नहीं थी। उमा थी।"

वे सुहाग-रात में खड़े-खड़े बात कर रहे थे। अटारी में एक बल्ब जल रहा था। दरवाज़े-खिड़की सब बंद थे। मोहल्ले में जाड़ों का सन्नाटा था। छत पर नीम अपनी हज़ार बाहें आहिस्ता-आहिस्ता हिला रहा था। हवा छत पर चाँदनी की चादर लपेटती और खोल देती, लपेटती और खोल देती जैसे कोई खेल खेल रही हो।

"मुझे दोपहर में अम्माँ ने बताया, "बल्लो बोला, "वे कहती हैं, तुम्हारा नाम बदलने के सिवा कोई चारा नहीं है। मुन्नी के हाथ पीले करने हैं।"

"मुन्नी के हाथ पीले करने के लिए क्या मेरा नाम बदलना ज़रूरी है ?" उल्फ़त ने बल्लो की आँखों में आँखें डालीं, फिर खुद ही ठंडी साँस भरी, "शायद ज़रूरी है।"

वे अपने में लौटकर छटपटाए और फिर बेकली से एक-दूसरे की ओर बह गए।

नंग-धड़ंग एक-दूसरे की बाहों में जब उनकी आँखें मुंदी तो मोहल्ले का सन्नाटा और गहरा हो गया था। एक कुत्ता रह-रहकर भूँक रहा था। नीम के आस-पास हवा और चाँदनी ने बाहों में बाहें डाल दी थीं। चाँद नीम के ऊपर खड़ा मुस्करा रहा था। मुंदती आँखों से उल्फ़त ने कहा–"शब्बा-ख़ैर !"

"खुदा हाफ़िज़ कहो", बल्लो बोला, "तुम्हारी आवाज़ में बहुत अच्छा लगता है।"

"क्यों, तुम कहीं जा रहे हो ?"

"हा"

"कहाँ ?"

"सपनों में", वह हँसा।

"सुनो", वह फिर बोली।

"क्या ?"

"क्या हम एक-साथ सपनों में नहीं जा सकते ?"

पिछले दो वर्षों से रामदयाल कुछ ज़्यादा सपने देखने लगे थे। यद्यपि उनका कभी बैंक एकाउंट भी नहीं था, लेकिन बैकों के राष्ट्रीयकरण से वे निजी स्तर पर आह्लादित

हुए थे। उन्हें लगा था कि देश का पैसा निजी हाथों से निकलकर सार्वजनिक हाथों में आ गया है और सार्वजनिक हाथों का पैसा सबके काम आएगा। जब सबके काम आएगा तो उनके काम आएगा ही। वे ऐसे खुश थे जैसे पैसा उनके हाथ में आ गया हो। जब प्रिवी पर्स हटे तो वे ऐसे उछले जैसे उनके हाथ में जो बैंकों का पैसा हो उसमें प्रिवी पर्सों का पैसा जुड़ गया हो। इसीलिए इस वर्षारंभ में जब दिल्ली में 'ग़रीबी हटाओ' की गुहार हुई तो रामदयाल ने सोचा कि हाथ में इतना पैसा आ गया है, ग़रीबी कुछ दूर पीछे तो खिसकेगी ही। उन्हें क्या पता था कि उनके देखते-देखते इसी पैसे से मारूती कार बनेगी जो भारतवर्ष के नक़्शे में हर सड़क पर ग़रीबी को ढूँढ़ती हुई सर्र-सर्र भागेगी !

इधर जनरल नियाज़ी ने हथियार डाले और बांग्लादेश बना, उधर बल्लो उल्फ़त को लेकर घर आया। पुत्रवधू को एक बार देखा और रामदयाल का जी जुड़ा गया। उन्हें अपनी गुजराती माँ की गोरी सूरत याद थी। माँ सुंदर थीं। बचपन में अंतिम बार देखा उनका चेहरा अभी भी रामदयाल को याद है। उनके मुँह से सुना 'सारू छे' भी याद है। यदि रामदयाल के पिता बड़ौदा में रहकर एक गुजराती स्त्री से शादी कर सकते थे तो उनका बेटा लखनऊ में रहकर एक मुसलमान लड़की से ब्याह क्यों नहीं कर सकता ? उन्होंने अपने मित्रों से यही कहा था जब मित्रों ने बताया कि कचहरी में बल्लो-उल्फ़त विवाह का नोटिस लगा है। जब मित्रों ने कहा कि शहर की हवा इन दिनों ठीक नहीं तो वे बोले कि यह हमारे घर की परीक्षा होगी। बांग्लादेश में धर्म की ज़ंजीर टूटी और भाषा के फूल खिले। मैंने पहले ही कहा था—रामदयाल ने कहा और दोस्तों को मिठाई खिलाई।

शंकर की जलेबियाँ रामदयाल को बहुत पसंद थीं। ऐसी छरहरी, कुरकुरी जलेबियाँ न शंकर के पहले किसी ने बनाई थीं, न शंकर के बाद कोई बनाएगा, रामदयाल कहते। जीभ पर आते ही वे हरि के नाम की तरह प्यारी लगती थीं। उन्होंने एक दोने में कुछ जलेबियाँ रखकर धारीदार जाँघिया और स्वेटर पहने हरि को दीं और कहा, "जाओ, अपनी भाभी को दे दो।" उल्फ़त की यह ससुराल में पहली सुबह थी। वह मुँह अँधेरे उठ गई थी। कल दिन में जब भी उसे पेशाब लगी, उसने मुन्नी से कहा था और मुन्नी ने उसे स्नानगृह में ले जाकर अंदर से साँकल बंद करने को कहा था। पहली बार तो वह सकते में आ गई थी। यह आधा ईंधन-गृह था और आधा स्नान-गृह। नहाने के पानी की निकासी के लिए दीवार में नाली थी जो बाहर चबूतरे से होती हुई गली की नाली में जाती थी। वह इसी नाली के सामने बैठ गई थी। बहुत ढूँढ़ा—और कोई नाली नहीं थी। मगर टट्टी कहाँ थी ? उसने अलमस्त सोते बल्लो को जगाकर पूछा था। बल्लो ने उसे आँखें खोलकर चूमा और कहा, "सीढ़ियों से उतरकर नीम के नीचे हौदी के पार एक दरवाज़ा है, जिसमें किवाड़ नहीं हैं, परदा टँगा है। परदा खोलकर दाहिने हाथ से स्विच दबा देना : एक खोह दिखेगी।

उस खोह के दूसरे सिरे पर टट्टी है।'' स्विच् दबाने पर सचमुच एक खोह दिखी, बस, उसके दूसरे सिरे पर टट्टी नहीं दिखी। उल्फ़त सुरंग में आधी दूर आगे बढ़ी : आगे भी सुरंग थी। उसने पीछे मुड़कर ज़ीरो पावर के बल्ब की ओर देखा। बल्ब के नीचे एक छिपकली थी, जो दीवार पर एक छलाँग लगाकर फिर रुक गई। उल्फ़त अचानक खुश हो गई। वह चीख़ को गले में घोंटने में सफल हो गई थी। यदि वह चीख़ पड़ती तो सारा घर जाग जाता। वह ससुराल को क्या जवाब देती ?

वह उल्टे पैर लौट आई थी। उसने स्नानगृह में ब्रश किया था और पेशाब की थी और नहाया था। फिर वह तैयार होकर दालान में घूँघट काढ़े बैठ गई थी, जहाँ हरि ने उसे पाया जब वह जलेबी का दोना लेकर अंदर आया। उसने दोना उल्फ़त के आगे कर दिया और कहा–

''लो भाभी, जलेबी खाओ।''

वह घूँघट थोड़ा खिसकाते हुए मुस्कराई, ''तुम गजब हो, हरि लाला।''

''तुम बड़ी सुंदर हो, भाभी।''

वह बालक की ओर देखकर हँसी, ''सच !''

''सच्ची'', हरि बोला, ''मुझे लगता है, मैं भी तुमसे शादी कर लूँ।''

''हाय अल्ला !'' वह चीख़ी।

ग़नीमत थी कि अम्माँ उस समय रसोई में थीं। मुन्नी दौड़ती हुई आई और उसने उल्फ़त के कान में कहा–''भाभी, यहाँ दो दिन 'हाय ईश्वर' करो, 'हाय अल्ला' नहीं। ईश्वर-अल्ला तेरे नाम।'' उस दिन उल्फ़त ने बात-बात में 'हाय ईश्वर' किया ताकि मुँह से 'हाय अल्ला' न निकल जाए।

''बहू, तुमने मुँह जूठा कर लिया। अभी तो पूजा होनी थी।''

''हाय ईश्वर !''

''पूरी तरह नहाया है न ?''

''हाय ईश्वर !''

''दोनों हाथ जोड़ो। हथेलियाँ खुली न रहें। हथेलियाँ बंद। नमस्ते की तरह।''

''हाय ईश्वर !''

''तुलसी के पैर छुओ। नीम के पैर छुओ।...पैर कहाँ है ? अरे, पेड़ों के पैर उनकी जड़ें होतीं हैं।''

''हाय ईश्वर !''

''यह चरणामृत है। होंठों से छुलाकर माँग में भर लो। सिंदूर की तरह।''

''हाय ईश्वर !''

''हाय, तुमने बिछिए नहीं पहने। यह सुहाग की निशानी है। नाक में नथ। पैरों में बिछिए। लो, पहन लो।''

''हाय ईश्वर !''

"तुम्हारा घूँघट फिर कुछ ऊपर हो गया। नथ दिख रही है। नथ तभी दिखनी चाहिए जब कोई घूँघट उठाकर मुँह देखे। घूँघट थोड़ा नीचे कर लो।"

"हाय ईश्वर !"

उस शाम राजा अपनी पत्नी और एक ताँगा लेकर आया। वे चारों शहर देखने चले। ताँगा हार्डीगंज से गुज़रकर कोतवाली की चढ़ाई पर चला। कोतवाली की ओर उँगली उठाक़र बल्लो ने कहा–"यह कोतवाली है !" "यह तो महल जैसा लगता है ?" उल्फ़त ने माथे तक खिसके घूँघट में चेहरा उठाकर कहा "यह रानी लक्ष्मीबाई का महल ही था। इसकी दीवारों और छतों पर चित्र हैं", राजा ने कहा, "और आँगन में फ़व्वारा है।"

"क्या हम महल देख सकते हैं ?" उल्फ़त ने पूछा।

"कैसे देखेंगे ?" बल्लो हँसा, "कोतवाली में किसकी एफ़.आई.आर. दर्ज कराने जाएँगे, बताओ ?"

ताँगा मिनर्वा टॉकीज़ के सामने रुका। सबने गोलगप्पे खाए और कोलाकोला पिया। राजा और बल्लो ने सिगरेटें सुलगाईं। फिर बल्लो ने कहा, "चलो, क़िले की चढ़ाई पर ऊपर चलते हैं।" अभी धूप बाक़ी थी। क़िले पर सुनहरा पर्दा पड़ा था। पर्दे के नीचे काई-मंडित क़िले की दीवारें थीं और ऊबड़-खाबड़ सड़क थी, जिस पर आड़े-तिरछे पत्थर पड़े थे। पत्थर इतने नुकीले थे कि उनकी नोकें चमक रहीं थीं। जब वे क़िले के मुख्य-द्वार के सामने पहुँचे, सुनहरे पर्दे का छोर बचा था जो क़िले के कंगूरों और आकाश के एक कोने में चमक रहा था। वहाँ कोई बादल का टुकड़ा भी था। बादल के किनारों पर धूप झिलमिला रही थी।

"क्या हम क़िला देख सकते हैं ?" उल्फ़त ने क़िले के मुख्य-द्वार की ओर देखते हुए कहा।

"हम क़िला देख रहे हैं", बल्लो हँसा।

"बाहर से नहीं, भीतर से !"

"नहीं"

"अजीब शहर है तुम्हारा", उलफ़त ने घूँघट पीछे फेंकते हुए कहा, "जहाँ क़िला बंद है और रानीमहल में कोतवाली चल रही है।"

रात एक साँवले पर्दे की तरह धरती पर गिरी। आकाश में कुछ तारे छलछला आए। क़िला काला हो गया जैसे धरती पर कोई काला पहाड़ उग आया हो। सड़क पर क़दमों के आस-पास अँधेरा छाने लगा। हवा ठंडी हो गई। उल्फ़त नीचे घाटी में उतरी रात और रात में जलती रोशनियों में उलझ गई। रोश्नी के परे विंध्याचल की अँधेरी पहाड़ियाँ थीं। पथरीली पहाड़ियों के बीच शहर बसा था जहाँ धुआँ और रोशनियाँ थीं।

वे बस-स्टैंड के शोर और उजाले में उतरे। कोई बस आई थी, कोई बस जा

रही थी। सब लोग हड़बड़ी में थे—चाहे वे जा रहे हों, चाहे आ रहे हों। क़िले के अँधेरे रास्ते से उतरते हुए बस-स्टैंड की उजली हड़बड़ी कुछ कठपुतलियों के खेल-सी लगती थी। उल्फ़त ने देवी से यही कहा। दोनों नीचे देखकर हँसीं। बल्लो और राजा पीछे खड़े सिगरेट सुलगा रहे थे। लेकिन उनकी हँसी भीड़ में खो गई जब वे नीचे उतरीं। उल्फ़त ने देवी से कहा कि अगर कोई अभी क़िले से नीचे उतर रहा होगा तो उसे वे कठपुतलियाँ लग रहीं होंगी मानो सब एक-दूसरे के लिए कठपुतलियाँ हों।

ताँगा लौटकर ख़ैराती अस्पताल, मानिक चौक, बड़ा बाज़ार और गुदड़ी की गलियाँ पार करके राजा के घर के सामने रुका। चारों सीढ़ियाँ चढ़कर ऊपर पहुँचे। छत पर उल्फ़त ने देवी के कान में कुछ बोला। वह उल्फ़त को छत पर एक ओर ले गई। उसने बिजली का एक बटन दबाया और एक दरवाज़ा खोलकर उल्फ़त को अंदर जाने को कहा। अंदर रोशनी थी और एक खुड्डी बनी थी जिसके बीच में नीचे की ओर पाताल का रास्ता था। उलफ़त साड़ी उतारकर खुड्डी पर बैठ गई। उसके मुँह से एक आह निकली :

"हाय अल्ला !"

जब से रामदयाल रिटायर हुए थे, उन्होंने दाढ़ी बनाना छोड़ दिया था। दाढ़ी बनाना एक तो झंझट था, दूसरे ख़र्चीला था। वे घर में हर ओर ख़र्च कम करने की जुगत खोजते थे। जब दाढ़ी कुछ बढ़ी तो कुछ काली और कुछ सफ़ेद आई थी। दाढ़ी बढ़ाए जब वे पहली बार गुदड़ी में बाबा से मिलने गए तो बाबा अपनी श्वेत-धवल दाढ़ी में हँसे थे। तब से दाढ़ी में सफ़ेदी कुछ बढ़ी थी, मगर दाढ़ी की कैफ़ियत गंगा-जमुनी थी। रामदयाल सुबह तैयार होकर बैठक में आ जाते। वे नीचे कभी धोती या पाजामा पहनते, कभी धारीदार जाँघिया ही पहने होते। ऊपर मौसम के मुताबिक बंडी या कुर्ता पहनते जिसके साथ सदाबहार दाढ़ी थी। जब बल्लो की अम्माँ ने कहा कि जाँघिया पहिनकर बैठक में बच्चों को मत पढ़ाया करो, तब उन्होंने हँसकर कहा कि नीचे की कसर ऊपर दाढ़ी से पूरी हो जाती है।

वे दस बच्चों को पढ़ा रहे थे जब ग्यारहवें ने बैठक में घुसते हुए कहा—''मास्साब, अभी मानिक चौक में सात लड़कों को पुलिस पकड़कर ले गई। कोई कह रहा था कि उनमें हरि भी था।'' रामदयाल ने दूसरा वाक्य इसलिए नहीं सुना कि वह अविश्वसनीय था। वे यह कैसे सुनते कि पुलिस ने उनके छोटे बेटे को धर लिया है, बकवास ! वे फिर इतिहास पढ़ाने लगे कि मध्य युग में कैसे राजा कभी उदार प्रजापालक हो जाता था और कभी तानाशाह। उन्होंने अकबर और औरंगज़ेब के मिज़ाज के फ़र्क के बारे में बात शुरू की। कभी-कभी परिस्थितियां भी राजा को तानाशाह होने पर मज़बूर कर देतीं हैं क्योंकि राजा सब-कुछ छोड़ सकता है, मगर गद्दी नहीं छोड़ सकता, वे बोले। तभी बारहवाँ छात्र चीख़ते हुए घुसा—''मास्साब हरि को पुलिस पकड़कर ले गई।''

''क्यों ?'' वे चीख़े।

''पता नहीं'', लड़के ने कहा।

जब रामदयाल थाने में घुसे, थानेदार अपने कमरे में बैठा कोका-कोला और सिगरेट पी रहा था। उसकी काली-कड़क मूँछें थीं जो थानेदार की ही हो सकतीं थीं।

लगता था उसकी मूँछें ही कोक और सिगरेट पी रहीं हैं। अचानक उसने मूँछें उठाकर पूछा–

"कहिए ?"

"सुना है, आपने मेरे नाबालिग बेटे को बंद कर दिया है", रामदयाल ने कहा।

"नाम ?"

"हरिदयाल"

"हाँ, उसे कुछ घंटों में छोड़ दिया जाएगा।"

"मगर उसने किया क्या है ?"

"गुंडागर्दी"

"क्या सबूत है गुंडागर्दी का ?" रामदयाल बिफरे।

"उसके लंबे बाल", कड़क मूँछों ने एक कश खींचते हुए कहा।

"क्या...लंबे बाल ?"

"हाँ"

"अरे", रामदयाल ने हाथ हवा में फेंके, "क्या शहर की सब लड़कियाँ गुंडी हैं क्योंकि उनके लंबे बाल हैं ?"

"बात लड़कों की है, दद्दा", थानेदार ने मुस्कराते हुए कहा, "आप बैठ जाइए।"

"मैं यहाँ बैठने नहीं आया। लड़के से मिलने आया हूँ।"

"आपका लड़का उधर लॉक-अप में है।" थानेदार ने दाईं ओर इशारा किया।

रामदयाल दाईं ओर गए और सींखचों के पार झाँककर तुरंत लौट आए। उन्होंने थानेदार से कहा, "वहाँ मेरा लड़का नहीं है।"

"क्या सब भाग गए ?" थानेदार ने अचरज से कहा।

"नहीं, अंदर किसी के सिर पर कोई बाल नहीं है। मेरे लड़के के लंबे बाल हैं।"

थानेदार हँसा, "सबके सब बाल मुफ़्त काट दिए गए हैं। आपका लड़का उन्हीं में है। ढूँढ़िए।"

रामदयाल घर आकर सीधे बड़ी अटारी में घुस गए। बल्लो की अम्माँ पीछे-पीछे सीढ़ियों पर आईं। हाँफ़ते हुए उन्होंने पूछा–

"क्या हुआ ?"

"बल्लो की अम्माँ", रामदयाल रुँधे गले से बोले, "मेरे पितामह अंग्रेज़ों से लड़ते हुए मरे। मैं अंग्रेज़ों से लड़ता हुआ जेल गया। मेरा बेटा..." वे एक क्षण रूके। उनके आँसू बहकर गंगा-जमुनी दाढ़ी में डूबने लगे। वे आगे बोले, "मेरा बेटा इसी शहर में गुंडागर्दी के इल्ज़ाम में जेल गया।"

वे रो रहे थे।

यह शहर में इमर्जेंसी की शुरूआत थी।

"मैं यह जाँघिया नहीं पहन सकता।"

हरि आँगन में नंगा खड़ा चीख़ा। धारीदार जाँघिया उसके हाथ में था। वह गुसलखाने में जाँघिया पहनने के बजाय उसे हाथ में लेकर बाहर आया था जैसे उसके हाथ में मरा हुआ चूहा हो। सवेरे का वक्त था। अम्माँ रसोई में थीं। मुन्नी ऊपर अटारी में थी। रामदयाल बैठक में चले गए थे। जब हरि के ऐलान की कोई प्रतिध्वनि नहीं हुई तो वह फिर चीख़ा। अम्माँ ने रसोई की झिंझरी से झाँका : हरि की टाँगे दिखीं। फिर जब उनकी नज़रें टाँगों के ऊपर सरकीं तो उन्हें शक हुआ कि हरि नंगा है। वे तवे पर रोटी छोड़कर उछलीं और आँगन में आईं। वे दंग रह गईं : हरि सचमुच निपट नंगा था। वह अब इतना छोटा भी नहीं था। उसकी टाँगों के बीच में बाल थे। अम्माँ हताश चीखीं : "बल्लो के बाबू !"

रामदयाल आँगन में आए। उन्हें लगा, जाँघिए का नाड़ा टूट गया है और हरि ने आँगन में गिरा जाँघिया हाथ में उठा लिया है। उन्होंने बल्लो की अम्माँ की ओर देखते हुए कहा—"क्या घर में कोई नाड़ा नहीं है ?"

हरि फिर चीख़ा : "मैं यह जाँघिया नहीं पहन सकता।"

जब रामदयाल आँगन में आए थे तो उन्होंने हरि का एक नंगा नितंब देखा था और आँखें फेर लीं थीं। अब उन्होंने उसे ऊपर से नीचे तक देखा। उनका पारा चढ़ गया।

"क्यों नहीं पहन सकते यह जाँघिया ?"

रामदयाल उसी कपड़े का धारीदार जाँघिया पहने चीख़े। उनकी चीख़ इतनी तीखी थी कि नीम पर बैठे कव्वे उसे सह न सके। वे काँव-काँव करते आकाश में उड़ गए जैसे आकाश उन्हीं के लिए बना हो। हरि के नंगे जिस्म पर नीम की शाखों की छाया थी जो आहिस्ता-आहिस्ता हिल रही थी। काँपती छाया से ढँका शरीर सीधा खड़ा था। सिर पर बाल नहीं थे। नंगी खोपड़ी पर दायाँ हाथ फेरते हुए हरि ने कहा—"अगर मैं कल जाँघिया पहनकर बाज़ार में न जाता तो न मैं जेल जाता न मेरे बाल जाते।"

"क्या मतलब ?" रामदयाल हैरान थे।

"एक और लड़के के बाल मेरे जैसे ही लंबे थे। लेकिन वह खादी का कुर्ता-पाजामा पहने था। सिपाहियों ने उसे छोड़कर मुझे पकड़ लिया क्योंकि मैं धारीदार जाँघिया पहने था।"

"ऐसा कैसे हो सकता है ?"

"ऐसा ही हुआ। खादी ने बाल बचा लिए। मैं खादी का कुर्ता-पाजामा पहनूँगा।"

सुनीता जो बेतवा नदी में बल्लो द्वारा बचाए जाने के लिए बेहोश हो गई थी और जो अब घर में आईना न होने की वजह से अपनी बड़ी बहिन जैसी लगती थी,

कुछ देर से पौर के आँगन में खुलते दरवाज़े की दहलीज़ पर खड़ी थी। हरि का चेहरा नीम की ओर था और बायाँ नितंब पौर के दरवाज़े की ओर। सुनीता सारा दृश्य ऐसे देख रही थी जैसे किसी झरोखे में बैठी हो। उसने सोचा, यदि रामदयाल की जगह उसके पिता गौरीशंकर होते तो अभी रामायण की शरण में चले जाते। रामदयाल बैठक में चले गए जब बल्लो की अम्माँ ने सुनीता को देखा और आँगन में टँगे तार से तौलियाँ खींचकर हरि की कमर पर ऐसे बाँधी जैसे हरि लड़का न हो लड़की हो। सुनीता ने हँसते हुए आँगन में पैर रखा। हरि घुन्नाता हुआ सीढ़ियों पर चढ़ गया। उसने छोटी अटारी में मेज़ पर बैठकर बल्लो को चिट्ठी लिखी कि मुझे तुरंत सौ रुपए चाहिए, मेरी इज़्ज़त का सवाल है। फिर वह तीर की तरह सीढ़ियों से उतरा और सीधा मानिक चौक डाकखाने की दीवार में बनी लाल पेटी में बल्लो के नाम पत्र डाल आया। घर से बाहर निकलने के पहले उसने कसम खा ली थी कि अब वह धारीदार जाँघिया पहने कभी घर से बाहर नहीं निकलेगा, यद्यपि अब उसके पास खोने के लिए बाल नहीं थे।

रामदयाल ने हरि का नाम हरि इसलिए रखा था क्योंकि उनका छोटा भाई हरि आधी सदी पूर्व आँखों से ओझल हो गया था। तब से न उन्होंने उसे मरा देखा, न जीता देखा। अपने अंतिम बेटे को हरि नाम देना उनके लिए अंतिम साध की तरह था। हरि नाम देकर उन्हें लगा था कि वे हरि को फिर से बड़ा होता और उस उम्र के पार जाता देखेंगे जब वह घर छोड़कर चला गया था। हरि बिल्कुल अपने चाचा की तरह था : वही नाक-नक़्श, वही कद-काठी, वही रंग, वही आवाज़। लेकिन आधी सदी पहले वह आवाज़ कभी चीख़ी नहीं थी। न इस घर में कभी धारीदार जाँघिया खारिज हुआ था। क्या यह जेल के सींखचों की चीख़ थी ?

क्या हरि पचास वर्ष पूर्व घर के आँगन में नंगा खड़ा हो सकता था ?

उस दिन रामदयाल दिन-भर यही सोचते रहे। जब घर में जवाब नहीं मिला तो चप्पल पहिनकर बाहर चले गए जैसे घर का जवाब बाहर हो।

गर्मी की दोपहर थी। बल्लो की अम्माँ मुन्नी को लेकर मुरली मनोहर के मंदिर चली गईं थीं। उन्होंने सुनीता से भी चलने को कहा था। सुनीता ने कहा था कि मेरे सिर में दर्द है, आप मंदिर हो आएँ, मैं घर में हूँ। वह दरवाज़े की साँकल चढ़ाकर पौर से आँगन में आई, फिर सीढ़ियों पर चढ़कर छत पर चली गई जहाँ धूप और नीम की छाया एक-दूसरे के गले लग रही थी। वह क़दम बढ़ाकर छोटी अटारी की ओर बढ़ीं जहाँ हरि चित्त लेटा सो रहा था। दरवाज़े और खिड़कियाँ बंद थीं। सुनीता दरवाज़ा खोलकर अंदर गई और उसने फिर दरवाज़ा बंद कर लिया।

अंदर फिर अँधेरा छा गया।

हरि को लगा जैसे कोई सपने में उसके जाँघिए की गाँठ खोल रहा है। सपने में कोई कुछ करता नहीं। सपना अपने-आप होता है। वह गाँठ को रोक नहीं सकता

था। फिर कोई हाथ उसकी टाँगों के बीच खेलने लगा। कोई खिलखिलाहट उसके कानों में गूँजी। उसकी देह धनुष-सी तन गई। उसने सपने में आँखें खोलीं। दो तनी हुई गोलाइयाँ उसके सीने पर झुक रहीं थीं। उसे पता नहीं चला उसकी देह कहाँ खो गई। खोई देह में चमत्कार फूटने लगा।

पसीने से लथपथ हरि जब सपने से बाहर आया तो उसने सुनीता को पहली बार देखाः वह अटारी के बीचोंबीच किसी नंगी तस्वीर की तरह धुँधलके में खड़ी थी जैसे अँधेरे और उजाले ने मिलकर उसे गढ़ा हो।

यह दूसरा चमत्कार था।

जब तक बल्लो का मनीआर्डर आया और खादी के दो जोड़ी कुर्ता-पाजामा बने, जाड़े शुरू हो गए। पैसे बचे थे। एक ऊनी जवाहरकट भी बन गई। जाड़ों-भर हरि का यही लिबास रहा। जब सर्दी बढ़ी तो उसने कुर्ते के भीतर पूरी बाँह की जर्सी पहिन ली। कुर्ता-पाजामा और जवाहरकट यथावत् रहे। पाजामा सँकरी मोहरी का था। कुर्ता लंबा था, घुटनों को ढकता हुआ—जैसे संजय गाँधी दिल्ली में पहनते थे। कुर्ता-पाजामा दोनों कलफ़ लगे हुए, कड़क। शुरू-शुरू में वह खुद धोता था। यदि धुला कुर्ता-पाजामा न हो तो वह घर से बाहर नहीं निकलता था। जाँघिया पहने छोटी अटारी में लेटा रहता। आहिस्ता-आहिस्ता सिर के बाल बढ़कर पहले जैसे हो गए और कुर्ते-पाजामें छः जोड़ी हो गए—तीन जोड़ी घर में रहते और तीन जोड़ी धोबी के घर में। हरि को न अब रोज़ कुर्ते-पाजामे की फ़िक्र थी—न लंबे बालों की। और उसके बाल राजा के बालों की तरह खोपड़ी पर चिपके नहीं रहते थे। हरि के बाल सिर पर उछलते रहते जैसे किसी दौड़ते घोड़े के सिर के बाल हों।

जब वह पहले दिन कुर्ता-पाजामा पहिनकर घर से निकला, वह सीधा बुंदेलखंड कॉलेज गया। उसने बलबीरसिंह के बारे में पूछा, जिनके बारे में उसने सब पता लगा लिया था। बलबीरसिंह वही लड़का था जो लंबे बालों को फटकारता बाज़ार में घूमता रहा था जब पुलिस सारे लंबे बालों वाले लड़कों को पकड़कर कोतवाली ले जा रही थी और उनका मुंडन कर रही थी। उसे बताया गया था कि बलबीर सिंह कई वर्षों से क़ानून के विद्यार्थी हैं और इस वर्ष कॉलेज यूनियन के अध्यक्ष हैं। जब हरि ने एक लड़के से पूछा कि बलबीरसिंह से मिलना है, क्या वे क़ानून की क्लास में मिलेंगे, तो उसने हँसकर कहा कि वे अपनी क्लास कॉलेज के बाहर पीपल के पेड़ के नीचे लेते हैं। पेड़ के नीचे बलबीरसिंह को पहचानने में दिक़्क़त नहीं हुई। वे पेड़ के तने के सामने तने की तरह खड़े थे। उनके शरीर पर लकदक कुर्ता-पाजामा था, जिस पर कलफ़ चाँदी की तरह चमक रहा था। उनकी ऊँचाई पीपल के तने जितनी ही लगती थी : लगभग छः फ़ीट। उसी ऊँचाई पर दोनों ओर मूँछें फरफरा रहीं थीं, जिन्हें

पास से देखकर हरि को थानेदार की मूँछें याद आईं। उनका रंग दमकता हुआ गोरा था, जो तेज से चमक रहा था। उनके दाएँ हाथ में विल्स फ़िल्टर की सिगरेट थी और बाएँ हाथ में एक कोका-कोला की बोतल थी। वे सामने खड़े लड़कों के एक झुंड को कुछ बता रहे थे। हरि कुछ दूर खड़ा हो गया। बलबीर सिंह अपनी बात ख़त्म करके उसकी ओर मुख़ातिब हुए :

"क्या काम है ?"

"मैं कुछ काम करना चाहता हूँ", हरि ने कहा।

"देश को नौजवानों की ज़रूरत है", बलबीर कोक का आख़िरी घूँट लेकर बोले, "मैं अभी इन लड़कों को यही बता रहा था।"

"जी"

"काम करने का ऐसा वक्त न कभी था और न कभी होगा", बलबीर जोशीली आवाज़ में बोले।

"मगर काम क्या है ?" हरि ने भोले स्वर में पूछा।

"आज से हम बाज़ारों में चंदा-अभियान शुरू कर रहे हैं। दिल्ली ने कहा है, अपना चंदा इकट्ठा करो, अपना काम करो। किसी का मुँह जोहने की ज़रूरत नहीं। युवक काँग्रेस आज़ाद संस्था है। तुम्हारा नाम क्या है ?"

"हरि दयाल"

"अच्छा हरि दयाल, तुम अभी मेरे साथ चंदा-जत्था में चलोगे।"

उस दोहपर मानिक चौक में दिलकश नज़ारा था। यह ख़बर फैल गई थी कि बलबीरसिंह के संजय गाँधी से निजी संबंध हैं। उनके बारे में मशहूर था कि जब मन होता है बलबीरसिंह कॉलेज से घर नहीं लौटते, रेलवे स्टेशन चले जाते हैं, दिल्ली की ओर जाती किसी गाड़ी में बैठ जाते हैं और दो-तीन दिन बाद संजय गाँधी के सथ ब्यालू करके लौट आते हैं। कभी दिल्ली की गाड़ी स्टेशन पर न हुई, बंबई की हुई तो वे बंबई चले गए। "लेकिन वह तो उल्टी दिशा है ?" किसी ने सवाल किया था। बलबीरसिंह हँसे थे, "क्या करें, झाँसी में हवाई अड्डा नहीं है। बंबई से दिल्ली उड़ जाते हैं।" फिर किसी ने कुछ नहीं पूछा। ऐसा झाँसी में कोई दूसरा नहीं था।

बलबीरसिंह अपना जत्था लिए मानिक चौक में घुसे। वे हर दुकान के सामने रूकते : दुकान को देखते, दुकानदार को देखते। वे मुँह से कुछ नहीं बोलते थे, न उनके होंठ मुस्कान में खुलते थे। वे किसी एक हाथ की कुछ उँगलियाँ उठा देते थे। दुकानदार उँगलियाँ गिनकर, उतने ही सौ के नोट गुल्लक से निकालता और चंदे की पेटी में डाल देता जिसे जत्थे का एक लड़का लिए था। बलबीरसिंह रूपया नहीं छूते थे। मानिक चौक के टैंपो-स्टैंड वाले सिरे से सुनरयाई के सिरे तक लोगों ने हँसते-हँसते दाँत निपोरकर चंदा दिया और हाथ जोड़ दिए, और कोई सेवा।

हरिदयाल जत्थे के साथ चलता हुआ चंदे की रकम जोड़ता रहा। फिर वह थक

गया। कोई हिसाब नहीं था।

उसी शाम झाँसी होटल में युवक काँग्रेस की ओर से पत्रकार सम्मेलन आहूत हुआ। हॉल में लंबी मेज़ पर पेस्ट्रियाँ बीच में एक सिरे से दूसरे सिरे तक लगीं थीं। प्लेटों में खीरमोहन और मोहनभोग सजे थे। डोंगों में रस में डूबे हुए रसगुल्ले थे। भुने हुए काजू और गरम-गरम समोसे मिठाई के बीच-बीच में लगे थे। यह झाँसी का पाँच-सितारा माहौल था जिसमें प्रेस सम्मेलन शुरू हुआ। बलबीरसिंह ने खीरमोहन खाते पत्रकारों को बताया कि युवक काँग्रेस अब जनपद में एक स्वतंत्र इकाई के रूप में काम करेगी। हमारा काम जनपद में पाँच-सूत्री क्रांति लाना होगा। हम दिन दूना रात चौगुना काम करेंगे। शहर क्रांति में झूम उठेगा।

''शहर क्रांति में कैसे झूमेगा ?'' एक पूरा रसगुल्ला मुँह में भरे खुर्राट पत्रकार मनमोहन चौबे ने पूछा।

''जैसे सावन में पेड़ झूमते हैं'', बलबीरसिंह ने मुस्कराते हुए कहा, ''हम जनपद को पेड़ों से भर देंगे।''

मनमोहन चौबे ने एक झटके में रसगुल्ला निगलकर पूछा—''जनपद में और क्या-क्या भरने की योजना है ?''

''देखिए'', बलबीरसिंह ने सिगरेट का एक कश लिया और दार्शनिक की तरह छत की ओर ताकते हुए कहा, ''भरना ही नहीं है। निकालना भी है—जैसे जातिवाद और दहेज।''

''वाह-वाह'', चौबे दूसरा रसगुल्ला मुँह में डालते हुए बोले, ''और क्या-क्या करेंगे ?''

बलबीरसिंह एकाएक तन कर बैठ गए, ''देश में बढ़ती ग़रीबी का कारण बढ़ती जनसंख्या है। हमारा पहला नारा है : ''नसबंदी।''

फिर कुछ पत्रकारों ने फुटकर सवाल किए जिनके बलबीरसिंह ने मुस्कराते हुए फुटकर जवाब दिए। जब किसी ने पूछा कि एक वर्ष में कितने पेड़ लगेंगे तो जवाब मिला : हर गाँव में सौ-सौ। नसबंदी के आँकड़ों में धाँधली के आरोप के जवाब में कहा गया कि हम नौकरशाही को चौकन्ना करेंगे। कोई बोला कि जाति और दहेज तो हमारे समाज में सदियों पुराने हैं, इन्हें एक दिन में कैसे मिटाएँगे ? बलबीरसिंह ने सिगरेट ऐश-ट्रे में बुझाते हुए कहा, ऐसे।

अगली सुबह स्थानीय अख़बारों में उपर्युक्त प्रेस कांफ्रेंस की जो ख़बर छपी वह सिगरेट बुझाने के दृष्टांत से शुरू हुई। हर समाचार-पत्र में ख़बर के ऊपर या बीच में बलबीर सिंह की ऐश-ट्रे में सिगरेट बुझाते हुए तस्वीर थी। झाँसी जनपद के समाचारपत्र-वाचकों में कोई ऐसा नहीं था जिसने उस सुबह बलबीरसिंह की तस्वीर न देखी हो और उस तस्वीर के आस-पास पंचसूत्री क्रांति की ख़बर न पढ़ी हो। इसी ख़बर के साथ यह अफ़वाह भी पहाड़ियों और पेड़ों और बस्तियों के पार फैली कि

बलबीरसिंह के संजय गाँधी से निजी संबंध हैं और जब भी महीने-पखवाड़े बलबीरसिंह दिल्ली जाते हैं, संजय गाँधी उन्हें बिना अपने साथ ब्यालू कराए नहीं लौटने देते। यह शहर में अफ़वाहों की फ़सल का वक्त था। लोगों को लगता कि ऐसी अफ़वाहों पर भरोसा करने के अलावा कोई और चारा नहीं है। भला कौन ऐसे समय में संजय गाँधी से पूछने दिल्ली जाता कि बलबीर सिंह तुमसे पिछली बार कब मिले थे या मिले भी थे या नहीं ? और यदि मिले थे तो क्या तुमने उन्हें अपने हाथ से मिस्सी रोटी और मेथी की भाजी का कौर खिलाया था ? फिर कोई यदि दिल्ली चला भी जाता तो संजय गाँधी से मिलता कैसे ? संजय गाँधी कोई दिल्ली स्टेशन के पूछ-ताछ काउंटर पर तो बैठते नहीं थे ! वे सड़कों पर हवाओं की तरह चलते थे और सात परदों के पीछे रहते थे।

इसीलिए उस दिन दोपहर में जब चपरासी ने एस.डी.एम. मोठ से दफ़्तर के अंदर जाकर कहा कि आपको बाहर बलबीरसिंह बुला रहे हैं तो वे फ़ौरन बाहर चले आए और उन्होंने कहा, आइए, अंदर आइए। अंदर जाकर कुर्सी पर पहले बलबीरसिंह बैठे, फिर एस.डी.एम. गुप्ता। बलबीरसिंह के कुर्सी पर बैठते ही दोनों ओर दीवारों से लगी कुर्सियों पर उनके साथ आए ग्यारह लड़के बैठ गए थे जिनमें हरिदयाल भी था। ये लोग झाँसी में बुंदेलखंड कॉलेज के सामने जीप पर चढ़े थे और झाँसी से मोठ के रास्ते पर उन्होंने सारे गाँवों की सूची तैयार की थी। इस सूची में हर गाँव के आगे सौ का आँकड़ा था। चिरगाँव के आगे दो सौ का आँकड़ा था, उसके आगे कोष्ठ में लिखा था : सौ बाज़ार के पहले, सौ बाज़ार के बाद।

बलबीरसिंह ने वह सूची एस.डी.एम. गुप्ता के सामने रख दी।

"यह क्या है ?" एस.डी.एम. गुप्ता की आवाज़ कुछ काँपी।

बलबीरसिंह मुस्कराए। उनके हाथ में कोका-कोला की बोतल थी जैसे कि हर उनके साथ आए लड़के के हाथ में। उनके कुर्सी पर विराजते ही एक-एक बोतल पक्-से खोलकर उनके हाथ में पकड़ा दी गई थी। केवल एक खुली बोतल मेज़ पर एस.डी.एम. गुप्ता के सामने रखी थी, जिसे उन्होंने अभी तक नहीं छुआ था।

"यह उन गाँवों की सूची है", बलबीरसिंह ने बोतल मेज़ पर रखते हुए कहा, "जहाँ एक हफ़्ते में सौ पेड़ लगने हैं।"

"एक हफ़्ते में ?"

"जी !"

"एक हफ़्ता बहुत कम है, सिंह सा'ब।"

"सिंह सा'ब !" बलबीरसिंह की त्यौरियाँ चढ़ गईं, "हम जात-पाँत मिटाने चले हैं। आप उसकी जड़ें जमा रहे हैं। सिंह सा'ब नहीं बलबीर सा'ब !"

"जी बलबीर साँब", एस.डी.एम. गुप्ता ने दाँत निपोर दिए, "वक्त बहुत कम है।"

''वक्त बहुत कम है'', बलबीरसिंह हँसे, ''मैं भी यही कहता हूँ। संजय भी रोज़ यही कहते हैं। वक्त कम है। काम ज़्यादा। पक्का इरादा।''

''हाँ हाँ, पक्का इरादा'', एस. डी. एम. गुप्ता ने हारी आवाज़ में कहा, ''पेड़ गाँवों में कहाँ लगेंगे ?''

बलबीरसिंह मुस्कराए, ''आपने बहुत अच्छा सवाल किया। देखिए, सूची में जितने नाम हैं, वे गाँव झाँसी से मोठ की सड़क पर हैं। पेड़ों की घनी कतारें सड़क के दोनों ओर रहें जिनसे गाँव झाँकें। सड़क पर दौड़ती गाड़ी से कोई सड़क से लगे गाँव देखे तो उसे पेड़ों से ढँके गाँव ही नज़र आएँ !''

''मगर अगर...''

''अगर मगर क्या ?''

''अगर गाँव सड़क से कुछ ज़्यादा दूर हो, तो ?

''तो क्या, गाँव को सड़क के पास ले आइए।''

''हैं'', एस.डी.एम. गुप्ता ने आँखें फैला दीं, ''कैसे ?''

''अरे भाई'', बलबीरसिंह हँसे, ''सड़क के पास सौ पेड़ों का एक चक्कर बनाइए। फिर उस चक्कर में दो-चार झोंपड़ियों का चक्कर चला दीजिए। जब चक्कर पूरा हो जाए, सड़क पर उस गाँव के नाम का पत्थर लगवा दीजिए। गाँव सड़क के पास क्या, सड़क पर ही आ जाएगा।

एस.डी.एम. गुप्ता ने मुंडी हिला दी।

''देखिए, असली बात यह है कि संजय भैया कभी झाँसी आएँगे'', बोलते हुए बलबीरसिंह की आँखें मुंद गईं जैसे कोई सपना आँखों में चल रहा हो, ''झाँसी से लखनऊ अपनी हवाई जीप से जाएँगे। उनके बगल में मैं बैठा रहूँगा और सड़क पर हर ओर पेड़ों की ओर उँगली दिखाता हुआ कहूँगा, देखो संजय भैया, पेड़ ही पेड़ !''

जब बलबीरसिंह की आँखें खुलीं तो एस.डी.एम. गुप्ता ने श्रद्धापूर्वक पूछा–

''क्या आप संजय गाँधी को संजय भैया पुकारते हैं ?''

''हाँ'', बलबीरसिंह का स्वर मधुर था।

फिर गर्मियाँ आते-आते शहर में सौंदर्यीकरण की लहर आ गई। शहर के पत्थर आहिस्ता-आहिस्ता तपने लगे। पत्थर गलियों में थे और सड़कों पर पड़े थे जो शहर में हर ओर हाँफ़ती हुई भाग रहीं थीं–कभी चढ़ाइयों पर, कभी ढलानों पर–शहर के हर कोने को दूसरे कोने से जोड़ती हुई। शहर को घेरती हुई पत्थर और रेत की पहाड़ियाँ थीं, जिन पर रात में चाँद चमकता। शहर के चारों ओर पत्थर चारों पहर तपता रहता। क़िले के पीछे के पत्थर के टीले इतने गर्म हो जाते कि शाम को उस ओर घूमनेवाले बैठ नहीं पाते थे। गर्मियों की रातों में क़िला और काला लगता।

हवाएँ दिन-भर गर्म पत्थरों पर बहतीं रहतीं जैसे शहर कोई गर्म हम्माम हो। लोग पानी माँगने लगे। लेकिन चट्टानों में पानी नहीं था। पानी की आवाज़ अख़बारों

में नहीं थी। अख़बारों में शहर को सुंदर बनाने की गुहारें थीं या अंतर्राष्ट्रीय चर्चे थे जैसे वियतनाम युद्ध के बाद वियतनाम की सूरत के अनुमान। वियतनाम युद्ध को एक शाम बलबीरसिंह ने भी बियर पीते हुए याद किया था जब नसबंदी पर चर्चा चल रही थी और बलबीर सिंह ने कहा था कि वियतनाम युद्ध यदि अभी चल रहा होता तो सैनिक हम सप्लाई कर देते और अपनी आबादी की समस्या को भी हल कर लेते, हा-हा। नसबंदी, बलबीरसिंह ने कहा, सौंदर्यीकरण का ही हिस्सा है। भला भीड़ में कौन-सा सौंदर्य होता है ? जब किसी ने कहा कि हमारा देश भीड़ों का देश है तो बलबीर बोले–इसीलिए यहाँ सौंदर्यीकरण की सबसे ज़्यादा ज़रूरत है।

शहर में पानी की कमी से तंग आकर और बच्चों की गर्मियों की छुट्टियों का फ़ायदा उठाकर इन गर्मियों में भी लोग गाँवों की ओर भागे थे। मगर इन गर्मियों में गाँव भी निरापद नहीं थे। गाँवों में नसबंदी का ख़तरा था। लोग गाँव छोड़कर अक्सर गाँव के बाहर भाग जाते मानो भागना ही उनकी नियति हो। भाजीबारी नरिया के रामगोपाल शहर छोड़कर कोछाभांवर भागे और गाँव छोड़कर गाँव से बाहर–उन्हें खेत से पकड़कर खैराती अस्पताल रात-ही-रात लाया गया। खैराती अस्पताल में उनकी नसबंदी हुई और हाथों में अस्पताल में नए-नए आए 'निरोध' के दो पैकेट पकड़ा दिए गए। जब उन्होंने पूछा कि अब मैं इसका क्या करूँ तो जवाब मिला : इन्हें फुलाइए जनाब ! लौट के रामगोपाल भाजीबारी नरिया में घर को आए जहाँ पानी वक्त से सुबह-शाम मूत की तरह आता था।

एक शाम बलबीरसिंह अकेला खादी का जाँघिया पहने अपनी तिमंजिली छत पर टहल रहे थे। आकाश में पतंगें उड़ रहीं थीं। एक लाल और एक पीली पतँग में पेंच हो रहे थे और दोनों पतँगे क़िले की ओर उड़ी जा रहीं थीं, आहिस्ता-आहिस्ता एक-दूसरे से खेलती हुई, एक-दूसरे की डोरों को लहरा-लहराकर रगड़-रगड़कर काटती हुई। बलबीरसिंह नंग-धड़ंग सिगरेट पीते हुए पेंच देख रहे थे। सहसा एक काली पतँग आकर उनके सिर पर गिरी मानो पतँग की कमानी ने खोपड़ी पर कव्वे की तरह काटा हो। सिगरेटवाला हाथ खोपड़ी पर रखा तो हथेली पर खून बहने लगा। बलबीर फ़ौरन पड़ौसी डॉक्टर मिश्र के दवाखाने पहुँचे। एक टाँका लगा। लौटकर आरामकुर्सी पर बैठ गए और सोचने लगे। यह क्या अराजकता है ? क्या शहर में कोई अनुशासन नहीं है? कोई क़ानून और व्यवस्था नहीं है ? कोई पतँग कहीं से भी आकर किसी पर कैसे भी वार कर सकती है ! आसमान अलग गंदा होता है। आसमान की किसी भी जेब में कोई भी रंगीन पतँग ठुँस जाती है। क्या यही सौंदर्य है ? बलबीरसिंह ने सोचा कि शहर के नादान बच्चों के नाम कल इस संदेश के पर्चे बटवाएँगे :

> प्यारे बच्चो, यह क़िला और उस पर छाया आकाश तुम्हारा है। उसकी निर्मल सुंदरता तुम्हारे हाथों में है–हाँ, उन्हीं हाथों में जिनमें तुम्हारी पतँग की डोर है। बड़े भाई के नाते मैं तुम्हें आदेश देता हूँ कि पतँग छः बजे तक ही उड़ाओ

जब तक छतों पर धूप रहे। उसके बाद पढ़ो और दिमाग़ की कसरत करो। और ध्यान रहे कि पतंगें केवल झंडे के तीन रंगों की हो : हरी, सफ़ेद और भगवा। ऐसी पतंगे जब तुम उड़ाओगे तो लगेगा कि शहर के आकाश में एक विराट् राष्ट्रीय ध्वज फहरा रहा है !

बैठक में पंखा न चल रहा हो तो बैठक में बैठना मुश्किल हो जाता था। यदि दोपहर न हो तो रामदयाल बड़ी अटारी में आ जाते और सारी खिड़कियाँ और दरवाज़े खोलकर नंगी खाट पर नंगे बदन लेट जाते। बिजली की कमी का कारण लोग माताटीला के बाँध में पानी की कमी बताते थे जैसे कि नल न आने का कारण बिजली न होना बताया जाता। रामदयाल हँसते : पानी नहीं तो बिजली नहीं, बिजली नहीं तो पानी नहीं, वाह ! अगले दिन अख़बारों में रामदयाल की बेचैनी की कोई ख़बर नहीं होती थी। नेताओं के बयान छपते रहते कि लोग खुशहाल हैं और देश सरपट आगे भागा जा रहा है।

सौंदर्यीकरण की मुहिम और तेज़ हो गई। शहर में चौड़ी करने को सड़कें नहीं थीं क्योंकि जहाँ सड़कें थीं वहाँ सड़क के दोनों ओर मकान थे। शहर के बाहर सड़कों के चौड़ा करने का कोई सवाल नहीं था क्योंकि सड़कें एक तो चौड़ीं थीं, दूसरे सड़कों के दोनों ओर मैदान थे। दैत्याकार बुलडोज़र कहाँ चलता ? सदरबाज़ार में कुछ जगहों पर चला जहाँ बाज़ार की चौड़ी सड़क के कुछ टुकड़े कुछ दुकानदारों ने हथिया लिए थे। बुलडोज़र का डर ऐसा बैठा कि सदर के दुकानदारों ने अपनी दीवारें गुलाबी रंगवा लीं।

शहर में भेड़ियाधसान बहुत था। मानिक चौक, सुनरियाई, बजाजा बाज़ार, मिठियाई और बड़ा बाज़ार में दुकानों के आगे जहाँ-तहाँ ठेले लगे थे जैसे बाज़ार में एक ठेलों का बाज़ार अलग हो। एक सुबह बुलडोज़र को क़िले की ढाल पर उतार दिया गया और सेना के अफ़सरों ने शहर के बाज़ारों में घूम-घूमकर ऐलान किया कि सारे ठेले तुरंत जीवनसाह के चौराहे पर पहुँच जाएँ, उन्हें दूसरा बाज़ार दिया जाएगा। जहाँ सेना का ऐलान जाता, उसके पीछे बुलडोज़र की ख़बर आती—भैया, बुलडोज़र क़िले के नीचे खड़ा है ! ठेले भागे। जीवनसाह के चौराहे से थोड़ा आगे एक मैदान में सारे ठेलों को इकट्ठा करके एक चतुर्भुज में खड़ा किया गया और उनसे माइक पर कहा गया कि यही आज से तुम्हारा बाज़ार है, यहीं धंधा करो। ठेलेवालों ने चतुर्भुज में धूप के नीचे तपते और लू के थपेड़े खाते एक-दूसरे से पूछा—"ग्राहक कहाँ हैं ?" लू और ज़ोर से चली। भरे ठेले संभालना मुश्किल हो गया। शाम तक ठेलेवालों ने एक-दूसरे की मिठाइयाँ और फल लूट-लूटकर खा लिए और एक-दूसरे से कहा कि खाएँगे नहीं तो तुम्हारा सामान ख़त्म हो जाएगा और हम मर जाएँगे।

शहरवालों को जब दीवारें गुलाबी रँगने को कहा गया तो उन्होंने कहा कुछ नहीं, न कुछ किया। उन्होंने एक-दूसरे से कहा—बताओ, हम क्या कर सकते हैं !

बड़ा बाज़ार रँगने के लिए एक समुद्र गुलाबी रंग चाहिए। चट्टानों के बीच समुद्र कैसे आएगा ? ऐसा मुनाफ़ा कहाँ है ? सदर में आला ग्राहक हैं, आला मुनाफ़ा है, इसीलिए उन्होंने आला गुलाबी रंग करवा लिया। जब सदर यह ख़बर पहुँची तो सदरवालों को अफ़सोस हुआ। वे फुसफुसाए, हम बेकार इतना डर गए थे। सीपरी बाज़ार वाले हँसते रहे।

चाँदनी रात में क़िले के पीछे रेत के टीले पर मंडली बैठी बियर पी रही थी। कल कुछ बूंदाबांदी हुई थी। मगर उससे पत्थरों और रेत का ताप भड़क कर बाहर हवा में फैल गया था। शहर में बिजली नहीं थी। चाँदनी थी। इसीलिए बलबीरसिंह ने रेत के टीले पर बियर और मुर्गे का आयोजन किया था। वह टीले की चोटी पर बनी एक पत्थर की आसन पर बैठा था। दस लोग उसे घेरे रेत पर बैठे थे जैसे उसके चरणों में बैठे हों। सबके दाएँ हाथ में बियर की बोतल थी, बाएँ हाथ में मुर्गे की टाँग थी। हरि सबसे छोटा था। बलबीरसिंह का उस पर कुछ विशेष स्नेह था। वह गुरु के सामने बैठा था।

मुर्गे की टाँग पर दाँत मारते हुए गुरु कुछ चिंतित लगे।

"क्या बात है ?" हरि ने पूछा।

चारों ओर रेत फैली थी। रेत के साँसें-उसाँसें भरते अनेक आकार थे, क्षितिज के पेड़ों, इमारतों और क़िले तक। चाँदनी में रेत बहुत उजली दिखती थी जैसे सोना दमक रहा हो। क़िला काला था, आसमान के नीले पर्दे पर टिका हुआ।

"क्या बात है, गुरु ?" हरि ने फिर पूछा।

"मैं चाहता हूँ..." बलबीरसिंह ने एक बियर का घूँट लेकर कहा, "मैं चाहता हूँ कि जैसे रेत पर चाँदनी फैली है, उसी तरह शहर पर गुलाबी रंग छा जाए।"

चुप्पी छा गई। रेत के टीलों पर चलती हवाएँ रूक गईं। क़िले के पीछे नीला पर्दा काँपा। पर्दे पर जड़े सितारे अपनी जगह दिपदिपाते रहे।

चाँद सिर पर था।

"जहाँ से इतनी चाँदनी आती है", बलबीर फिर बोले, "क्या एक दिन वहाँ से शहर की दीवारों के लिए गुलाबी रंग नहीं आ सकता ?"

"आ सकता है", हरि ने कहा।

"कैसे ?"

"रंग तो आ सकता है", हरि ने फिर कहा, "मगर शहर के लोग बड़े आलसी हैं। वे दीवारें नहीं पोतेंगे।"

"फिर ?"

"एक ही रास्ता है", हरि लालच से नीले पर्दे पर खिंचे क़िले को देख रहा था।

"क्या, बताओ ?"

"हम क़िले को गुलाबी रंग देते हैं।"

"क्या ?" बलबीर पत्थर के आसन से लुढ़क कर रेत पर आ गया, "क्या कहा तुमने ?"

"हाँ", हरि ने आक़ाश में झाँकते हुए कहा, "हम क़िले को गुलाबी रंग देंगे तो सारा शहर गुलाबी हो जाएगा ! सोचिए, जब शहर के बीचोंबीच पहाड़ी की ऊँचाई पर विराजे गुलाबी क़िले की चमक शहर पर गिरेगी तो शहर कैसे चमकेगा !"

"क्या क़िला तुम्हारे बाप का है ?" कोई रेत से बोला।

"हा", हरि हँसा, "मेरे बाप के बाप के बाप इस क़िले के लिए लड़े थे और मारे गए थे और मेरे बाप इसी क़िले के लिए जेल के सींखचों के पीछे चले गए थे।"

"तब तो क़िले को गुलाबी रँगने का तुम्हारा हक़ बनता है !" कोई हँसा।

रेत की पहाड़ी के नीचे तेज़ हवाएँ रेत को चाँदनी में उड़ा रहीं थीं।

फिर जाड़े आ गए थे। इस बार सर्दी कुछ ज़्यादा थी। दिसंबर के दूसरे पखवाड़े में एक सप्ताह पानी बरसा। ऐसी झिर लगी रही जैसे यह वर्षा ऋतु हो। मोहल्ले में बरोसियाँ जलीं और आलू के पकौड़े बने। मुन्नी ने एक बार अम्माँ से कहा क्योंकि हरि ने उससे कहा था। फिर वह खुद ही रोज़ बेसन में कभी आलू या बैंगन के टुकड़े डाल देती, कभी पालक या मैथी और चूल्हे पर कढ़ाई रख देती। पैसे कम पड़ते तो हरि से मिल जाते। अब यह सुभीता हो गया था। आँगन गीला रहा। नीम आँगन में नहाता हुआ झूमता रहा। आकाश में बादल तने रहे। बादल अकसर आकाश में दौड़ते हुए नज़र आते यद्यपि उनके पास न आँख थी न लक्ष्य था। कोई हवा थी।

जाड़ों में कपड़े देर से सूखते थे। धोबी कुर्ते-पाजामे देर से लाता। इसीलिए हरि ने छः जोड़ी कुर्ते-पाजामे पिछले माह और बनवा लिए थे। छः जोड़ी धोबी के पास रहतीं, छः हरि के पास–ताकि हर रोज़ वह नई कलफ़ लगी जोड़ी पहन सके। पिछले जाड़ों की तरह इन जाड़ों में भी हरि ने कुर्ते के नीचे जर्सी पहनी थी और कुर्ते के ऊपर जवाहरकट। इन दिनों जब वह मोटर-साइकिल पर बाहर निकलता तो जवाहरकट पर बरसाती डाल लेता था। धारीदार जाँघिया पहने रामदयाल हरि का लिबास देखते और मोटर-साइकिल देखते और आँखें घुमाकर बैठक या बड़ी अटारी में चले जाते। एक-दो बार रामदयाल ने हरि से उस पैसे के बारे में पूछा जो उसके वेश और वाहन के पीछे था। पहली बार वह चुप रहा था। दूसरी बार उसने तीखी आवाज़ में कहा था–

"कहीं डाका नहीं डालता, बाबू !"

वह सुबह-सुबह तैयार होकर पौर में आ गया था जब पौर में एक लड़का आया और उसने कहा, "हरि भैया, सुनीता दीदी ने आपको बुलाया है। कहा है, बहुत ज़रूरी

काम है।" जब हरि की मोटर-साइकिल सुनीता की गली में घुसी तो हरि ने देखा कि सुनीता के घर का दरवाज़ा खुला था और खुले दरवाज़े में कोई बैठा था। वह सुनीता थी। हरि ने मोटरसाइकिल रूकते ही उसे पहचाना। वह इस तरह बैठी थी जैसे उसी का इंतज़ार कर रही हो।

हरि को देखकर सुनीता हँसी। बरसाती उतारते हुए वह झुँझलाया—

"क्या हँसने के लिए बुलाया है ?"

"नहीं", वह हँसते हुए बोली।

"फिर ?" वह संजीदा रहा।

"तुम्हें देखने !"

"क्या देखने ?"

"बहुत दिन से देखा नहीं था।" वह चुप हो गई और उसे आँखों से तौलती रही। वह खड़ा रहा। फिर उसने कहा, "देख रही थी, तुम्हारी कितनी मूँछें निकल आईं हैं। नेता हो गए हो !" वह खिलखिलाई।

यद्यपि सुनीता लड़की की तरह खिलखिलाई थी, लेकिन उसका चेहरा अब लड़की का चेहरा नहीं था। उसका चेहरा किसी लड़की की दीदी, भाभी या काकी का चेहरा था जो विधवा थी। हरि को उसका हँसना बारिश और बादलों की तरह सहज नहीं लगा। यह रात के बादलों की खंडहर में बारिश थी। खंडहर में कोई नहीं था। सिर्फ़ सुनीता की हँसी थी। पिछले बरस छोटी अटारी की उस दोपहर के बाद कई मौके उसी तरह आए थे जब हरि को लगा था कि वह खंडहर में किसी हँसी का पीछा कर रहा है।

"घर के लोग कहाँ हैं ?" हरि ने पूछा।

"घर के अंदर।"

"मुझे क्यों बुलाया है ?-"

"नेता से काम है", वह संजीदा हो गई।

"क्या काम है ?" हरि ने अधीरता से पूछा, "क्या हुआ ?"

"बापू सस्पेंड हो गए।"

"क्यों ?"

"क्योंकि", सुनीता ने ज़मीन देखी, "उनके नसबंदी के लक्ष्य पूरे नहीं हुए।"

हरि ने भी ज़मीन देखी मानो सुनीता की नज़र को सहारा देकर ज़मीन से उठा रहा हो। फिर उसने कहा :

"वे कहाँ हैं ?"

"ऊपर अखंड रामायण पर बैठे हैं", सुनीता नज़रें सीधी करके बोली, "क्या उन्हें उठाना ज़रूरी है ?"

"नहीं"

उसने एक क्षण सुनीता को देखा। फिर उसने बरसाती अपने कंधों पर डालते हुए कहा, "शाम को आऊँगा।"

हरि की मोटरसाइकिल गली को गुँजाती हुई चली गई। सुनीता की नज़र ने उसका मोड़ तक पीछा किया।

मोटर साइकिल दफ़्तर के अहाते में रूकी। हरि फटफटिया से ऐसे उतरा जैसे कोई घोड़े से उतरा हो। वह जीन कसे घोड़े से उतरने की शान से दफ़्तर में घुसा और सीधा बड़े बाबू के सामने जाकर खड़ा हो गया। बड़े बाबू सिर झुकाए मेज़ पर रखी फ़ाइल देख रहे थे। जब उन्होंने सिर नहीं उठाया तो हरि कड़का–

"दफ़्तर के सब लोग कहाँ हैं ?"

बड़े बाबू कुर्सी पर उछले। ऐनक छिटक गई। मेज़ से ऐनक उठाकर उन्होंने आँखों पर लगाई और सामने दीवार पर टंगी घड़ी देखते हुए कहा–

"दफ़्तर का वक्त दस बजे है। अभी दस मिनट बाक़ी हैं।"

फिर उन्होंने हरि की ओर नज़रें घुमाईं और कहा–"आप आसन ग्रहण करें।"

जब हरि कुर्सी पर बैठ गया तो बड़े बाबू बैठे और सोचते रहे कि यह छोकरा-नेता कौन है !

हरि भाँप गया।

"आपने हरिदयाल का नाम सुना है ?" हरि ने हेकड़ी से पूछा।

"सुना है", बड़े बाबू ने विनम्रता से कहा, "मेरे बड़े भाई के लड़कपन में दोस्त थे। क्रांतिकारी आज़ाद के साथी थे। आधी सदी पहले बम-परीक्षण में मारे गए थे।"

सन्नाटा छा गया। दीवार घड़ी की टिक-टिक हॉल में गूँजने लगी।

"अरे", हरि खड़ा होकर चीख़ा, "मैं मरे हरि की बात नहीं कर रहा। मैं ज़िंदा हरि की बात कर रहा हूँ।"

बड़े बाबू खड़े हो गए।

"ज़िंदा हरि कौन ?" वे किंकर्तव्यविमूढ़ थे।

"मैं", हरि ने कहा, "मैं हरिदयाल। मैं युवक काँग्रेस का उपाध्यक्ष हूँ।"

बलबीरसिंह ने अपने दल के निकट के सदस्यों से कह दिया था कि वे वक्त-ज़रूरत इस पद का इस्तेमाल कर सकते हैं।

"बैठिए", बड़े बाबू बोले, "आप बैठिए तो। बोलिए, क्या आज्ञा है ?"

हरि बैठ गया था। उसने पीछे मुड़कर दीवार-घड़ी को देखा : दस बजे थे। फिर उसने हॉल में मेज़ों को देखा : सब मेज़ें भरीं थीं। एक ख़ाली थी। उसने ख़ाली कुर्सी की ओर उँगली उठाई–

"वह किसकी कुर्सी है ?"

"गौरीशंकर की।"

"गौरीशंकर कहाँ हैं ?"

"निलंबित हैं ?"

"क्यों ?"

"उनके नसबंदी-लक्ष्य पूरे नहीं हुए।"

"अच्छा", हरि हँसा, "रजिस्टर दिखाइए।"

बड़े बाबू ने रजिस्टर आगे बढ़ा दिया। गौरीशंकर के नाम के आगे लक्ष्य दस था और उपलब्धि एक।

"उपलब्धि है तो ?" हरि कड़का।

"उपलब्धि एक है", बड़े बाबू हँसे, "जब अंतिम तिथि आ गई तो'गौरीशंकर ने अपना नसबंदी-सार्टीफ़िकेट जमा कर दिया।"

"क्या कह रहे हैं आप ?" हरि ने एक के आगे शून्य लगाकर रजिस्टर बड़े बाबू की ओर बढ़ाते हुए कहा, "लक्ष्य पूरा है।"

बड़े बाबू ने रजिस्टर देखा और आँखें गेंद की तरह हरि की ओर घुमाईं—"मगर नौ नसबंदी-सनदें कहाँ से आएँगी ?"

हरि ने कहा—"रजिस्टर और फ़ाइलें मिलाना आपका काम है ! न मिलीं तो आप सस्पेंड होंगे।"

उसने एक क्षण बड़े बाबू की आँखों में देखा।

हॉल में सारे सिर मेज़ों पर झुके थे।

अधपिया कोका-कोला मेज़ पर छोड़कर हरि उठा और मुड़कर तेज़ क़दमों से हॉल के बाहर चला गया। हॉल में पहले उसके जूतों की आवाज़ गूँजी, फिर मोटरसाइकिल की किक और उसके दौड़ने की आवाज़।

“डरो मत, हम तुम्हारे साथ हैं !”

सुबह जब रामदयाल क़िले के पीछे लहरिया सड़क से घूमकर क़िले के नीचे उतरे तो मिनर्वा टॉकीज़ के आगे बढ़ने पर उन्हें सड़क के दोनों ओर दीवारों पर चिपके पोस्टर नज़र आए जिन पर जगजीवनराम की तस्वीर बनी थी और उनका आह्वान था : “डरो मत, हम तुम्हारे साथ हैं।” जनवरी 77 का अंतिम सप्ताह था। इंदिरा गाँधी ने चुनाव का ऐलान कर दिया था। यद्यपि ठंड थी, लेकिन सुबह से ही खुली धूप निकलती थी जिसमें क़िला और आकाश चमकने लगते थे। क़िले की दीवारें काली थीं। उन पर गुलाबी रंग हो, इससे पहले ही चुनाव का ऐलान हो गया था।

आज झुटपुटे में क़िले के पीछे लहरिया सड़क पर घूमते हुए रामदयाल सोचते रहे थे कि वे इधर अपने बेटे हरि से कुछ डरने क्यों लगे हैं। गौरीशंकर के निलंबन के निरस्त हो जाने की ख़बर से बिरादरी खुश थी, लोगों ने रामदयाल को बधाई दी थी, लेकिन वे डरे थे। उन्हें बोतल के जिन्न की कहानी याद आई थी। सड़क पर एक पत्थर से टकराकर संभलते हुए उन्हें लगा था कि बोतल फूट गई और जिन्न घर में बैठा है। बात केवल हरि के एक दर्जन खादी के कुर्ते-पाजामे की कड़क की नहीं थी, न उस चमचमाती मोटरसाइकिल की थी जो अकसर पौर में खड़ी रहती थी—मोटरसाइकिल कुछ दिन पौर में दिखाई देती, फिर ग़ायब हो जाती और फिर कुछ दिन बाद लौटकर आ जाती। असल बात हरि की चुप्पी थी जो घर में नीम के चारों ओर आँगन में उसके क़दमों के साथ गूँजती थी। आँगन की उस चुप्पी से डर लगता था।

पचास बरस पहले हरि एक दिन चुपचाप घर से चला गया था। वह सतारा के जंगलों में बम फोड़ने गया था, यह किसी को पता नहीं था। उसे भी पता नहीं था कि वह बम फोड़कर वापिस नहीं आएगा। जब हरि फिर पैदा हुआ तो रामदयाल को लगा था कि हरि सतारा के जंगलों से अब लौटा है। मगर अब वह बोलता नहीं। सवालों का जवाब नहीं देता। कुछ पूछो तो चीख़ता है : “डाका नहीं डाला मैंने !”

मानो अब हर सवाल का जवाब डाका हो। क्या उसकी चुप्पी के पीछे कोई डाका है ? गौरीशंकर का निलंबन ग़लत था, मगर उस निलंबन का निरस्त हो जाना भी क्या ग़लत नहीं है ? यदि रजिस्टर में एक के आगे शून्य लिखकर कहा जाए कि एक शून्य से क्या फ़र्क़ पड़ता है तो क्या इसका मतलब यह नहीं है कि सब शून्य हो गया ?

रामदयाल ने दूर से ही तस्वीर पहचान ली। रानी महल की पीली दीवारों पर भी वही पोस्टर लगे थे : डरो मत, हम तुम्हारे साथ हैं ! सुबह की धूप रानीमहल की दीवारों पर जगमगा रही थी। धूप में लिखा था : डरो मत ! 1858 में बाग़ी सिपाहियों के एक जत्थे ने रानीमहल के सामने यही पुकार लगाई थी : हम तुम्हारे साथ हैं। और रानी का अंग्रेज़ों के विरुद्ध युद्ध शुरू हो गया था। क्या पता मेरे दादा सियाराम सिंह उसी जत्थे में हों, रामदयाल ने सोचा, जो ऐसी ही किसी सुबह इसी महल के सामने धूप में आ गया था और झाँसी की गलियों से अंग्रेज़ों का डर भाग गया था ? जैसे ही रामदयाल मुड़े, उन्होंने महल के सामने धूप में घोड़ों पर सवार सिपाहियों का एक चीख़ता जत्था देखा ! सिपाहियों की बंदूकें धूप में चमक रहीं थीं, जिन्हें वे हवा में उठाए थे। चीख़ में उनके मुँह खुले थे। कोई आवाज़ नहीं थी। रामदयाल जैसे सपने से जागे जब दो भौंकते कुत्ते एक-दूसरे का पीछा करते हुए सामने से आए और बगल से एक गाय रँभाती हुई निकल गई।

यह सही है कि शहर अभी तक डरा हुआ था। शहर को पतंगों पर पाबंदी का डर था, क़िले के गुलाबी हो जाने का डर था, पेड़ों से पाट दिए जाने का डर था और हाथों में 'निरोध' के गुब्बारे थाम कर उन्हें फुलाने के हुक्म का डर था। लोगों को रात के बाज़ार में बातें किए अरसा हो गया था क्योंकि दुकानों के आगे चबूतरे तोड़ दिए गए थे जिन पर बैठकर लोग चाय सुड़सुड़ाते थे और दिन-भर के गुबार निकालते थे। गुबार दिलों में भरे थे। जब शाम को मानिक चौक की सड़क से बड़े बाज़ार तक पुलिस के घुड़सवार निकलते तो लोग इतना ज़रूर कहते, "ऐसा तो अंग्रेज़ी राज में होता था !"

रामदयाल ने अपने डर की बात बल्लो को लिखी थी। बल्लो ने बताया था कि हज़रतगंज की सड़क पर भी कभी-कभी पुलिस के घुड़सवार नज़र आते हैं। उसने यह भी लिखा था कि जैसा आप चाहते हैं, मैं दो-तीन दिन को झाँसी आऊँगा। वह आज आनेवाला था। वह शायद आ गया हो जब तक मैं घर पहुँचूँ, रामदयाल ने सोचा। वह नहीं आया था। वह जब आया तब वे चाय पी चुके थे। उसने बताया कि गाड़ी आधा घंटा लेट थी। रामदयाल ने हँसकर कहा—"अभी तो चुनाव का ऐलान हुआ है और गाड़ी लेट हो गई।"

छोटी अटारी में हरि का डेरा था। वह अभी उठा नहीं था। बल्लो बड़ी अटारी में आ गया। उसने बक्सों पर अपनी अटैची रखी और कपड़े बदलने लगा। बल्लो

हरि को बहुत चाहता था। वह उसे घर में आने के बाद लगातार देख रहा था जैसे कोई अपने बेटे को बढ़ता हुआ देखता है। जब वह पैदा हुआ पिता रिटायर हो चुके थे। बल्लो को हरि और मुन्नी की ज़िम्मेदारी कुछ इसी तरह महसूस हुई थी जैसे बढ़ते बच्चों की ज़िम्मेदारी जवान पिता अनुभव करता है। जब बल्लो की शादी हुई हरि सात साल का था और उसने उल्फ़त से ब्याह करने की पेशकश की थी—बल्लो मुस्कराया।

हरि बल्लो से बिल्कुल अलग था। बल्लो सात साल की उम्र में उल्फ़त का हाथ नहीं माँग सकता था। न मसें भीगते ही केश मूंड दिए जाने पर वह केशों के फिर से उगने के इंतज़ार के अलावा कुछ और कर सकता था। कुछ और कर सकता तो इलाहाबाद में एक लड़की की ट्यूशन छूटने पर फाँके की नौबत क्यों आती ? क्यों उसे अपना आला अफ़सरी का लक्ष्य तर्क करना पड़ता ? क्यों वह हैजे की दवाइयों का प्रचार करता और हैजे का इंतज़ार करता ? क्यों उसे बनियागिरी अपनानी पड़ती जो उसके खून में नहीं थी ? हरि वही करेगा जो उसके खून में है—या जो वह करना चाहता है। बल्लो को यह सोचकर खुशी होती थी। उसे हरि को देखकर ढाढ़स-सा बँधता था।

अभी हरि की लंबाई देखकर लगता था कि वह जवान होते-होते छः फुटा होगा। बाबू अपने छोटे भाई हरिदयाल के बारे में भी यही कहते थे कि वह बीस का हो पाता तो छः फुटा होता। वे यह भी कहते थे कि हरि के नाक-नक्श अपने चाचा से बहुत मिलते हैं और रंग भी वही है : गोरा। बाबू बताते थे कि यह रंग परिवार में बल्लो की दादी से आया है जो गुजराती थीं और बात-बात में 'सारू छे' करती थीं। बल्लो ने छुटपन में एक बार पिता से पूछा था—"आपकी अम्माँ बहुत सुंदर थीं, बाबू ?"

"देवी थीं", रामदयाल ने कहा था, "हरि को जनम देकर चलीं गईं।"

हरि के कंधे चौड़े थे, नाक लंबी थी, और चाल फुर्तीली थी जैसे कि उसके चाचा की थी। चंद्रशेखर आज़ाद उसे प्यार से कभी-कभी 'हिरन' कहते थे। वे कहते कि कभी-कभी ऐसा लगता है कि हरि सतारा के जंगल के हर पेड़ के नीचे खड़ा है। उस दिन भी आज़ाद ने यही कहा था जब हरि के हाथ में बम फूटा था और हरि जंगल के हर पेड़ के नीचे एकाएक धुएँ में गुम हो गया था।

छुट्टी का दिन था। बल्लो नहा-धोकर राजा से मिलने गया। उसने मानिक चौक, बजाजा और सराफ़ा में टूटे चबूतरे देखे जिनके नीचे कुत्ते और ऊपर आदमी बैठते थे। सौंदर्यीकरण के इस अभियान में आदमी ग़ायब हो गए थे और कुत्ते उजागर हो गए थे। ऐसा लगता था जैसे बाज़ार में दोनों ओर कुत्ते बिराजे हैं और आदमी भागते हुए अपने जीने का सामान ढूँढ़ रहे हैं। जाड़े की धूप सायों को सहला रही थी। लगता था जैसे सायों के कोरों से धुआँ निकल रहा हो। सराफ़ा के दोनों विराट्

दरवाज़ों के खंभों पर पोस्टर लगे थे : "डरो मत, हम तुम्हारे साथ हैं।"

दरवाज़ा खुला था। बल्लो ऊपर छत पर चढ़ गया। उसने छत पर जो देखा उस पर उसे विश्वास नहीं हुआ : राजा धारीदार जाँघिया पहने धूप में चटाई पर बैठा था। बल्लो और राजा बचपन से एक-साथ पले और पढ़े और बढ़े थे। उसने राजा को न नंगा देखा था और न धारीदार जाँघिया पहने देखा था। अलबत्ता राजा बचपन में धारीदार जाँघिया को जैमिनी सरकस के जोकर का जाँघिया कहता था। उन दिनों क़िले के नीचे जैमिनी सरकस के शामियाने लगे थे जिनमें रोज़ तीन शो होते थे और हर शो में शेर जोकर की तरह नाचता था और जोकर शेर की तरह चिंघाड़ता था। राजा ने बल्लो से कहा था कि तुम्हारे घर में दो विशेषताएँ हैं : एक, नीम का पेड़; दो, एक ही धारीदार जाँघिया पहने हर उम्र के लोग। दो में से एक काम करना पड़ेगा, उसने कहा था—या तो जेमिनी सरकस में नीम का पेड़ लगा दो या 99 गुसाईंपुरा में सरकस का शामियाना।

क्या राजा सरकस के शामियाने में बैठा था ? उसे इसका कोई अहसास नहीं था। या अहसास उसने अपने भीतर कहीं गहराई में गाड़ दिया था और हँसते हुए कह रहा था, "कब आए गुरु ?" फिर उसने बल्लो को बधाई दी "काहे की बधाई ?" बल्लो ने पूछा। राजा ने कहा, "अब तुम शहर के नेता के बड़े भाई हो।" "शहर का नेता कौन ?" बल्लो ने पूछा। राजा ने बताया, "अरे हरि—और कौन !" फिर राजा ने बताया कि कैसे पंद्रह-बीस दिन पहले हरि एक दिन अपने साथियों के साथ कोतवाली में घुस गया था और कैसे वही दरोगा जिसने इमर्जेंसी के शुरू में हरि के बाल काट दिए थे, उसे देखते ही उछलकर खड़ा हो गया था। जब हरि ने कहा कि कोतवाली में पेड़ बहुत कम हैं और पंद्रह दिन के अंदर बीस पेड़ और लग जाने चाहिए तो दरोगा बोला—"बेहतर, सर।" हरि अपने बालों भरे सिर को एक झटका देकर कोतवाली के बाहर आ गया था और जब तक वह बाहर नहीं आ गया दरोगा अपनी जगह पर पत्थर बना खड़ा रहा था। राजा ने यह भी बताया कि कैसे एक सुबह वह झोकन बाग के चौराहे पर रोक लिया गया था क्योंकि उसके पास लाइसेंस नहीं था और कैसे सौभाग्यवश उसी वक्त हरि अपनी मोटरसाइकिल पर आ गया था और उसका स्कूटर छोड़ दिया गया था। "यदि थोड़ी देर और हो जाती", राजा ने एक साँस लेकर कहा, "तो काफ़ी गड़बड़ हो जाती क्योंकि तभी मेरा एक केस जजी में लगा था।"

यह झूठ था। राजा के पास कोई काम नहीं था। वह जाता वक्त से था मानो उसे देर हो जाएगी तो कचहरियाँ नहीं खुलेंगीं। वह अपना स्कूटर स्टैंड पर खड़ा करता था, स्कूटर से अपनी डायरी निकालकर काले कोट की जेब में डालता था और सीधा पीपल के पेड़ के नीचे पड़ी कुर्सियों की ओर बढ़ जाता था। दो बरसों से रोज सुबह घर से स्कूटर निकालते और शाम को वापिस घर में रखते हुए स्कूटर की ख़स्ता हालत

उसकी आँखों में चुभती थी : उसका पेंट कई जगह से उखड़ गया था, दोनों ओर गड्ढे हो गए थे, सीट कुछ टूट गई थी और सड़क पर चलते हुए उससे खड़-खड़ की कुछ आवाज़ें निकलने लगीं थीं।

पीपल के पेड़ के नीचे वकीलों के कुछ बस्ते थे जिनके इर्द-गिर्द कुछ कुर्सियाँ फैलीं थीं। जाड़ों में ये कुर्सियाँ धूप में खिसक जातीं, गर्मियों में पीपल की छाया में आ जातीं। गर्मी, जाड़ा, बरसात-वकीलों का वेश सदा एक ही रहता था मानो कोई युद्धातुर सूरमा हों। सूरमा जाड़ों में मूँगफलियाँ खाते और चाय पीते, गर्मियों में गन्ने का रस पीते। पान खाना और सिगरेट पीना बारह मास चलता था। कचहरियों के बाहर बाज़ार लगा रहता और पेड़ों के नीचे मंडियाँ चलतीं।

राजा चूँकि दिन-भर पीपल के नीचे बैठा रहता, इसलिए लोग आते-जाते उसके पास बैठते और गप्पें चलती रहतीं। इमर्जेंसी के दौरान इन गप्पों में अचानक इजाफ़ा हो गया था। कोई कुछ भी कह देता और एक बार लोगों को शक हो जाता कि यह बात सही भी हो सकती है। किसी ने कहा कि माताटीला बाँध को दस क़िलोमीटर आगे ला रहे हैं ताकि बिजली-उत्पादन बढ़े। कोई बोला कि दिल्ली से खजुराहो जानेवाले विदेशी पर्यटकों को झाँसी से खजुराहो जाने में बहुत वक्त बर्बाद करना पड़ता है। इसलिए नई योजना है कि खजुराहो को ओरछा के जंगलों में ले आएँगे। इससे ओरछा का क़िला, झाँसी का क़िला और खजुराहो के मंदिर-पश्चिमी पर्यटक तीनों एक-साथ देख सकेंगे। उनका वक्त बचेगा, झाँसी और ओरछा के क़िले पर्यटन-आकर्षण हो जाएँगे और राष्ट्र को अमूल्य विदेशी मुद्रा प्राप्त होगी। एक बार तो बेतवा नदी को विंध्याचल के ऊपर से ले जाने की बात कही गई और जब शंकालुओं ने आँखें फैलाईं तो उन्हें जवाब मिला—''झाँसी की चौपाल में बैठे हो न ! दिल्ली-बंबई जाओ। वहाँ जगह-जगह सड़क पर सड़क चलती है। तो पहाड़ पर नदी क्यों नहीं चल सकती, ऐं ?''

राजा को दिन में कम-से-कम एक बार नरेंद्र जौहरी हाथ के इशारे से बुलाते थे और स्कूटर पर पीछे बिठाकर सदर के बार में ले जाते थे। नरेंद्र जौहरी फ़ौजदारी के उत्तम वकील थे। उनकी शहर-भर में शोहरत थी। उनके बारे में मशहूर था कि जिरह के बीच में कभी-कभी मुंसिफ़ हँसकर कह देते, ''जौहरी सा'ब, बात कुछ जम नहीं रही। आप सदर हो आएँ। दो घंटे बाद फिर सुनवाई करते हैं।'' नरेंद्र जौहरी को सदर जाने के लिए साथी की ज़रूरत थी। वे दिन-रात पीते थे। मगर अकेले नहीं पीते थे। कुछ लोग कहते, वे खून और डकैती का सामना कर सकते हैं, मगर अकेली बोतल का सामना नहीं कर सकते। राजा पीपल के नीचे होता था जैसे पीपल अपने जगह होता था। लोगों का कहना था कि जौहरी का साथ देते-देते राजा को लत लग गई थी।

राजा एक सपने में बड़ा हुआ था। बाबा की छत्रछाया में वह कब राजकुमार

की तरह जवान हुआ, कब उसका ब्याह हुआ और कब 'हम दो, हमारे दो' हो गया—सचमुच उसे कुछ पता नहीं चला। जब नए स्कूटर पर ख़ाली हाथ कचहरी जाते उसे एक साल हो गया तो बाबा ने अपने रसूख़ से उसे पंजाब नेशनल बैंक और सेंट्रल बैंक का वकील नियुक्त करा दिया। दोनों जगहों से उसे दो-दो सौ मिलने लगे थे। राजा को लगा कि बाबा ने उसका जेबख़र्च का इंतज़ाम कर दिया है। वह खुश था। उस ज़माने में चार सौ रुपए में दारू भी आराम से हो जाती। मगर राजा के पैरों के नीचे से ज़मीन खिसक गई जब 'ग़रीबी हटाओ' की साल बाबा चल बसे और उनके एकाउंट में 1126 रुपए निकले। इन रुपयों के अलावा बूढ़ी बाई थीं जो अब इतनी बूढ़ी थीं कि अपने कमरे से बाहर नहीं निकलती थीं। ग़नीमत थी, मकान अपना था। वरना फाँके पड़ जाते।

घर के चूल्हे में आग और बदन पर कपड़ों के लिए ज़रूरी था कि राजा नए सिरे से योजना आयोग की तरह सोचे। धारीदार जाँघिया उसी सोच का नतीजा था। सिगरेट की जगह वह बीड़ी पीने लगा था और लोगों से बहस करता था कि विश्व स्वास्थ्य संगठन की रिर्पोट के अनुसार बीड़ी सिगरेट से कहीं कम हानिकारक है। दारू वह दूसरों का साथ देने के लिए उनके ख़र्च पर ही पीता था। अपनी लत के लिए वह घर में देसी संतरा या काजू की बोतल रखता था जो तभी ख़रीदी जाती जब किसी अतिरिक्त कमाई का जुगाड़ हो जाता। पीपल के पेड़ के नीचे दिन-भर बैठने के कुछ फ़ायदे ज़रूर थे। यह वह ज़माना था जब पेशेवर लोग दलाल होने लगे थे। मगर दलाली भी एक कला होती है, जो राजा उर्फ़ राजकुमार श्रीवास्तव को नहीं आती थी। इसीलिए घर की दीवारों की पपड़ी जगह-जगह उखड़ रही थी, कहीं सीमेंट कहीं लाल मिट्टी अंदर से झाँक रही थी, कुछ शहतीरें छतों के नीचे झुक गई थीं और तीन दिवालियाँ बिना घर की पुताई के निकल गई थीं। दरवाज़ों में यहाँ-वहाँ पुरानी जनानी धोतियों की किनारियों के परदे पड़े थे। देवी के चेहरे पर अब मॉरिया का जोबन नहीं था, किसी दासी की थकान थी जैसे उसका चेहरा घर का आईना हो।

बल्लो कुछ देर से समझ नहीं पा रहा था। लेकिन कुछ गड़बड़ थी। राजा के चेहरे की तरतीब में कहीं कोई सिरा छूट गया था। अचानक उसे याद आया जब उसकी बेटी बबली ने सूचना दी कि नहाने का पानी गर्म हो गया है। उसके सिर के बाल धूप में बिखरे थे जो कभी नहीं बिखरते थे। उसने हँसकर बताया कि हर इतवार खिज़ाब लगाता हूँ, फ़िल्मी जवानी बनाए रखने का यही तरीका है। वह नहाने चला गया और बल्लो बबली से बात करने लगा :

"बबली, किस क्लास में पढ़ती हो ?"

"थर्ड में", बबली ने हँसते हुए कहा।

"कहाँ ?"

"सेंट जोज़ेफ़ में।"

सेंट जोज़ेफ़ की फ़ीस की वजह से ही राजा अपना स्कूटर ठीक नहीं करा पाता होगा, बल्लो ने सोचा। जब वह छोटा था और देश आज़ाद हुआ था तो सदर के कुछ रईसों के बच्चे या सीपरी के कुछ ईसाइयों के बच्चे ही सेंट जोज़ेफ़ में जाते थे। अब शहर के मोहल्लों में दालान और आँगन से निकलकर मुड़ी-तुड़ी नीली टाई बाँधे, नाक बहाते और पौर में बाई की ''देख के जइयो'' सुनते हुए बच्चे सेंट मेरी या सेंट जोज़ेफ़ जाने लगे थे। इन बच्चों को सुबह-सुबह शहर की गलियों में देखकर लगता था कि कुछ दिनों में मंदिरों में कीर्तन और मस्जिदों में अजान अंग्रेज़ी में होगी जब ये बच्चे स्कूल से लौटकर अंग्रेज़ी में खाएँगे और हगेंगे। शहर में अंग्रेज़ी स्कूलों का ज्वार आ गया था। या फिर कुछ शिशु मंदिर थे जहाँ यह पढ़ाया जाता था कि आर्य कहीं बाहर से नहीं आए थे और वैदिक सभ्यता विश्व में सर्वोत्तम थी, है, और रहेगी। नया भारत बन रहा था।

राजा नहा-धोकर पैंट-जर्सी पहिनकर आ गया। उसने सिर के बाल भी पहिन लिए थे—हमेशा की तरह, खोपड़ी से चिपके हुए, कोई बाल भी बाँका नहीं। मगर पैंट घिसी हुई थी और जर्सी पुरानी थी। ऐसे कपड़े राजा ने लड़कपन में नहीं पहने थे। बल्लो को एक-साथ अच्छा-बुरा लगा। बचपन में राजा के राजसी कपड़े देखकर बल्लो का जी जल जाता था। कहीं प्रतिशोध की भावना रही होगी जो राजा का घिसा पैंट देखकर अपने बचपन की ख़ाकी पैंट याद करती थी। मगर सिक्के का दूसरा पहलू भी था। राजा का जर्जर घर देखकर जी दुखता था। बल्कि जी कभी-कभी इतना दुखता था कि लगता कि शहर में जहाँ कहीं जो भी गड़बड़ है, उसे ठीक कर दूँ ! ऐसी ताक़त कहाँ से आए ? बाबू ने लिखा था कि हरि के रंग-ढँग देखकर लगता है कि घर में कुछ गड़बड़ है। क्या गड़बड़ है, बाबू ने लिखा था, कुछ समझ में नहीं आता। वह यही गड़बड़ देखने आया था।

बुंदेला बार की चौकोर मेज़ पर बल्लो, राजा और नरेंद्र बैठे थे। राजा और बल्लो मानिक चौक आए थे और बुंदेला बार के सामने नरेंद्र मिला था। नरेंद्र दोनों को बार में ले गया था। उसने कहा था, ''चलो छुट्टी मनाते हैं।'' ''कैसी छुट्टी ?'' बल्लो ने पूछा था। नरेंद्र ने हँसते हुए कहा—

''डर से छुट्टी !''

''डर से ?''

''हाँ''

''डर से कैसे ?''

''तुमने देखा नहीं। शहर की दीवारों पर पोस्टर लगे हैं।''

''क्या पोस्टर से डर चला जाएगा ?'' बल्लो ने पूछा।

''पुलिस से आया था'', नरेंद्र ने कहा, ''पोस्टर से जाएगा।''

राजा ने बड़ा घूँट लेकर आँखें बंद कर लीं थी। आँखें बंद किए हुए उसने

पूछा—"डर क्या है ?"

"आँखें खोलो", बल्लो ने कहा।

"बोलो", राजा ने आँखें खोलकर कहा।

"फिर अपना सवाल दुहराओ।"

"डर क्या है ?" राजा ने आँखें फाड़कर बार में देखते हुए कहा। फिर वह हँसा, "अब वह मज़ा नहीं !"

बुंदेला बार में मेज़ें थीं, उनको घेरे कुर्सियाँ थीं और एक कोने में बार का काउंटर था, जिसके पीछे बोतलें सजी थीं। आईने थे नहीं, मगर हर तरफ़ नज़र आते थे : कभी दूसरे की आँखों में, कभी अपनी आँखों में। काउंटर के पीछे ज़रूर आईने लगे थे जिनमें पीनेवालों को चारों ओर बोतलें ही बोतलें दीखती थीं जैसे दुनिया में शराब के सिवाय कुछ न हो।

"दुनिया में इतना डर क्यों है ?" राजा ने शराब के गिलास की ओर देखते हुए कहा, फिर आँखें उठाईं, "बताओ बल्लो, इतना डर क्यों है जैसे हर लम्हा आनेवाले लम्हे से डरता हो ?"

एकाएक शराबघर में चुप्पी छा गई। आईने ख़ामोश हो गए। ऐसा लगा मानो आईनों में शराब की बोतलें हिल रही हैं।

"क्योंकि हमें भरोसा नहीं है," बल्लो ने कहा।

"किस पर भरोसा नहीं है ?" राजा लगभग चीख़ा। आसपास मेज़ों पर बैठे लोगों ने उसकी ओर देखा।

"अपने आप पर, राजा", बल्लो मुस्कराया।

"न दूसरों पर", नरेंद्र ने जोड़ा।

फिर आईने चमके।

बल्लो फिर बोला—"भरोसे की जगह डर बैठ गया है। जब तवक्को ही उठ गई ग़ालिब..."

"अंदाज़ा करो", जौहरी ने जिरह की, "अगर बार में बैठे सब लोग एक-दूसरे से डर जाएँ तो एक-दूसरे को मार देंगे !"

बल्लो ने बार में चारों ओर देखते हुए कहा, "क्या यह डाकुओं का गिरोह है ?"

"हाँ", जौहरी ने कहा, "यह ताक़त का खेल है।"

"मगर हम लोकतंत्र में रह रहे हैं।"

जौहरी हँसा, "लोकतंत्र के मैदान में ताक़त का खेल हो रहा है।"

राजा ने फिर आँखें बंद कर ली थीं।

बल्लो जिस बाज़ार में मलेशिया की निकर पहनते-पहनते पैंट पहनने लगा था, उसी बाज़ार में दिन-दहाड़े ह्विस्की पिए चल रहा था—शायद इसी अहसास ने उसके

पैर ज़मीन पर पूरी तरह जमने नहीं दिए। उसने सोचा कि एक-दो क़दम की गड़बड़ी है, अभी पैर सधे जाते हैं। मगर पैर धूप में छाया की तरह काँपते रहे। बल्लो सड़क पर पड़ती अपने पैरों की छाया देख रहा था। सड़क पर बहुत-से साए थे : लोगों, ताँगों, साइकिलों, स्कूटरों के साए। तभी एक मोटरसाइकिल का साया उसके पास रूका और उसने कहा–"पीछे बैठिए, दादा।"

वह पीछे बैठ गया। उसने जिस कंधे पर हाथ रखा था, वह हरि का कंधा था। उसके हाथ के नीचे जवाहरकट और कड़क कुर्ता था। बल्लो को अचानक खुशी हुई कि उसका शरीर सध गया है। खुशी के साथ ही उसने जाना कि वह मानिक चौक के भीड़ भरे बाज़ार में चल नहीं रहा था बल्कि अपने छोटे भाई के कंधे पर हाथ रखे मोटरसाइकिल पर पीछे बैठा था। जैसे ही हरि ने पौर में मोटरसाइकिल रखी, उसे आँगन में पिता की आवाज़ सुनाई दी। उसने बल्लो का हाथ अपने गले में डाला और आँगन से गुज़रते हुए पिता से कहा–"कोई खास बात नहीं। सड़क पर पैर फ़िसल गया। शायद थोड़ी मोच आ गई। छोटी अटारी में कुछ देर आराम करेंगे तो ठीक हो जाएँगे।" बल्लो को लिटाकर वह नीचे आया और अम्माँ से एक थाली में खाना और गिलास में पानी लेकर फिर ऊपर चढ़ गया। थाली बल्लो के सामने स्टूल पर रखी और कहा–"खाइए।"

बल्लो हँसा–"तेरी मसें फूट रहीं हैं...और तू मेरा बड़ा भाई हो गया।"

बल्लो को याद आया कि जब हरि पैदा हुआ, उसकी उम्र पच्चीस हो गई थी। हरि उसका बेटा भी हो सकता था। वह हरि को चाहता इसी तरह था। नहीं, इसी तरह नहीं। कुछ अलग। जैसे वह उसका विलोम होकर उसका पूरक हो जाता हो। कोई विरुद्ध का आकर्षण था जो उसे हरि की ओर चुंबक की तरह खींचता था। वह यह सोचकर हँसा कि आज मानिक चौक में वह हरि की जगह होता तो शायद बड़े भाई की लज्जा बचाने के लिए मुँह मोड़कर निकल जाता–चाहे बड़ा भाई अंततः और लज्जित होता !

"क्यों हँस रहे हो, दादा ?" हरि ने कहा।

"क्या तुम शराब पीते हो ?"

"नहीं, कभी-कभी साथियों के साथ एकाध गिलास बियर पी लेता हूँ।"

"क्या तुम्हारे साथी तुम्हारी उम्र के हैं ?"

"नहीं, मैं सबसे छोटा हूँ।"

बल्लो दरवाज़े के बाहर छत पर देख रहा था जहाँ नीम के साए धूप में हिल रहे थे। सायों के ऊपर नीम की शाखें और हरी-हरी पत्तियाँ भी झूम रहीं थीं। धूप पत्तियों पर चमकती और पत्तियाँ हवा में काँप जातीं।

"जब मैं तुम्हारी उम्र का था", बल्लो ने खिड़की से बाहर सड़क की ओर देखते हुए कहा, "तो सामने नाली में अकसर एक शराबी गिर जाता था और मैं सोचता

था कि मैं जीवन में कभी शराब को हाथ नहीं लगाऊँगा।''

एक चिड़िया नीम से अटारी में आई और खिड़की से बाहर हवा में गुम हो गई। उसके पीछे-पीछे एक चिड़िया और आई थी।

हरि हँस रहा था।

बल्लो ने हँसते हुए कहा—''जब मैंने पहली बार पी तो मैं भी इसी तरह हँस रहा था।''

आधी सदी पूर्व इसी कमरे में दो भाइयों की बात हुई थी जिसमें एक का नाम हरि था। वार्ता का विषय था : स्वाधीनता संग्राम। दीवारों को याद था। तब दीवार पर चंद्रशेखर आज़ाद की तस्वीर नहीं थी।

''हरि''

''जी''

''तुमसे एक बात पूछना चाहता हूँ।''

''पूछिए''

''बाबू तुम्हारी मोटर-साइकिल और कुर्तो-पाजामों को लेकर परेशान हैं !''

हरि उत्तेजित हो गया, ''वे समझते हैं कि मैं डाका डालता हूँ !''

''मैं ऐसा नहीं समझता'', बल्लो ने कहा, ''इसीलिए तुमसे पूछ रहा हूँ।''

''दादा, आप जिस कॉलेज में पढ़ाते हैं, वह आपको वेतन देता है, है कि नहीं ?''

''हाँ''

''हम लोग संजय गाँधी के पाँचसूत्री कार्य-क्रम के लिए काम करते हैं। जैसे आप धारीदार जाँघिया पहिनकर कॉलेज में नहीं पढ़ा सकते, उसी तरह हम लोग धारीदार जाँघिया पहिनकर क्रांति नहीं ला सकते।''

''और मोटर-साइकिल !'' बल्लो हँसा, ''क्या क्रांति मोटर-साइकिल पर बैठकर आएगी ?''

हरि का स्वर एकाएक कठोर हो गया, ''हमारा दार्शनिक मतभेद हो सकता है। मगर आपको हमारे रास्ते पर हँसने का अधिकार नहीं है।''

आधी सदी पूर्व भी हरि ने कठोर होकर रामदयाल से कहा था कि आपको हमारे उग्रवादी मार्ग से असहमति हो सकती है, मगर आपको हँसने का अधिकार नहीं। छोटी अटारी की इन्हीं दीवारों ने सुना था।

''जहाँ तक मोटर-साइकिल का सवाल है, मोटर-साइकिल गति है,'' हरि ने फिर कहा, ''हमारे देश में न गति है, न गतिशीलता है। इसीलिए प्रगति नहीं है।''

बल्लो अवाक् था। वह खाना खा चुका था। उसने छत पर जाकर हाथ धोए। लौटते हुए उसने महसूस किया कि उसके पैर बिल्कुल सीधे पड़ रहे हैं। कोई लड़खड़ाहट नहीं। जब वह लौटकर चारपाई पर बैठ गया तो हरि ने कहा :

''दादा, एक बात मैं आपसे करना चाहता हूँ।''

“बोलो”

“यदि इंदिरा गाँधी चुनाव हार गईं तो क्या आप मुझे हर महीने सौ रुपए देंगे ?”

“क्यों ?”

“क्योंकि मैं धारीदार जाँघिया पहिनकर ज़मीन पर नहीं चल सकता। मुझे कुर्ता-पाजामा पहिनकर मोटर-साइकिल पर दौड़ने के लिए सौ रुपए हर माह चाहिए।”

बल्लो चुप था। उसकी आँखें बंद थीं।

“बोलिए !”

“दूँगा।”

बल्लो की आँखें फिर बंद हो गईं। वह बिस्तर पर लुढ़क गया। उसने सपने में क़िला देखा, जो छत से दिखाई देता था। जब वह खाना खाकर छत पर हाथ धोने गया था तो सधे क़दमों पर चलते हुए उसने शहर के कुछ पेड़ों के परे पहाड़ी की ऊँचाई पर क़िला देखा था जिसकी दीवारों पर धूप में काई चमक रही थी। मगर सपने में क़िला गुलाबी था और क़िले में हरि उसी बुर्ज पर खड़ा था जो बिजली गिरने से टूटी थी और जिसकी मरम्मत जनरल करिअप्पा ने स्वतंत्रता-प्राप्ति के बाद कराई थी। सपने में क़िले की दीवारों का गुलाबी रंब बल्लो की समझ में नहीं आया। वह जान नहीं सका कि जो क़िला एक क्षण पूर्व उसने काला देखा था वह एक क्षण बाद गुलाबी कैसे हो गया। उसने हरि से पूछा। हरि ने हँसकर कहा, “दादा, जब कोई चीज़ बेचते हैं तो उसे धो-पोंछ देते हैं, चमका देते हैं, उस पर रंग-रोगन कर देते हैं ताकि दाम अच्छे मिलें।”

“क्या ?” बल्लो चौंका, “क्या तुम क़िला बेचना चाहते हो ?”

“हाँ”, हरि ने संजीदा आवाज़ में कहा, “क़िले के नीचे इकट्ठी उस भीड़ को देखिए। वे सब क़िले की बोली लगाने आए हैं।”

बल्लो ने बुर्ज से नीचे झाँका : सचमुच वहाँ भीड़ थी। सपना इतना साफ़ था कि भीड़ के कपड़े भी नज़र आ रहे थे। कुछ लोग सफ़ारी पहने थे, कुछ पगड़ी बाँधे थे। कुछ लोग ऐसे भी थे जो सफ़ारी पर पगड़ी बाँधे थे।

“मगर भैया”, बल्लो ने कहा, “क़िला हमारी आत्मा है। यह शहर रानी लक्ष्मीबाई के क़िले के बिना नहीं जी सकता।”

हरि हँसा, “दादा, आत्मा शरीर में कहाँ विराजती है ?”

“पूरी देह में”, बल्लो बोला।

हरि फिर हँसा, “यह क़िला धरती पर ही रहेगा, दादा।”

बल्लो ने क़िले पर खड़े हुए नीचे भीड़ देखी, फिर ऊपर आकाश देखा और पूछा—“क्या यह क़िला यहाँ से चला जाएगा ?”

“जो खरीदेगा उसकी मर्ज़ी चलेगी।”

ज़मीन से आसमान तक सन्नाटा छा गया। क़िले पर न क़िले के नीचे आदमियों

का शोर था और न क़िले के ऊपर चिड़ियों का। बुर्ज गूँगा-सा हवा में टँगा था। धूप में हरि का कुर्ता-पाजामा चमक रहा था।

सन्नाटे की चट्टान तोड़ते हुए हरि ने कहा—

''लगता है, ये लोग दाम नहीं दे पाएँगे।''

''तो'', बल्लो ने खुश होकर कहा, ''तो क़िला नहीं बेचोगे न ?''

हरि मुस्कराया, ''नहीं, दादा, अंतर्राष्ट्रीय बाज़ार में सौदा पट जाएगा। पश्चिम के कुछ तोप दौलतिए इस व्यवसाय में माहिर हैं। उनके पास अकूत पैसा है और अनहोनी बुद्धि। वे नेपोलियन की कमीज़ और हिटलर की पैंट लाखों में ख़रीदकर करोड़ों में बेच सकते हैं। वे सौदे को पकाना जानते हैं जैसे क़िला स्कॉच ह्विस्की की बोतल हो !''

''क़िला पुरानी शराब नहीं है, भैया'', बल्लो ने भरे गले से कहा, ''क़िला हमारी माँ है !''

वह बुर्ज पर खड़ा सपने के पर्दे पर रो रहा था।

एकाएक बाबू की चीख़ उसके कानों में पड़ी। बल्लो ने सोचा, अभी सपना चल रहा है क्योंकि उसने कभी बाबू को चीख़ते नहीं सुना था। मगर फिर वही आर्तनाद उसके कानों में गूँजा। आवाज़ बाबू की ही थी। वह हड़बड़ाकर चारपाई से उठा, छत पर आया और उसने नीचे आँगन में झाँका जहाँ बाबू चीख़ रहे थे और हरि सिर झुकाए खड़ा था।

''तुझे यह धारीदार जाँघिया पहनना पड़ेगा !''

हरि चुप था।

''बोल !''

चुप्पी।

''अरे, कुछ बोल !''

''मैंने कह दिया है कि मैं धारीदार पट्टे का जाँघिया नहीं पहन सकता। मैं कुर्ता-पाजामा पहनूँगा या नंगा रहूँगा।''

''लो सुनो'', रामदयाल फिर चीख़े, ''इसके पास नंगई का विकल्प खादी का कुर्ता-पाजामा है, बस !''

बल्लो सीढ़ियों से उतरकर नीचे आ गया था। आँगन में पूरा परिवार था। अम्माँ रसोई के दरवाज़े में खड़ी थीं। मुन्नी दालान के दरवाज़े में खड़ी थी। आँगन के बीच में बाबू और हरि आमने-सामने खड़े थे। एकाएक हरि पलटा और नीम की ओर बढ़ा। नीम के बगल में सीढ़ियाँ थीं। लेकिन हरि सीढ़ियों की ओर नहीं गया। वह विपरीत दिशा में गया जहाँ पानी के दो बड़े घड़े भरे रखे थे। उसने एक गिलास में लेकर पानी पिया और ख़ाली गिलास को भरे घड़े पर मार दिया। घड़ा फूट गया और पानी बहने लगा। हरि फिर सीढ़ियों की ओर बढ़ा। वह एक-एक करके सीढ़ियाँ चढ़ रहा

था जैसे उसे सीढ़ियों पर चढ़ने की कोई जल्दी न हो। जब वह छोटी अटारी में पहुँचा तो बल्लो उसके पीछे आ गया और उसने कहा--

"तू फ़िक्र न कर। तेरे कुर्ते-पाजामें का ख़र्च मैं दूँगा।"

आँगन में फूटे घड़े का पानी चारों ओर बह रहा था जिसके बीचोंबीच रामदयाल अकेले खड़े थे।

कोई घर एक-दूसरे को चाहनेवाले आदमी और औरत से ही शुरू होता है, लेकिन आहिस्ता-आहिस्ता उसमें सारा संसार समा जाता है। उल्फ़त ने शादी के बाद पाया कि बल्लो के घर-संसार में एक स्टोव, एक पतीली, एक पैन और एक टोस्टर के अलावा तीन चम्मच और चार काँच के गिलास थे। काँच के गिलासों को छोड़कर सब-कुछ विद्यार्थी-जीवन का अवशेष था, जिसे देखकर उल्फ़त बहुत हँसी थी। अगली सुबह वे अमीनाबाद गए थे। वे पहली बार अमीनाबाद के बाज़ार एक-साथ स्कूटर पर गए थे। अभी तक वे स्कूटर पर एक-साथ शहर की खुली जगहों और नदी के किनारों पर गए थे। पीछे की सीट पर लहराती उल्फ़त को लिए बल्लो का स्कूटर बड़ा इमामबाड़ा, छोटा इमामबाड़ा, रेज़ीडेंसी, चिड़ियाघर, शहीद-स्मारक और नीबू पार्क के आस-पास कई बार देखा गया था। गोमती ने शहर में अपने हर किनारे पर इस स्कूटर को देखा था और गोमती खिलखिलाती हुठ आगे बढ़ गई थी। गोमती जब हँसती थी तो उसके वक्ष पर धूप की किरनें फिसलती हुई चमचमाती थीं।

जाड़ों के एक इतवार को बल्लो का स्कूटर उल्फ़त को लिए अमीनाबाद के अंदर घुसा। स्कूटर स्टैंड पर खड़ा करके वे वापिस चौराहे पर आए और एक सड़क पर कुछ दूर चलकर एक ढाबे में घुस गए। उल्फ़त ने बताया कि इस ढाबे की बिरयानी लखनऊ-भर में मशहूर है। फिर उसने हँसते हुए जोड़ा कि तीन पीढ़ी पहले जब नवाब वाजिद अली शाह बहुत नाराज होते थे तो उनका बाचर्वी यहीं से बिरयानी मँगाकर उन्हें खिला देता था और वे बिरयानी खाते हुए हँसने लगते थे। जब बल्लो उल्फ़त का किताबी चेहरा ढाबे में एकटक देखता रहा तो उल्फ़त ने पूछा–"क्या देख रहे हो ?"

"किताब !"

"किताब ?"

"हाँ, अपनी क़िस्मत की किताब !"

उल्फ़त हँसती हुई बिरयानी खाने लगी। बल्लो ने बिरयानी खाते हुए कहा कि कल तुम्हें घर इससे अच्छी बिरयानी बनानी पड़ेगी। फिर उसने कहा कि यह बिरयानी वाकई ऐसी है कि दुखी वाजिद अली शाह हँस पड़ें। तब उल्फ़त बोली कि कल मैं ऐसी बिरयानी बनाऊँगी कि हँसता बल्लो रो पड़े। इसी बात पर हँसते हुए दोनों ढाबे से बाहर आए और उस ओर बढ़े जहाँ बर्तनों की दुकानें थीं।

जब बल्लो बर्तनों की गली से बाहर आया तो उसके दोनों हाथों में दो थैले थे जिनमें बर्तन भरे थे। उसने अपने झाँसी के घर में इतने बर्तन देखे ज़रूर थे, लेकिन वे एक बड़े बक्से में बंद रहते थे और किसी दावत के मौक़े पर ही निकाले जाते थे। रोज़ रसोई में इस्तेमाल होनेवाले बर्तन घर में व्यक्तियों के हिसाब से थे जैसे पुरुषों की टाँगों पर धारीदार जाँघिए का चलन था। घर में एक गिलास से दो लोगों का पानी पीना उतना ही सहज था जितना एक तौलिए से सबका बदन पोंछ लेना। इसीलिए दो लोगों के बीच दो थैलों में भरे बर्तन बल्लो की समझ में नहीं आ रहे थे यद्यपि वह जानता था कि यह उन मसलों में से था जिनकी न उसके लिए समझ ज़रूरी थी, न उल्फ़त के लिए उसकी राय।

रसोई बर्तनों से भर गई। हॉल में सोफ़ा-सेट से घिरी टी-टेबिल और डाइनिंग टेबिल को घेरे छः कुर्सियाँ सज गईं। बेडरूम में डबल-बेड आ गया। फ़र्नीचर उल्फ़त के अब्बा ने ज़बर्दस्ती भेजा था। हॉल की दो खुली अलमारियों में किताबें सजी थीं जो अलबत्ता बल्लो और उल्फ़त की साझा संपत्ति थी। यह साझापन बल्लो को बड़ा मनोहर लगता था। बल्लो और उल्फ़त के कपड़े इकट्टे गड्मड् पड़े रहते। वह अपनी बनियान ढूँढ़ता तो उल्फ़त की ब्रा उसके हाथ में आ जाती, अपने कुर्ते की जगह ज़नाना कुर्ता और अपने पाजामे के बजाय उल्फ़त की शलवार हाथ में झूलने लगती। एक बार सुबह-सुबह उसने अपना हाथ बिस्तर से उठाना चाहा, मगर उसके हाथ के साथ उल्फ़त का हाथ उठ आया जैसे दोनों हाथ जुड़वाँ हों।

बल्लो को कभी-कभी अचंभा होता कि उसका घर एकाएक इतना फैलकर कैसे भर गया जैसे एक पूरा संसार हो। वह अपना पुराना कमरा न छोड़ता यदि उसके साथ एक रसोई होती। उन्हीं दिनों एक शाम लव-लेन में एक सरदार ने उसका हाथ थाम लिया था और पूछा था—"क्या तुम बलराम हो ?" "हाँ", बल्लो ने कहा था। सरदार ने "ओए" कहकर उसे सीने से लगा लिया था। "तूने मुझे पहचाना नहीं ?" जब सरदार ने उससे पूछा तो उसने मुंडी हिला दी थी। "मनमोहन...मनमोहन सिंह", सरदार मुस्कराया था। बलराम हँसा था—

"तूने दाढ़ी का घूँघट खींच लिया है। मैं तुझे कैसे पहचानता ?"

वे इंटर तक एक साथ थे। उन दिनों मनमोहन लंबा, दुबला लगता था और उसकी ठोढ़ी पर कुछ बाल उग रहे थे। उसके पिता रेलवे को गिट्टियाँ सप्लाई करते थे, जीप में चलते थे, इंजीनियर को घूस देते थे और बेटे को इंजीनियर बनाना चाहते

थे। वे झोकन बाग में रहते थे। बल्लो मनमोहन के घर झोकन बाग गया था। वह घर नहीं, बँगला था जहाँ दूध-दही की नदियाँ बहती थीं। बँगले के आगे मैदान था जहाँ वे बैडमिंटन खेलते थे। मनमोहन इन दिनों डेसू में सहायक इंजीनियर था। उसके साथ एक गोरी, लंबी, मुस्कराती हुई स्त्री थी जिसका उसने इस तरह परिचय कराया, "नीतू...तुम्हारी भाभी !" फिर उसने पूछा था, "मेरी भाभी कहाँ है ?" रॉयल कैफ़े में कॉफ़ी पीते हुए बल्लो ने मनमोहन को बताया था कि मेरी शादी होनेवाली है और मैं मकान ढूँढ़ रहा हूँ।

"मकान मेरे पास है", मनमोहन ने हँसते हुए कहा था।

"कहाँ ?"

"मेरे मकान में !"

यह उसी मकान का आधा हिस्सा था, जिसमें मनमोहन पिछले हिस्से में रहता था। आँगन मनमोहन के हिस्से में था। बल्लो के हिस्से में बरामदा था, जिसे प्लाईवुड की दीवार से बंद कर दिया गया था। आँगन और बरामदे के बीच काठ का परदा था, जिसके आर-पार आवाज़ें गूँज जाती थीं। नीतू और उल्फ़त परदे के दोनों ओर खड़ी हुई आपस में बात कर लेतीं और मनमोहन अक्सर बल्लो से शाम को कहता—"ह्विस्की पीनी है तो इस तरफ आ जा। वरना मैं उधर रम पीने आता हूँ।"

इसे संयोग ही कहेंगे कि उल्फ़त और नीतू प्रसव के लिए एक-साथ फ़ातिमा हॉस्पिटल में दाख़िल हुईं और उल्फ़त ने बेटे को जना तथा नीतू ने बेटी को। बेटा कुछ घंटे पहले आया, बेटी कुछ घंटे बाद। उल्फ़त और नीतू के एक-साथ अस्पताल में रहने से बल्लो और मन को सुभीता रहा। एक जाता, दोनों को देख आता। फिर दूसरा दोनों की ज़रूरत की चीज़ें एक-साथ ले जाता। नर्सें भूल कर देतीं : बल्लो को नीतू का पति समझ बैठतीं और मनमोहन को उल्फ़त का। ऐसी भूलों पर नर्स को मिलाकर पाँचों लोग खूब हँसते। एक नर्स ने एक बार कहा कि अच्छा है कि नवजात शिशु एक नर है एक मादा, वरना बंबइया फ़िल्म की तरह बच्चे बदल जाते और किसी को पता भी न चलता। एक कार उधार लेकर दोनों एक-साथ नीतू और उल्फ़त को घर लाए। जब नीतू गेट खोलकर मकान के पिछले दरवाज़े की ओर जाने लगी तो मनमोहन हँसा, "देख ले, तेरी गोद में लड़की ही है न !"

"की फ़र्क़ पैंदा ए !" नीतू गर्दन पीछे मोड़कर मुस्कराई, "दोनों को एक ही घर में रहना है।"

लड़के का नाम कबीर रखा गया और लड़की का नाम प्रिया। प्रिया उल्फ़त का तर्जुमा था क्योंकि बल्लो ने मनमोहन को बताया था कि उसे अभी तक पता नहीं कि उसे पहले उल्फ़त के नाम ने खींचा था या चेहरे ने। इसके जवाब में मनमोहन ने कहा था कि नाम चेहरे पर लिखा होगा और दोनों हँसे थे। कबीर बल्लो का रखा नाम था। यह नाम उसने उसी अचंभे में रखा था, जिसमें उसने उल्फ़त का हाथ माँगा

था। बढ़े हुए हाथों के लिए उल्फ़त के मुसलमान होने का कोई मतलब नहीं था। उल्फ़त ईसाई, पारसी, यहूदी—कुछ भी हो सकती थी। उसका मुसलमान होना महज़ एक इत्तफ़ाक था जैसे बल्लो का हिंदू होना एक इत्तफ़ाक था। उल्फ़त रोज़ कुरआन पढ़ती थी, रोज़े रखती थी। ईद के दिन घर में सेंवईं बनतीं और वह अब्बा के घर जाती, फिर वह मौलवीगंज जाती, जहाँ उसके रिश्तेदार रहते थे। बल्लो उसके साथ जाता। उल्फ़त कबीर को गोद में लेकर स्कूटर पर पीछे बैठ जाती और बल्लो स्कूटर स्टार्ट करता।

कबीर के आने से बल्लो हैरत में आ गया था। उसे अभी तक पता नहीं था कि रामदयाल उसे कितना चाहते होंगे। कबीर आया तो पता चला। केवल रामदयाल की बात नहीं थी। रामदयाल को देवकीप्रसाद उसी तरह चाहते होंगे और देवकीप्रसाद को सियारामसिंह भी उसी तरह चाहते होंगे, जिन्हें अंग्रेज़ों ने सन् 1858 में मारकर घर के सामने पेड़ पर लटका दिया था। यह चाहने की डोर पितामह सियारामसिंह की पेड़ से उल्टी लटकी मृत देह तक पिछली सदी में पहुँची तो बल्लो सचमुच सकते में आ गया। कबीर एक ओर बल्लो को सदी पार ले गया, दूसरी ओर उसने उल्फ़त से बँधी बल्लो की गाँठ को और कस दिया। वह यह सोचकर हँसा था कि उसने सोचा था कि और कसने की गुंजाइश नहीं है। कबीर जब घर में घुटनों के बल एक कमरे से दूसरे कमरे और दूसरे कमरे से बरामदे में किलकारियाँ मारते हुए दौड़ता तो बल्लो के भीतर कोई गाँठ और कस जाती। उल्फ़त कबीर को देखती, फिर बल्लो को।

कभी-कभी कबीर और प्रिया की किलक़ारियों में फ़र्क करना मुश्किल हो जाता था। एक काठ के परदे के एक ओर हँसता, दूसरी ओर उसकी हँसी गूँजने लगती। कई बार ऐसा होता कि परदे के एक ओर बच्चा रोता और परदे के दूसरी ओर माँ दौड़ पड़ती। माँएँ लाड़ में कभी-कभी लड़के को लड़की की तरह फ्रॉक और रिबन से सजा देतीं और लड़की को निकर-कमीज़ पहना देतीं, फिर बातों-बातों में भूलकर एक-दूसरे के बच्चे को गोद में लिटाकर अपनी ब्रा खोलकर दूध पिलाने लगतीं। फिर गलती समझ में आने पर वे हँसती रहतीं और दूध पिलाती रहतीं। कौन किसका दरूध पीकर कितना बड़ा हुआ, किसी को पता नहीं था। किसी को यह भी पता नहीं था कि कौन किस घर में बड़ा हो रहा है। कबीर और प्रिया दिन-भर एक-साथ खेलते और एक-सा खाते—कभी परदे के एक ओर इस घर में, कभी परदे के दूसरी ओर उस घर में। दोनों माँओं को आश्चर्य होता कि दोनों बच्चे एक-साथ खेलते हुए थककर सो भी जाते। फिर एक-साथ उठकर खाना माँगते जैसे जुड़वाँ हों।

जब बच्चे दौड़ने लगे तो छुट्टियों में दोनों परिवार पिकनिक पर निकल जाते। कभी वे रेज़ीडेंसी जाते, कभी इमामबाड़ा, कभी और आगे नीबू के बाग़ों में बच्चों

के साथ दौड़ते। शहीद स्मारक के लॉन में पूड़ियाँ और कबाब खाकर और कॉफ़ी पीकर वे एक नाव में बैठ जाते और उँगलियों से बच्चों को दिखाते, "देखो, वो शहीद स्मारक, वो क्लार्क-अवध और वो नदी पर पुल।" जाड़ों की धूप में नाव के दोनों ओर धूप में बिखरे पुलों को देखते हुए एक बार कबीर ने पूछा था :

"एक नदी पर कितने पुल होते हैं ?"

"नदी को नहीं मालूम", उल्फ़त कहकर हँसी थी।

फिर उसने जोड़ा था, "देखो, पुल के पास पानी कैसे चमकता है !"

"जैसे खिलखिला रहा हो", प्रिया खिलखिलाई थी।

बच्चे चिड़ियाघर पर फ़िदा थे। प्रिया लौटने को तैयार नहीं होती थी। जब अँधेरा घिरने लगता, लोग जाने लगते तो वह कहती, अब यहाँ ख़रगोश और बंदर और चिड़िया कैसे अकेली रहेंगी, मैं भी उन्हीं के साथ रहूँगी। वह घास पर लेट जाती और कहती, मैं चिड़िया हूँ। रंगीन फ्रॉक़ पहने हुए वह घास पर बैठी बड़ी-सी चिड़िया ही लगती, जो अभी फुर्र-से आकाश में उड़ जाएगी, दिन में वे छुक-छुक रेलगाड़ी से चिड़ियाघर का चक्कर लगाते और शेर, भालू, हाथी, हिरन, बंदरों और मछलियों को निहारते। उन्हें बहुत खुशी होती कि धरती पर उनके साथ इतने भिन्न-भिन्न क़िस्म के प्राणीं हैं, जो उन्हीं के साथ रहते हैं। उनके कौतूहल की कोई सीमा नहीं थी। वे हर नए जीव के साथ बार-बार जन्म लेकर हँसते रहते। बच्चों को इतना खुश देखकर बड़ों की खुशी बढ़ जाती। चिड़ियाघर से लौटकर एक शाम मनमोहन ने बल्लो को अपना घर खोलने को मना कर दिया और सब पीछे वाले घर में चले गए। हॉल में सब कालीन पर बैठ गए और मनमोहन ने ह्विस्की की बोतल खोली। उसने एक-एक पैग उल्फ़त और नीतू को भी ज़बरदस्ती दिया। कबीर और प्रिया साँप-सीढ़ी के खेल में मगन थे।

उसी रात अपने कमरे में बल्लो और उल्फ़त एक चादर के नीचे नंगे लेटे थे। अँधेरा था। उनके फेफड़े धौंकनी की तरह चलकर अब सम पर आ गए थे—जैसे आग के कोयले जल चुके हों। बल्लो ने एक सिगरेट सुलगा ली थी और उल्फ़त से पूछा था—"पियोगी ?"

"नहीं", उल्फ़त ने कहा। फिर उसने कहा, "सुनो।"

उसने छत का अँधेरा देखते हुए कहा, "हाँ।"

"आज मुझे वह फिर दिखा था।"

"कौन ?"

"वही सामने मैदान के अँधेरे में...सफ़ेद लबादे में..." उल्फ़त की आवाज़ ठंडी थी।

बल्लो का ठहाका कमरे में गूँज गया।

"तुमने क्या दूसरी बार शराब ली थी ?" उसने पूछा।

"नहीं", उल्फ़त बोली।

"लगता है, तुम अभी नशे में हो।"

"नहीं, सच कह रही हूँ", उल्फ़त का स्वर और ठंडा हो गया था।

असल में उसकी अँधेरे में खुली आँखों के सामने शाम का दृश्य एक बार फिर घूम गया था। आगे मनमोहन की मोटर-साइकिल थी। पीछे बल्लो का स्कूटर था। मोटर साइकिल मुख्य सड़क से पोस्ट ऑफ़िस के बगल में सड़क पर दाईं ओर घूमी थी और तेज़ ख़ाली सड़क पर आगे बढ़ गई थी। इस सड़क पर रोशनी नहीं थी। बीच सड़क पर उल्फ़त को सामने मैदान के अँधेरे में वह छाया दिखी थी। छाया आदमी से दुगनी बड़ी थी और उसका चलना पानी में चलने की तरह था। अँधेरा कुछ देर पहले ही धरती पर गिरा था और पोस्ट ऑफ़िस के पीछे ख़ाली चौकोर मैदान में इकट्ठा हो गया था। अँधेरे और आकाश के बीच वह सफ़ेद, लंबी छाया घूम रही थी। मैदान के तीन ओर मकानों में कुछ रोशनी थी। आकाश में इक्का-दुक्का तारे निकल आए थे। अलबत्ता मैदान के अँधेरे में सफ़ेद छाया थी जिसका कोई चेहरा नहीं था।

बल्लो ने ऐश-ट्रे में सिगरेट बुझाकर कहा–"लेकिन जब हम लौटे तब शाम थी। अँधेरा नहीं हुआ था।"

"मैदान में अँधेरा था।"

बल्लो जानता था, उसके पास कोई जवाब नहीं है। वह भूत पर इसलिए हँस सकता था, क्योंकि उसने भूत देखा नहीं था। बचपन में जब वह गाँव जाता था, गाँव में अँधेरे की कमी नहीं थी। हर तरफ़ अँधेरा था। गलियों में अँधेरा था। गाँव के बाहर पेड़ों में अँधेरा था। गाँव के भीतर पेड़ों में अँधेरा था। घरों के अंदर अँधेरा था। घरों के बाहर अँधेरा था। दो-चार बार बल्लो को शक भी हुआ था। मगर पास जाने पर पेड़ का ठूंठ नज़र आया था या आँगन की हवा में खाट पर हिलती चादर नज़र आई। भूत कहीं नहीं था। हर जगह भूत का डर था। उल्फ़त का कहना था कि उसने छोटी उमर से ही भूत देखा है जैसे बच्चे समुद्र या पहाड़ देखते हैं। उसके अब्बा लखनऊ आने से पहले फ़ैज़ाबाद में थे और फ़ैज़ाबाद के पहले बुलंदशहर में थे, जहाँ उल्फ़त का बचपन बीता था। फ़ैज़ाबाद और बुलंदशहर–दोनों शहरों के मकानों में उल्फ़त ने भूत देखे थे। बुलंदशहर में उसने अब्बा से शिकायत की थी। अब्बा ने घर बदला था। मगर असबाब के साथ भूत भी नए घर में आ गया था। फ़ैज़ाबाद में उसने अब्बा से शिकायत नहीं की थी क्योंकि उल्फ़त अब कुछ बड़ी हो गई थी, उसकी अम्मी का इंतक़ाल हो गया था और वह समझ गई थी कि घर बदलने से भूत नहीं भागता।

उल्फ़त ने भूत अपने घर में ही नहीं देखा था। दूसरों के घरों में भी देखा था। उसने भूत-दर्शन के क़िस्से बल्लो को सुनाए थे। एक उसके मामूजान की लड़की की शादी की स्मृति थी। जब वह भीतर के किसी कमरे में किसी को बुलाने गई थी और साथ में जो कमरे की दहलीज़ तक आया उसके पाँव उल्टे थे। जब उल्फ़त ने उसके पैरों पर नज़र डाली तो वह हँसा और हवा में ग़ायब हो गया। "ज़रूर कोई लड़का होगा", बल्लो ने हँसते हुए कहा था, "जो तुम्हारा बोसा लेकर हवा में घूम गया होगा"। एक क़िस्सा अलीगढ़ में उसकी ख़ाला की मौत का था। जब अलीगढ़ में घर के आगे ताँगा रुकवाकर उसके अब्बा सड़क के खंभे की रोशनी में ताँगेवाले को देने के लिए पैसे गिनने लगे तो उल्फ़त घर के अंदर चली गई जहाँ वही ख़ाला मुस्कराती हुई उसे गले लगाने को आगे बढ़ीं जिनकी मौत हो चुकी थी।

उल्फ़त को इस बात का भरोसा था कि न उसके अब्बा को भूत दिखता था और न बल्लो को। उसको इस बात का भी भरोसा था कि उसने अपने मकान में कोई भूत नहीं देखा था। उसने बल्लो को बताया कि पोस्ट ऑफ़िस के पीछे मैदान के सामने जो गुप्ताजी की आलीशान कोठी है, उसके ऊपर सीताराम की मूर्ति बाद में इसलिए बनाई गई क्योंकि सेठानी को रोज़ रात को मैदान में भूत दिखाई देता था। जब से मूर्ति बनी और मूर्ति पर सौ पावर का बल्ब लगा, सेठानी को भूत नहीं दिखाई देता। अलबत्ता सीताराम की मूर्ति के नीचे आलीशान कोठी सबको दिखाई देती थी।

"मुझे ही भूत क्यों दिखाई देता है ?" उल्फ़त ठुनकी।

बल्लो ने उसे सीने से लगा लिया। सीने में भट्टी थी। उनकी तेज़ साँसों से भट्टी सुलगने लगी। उन्हें लगा कि देह उनका आख़िरी छोर है। देहों के आगे कुछ नहीं है।

"दादा"

"हाँ"

"क्या आपने कभी भूत देखा है ?"

दादा हँसे, "नहीं, क्या तुमने देखा है ?"

"नहीं"

"फिर ?"

"उल्फ़त कभी-कभी भूत देखती है।"

बल्लो और दादा आमने-सामने कॉफ़ी-हाउस की कोने की मेज़ पर बैठे थे। शाम का अँधेरा शुरू हो गया था। धनीराम वेटर ने ट्यूब जला दी थी। अभी अँधेरा इतना गहरा नहीं था कि ट्यूब चमकने लगे। बल्लो ने बताया था कि झाँसी में भूत

का इलाज मोहल्ले के मंदिर के पुजारीजी से झड़वाना है। हाथ में नीम की पत्तियों की शाख लेकर पुजारीजी मंदिर के अंदर मंत्र पढ़ते थे और भूत भाग जाता था। जब बल्लो ने बताया कि बचपन में उसने पुजारीजी को भूत ही नहीं रोग भी नीम की पत्तियों और मंत्र से भगाते देखा है तो दादा हँसने लगे।

"आपको विश्वास नहीं होता ?" बल्लो ने कहा, "अब मुझे भी नहीं होता।"

ट्यूब अचानक बुझ गई। कोने में अँधेरा छा गया।

बल्लो ने फिर कहा—"लेकिन रोगी को तब भी भरोसा था, आज भी भरोसा है।"

अँधेरे में कॉमरेड और कवि मेज़ की दो ख़ाली कुर्सियों पर आकर बैठ गए। वे बैठे और मुस्कराए और ट्यूब फिर जल गई, जैसे कॉमरेड और कवि की मुसकान से जली हो। कॉमरेड की काली दाढ़ी-मूँछ से घिरी मुस्कान कुछ रहस्यमयी थी, कवि की मुस्कान साफ़, सफ़ाचट थी। दोनों गोरे और कद्दावर थे। कवि उन्नीस था—वह नौ होता तो भी काम चल जाता।

जब दादा ने दोनों से पूछा कि क्या तुमने भूत देखा है तो दोनों ठहाका मारकर हँसे।

कॉमरेड का नाम राजकुमार दुबे था, यद्यपि लोग उसे कॉमरेड के नाम से ही पुकारते थे। कॉमरेड के बारे में मशहूर था कि वह गाज़ीपुर के एक प्रसिद्ध भूतपूर्व ज़मींदार घराने का है, जो अब भी समृद्ध था। जब एक बार कॉफ़ी-हाउस में किसी ने पूछा कि कॉमरेड, तुम्हारी गाज़ीपुर की कोठी में कितने कमरे हैं तो कॉमरेड ने पहले तो यह सफ़ाई दी कि कोठी मेरी नहीं, मेरे पिता की है और फिर वह आँखें आधी बंद करके उँगलियों पर कमरे गिनने लगा। वह कमरे गिन न सका। उसने कहा कि अगली बार घर गया तो गिनकर बताऊँगा।

"घर ?" प्रश्नकर्ता ने पूछा, "किसका घर ?"

"मेरे पिता का !" कॉमरेड हँसा था।

कॉमरेड पूर्णकालिक कॉमरेड था। वह क्रांति को समर्पित था। उसकी रसद और ख़र्च घर से आता था और उसका खाना उसका नौकर बनाता था, जो घर से ही आया था। लखनऊ में उसका घर इंदिरानगर का एक एम.आई.जी. था, जिसे लोग परिहास में 'क्रांति-निवास' कह देते। उसे गंभीर आपत्ति थी। उसका कहना था कि क्रांति एम.आई.जी. यानी मध्यवर्गीय घर में नहीं रह सकती। रहना भी चाहे तो भी नहीं रह सकती। क्रांति कभी रह ही नहीं सकती क्योंकि क्रांति एक गतिशील प्रक्रिया है, बहता पानी है। मध्यवर्गीय घर में रहनेवाला उसे एक बार छू भर लेगा बस... और क्रांति की नदी घर पीछे छोड़कर आगे बढ़ जाएगी।

कॉमरेड ने जे.एन.यू. से एम.फिल. किया था। यद्यपि अभी उसके सारे बाल काले थे और चेहरे पर देवता जैसा तेज था, मगर वह अपने को पुराना मार्क्सवादी

कहता था। वह फ़िडेल कैस्ट्रो का अनन्य भक्त था। उसी की तरह वह सदा दाढ़ी और जींस पहनता था। उसका कहना था कि भारत को एक बहुत बड़ा फ़ायदा है : अमरीका से इतनी दूरी ! भारत की धरती पर मार्क्स का सपना ज़रूर साकार होगा। बाधा क्या है ? दादा पूछते। हमारा रहस्यवादी अद्वैत, कॉमरेड कहता, जिससे सनातनी प्रतिक्रियावादी रूढ़ियाँ जुड़ीं हैं, सारा शोषण जुड़ा है।

"तो शोषण ख़त्म करो", दादा कहते, "अद्वैत में हमारी आत्मा है।"

"अद्वैत से शोषण जुड़ा है।"

"क्या कबीर और निराला के बिना भारत रहेगा ?" कवि पूछता।

सन्नाटा छा जाता।

दादा की संजीदा आवाज़ उभरती, "असल में शोषण अद्वैत से नहीं जुड़ा है, बल्कि हमारी कुछ सड़ी परम्पराओं से जुड़ा है, उन्हें तोड़ो। अद्वैत का समतावाद मार्क्सवाद के समतावाद से गहरा है।"

कॉमरेड कुछ व्यंग्य से मुस्कराते हुए ऊपर देखता।

कवि कहता, "कहते हैं कि सारा ब्रह्मांड हाइड्रोजन और हीलीयम गैसों से शुरू हुआ था। यानी पेड़, पहाड़, हम, यह मेज़, कुर्सी, कॉफ़ी का प्याला, सिगरेट और छत जहाँ तुम दार्शनिक दृष्टि से देख रहे हो—सभी मूलरूप से हाइड्रोजन हैं, बस। यह अद्वैत भयावह है !"

जब कॉमरेड की नज़र सामने आ जाती तो दादा कहते, "आत्मा को छेड़ना ख़तरनाक है। आदमी मर जाएगा। रूढ़ियों को तोड़ो।"

बहस कभी ख़त्म नहीं होती थी। इधर-उधर मुड़ जाती थी। कभी-कभी लोग उसे अपने घरों में ले जाते। कॉमरेड को कोई शंका नहीं थी। इसीलिए तर्कों की कमी नहीं थी। वह दादा की बात सिगरेट के धुएँ के छल्लों के साथ अपनी आत्मा की अवधारणा में ही उड़ा देता : आत्मा भौतिक शरीर का एक हिस्सा थी, कोई स्वतंत्र, सार्वभौम लौ नहीं थी। फिर वह नौकर को एक कप चाय बनाने को कहता। कॉमरेड अविवाहित था। कोई यह विषय छेड़ता तो वह मुस्कराने लगता। कोई दिल्ली से ख़बर लाया था कि माधुरी मुखर्जी नाम की लड़की से जे.एन.यू. में उसका घनघोर प्रेम चला था। मगर माधुरी मुखर्जी ने अन्ततः अभिजीत बनर्जी से ब्याह रचा लिया था और अमरीका चली गई थी क्योंकि अभिजीत आई.एफ.एस. में चुना गया था और उसकी पहली पोस्टिंग वाशिंगटन डी.सी. थी। यह भी सुना गया था कि अब कॉमरेड दुबे का इश्क़ कॉमरेड प्रीतम लीना पांडे से चल रहा था जिससे उसकी मुलाक़ातें पार्टी के काम के तहत होती रहतीं थीं। कॉमरेड पटना-मुज़फ़्फ़रपुर खूब जाता था जहाँ प्रीतम लीना काम करती थी। प्रीतम लीना जब लखनऊ आती, वह कॉमरेड दुबे के साथ ही रुकती। एक बार जब कवि ने कॉमरेड से इस बाबत अपनी जिज्ञासा प्रकट की तो कॉमरेड ने भारी आवाज़ में कहा :

"प्रेम और क्रांति की चाह एक-जैसी होती है।"

"तुम पटना प्रेम के लिए जाते हो", कवि ने पूछा, "या क्रांति के लिए ?"

"दोनों को अलगाया नहीं जा सकता।"

"मुझे लगता है", कवि ने कहा, "कि प्रेम के लिए तुम्हें प्रेमिका के पास जाना चाहिए और क्रांति के लिए लोगों के पास।"

कॉमरेड विधान सभा के सामने, राजभवन के पीछे और हज़रतगंज की सड़कों पर कंधे पर थैला लटकाए ऐसे चलता था जैसे उसकी ज़िंदगी एक ज़रूरी काम हो।

इसी बीच सबने कॉफ़ी पी ली थी और फिर सिगरेटें सुलगा ली थीं। बल्लो के दिमाग़ में मैदान का भूत चल रहा था। उसने फिर भूत के विषय को उठाने का प्रयास किया, मगर कवि ने उसे सिगरेट के धुएँ और हँसी में उड़ा दिया। उसने धुआँ उड़ाते हुए कहा कि बताओ कौन है जो भूत नहीं देखता ! भविष्य को सँवारने के लिए भी भूत को देखना ज़रूरी है।

कवि का नाम अमरेंद्र था। इसके आगे या पीछे यदि कुछ था तो किसी को मालूम नहीं था। उससे पूछने पर वह चिढ़ जाता था। उसका कहना था कि कॉमरेड रामकुमार दुबे के नाम में अंतर्विरोध है। कॉमरेड दुबे कैसे हो सकता है ? यह जातिवाद है। जातिवादी मार्क्सवादी कैसे हो सकता है ? वह पूछता। अमरेंद्र '70 के आस-पास अकवि था। उसने लांड्री की रसीद, बाटा के बिल और परचून के पुर्जे को कविता में तब्दील कर दिया था। तब उसने कहा था कि यही जीवन का यथार्थ है और यदि कविता यहाँ नहीं है तो कहीं नहीं है। क्या ये कविता का महाभारत हैं : ये कपड़े, जूते और हल्दी-मिर्चे के पुर्जे ? किसी ने पूछा था। हाँ, ये महाभारत है, जो यहाँ नहीं है, कहीं नहीं है, अमरेंद्र ने कहा था। फिर जब जनवाद का ज़माना आया तो उसने कविता में जनवाद का झंडा उठाया। उसने हिंदी में अंतर्राष्ट्रीय जनवाद की गुहार लगाई और वियतनाम पर कविता लिखी। उन दिनों उसके सिर पर ऐसा जुनून सवार था कि दादा यदि न रोकते तो वह अपनी कविता पढ़ता हुआ वियतनाम चला जाता।

"कवि, यह क्या ?" दादा ने पूछा था।

"वक्त का साथ दे रहा हूँ, दादा", उसने कहा था, "जो वक्त के साथ नहीं है, वक्त उसे ख़ारिज कर देता है।"

"ऐसाऽऽ ?" दादा कुछ देर सोचते रहे थे। फिर उन्होंने चश्में में आँखें घुमाते हुए कहा था, "कुछ लोग अवसरवाद की भी यही परिभाषा देंगे।"

कॉमरेड की तरह अमरेंद्र भी कोई नौकरी नहीं करता था। जबकि कॉमरेड का नौकर और ख़र्च उसके पिता के घर से आता था, अमरेंद्र का कहना था कि ये शहर के टी.वी., रेडियो और अख़बार—सब उसके नौकर हैं। बिना मेरी वाणी के, वह कहता, ये चल नहीं सकते। विशेषकर टी.वी. पर उसकी बहुत माँग थी। उसका गोरा-चिट्टा

शरीर, सफ़ाचट चेहरा, घुँघराले बाल और भारी आवाज़ टी.वी. के परदे पर खूब फबते। वह टी.वी. पर कभी कविताएँ सुनाता, कभी साहित्य पर बोलता, कभी राजनीति पर, कभी नारी पर, कभी बच्चों पर, कभी ज्योतिष पर, कभी लखनऊ की मिठाइयों पर। एक बार वह लखनऊ के हिजड़ों पर भी टी.वी. पर बोला था। ग़रज़ ये कि ब्रह्मांड में कोई ऐसा विषय नहीं था जिस पर टी.वी. की राय न हो और उस राय में अमरेंद्र की शिरकत न हो। जब कॉमरेड एतराज़ करता तो कवि हँसकर कहता, मेरे भाई, मेरी रसद गाँव से नहीं आती, मैं टी.वी. का रुपया गाँव भेजता हूँ।

अमरेंद्र स्थानीय दैनिक में साप्ताहिक कॉलम लिखता था, जो खूब पढ़ा जाता था। वह सनातन विपक्ष में था। प्रतिष्ठान से उसका जन्मजात बैर था। कभी-कभी यह ज़रूर होता कि उसके घोर वामपंथ की सुई दक्षिणपंथी हितों की ओर इंगित करने लगती। कुछ लोग व्यंग्य करते कि उसकी उग्र वामपंथी मुद्रा असल में मध्यवर्गीय रोज़ी का साधन थी : वह प्रतिष्ठान को धमकाकर उसे दुह लेता था। सबूत सड़क पर घूमता था। अमरेंद्र सेकेंड-हैंड फ़िएट पर चलता था, जिसकी पीछे की सीट पर कभी-कभी उसका कुत्ता भी होता था। उसका कुत्ता अल्सेशियन था, जिससे वह शुद्ध हिंदी में बात करता था। कुत्ते का नाम हीरा था। हीरा उसका पारिवारिक सदस्य था। वह उसे परिवार का प्यार देता था। सारा परिवार खाने की मेज़ पर एक-साथ बैठकर खाना खाता था।

पत्रकार की हैसियत से अमरेंद्र डॉलीबाग के एक सरकारी फ़्लैट में रहता था जिसका किराया देना उसके लिए ज़रूरी नहीं था। जिस कॉलोनी में उसका पहली मंज़िल का फ़्लैट था, उसमें बहुत से आला सरकारी अफ़सर भी किराया देकर रहते थे। उसका कहना था कि बुर्जुआ व्यवस्था का एक जनवादी लेखक से किराया वसूलना शोषण है। जब कॉमरेड ताना मारता कि जनवादी लेखक न मोटर पर चलता है, न कुत्ते को मोटर पर घुमाता है तो अमरेंद्र साम्यवादी देशों के उन नेताओं के नाम गिनाने लगता जो मोटर पर चलते हैं और कुत्ते को प्यार करते हैं।

अमरेंद्र के परिवार में हीरा के अलावा दो पुत्रियाँ थीं : उषा और निशा। कॉफ़ी-हाउस में लोगों का कहना था कि यदि तीसरी भी लड़की हुई तो चौथा बच्चा भी होगा क्योंकि पुत्र के बिना परिवार परिपूर्ण नहीं होगा। फिर उस नारे का क्या होगा, जिसकी वजह से देश से इमर्जेंसी गई थी ? कोई पूछता। कवि दिन-रात देश की ही चिंता करता है—कोई हँसकर कह देता।

कुर्सी घसीटते और मुस्कराते हुए रायबहादुर रिपु दमन सिंह दादा की कोने की मेज़ की ओर आए। कवि और कॉमरेड की कुर्सियों के बीच अपनी कुर्सी रखकर उस पर बैठते हुए उन्होंने कहा :

''क्या मसला है ?''

''भूत'', दादा बोले।

रायबहादुर हँसे। रायबहादुर स्वयं रायबहादुर नहीं थे। उनके पिता अंग्रेज़ों के ज़माने में रायबहादुर थे। मगर रिपुदमन सिंह भी रायबहादुर ही कहलाते थे। रायबहादुर के ख़िताब की पैरवी उनका नाम और मूँछें करतीं थीं। उनकी मूँछें काली थीं। बाल काले थे। वे चश्मा नहीं लगाते थे। उनके चेहरे पर कोई शिकन नहीं थी। वेटरों ने उन्हें पिछले तीस सालों से इसी तरह देखा था। वेटर बूढ़े होकर रिटायर होते जाते थे और जाते हुए नए वेटरों को बताते जाते थे : रायबहादुर अपरिवर्तनशील थे, उन्हें जवान या बूढ़ा कहना बेमानी था। वेटर बताते कि रायबहादुर डॉ. राम मनोहर लोहिया के साथ कॉफ़ी-हाउस की मेज़ पर बैठते थे और देखिए, अभी दादा की मेज़ पर बैठे हैं !

दादा रायबहादुर को देख रहे थे। रायबहादुर ऐसा आईना थे जिसमें बुढ़ाते लोग अपनी उदासी पढ़ सकते थे। दादा को रिटायर होने को पाँच साल बाकी थे, लेकिन वे अपने चेहरे में झुर्रियों की आहट सुनने लगे थे। आईना सामने आया तो आहटें फिर बोलीं। दादा इस बार अपने को रोक न सके। रायबहादुर की आँखों में आँखें डालकर उन्होंने पूछा–

"रायबहादुर, एक बात बताओ।"

"पूछो"

"तुम्हारी असली उम्र क्या है ?"

"असली उम्र नहीं मालूम !" रायबहादुर हँसे।

"फिर कौन-सी उम्र मालूम है ?"

"बरसों की संख्या मालूम है।"

"क्या संख्या है ?"

"85। अंक उलट दो तो 58 हो जाती है। सब अंकों का खेल है।"

बल्लो ने पत्ता फेंका–"क्या कोई अंकों से जीता है ?"

रायबहादुर हँसे–"यही तो मैं कहता हूँ।"

"आदमी", दादा ने छत की ओर अँधेरे में देखते हुए कहा, "अंकों से हारता है।"

रायबहादुर फिर हँसे–"अंकों के भूत से दुनिया चल रही है।"

"एक और भूत !" बल्लो बोला, लेकिन उसके गले से हल्की-सी चीख़ निकली।

"कोई हवा, पानी, पेड़ों और चिड़ियों की उम्र नहीं पूछता।" कवि ने कहा जैसे एक गहरी साँस ली हो।

उस शाम जब वे कॉफ़ी-हाउस की मेज़ से उठे तो बल्लो ने सबको अगली शाम अपने घर आने का न्यौता दिया और बताया कि कल कबीर की सातवीं सालगिरह है। वे

कॉफ़ी-हाउस के नीम-उजाले से बाहर आए और कुछ देर पत्र-पत्रिकाओं के स्टॉल पर खड़े ज़मीन पर फैली पत्रिकाओं के आवरणों की ओर निहारते रहे : ज़मीन पर नेताओं, अभिनेताओं और अभिनेत्रियों के चेहरे थे, जो अलग-अलग मुद्राओं में ज़मींदोज़ लगते थे। जब उन्होंने ज़मीन से अपनी नज़रें उठाईं तो नज़रें डोर पर टंगी अभिनेत्रियों की बड़ी-बड़ी तस्वीरों में उलझ गईं : मधुबाला, नरगिस और मीनाकुमारी की तस्वीरें थीं। उनके मर जाने से कोई फ़र्क़ नहीं पड़ता था।

बरामदे के बाहर हज़रतगंज की रोशनियों की छटा थी, जिनके बीच आसमान नंगा था।

सालगिरह का इंतज़ाम छत पर था। यह दुहरी सालगिरह थी। कबीर और प्रिया दोनों के सात वर्ष पूरे हुए थे। कबीर को भांगड़े की तहमद और कुर्ता नीतू ने पहनाया था। उल्फ़त ने प्रिया को गरारा और कमीज़ पहनाकर दुपट्टा डाल दिया थ। दोनों को पिछले कुछ दिनों से भाँगड़ा नाचना मनमोहन सिखा रहा था। दोनों छत के बीच ऐसे नाच रहे थे जैसे पंजाब के किसी गाँव के चौबारे में नाच रहे हों और गाँव रावी के किनारे हो। उन्हें घेरे लोग चारों ओर बैठे थे और तालियाँ बजा रहे थे।

छत पर सौ-सौ के दो बल्ब लगा दिए गए थे और दोनों ओर दो पेडेस्टल पंखें रखे थे जो घूम रहे थे। कब अँधेरा हो गया और बल्ब चमकने लगे, किसी को पता नहीं चला। गर्मियों की शाम थी। हवा में हल्की-सी गोबर की गंध थी, जो नीचे से आ रही थी। मकान के बगल में प्लॉट ख़ाली था, जिसमें दूधवाले की गाय-भैंसें बंधी रहती थीं। गाय-भैंसों की गंध को केवड़े की गंध से मारने की कोशिश की गई थी। फिर भी गोबर-गंध कभी-कभी हवा में उभर आती थी।

छत पर छाया आसमान उज्जवल था। तारे शायद कबीर-प्रिया का नाच देखकर मुस्करा रहे थे। तभी मनमोहन और नीतू कबीर-प्रिया के लिबास में उनके साथ नाचने लगे। उनके नाच में लहलहाती फ़सलें और नदी का उमड़ता हुआ पानी था और नीला आकाश था जिसमें तारे चमक रहे थे। कोई ढोल भी बजाने लगा था। दोनों जोड़ों को देखकर पता नहीं चलता था कि कबीर-प्रिया अपने युवा स्वप्न के साथ नाच रहे हैं या मनमोहन-नीतू अपने बाल-स्वप्न के साथ। मुस्कराते आकाश के लिए धरती के दो-तीन दशक आँख झपकने की तरह थे।

पता नहीं ढोल की आवाज़ थी या छत की वल्ले-वल्ले थी जिससे आस-पास के मकानों की छतों पर लोग घिर आए और तालियाँ बजाने लगे। यों छत पर इतना उजाला था कि मनमोहन और नीतू की नाचती जोड़ी दूर-दूर तक साफ़ नज़र आ रही थी। जिस सरदार और सरदारनी को लोगों ने मोटर-साइकिल पर आते-जाते देखा था, उन्हें मुक्त भाँगड़ा नाचते देखना दिलकश था। लोग ऐसे हँस रहे थे जैसे खुले आकाश के नाट्य-गृह में बैठे हों।

सुबह मनमोहन की आँख ही नहीं खुल रही थी। नीतू ने बार-बार जगाया।

वह अचानक हड़बड़ाकर उठा, घड़ी देखी और फ़टाफ़ट तैयार होकर भागा। मगर जिस तरह वह भागकर गया था, उसी तरह भागकर वापिस आ गया।

"क्या हुआ ?" नीतू ने पूछा।

"इंदिरा गाँधी की हत्या हो गई", मनमोहन ने कहा।

"क्याऽऽ ?" नीतू चीख़ी।

"उनके सिख बॉडीगार्ड ने ही हत्या की।"

-"अच्छाऽऽ"

"दिल्ली में दंगा हो गया। आग हर जगह फैलेगी। लोगों ने मुझसे कहा, फ़ौरन घर जाओ।"

नीतू ने घर के सारे दरवाज़े बंद कर लिए। उसे तसल्ली थी कि प्रिया घर में है क्योंकि उसके स्कूल की छुट्टी थी।

जैसे-जैसे घड़ियाँ घूमीं और अफ़वाहें फैलीं, नीतू का अफ़सोस बढ़ता गया। अफ़सोस रात को छत पपर भाँगड़ा नाचने का था मानो स्टेडियम में कोई प्रदर्शन किया हो और पूरे शहर ने देखा हो : लो, देखो, एक सिख अपनी बीवी की कमर में बाहें डाले मस्त नाच रहा है...वल्ले-वल्ले। स्टेडियम में अँधेरा था और मंच पर सौ-सौ के दो जुड़वाँ बल्ब जल रहे थे। हवा में हरा साफ़ा और लाल चुनरी या नीली तहमद और पीली शलवार लहरा जाते जैसे कोई सागर की रंगीन लहर हो। उल्लास हँसते चेहरों पर चमकने लगता। यही अफ़सोस था। क्या ज़रूरत थी सालगिरह मनाने की ? वह मनमोहन से दिन-रात झगड़ी। और सालगिरह मनानी ही थी तो आँगन में चुपचाप आपस में मना लेते उसे छत के स्टेडियम पर ले जाकर सार्वजनिक बनाने की क्या ज़रूरत थी ? और छत पर गर्मी की वजह से चले ही गए थे तो कुछ नाश्ता-पानी कर लेते, बस। नहीं जी, पूरा भाँगड़ा होगा। लखनऊ की छत पर रावी और चिनाब को ले आएँगे ! पूरा पंजाब ले आएँगे ! नीतू की आँखों में आँसू आ जाते और नए-नए डर उभरते जैसे अफ़वाहों का सैलाब घर में घुसता।

अफ़वाहें दिल्ली और कानपुर में सिखों के घर और शरीर जला दिए जाने की थीं। गर्मियों की दोपहर में होलियाँ जलती देखीं गई थीं। आसमान में धुएँ के बादल नज़र आते। तेज़ लू के साथ जलने की गंध बस्तियों में फैल रही थी : टायरों की गंध के साथ आदमियों की गंध थी। शरीर पर पेट्रोल डालकर उस पर आग फेंक दी गई थी। सड़क पर जलते आदमी दौड़ते देखे गए...जलता हुआ आदमी दौड़कर कहाँ जा सकता था ? लेकिन वह दौड़ता था...नीतू बार-बार नींद में चौंक जाती। फटी आँखों से अँधेरे में छत की ओर देखने लगती और मनमोहन को जगाकर कहती : "देखो, छत पर कोई है !" मनमोहन सुनता : छत पर सन्नाटा था। "कोई नहीं है", मनमोहन कहता, "सो जाओ।"

दिन में निरालानगर की सड़कें बहुत सूनी रहती थीं। यद्यपि बस्ती में कोई

वारदात नहीं हुई थी, लेकिन वारदात की छाया काँपती रहती थी। गर्म हवाएँ जिस्मों को झुलसा देतीं। लोग सहमे थे जैसे अपनी सरहदों पर उतर आए हों। उन्हें लगता, कभी भी कुछ भी हो सकता है। धूप आग की तरह लगती। नीतू मनमोहन को घर से नहीं निकलने देती थी। कोई काम होता तो वह खुद बाहर जाती। प्रिया के साथ जाने में कोई हर्ज नहीं था। प्रिया लड़की थी। कबीर भी कभी-कभी साथ आ जाता। नीतू को यह जानकर हैरत हुई थी कि कबीर का उसका बेटा न होने का अहसास उसे राहत दे रहा था। कबीर उसका बेटा होता तो उसके सिर पर लंबे केश होते और केश पर पगड़ी होती। इन दिनों सड़क पर पगड़ी का मतलब ख़तरा था। पगड़ी कोई पागल कुत्ता था जिसे लोग कभी भी मारने दौड़ सकते थे।

''उल्फ़त''

''हाँ''

''एक बात बताओ।''

''क्या ?''

''क्या कोई कुत्ता काटे तो कोई कुत्ते को काटता है ?''

''नहीं''

''क्या कोई कुत्ता पागल हो जाए तो शहर के सब कुत्तों को मार देते हैं ?''

उल्फ़त चुप थी। उसकी आँखों में आँसू थे।

''एक बात और बताओ, उल्फ़त'', नीतू ने फिर पूछा।

''क्या ?''

'जब तुम भूत देखती हो तो भूत, भूत नहीं लगता, आदमी लगता है न ?''

''हाँ''

पिछली रात जब नीतू को शक हुआ तो उसने मनमोहन को जगाया नहीं था। वह अकेली छत पर चली गई थी। सीढ़ियों पर उसका शक पक्का हो गया था। आँखें धोखा खा सकती थीं। क्या कान भी धोखा खा सकते थे ? किसी के हँसने की आवाज़ थी। जब वह छत पर पहुँची तो दूसरी ओर मुंडेर पर चाँद बैठा दिखा। मुंडेर के नीचे छत पर मुंडेर की छाया थी और छाया में कोई सफ़ेद-सी परछाई थी। नीतू को याद आया कि उल्फ़त ने ऐसी ही परछाई पोस्ट-ऑफ़िस के मैदान में देखी थी। क्या वही परछाईं मैदान से घर में आ गई थी ? क्या वह चीख़कर उल्फ़त को जगाए ताकि परछाई की शिनाख़्त हो सके ?

कुछ दिन बाद जब मनमोहन ऑफ़िस गया तो नीतू दिन-भर घर में ऊपर-नीचे बेचैन घूमती रही। दिन ढले वह थककर सीढ़ियों पर लुढ़की और सो गई। वह सीढ़ियों पर जीवन में कभी नहीं सोई थी। जीवन में उसने कभी भूत नहीं देखा था। जब शाम के धुँधलके में मनमोहन ऑफ़िस से लौटा तो वह घर के आगे गेट पर सुन्न खड़ी थी। मनमोहन ने नीतू को गेट पर खड़े हुए कई बार देखा था। मगर वह ऐसी

कभी नहीं दिखी थी।

"क्या भूत की तरह खड़ी हो ?"

नीतू कराहती हुई उसके सीने से लिपट गई। सीढ़ियों पर दोहपर में जब उसकी आँख लगी तो उसने स्वप्न देखा था : एक सरदार बाल खोले जलता हुआ सड़क पर भाग रहा था...वह आग की लपट बना इतना तेज़ भाग रहा था कि उसका चेहरा पहचानना मुमकिन नहीं था ! उसकी क़द-काठी वही थी जिससे वह अभी लिपटकर रो रही थी।

बुंदेलखंड कॉलेज के बाहर पीपल के पेड़ के नीचे हरिनारायण तने के सामने तने की तरह खड़ा था। वह अब छः फुट लंबा था। उसके सिर के बालों को पीपल की शाखों पर डोलती पत्तियाँ छू रहीं थीं। पत्तियों के नीचे झुके चेहरे पर दोनों ओर उसकी मूँछें फरफरा रहीं थीं, जो हरिनारायण के गुरु बलबीरसिंह की याद दिलाती थीं। उसके कुर्ते-पाजामे की चाँदी-सी चमक भी बलबीरसिंह की याद दिलाती थी, जो अब शहर का एक बड़ा ठेकेदार था और सिविल लाइंस की एक कोठी में रहता था और बगुले-सी सफ़ेद मारुति में चलता था। लोगों का कहना था कि जिस तरह बलबीरसिंह के कुर्ते पर कोई दाग़ नहीं हो सकता, उसकी चमकती मारुति पर भी कोई दाग़ नहीं हो सकता था। मारुति शहर की सड़कों पर तेज़ हवाओं के साथ चलती थी—हवाओं में धूल के ज़र्रे बिखरे होते।

हरिनारायण कॉलेज यूनियन का अध्यक्ष था। उसके दोनों ओर लड़कों के झुंड थे और सामने पाँच सिख लड़के खड़े थे। सिख लड़कों के सिर पर साफ़ा नहीं था। उनके बाल कंधों पर लटक रहे थे। उनके चेहरे काठ थे, जो दाढ़ियों से ढँके थे। दिल्ली, कानपुर और ग्वालियर से दंगों की ख़बरें शहर में आ चुकी थीं। शहर बेचैन था। नवंबर की खुशनुमा शुरूआत मुस्कराती धूप और ठंडी हवा से नहीं हो रही थी। क़िले के पीछे चट्टानें अब भी गर्म थीं और पहाड़ियों पर रेत उड़ रही थी। क़िले के ऊपर सूरज तमतमाता रहता।

पीपल के नीचे शोर उठा था। मगर हरिनारायण ने अपना दाहिना हाथ उठाकर भीड़ को शांत रहने का संकेत दिया। संकेत काफ़ी था। भीड़ केवल साँस ले रही थी। केवल पीपल के पत्तों और हवा के टकराने की आवाज़ थी। हरिनारायण ने देश की एकता और इंदिराजी के त्याग की कथा कही। उसने कहा कि एकता के राजमार्ग पर धर्म और जाति की बाधाएँ हटाने के इस कार्यक्रम में जान भी जा सकती है। इंदिराजी यह जानती थीं। एक दिन पहले ही उन्होंने कहा था कि मैं खून की क़ीमत देने को तैयार हूँ। भारत की एकता के लिए—हरि का स्वर भीग गया—इंदिराजी ने

अपनी जान दे दी।

सन्नाटा छा गया। सिर्फ़ पीपल और हवा की आवाज़ें थीं।

हरि ने अपनी नीचे झुकीं आँखें ऊपर उठाईं। उसकी आँखें भीगी थीं। उसे पाँच की जगह दस सिख चेहरे नज़र आए। उसने दसों से एक साथ पूछा–

"क्या तुम्हें इंदिरा गाँधी के मारे जाने का ग़म नहीं ?"

"ग़म है", सबने एक-साथ समवेत स्वर में कहा।

"कितना ?"

"जितना तुम्हें है, हरि भैया !"

हरि ने कहा–"ग़मी में केश-दान का रिवाज़ है।"

पाँचों ने कहा–"हमारे बाल काट दो, हरि भैया !"

जब भीड़ पीपल से बाहर आई, तो सब चेहरे सपाट थे। दो लड़के आपस में फुसफसा रहे थे कि देखो, हरि भैया ने अपनी बहिन का बदला ले लिया। अफ़वाह थी कि हरि की बहिन सुजाता जो केंद्रीय स्कूल में शिक्षक थी और जिसका पिछली साल आगरा तबादला हुआ था–उसने एक सिख लड़के से शादी कर ली थी।

सुजाता का तबादला आगरा हुआ नहीं था, उसने कराया था। उसने अपने प्रिंसिपल से कहा था कि मैं झाँसी से बाहर जाना चाहती हूँ। लेकिन झाँसी में तुम्हारा घर है, प्रिंसिपल ने कहा था। इसीलिए मैं झाँसी से बाहर जाना चाहती हूँ, सुजाता ने कहा था। प्रिंसिपल मुस्कराए थे और सुजाता का तबादला हो गया था। वह असल में ऐसी मनःस्थिति में थी जब कोई अपने घर और शहर को छोड़कर कहीं भी रह सकता है। घर उसे काटता लगता और शहर ताने देता। यद्यपि शहर को सुजाता के बारे में सोचने की फुर्सत नहीं थी, मगर सुजाता को लगता कि शहर की आँखें उसी पर लगीं हैं। दुःख ने उसे डराकर अपने में बंद कर दिया था और ढक्कन लगा दिया था। सुजाता जानती थी कि उसे ढक्कन हटाने के लिए दूसरा शहर चाहिए।

जब से हरि की मसें भीगीं थीं, उसने मुन्नी यानी सुजाता पर निगरानी बढ़ा दी थी। ज्यों-ज्यों उसका लड़कियों को देखने का मन करता, त्यों-त्यों वह चाहता कि मुन्नी खुले में न हँसे न बोले ताकि दूसरे उसे देखें। अचानक प्रेम-कहानियाँ मुन्नी के लिए वर्जित हो गईं। उसकी अलमारी से पुस्तकें और पत्रिकाएँ ग़ायब होने लगीं। जब वह उन्हें घर में ढूँढ़ती तो वे उसे हरि की मेज़ पर या तकिए के नीचे मिलतीं। हरि के तकिए के नीचे एक दिन उसने "भाँग की पकौड़ी" नामक एक यौन-क़िस्सों की किताब देखी। उसने किसी से कुछ नहीं कहा। हरि से भी नहीं। केवल एक पुर्जा किताब में रख दिया : अभी छोटे हो, अपना दिमाग़ मत ख़राब करो।

मुन्नी साँवली, लंबी लड़की थी, जिसकी आँखें बड़ी थीं और नाक नुकीली थी। वह लड़कियों की भीड़ में खो सकती थी। किंतु अकेली खड़ी होने पर वह सबको अपनी ओर खींचती थी। वह एम.ए.बी.एड. के बाद एक वर्ष बेकार रही थी। उसका

ब्याह नहीं हुआ। नौकरी मिल गई। ब्याह के लिए इन दिनों दहेज़ का रिवाज़ बढ़ गया था। अब वह ज़माना नहीं था कि पलँग-परात और कुछ गहने देकर लड़के का टीका कर दो। देने के लिए स्कूटर, रेफ्रिजरेटर, टी.वी. और न जाने क्या-क्या था। लोग दाँत दिखाकर रकम माँगते : एक लाख, दो लाख। रामदयाल इतनी रकम कहाँ से लाते। वे उस ज़माने के आदमी थे जब लखपति होना बनियों का काम था। ट्यूशन और पेंशन से घर चलता था। कोई जमा पूँजी नहीं थी। पी.एफ. बिन्नू के ब्याह में निपट गया था। बल्लो के बस की इतनी बड़ी रक़म नहीं थी। किन्ने कलाकार था। उसे परिवार से क्या मतलब ? रामदयाल हँसते हुए हाथ हवा में हिला देते। बल्लो मुन्नी को पढ़ा सकता था। फिर शाम को टहलते हुए, हज़रतगंज में घूमते हुए या अकेले कमरे में लेटे हुए उसकी चिंता कर सकता था।

हरि भी इधर उसकी बहुत चिंता करने लगा था। एक दिन दोपहर के शो में इल। इट की सबसे पीछे की क़तार में उसे मुन्नी का शक़ हुआ था। जब हरि घुसा, हॉल में अँधेरा था। अमिताभ-रेखा की फ़िल्म थी। छठा सप्ताह था। हाउस फुल था। वह अपने साथ आई लड़की को लेकर दूसरी ओर बैठ गया और लड़की में व्यस्त हो गया। इंटरवल की रोशनी होते ही वह उछलकर दूसरी ओर पहुँचा और उसने मुन्नी के साथ बैठे लड़के को बाहर आने को कहा। हरि लड़के को इलाइट के सामने सड़क के पार मैदान में ले गया। उसने अपनी मूँछों पर हाथ फेरते हुए लड़के से पूछा—

"मेरा नाम जानते हो ?"

"जानता हूँ।"

"अच्छा, अपना नाम बताओ।"

"मेरा नाम कृष्ण कुमार यादव है।"

"क्या ? फिर से बोलो।"

"कृष्ण कुमार यादव।"

"यादव !"

"हाँ"

"क्या तुम्हें मालूम है कि सुजाता मेरी बहिन है ?"

"हाँ, मालूम है। मैं इसी सिलसिले में आपके घर आकर आपके पिताजी से मिलना चाहता हूँ। कब आऊँ ?"

"कभी नहीं।" हरि का स्वर तेज था।

कृष्ण कुमार ने परवाह नहीं की। उसने फिर कोशिश की, "असल में सुजाता और मैं सहकर्मी हैं। हम दोनों एक-दूसरे को चाहते हैं। विवाह करना चाहते हैं।"

"अबे ग्वाले !" हरि चीख़ा, "कहाँ के रहनेवाले हो ?"

"चरखारी"

हरि ने कुर्ता ऊपर उठाते हुए कहा—"चरखारी खुद जाना चाहते हो या अपनी

लाश भेजना चाहते हो ?''

हरि के कुर्ते के नीचे तमंचा झूल रहा था।

बाक़ी फ़िल्म मुन्नी ने अकेले देखी थी। हरि अलबत्ता पान खाकर वापिस अपनी सीट पर बैठ गया था जहाँ लड़की उसका इंतज़ार कर रही थी।

स्थानांतरित होकर जब सुजाता आगरा पहुँची तो उसे लगा जैसे वह नौकरी पर नहीं, मुग़लों की भूतपूर्व राजधानी में छुट्टी पर आई हो। आगरा देखने लोग दुनिया-भर से आते थे। वह पहली बार आगरा गई थी। उसके रहने का इंतज़ाम बाबा की बड़ी बेटी विमला के घर कमलानगर में था जो 'डी' ब्लॉक के एम.आई.जी. में रहती थी। उसके पति डी.डी. वर्मा सिंचाई विभाग में ओवरसियर थे। उन्होंने एक बार बड़ी घूस के बजाय एक एम.आई.जी. पत्नी के नाम करा लिया था और पहले तल्ले पर एक कमरे का एक सेट किचन-बाथरूम सहित किराए के लिए बनवा लिया था। संयोग से यह सेट इन दिनों ख़ाली था और सुजाता ने इसी में अपना अड्डा जमा लिया था। पहली बार विमला ने किराया लेने से मना किया। लेकिन अगली बार डी.डी. वर्मा ने कहा कि सुजाता बहुत ज़िद कर ही है तो उसे निराश न करो, रुपए ले लो।

सुजाता ने पहला मास आगरा में ऐसे गुज़ारा जैसे स्कूल के घंटों के बाद वह शहर में सैलानी हो। उसने क़िले में दीवान-ए-आम देखा, दीवान-ए-ख़ास देखा और वह पत्थर का परदा देखा जिसकी जालियों के पार शाहजहाँ अपनी मुमताज़ को ताजमहल के पत्थरों में जमुना के पानी के साथ मुस्कराता हुआ सुबह से शाम तक देखता था। पत्थर के परदे के नीचे बहता पानी आईने की तरह लगता था। यही जमुना एत्माद्दौला के पीछे छत पर बैठी सुजाता के लिए चौड़े पाट की नदी हो जाती जिसमें लोग तैरते, मछलियाँ पकड़ते और सतरंगी उजाला आँखों में भरे पानी से बाहर आ जाते। छत पर बैठे हुए दोनों ओर जमुना के पुल नज़र आते : एक लोहे का था, जिस पर रेल और नीचे लोग नज़र आते थे, दूसरा पत्थर का था, जिस पर लोग और गाड़ियाँ नज़र आती थीं। जमना के दोनों किनारों को न जाने कितने पुल मिलाते थे, फिर भी ताजमहल को छूती हुई जमुना उदास क्यों लगती थी ? सुजाता ने सोचा जब वह पहली बार ताजमहल की मज़ारें देखकर ताजमहल के पीछे की छत पर खड़ी हुई और उसने नीचे बहती हुई जमुना को देखा। लौटते हुए शाम हो गई थी। उजाले-अँधेरे के बीच का समय था। रिक्शे के सामने सड़क पर उजाला लगता था और पीछे सिर मोड़ने पर धुँधलके में अँधेरे का शक होता था।

''क्या बार-बार पीछे मुड़कर देख रही हो ?'' रिक्शे पर बगल में बैठी रेखा ने पूछा।

''लगता है'', सुजाता ने कहा, ''जैसे उदास जमुना रिक्शे के पीछे-पीछे आ रही है।''

रेखा के गले से हँसी फूटी। वह झूमी। रिक्शे का एक पहिया सड़क से थोड़ा उठा। दोनों ने एक-दूसरे का हाथ पकड़ लिया। दोनों एक-दूसरे का हाथ पकड़े घर आईं।

स्टाफ़-रूम में जब बलवंतसिंह ने 'कसप' सुजाता को दी तो उसकी उँगलियों ने सुजाता की उँगलियों को छुआ नहीं, पकड़ा जैसे उसकी आँखें सुजाता की आँखों को पकड़ने की कोशिश कर रहीं थीं। सुजाता से यह छिपा नहीं। किसी औरत से नहीं छिपता। सुजाता बलवंत के दाढ़ी और पगड़ी से घिरे चेहरे को देखकर मुस्कराई। यह इत्तफ़ाक ही था कि अभी तक उसकी कोई सिख सहेली या सहयोगी नहीं रहा था। उसे दूरी और अजनबी का आकर्षण महसूस हुआ। वह चौंकी जब बलवंतसिंह ने कहा कि मैं भी कमलानगर में 'ए' ब्लॉक में बाज़ार के आगे रहता हूँ, आप चाहें तो बस की बजाय मेरी दो पहियों की गाड़ी में स्कूल आ सकती हैं। फिर एक दिन उसने कहा कि सूर-सदन में आज सर्वेश्वरदयाल सक्सेना का 'बकरी' नाटक है, आप मेरे साथ ही स्कूल से वापिस चलिए।

नाटक शुरू होने के पहले बलवंत नाटक के बारे में बताता रहा। वह दिल्ली का पढ़ा हुआ था। लेखकों को भी जानता था। उसने सर्वेश्वरजी के परिहास-बोध और उनकी सामाजिक दृष्टि के बारे में बताया। उसने यह भी बताया कि वे जब बच्चों की पत्रिका 'पराग' देख रहे थे तो उन्होंने बलवंत से 'पराग' के लिए कुछ लिखने को कहा था। जब बलवंत ने कहा कि मैंने कभी बच्चों को लिए नहीं लिखा तो सर्वेश्वरजी बोले कि तुम्हारा मन बच्चों जैसा ही है, तुम खूब लिख सकते हो। यह कहकर बलवंत बच्चों की तरह हँसा। वह खिलखिलाहट सुजाता के भीतर उतर गई। फिर अँधेरा हो गया और नाटक शुरू हुआ। सुजाता को झाँसी में इलाइट टॉकीज़ का अँधेरा एकाएक याद आया जिसके बीच में हरि ने कृष्ण कुमार यादव से कहा था, ज़रा बाहर आइए। कृष्ण कुमार फिर अंदर नहीं आया। यदि अभी हरि आकर बलवंतसिंह को बाहर बुलाए तो क्या बलवंतसिंह बाहर जाएगा ? और यदि बाहर चला भी जाए तो फिर क्या अंदर नहीं आएगा ? पता नहीं, वजह बलवंतसिंह की बच्चों जैसी हँसी थी या उसका हट्टा-कट्टा बदन, मगर सुजाता को यही लगा कि बलवंत पीठ नहीं फेरेगा। वह एकाएक बहुत ख़ुश हो गई और उसे नाटक बहुत अच्छा लगा। नाटक ख़त्म होने पर वे सूर-सदन से बाहर आए। बलवंतसिंह ने मोटर-साइकिल स्टार्ट की। वह पीछे बैठी। उसने अपना दाहिना हाथ पहली बार इत्मीनान से बलवंत के कंधे पर रख दिया।

जब अम्माँ को यह ख़बर मिली कि सुजाता ने आगरा के एक गुरूद्वारे में एक सिख से शादी कर ली है तो वे माथे पर हाथ मारती रह गईं। यह ख़बर विमला खुद आगरा से लाई थी। जब अम्माँ ने पूछा कि तुमने पहले हमें आगाह क्यों नहीं किया तो विमला ने कहा कि बड़े शहरों में लड़के-लड़कियाँ साथ-साथ घूमते हैं, सब

शादी नहीं कर लेते। फिर भी तुमने कुछ सूँघा तो होगा ही ?—अम्माँ ने ज़ोर दिया। विमला ने टका-सा जवाब दे दिया कि घर से तो वह मुन्नी को स्कूल ही ले जाता था। एक दिन मुन्नी शाम को लौटी तो माँग में सिंदूर था। बोली, अपना सामान लेने आई हूँ, आप अम्माँ-बाबू को ख़बर कर देना।

अम्माँ को इस बात का बड़ा ताज्जुब था कि ज़माना कितना बदल गया है। एक तरफ़ बल्लो को देखो, दूसरी तरफ़ मुन्नी को देखो। बेकार उल्फ़त का नाम उमा रखा ! उल्फ़त का नाम उल्फ़त ही रह जाता तो क्या फ़र्क पड़ता ? मुन्नी के ब्याह में क्या अड़चन आती ? कौन-सा कन्यादान हो गया मुन्नी के ब्याह में ? कलमुँही ने पूछा भी नहीं। लड़की की जात। बताओ, जात-कुजात कहाँ शादी कर ली ! बच्चों को जनम दो। पाल-पोस कर बड़ा करो। ऐसे मुँह मोड़कर चल देते हैं जैसे आसमान से आए हैं ! कबीर पिछली बार आया तो पूछ रहा था, दादी, बताओ, जब तुम्हारी शादी हुई तो बाबा कैसे लगते थे ? मुझे सचमुच उनका उन दिनों का चेहरा याद नहीं आता। उनकी बालों-भरी टाँगे याद आतीं हैं जिन पर खादी का धारीदार जाँघिया चढ़ा रहता था—जो मैं घूँघट से देखती थी।

गुरूद्वारे में शादी की ख़बर सुनकर हरि ने कहा था कि मैं अभी दस लड़कों को लेकर आगरा जाता हूँ और मुन्नी का झोंटा पकड़कर ले आता हूँ। रामदयाल फीकी हँसी हँसे थे—

"इससे क्या हासिल होगा ?"

"मेरी बहिन घर आ जाएगी।"

"अभी वह विवाहित है ?"

"हाँ।"

"क्या यहाँ आकर वह विधवा नहीं हो जाएगी ?"

हरि चुप था।

पिता चीख़े—"बोलो !"

हरि आँगन में पीछे मुड़कर सीढ़ियाँ चढ़ता हुआ धड़-धड़ ऊपर चला गया था।

जिस वर्ष हरि कॉलेज यूनियन का अध्यक्ष था, वही उसका बी.कॉम का अंतिम वर्ष था। वह प्रथम श्रेणी में पास हुआ—यद्यपि किसी ने उसे परीक्षा देते नहीं देखा। उसने कहा कि इन दिनों मैं ठीक वक्त पर आता हूँ और ठीक वक्त के एक मिनट पहले चला जाता हूँ ताकि अगले पर्चे की तैयारी शुरू कर सकूँ। कुछ नज़दीकी लोगों का विचार था कि वह कभी इम्तहान देने आया ही नहीं। कोई और उसकी एवजी कर रहा था।

व्यवसाय उसने नतीजा आने से पहले ही शुरू कर दिया था क्योंकि व्यवसाय

का नतीजे से कोई ताल्लुक़ नहीं था। उसे पहला ठेका सड़क बनाने का मिला था : चिरगाँव से सीधी समथर तक डामर की पक्की सड़क। चिरगाँव और समथर दोनों मंडियाँ थीं। भला माल और लोग मोठ का चक्कर क्यों लगाएँ ? यह भी सुना गया कि यह ठेका दिलाने में हरि के गुरु बलबीर का हाथ था। गर्मियों की तपती धूप में जब जाँच शुरू हुई तो झाँसी-चिरगाँव और झाँसी-समथर के बीच बलबीर की सफ़ेद गाड़ी ही देखी गई। गाड़ी वातानुकूलित थी। जाँच-अफ़सर जब गाड़ी में आते ठंडी बियर का क्रेट और मुर्गे की भुनी हुई टाँगें ज़रूर पीछे रखी रहती थीं। गाड़ी झाँसी की हदों से बाहर निकलती और गाड़ी में पार्टी शुरू हो जाती। काँच रंगीन थे। वातानुकूलित साए में बीयर पीते और मुर्ग़ा खाते सरकारी अफ़सर कहने लगते कि यह जाँच-यात्रा नहीं, जून के महीने में ठंडे पहाड़ों की सैर है।

जब तक अफ़सर जाँच-बिंदु तक पहुँचते धुत्त हो चुके होते। हरि उन्हें बियर की बोतल पर बोतल और मुर्ग़े की टाँग पर टाँग पेश करता रहता। बलबीर ने उसे सारा प्रशिक्षण दे दिया था। वह चिरगाँव या समथर से एक दो किलोमीटर आगे गाड़ी बढ़ाता और कहता : ''पचास किलोमीटर की ऐसी ही सड़क है...सपाट...खलवट.. .अभी पेड़ नहीं लगे हैं। जैसे एक किलोमीटर वैसे पचास। ऐसे ही एक-एक से पचास बना है। एक को ही पचास मान लीजिए और झाँसी चलकर झाँसी होटल में आराम कीजिए। वहीं बलबीरसिंह जी आपकी प्रतीक्षा कर रहे होंगे।''संकेत बलवीरसिंह की ताक़त की ओर था। बलबीरसिंह के हर तरफ़ ऊपर ताल्लुकात मशहूर थे। सब जानते थे कि वह जो चाहता करा लेता था। और उसके काम कराने के तरीक़ों में कुछ वर्जित नहीं था : बियर, मुर्गे और औरत से लेकर डंडा-गोली तक सब जायज़ था। शहर में मशहूर था कि उसने एक सरकारी अफ़सर को ओरछा के जंगलों में जीप से रौंद डाला था और उस पर कोई मुकदमा इसलिए नहीं चल सका था कि वारदात यू. पी. और एम.पी. की सीमा पर हुई थी : जब मुकदमा यू.पी. में चलता तो इस बिना पर खारिज हो जाता कि वारदात एम.पी. में हुई थी और जब एम.पी. में मुकदमा पेश होता तो यह साबित हो जाता कि यह यू.पी. के अधीन है।

चिरगाँव और समथर के बीच बैलगाड़ियाँ पहले की तरह ही चलती रहीं। जानकार लोगों को मालूम था कि डामर की पक्की सड़क चिरगाँव और समथर दोनों ओर से दो-चार किलोमीटर चलकर रुक गई थी। आगे ज़रूरत नहीं थी। धूल-ही-धूल थी जिसमें न जाने कब से बैलगाड़ियाँ चल रहीं थीं। साल-भर के अंदर पचास किलोमीटर की पक्की सड़क का भुगतान हो गया। हरि ने बलबीर के पैर छूकर मारुति वैन ख़रीदी, जिसका रंग नीला था। वैन को उसने बलबीर के सामने खड़ी करके कहा—''दादा, यह आपके पैर छूती है। पहले यह आपका हुक्म मानेगी। बाद में मेरा।'' बलबीर ने हँसकर पूरे दाँत निकाले और मारुति और हरि दोनों को आशीर्वाद दिया।

सड़क का ठेका चालीस लाख का था। कुल ख़र्च दस-बारह लाख से आगे

नहीं बढ़ा। मुनाफ़ा पच्चीस लाख रहा। किताबों में पाँच लाख भी नहीं था। पता नहीं यह पच्चीस लाख का आकार था या मारुति का ? लेकिन यह आकार 99 गुसाईंपुरा में नहीं समाया। भला इतनी सँकरी सड़क पर मारुति कैसे घर के सामने खड़ी होती ? और यदि घर के सामने नहीं खड़ी होती, तो क्या इसे मंदिर में खड़ी करते या धर्मशाला में ? बगल की गली में खड़ी करते तो गली ही बंद हो जाती। हरि को विकल्पों के बारे में सोचते हुए जब नीम के पेड़ और आसमान का ख़्याल आया तो उसे हँसी आ गई। क्या पता इक्कीसवीं सदी में ऐसा वक्त भी आएगा जब आसमान में गैराज बनेंगे ?

हरि को गैराज सिविल लाइंस में मिला। गैराज से जुड़े छः कमरों का बँगला था जिसके आगे लॉन था। उसने जब रामदयाल से बँगले में चलने को कहा तो रामदयाल ने आँगन में खड़े नीम की ओर उँगली उठाकर कहा–''क्या इसे वहाँ ले जा सकते हो ?'' जब हरि ने कोई जवाब नहीं दिया तो उन्होंने फिर कहा–''जब यह यहाँ उगकर वहाँ नहीं जा सकता तो मैं कैसे जा सकता हूँ ?'' यदि बाबू न जाएँ तो अम्माँ के जाने का कोई सवाल ही नहीं था। हरि अकेला मारुति के साथ बंगले में चला गया।

दूसरा ठेका हरि को मोठ तहसील में नलकूप लगवाने का मिला। सड़कों पर जहाँ-जहाँ मारुति जा सकती थी और मारुति से देखा जा सकता था, वहाँ-वहाँ असली नलकूप लगाए गए : उन नलकूपों से पानी निकलता दिखाई देता था और भरोसा हो जाता था कि यह बंजर ज़मीन पानी से हरी-भरी हो जाएगी। सड़क से कुछ और दूरी पर नलकूप ज़रूर दिखाई देते थे, मगर पानी नहीं दिखाई देता था। हरि कहता–''आप विश्वास कीजिए, नलकूपों से पानी निकलता है। दिखाई नहीं देता तो क्या हुआ ? क्या ईश्वर दिखाई देता है ?'' जब कोई कहता कि चलिए, रू-ब-रू चलकर देख लेते हैं तो हरि कहता, ''कमाल है, आपको मुझपर भरोसा नहीं !''

जिन नलकूपों का पानी सड़क से दीखता नहीं था, वे लोहे के नहीं थे, बबूल के तने के टुकड़े थे जो नलकूप के आकार के बने थे और खेत में गड़े थे। दूर से वे ज़मीन में गड़े अँधेरे के टुकड़े नज़र आते थे जिनसे अदृश्य पानी लगातार बह रहा था। एक बार जाँच-दल में हरि के बहनोई के.के. श्रीवास्तव भी थे जो मोठ मे बी.डी.ओ. तैनात थे और जिनके पास हरि जब मोठ जाता तो रुकता था। जाँच से लौटकर सबने भोजन किया। फिर के.के. सो गए। उठकर चाय का कप हाथ में लिए उन्होंने हरि से कहा–''मेरी नौकरी के तीन दशक होने को हैं। तुम्हारे-जैसा खिलाड़ी मैंने नहीं देखा। तुम्हारे पैर छूने को जी चाहता है।''

जब भी हरि मोठ जाता, गाड़ी में एक मिठाई की टोकरी बच्चों के लिए होती थी और बहिन के लिए एक साड़ी। जब तक नलकूपों का ठेका चला, हरि हर हफ़्ते मोठ गया। दो बार वह जीजा के लिए सूट का कपड़ा भी ले गया। उसका अनुमान

था कि यदि जीजा की जगह कोई दूसरा बी.डी.ओ. होता तो उसे ज़्यादा घूस खिलानी पड़ती। ऐसा नहीं है कि वह बड़ी जिज्जी को चाहता नहीं था। बल्कि छोटी जिज्जी के एक सरदार से विवाह कर लेने के बाद तो वह बड़ी जिज्जी को और ज़्यादा चाहने लगा था। मगर व्यवसाय की बात अलग थी।

इसी बीच उसने ज़मीन का व्यवसाय भी शुरू कर दिया था। धरती का धंधा बड़ा चोखा था। एक रुपए गज़ ख़रीदकर सौ रुपए में बिकती थी। सीपरी बाज़ार के परे या नगरा के आस-पास कोई खेत ख़रीद लिया जाता। फिर एक नक़्शा तैयार होता : नक़्शे में खेत टुकड़ों में विभाजित हो जाता और हर टुकड़े पर एक भव्य कोठी बनी होती। नक़्शे में मकानों के बीच हरे-भरे पार्क और चमचमाती सड़कें होतीं और मकानों के ऊपर घुँघराले बादल होते। इन्हीं परिकल्पित भवनों के नीचे फैले ज़मीन के टुकड़ों को बेचा जाता। हरि खेत में एक नलकूप लगवा देता और उसका पानी ग्राहकों को पिलाकर कहता—''देखिए, यहाँ पानी कितना मीठा है और आसमान कितना साफ़ !''

''यहाँ कोई प्रदूषण नहीं है'', वह ग्राहकों से कहता।

शहर का हर मध्यवर्गीय जिसके पास दो पैसे थे, अब ज़मीन और मकान के लिए इस तरह दौड़ने लगा था जैसे उसे इस धरती पर मुकम्मल तौर से रहना है और इसे छोड़कर कहीं जाना नहीं है। वह अपने सिर पर अपनी छत चाहता था जैसे यह धरती और आकश उसे पट्टे में मिल गए हों। हरि उन्हें उन्हीं का सपना बेच देता था और एक के सौ बनाता था।

एक दिन अचानक उसे लगा कि वह करोड़पति हो गया। वह मारुति में बैठकर मानिक चौक भागा। उसने गाड़ी में मफ़तलाल की सफ़ेद टेरीकॉट के बीस थान लदवाए। फिर उसने गाड़ी घर की ओर मोड़ी और आँगन में नीम के नीचे खड़े होकर कहा—

''बाबू, मैं करोड़पति हो गया।''

रामदयाल आँगन में उकड़ूँ बैठे खाना खा रहे थे। थाली उनके सामने रखी थी। उनके हाथ का निवाला छूटकर थाली में गिर गया। उन्होंने पूछा—

''क्या हो गए तुम ?''

'करोड़पति''

''तो मैं क्या करूँ ?''

''अब आप यह धारीदार जाँघिया पहनना छोड़ दीजिए, बाबू। सिर्फ़ टेरीकॉट के कुर्ते-पाजामे पहनिए क्योंकि खादी आप पहनना नहीं चाहते। मैं टेरीकॉट के बीस थान लाया हूँ।''

रामदयाल हँसे।

''पाजामा तुम पहनो, हरि'', उन्होंने कहा, ''मैं धारीदार जाँघिया ही पहनूँगा।

मैंने ज़िंदगी-भर यही पहना—तब से जब तुम पैदा नहीं हुए थे।''

हरि ने विनयपूर्वक कहा, ''बाबू, ज़रा सोचिए। आप एक करोड़पति के पिता हैं। आप धारीदार जाँघिया पहनेंगे तो लोग क्या कहेंगे।''

''लोग क्या कहेंगे, बेटा'', रामदयाल बोले, ''यदि मैं घर-बाहर टेरीकॉट का पाजामा पहनने लगा ? लोग कहेंगे कि मैं भी पाजामा हो गया।''

वह ज़माना जिसमें लोग ऐसा सोचते, रामदयाल के दिमाग़ में ही था। धरती पर बीत चुका था। उन्हें मालूम नहीं था। हरि पैर पटकता हुआ बाहर चला गया। आँगन में उसके पैरों की आवाज़ गूँजती रही।

हरि रामदयाल को कुर्ता-पाजामा पहनाने इसलिए भी आया था कि वह जानता था कि उसे जल्दी ही फिर अपनी ब्याहता को लेकर बाबू-अम्माँ से आशीर्वाद लेने आना है और वह नहीं चाहता था कि जब वह आशीर्वाद लेने आए तो रामदयाल धारीदार जाँघिया पहने मिलें। हरि का ब्याह अगले सप्ताह मंगलवार को मोठ के मंदिर में होना तय हुआ था। रामदुलारी कोरिन थी। बारात 99 गुसाईपुरा, झाँसी से निकलकर मोठ कोरी के घर क्या जाती ? अम्माँ तो अपना सिर ही फोड़ लेतीं। उसने जिज्जी-जीजाजी को मना लिया था। यह कार्यक्रम था कि मंदिर में विवाह के बाद मारुति वैन में बैठकर वे लोग सीधे बाबू-अम्माँ का आशीर्वाद लेने आएँगे। चूँकि बड़ी जिज्जी साथ होंगी, इसलिए वे स्थिति सँभाल लेंगी।

रामदुलारी को देखकर हरि को लगा था कि ऐसी औरत उसने न पहले देखी है और न कभी देखेगा। वह झरने की तरह हँसती थी और चाँद की तरह छिप जाती थी। उसकी आँखों में जंगल था और नितंबों में जाल। वह एक औरत नहीं लगती थी। वह जितनी बार चेहरा पलटती कोई और औरत हो जाती। पहली बार हरि ने रामदुलारी को जिज्जी के आँगन में देखा था। वह उसे देखता ही रह गया। फिर जब वह आँगन से दरवाज़े और दरवाज़े से बाहर आई तो हरि भी उसके पीछे-पीछे उसके घर तक चला गया। वह पीछे देखती और हँस देती। हरि उसके पीछे-पीछे चलता रहता। वह यह जानना चाहता था कि उसके भीतर कौन-सी औरत है। यही जानने के लिए अगली बार जब वह आँगन से निकलकर बाहर की ओर मुड़ी तो हरि ने उसका हाथ पकड़कर उसे पीछे की ओर खींच लिया। पीछे पुआल की कोठरी थी जिसमें एक दरवाज़ा था और एक रोशनदान था। कोठरी की दीवारें और फ़र्श मिट्टी के थे और उसमें पुआल भरी थी।

रोशनदान से पुआल तक धूप का गोल टुकड़ा चला आया था जिसके रास्ते में पुआल और रोशनी के ज़र्रे चमक रहे थे। रामदुलारी की नंगी देह खिलखिला रही थी और ज़र्रों में भूचाल आ गया था। देहें भूचाल में झूमती रहीं। हरि ने अपनी देह में इतना उजाला कभी नहीं देखा था। जब उसने फिर रोशनी के ज़र्रे माँगे तो रामदुलारी बोली—

"दो रास्ते हैं।"

"क्या ?"

"अपनी मूँछें मुड़ाओ या ब्याह करो !"

चूँकि मूँछें मुड़ाना संभव नहीं था, इसलिए ब्याह ज़रूरी था।

ब्याह के पहले बँगले में पहली मंज़िल पर एक कमरा बनवाया गया जिसकी भीतरी सज्जा वही थी जो जिज्जी के घर की पुआल की कोठरी में थी। वैसा ही गोल रोशनदान था, दीवारों और फ़र्श पर मिट्टी का रंग था और कमरे में पुआल भरी थी। जब बलबीर ने पूछा कि हनीमून के लिए शिमला का होटल बुक कराऊँ या नैनीताल का, तो हरि ने कहा कि मैं हनीमून के लिए कमरा अपनी कोठी में ही बनवा रहा हूँ।

हरि की कोठी करोड़पति की कोठी थी। उसमें सब-कुछ था। जो उसमें नहीं था, कहीं नहीं था। पहली मंज़िल पर पुआल के कमरे को छोड़कर सारे कमरों में कालीन बिछा था। यहाँ तक कि स्नानघर और टट्टी में भी कालीन था। टट्टी करते हुए पैरों के नीचे ज़मीन नहीं, कालीन होता था और यदि नंगे नहाने की मज़बूरी न होती तो नहाते वक्त भी पैर कालीन पर रहते। हरि घर में नंगे पैर घूमता था। ह्विस्की पीते हुए उसने एक बार सोचा था कि कितना अच्छा होता यदि मैं शहर-भर में कालीन बिछा देता—तब मुझे जूते पहनने की ज़रूरत नहीं होती ! टेलीफ़ोन हर कमरे में था—हर टट्टी में भी। तार का झंझट नहीं था। हवा में बातें होती थीं। हवा की कमी नहीं थी। पानी की कमी थी। पानी के लिए नलकूप लगा था, जो पानी सीधा धरती से खींचकर कोठी में पहुँचा देता। बिजली की कमी थी। कोठी के पीछे जेनेरेटर लगा था। शहर चाहे पानी और बिजली के लिए त्राहि-त्राहि करे, कोठी में खूब पानी बहता और खूब बिजली चलती। हरि की कोठी का लॉन शहर में सबसे हरा था। चाहे शहर पानी को तरसे, लॉन की घास के लब सदा तर रहते थे।

कोठी की छत के नीचे तीन धरातल थे : एक पर बैठक थी, एक पर खाने की मेज़ थी, फिर बाक़ी कमरे थे जो अलग-अलग रंगों की साज-सज्जा में थे। बैठक पर फ़िरोज़ाबादी फ़ानूस लगा था जो दिन-राज जलता रहता। कोठी में तीन कुत्ते थे जो इतने बड़े थे कि कुत्ते नहीं लगते थे। रात में वे पहरे पर रहते : एक कोठी के आगे, एक कोठी के पीछे और एक कोठी के ऊपर जहाँ पुआल का कमरा था। जब इस कमरे में भरने के लिए एक ट्रक में मोठ से मोठ का पुआल आया तो किसी की समझ में कुछ न आया। सबने हैरत से आँखें उठाईं। हरि कड़का—

"पुआल समझने के लिए नहीं, ऊपर कमरे में बिछाने के लिए आई है।"

क्या इक्कीसवीं सदी में जाने के लिए घर छोड़ने की ज़रूरत है ?—रामदयाल घर के

चबूतरे पर खड़े हरि की लौटती मारुति को देखते हुए यही सोचते रहे थे। मारुति के पीछे जो स्टिकर लगा था, उस पर लिखा था : इक्कीसवीं सदी की ओर ! यद्यपि गाड़ी अभी हार्डीगंज की ओर जा रही थी जहाँ अनाज की मंडी थी, लेकिन वहाँ से निकलकर रानीमहल छूती हुई सिविल लाइंस चली जाएगी। रामदयाल जानते थे कि मारुति के लिए घर के बाहर जगह न होना तो एक बहाना था। असल में हरि धारीदार जाँघिया पहननेवाले पिता से दूर रहना चाहता था जहाँ उसकी ज़िम्मेदारी किसी के लिए न हो और सब कुछ अपने लिए हो जैसे कोई चरागाह धरती पर फैला है और कोई रखवाला नहीं।

क्या करोड़पति होने के लिए दुनिया को चरागाह बना देना ज़रूरी है ? रामदयाल सोचते।

रामदयाल यह भी सोचते कि हरि के रास्ते की शुरूआत धारीदार जाँघिया न पहनने की ज़िद से ही शुरू हुई थी। धारीदार जाँघिया छोड़ने के लिए वह कोई भी रास्ता पकड़ सकता था। जो रास्ता सामने नज़र आया, वह उसी पर चल दिया। उसका लक्ष्य अर्जुन के सामने पेड़ पर पक्षी की आँख की तरह स्पष्ट था : उसे आँख के सिवा कुछ और दिखाई नहीं देता था। और कुछ देखने की उसकी आदत आहिस्ता-आहिस्ता छूट गई। और कुछ न देखने की उसकी आदत आहिस्ता-आहिस्ता पक्की हो गई। सफ़ेद टेरीकॉट के बीस थान वह मेरे लिए नहीं लाया था, रामदयाल ने बड़ी अटारी में खाट पर नंगी टाँगें पसारते हुए सोचा। हरि बीस थान एक करोड़पति के पिता के लिए लाया था ! करोड़पति की नाक कट जाएगी यदि उसका पिता शहर की गली में धारीदार जाँघिया पहने हँसता नज़र आएगा। रामदयाल ने अपनी जाँघों पर पड़ा मुचड़ा जाँघिया देखा और खिड़की के बाहर देखा जहाँ मकानों के झुरमुट के बीच उभरे पेड़ों के परे क़िला नज़र आ रहा था। नीले आसमान में क़िले की बुर्जें ऐसे छपीं थीं जैसे कोई तस्वीर हो।

रामदयाल दाढ़ी पर हाथ फेरते हुए उठे और छत पर टहलने लगे। बिन्नू की आवाज़ आँगन से उठती हुई छत पर आ रही थी। उसने अम्माँ-बाबू को समझा दिया था कि हरि ने दुलारी से ब्याह करके अच्छा किया है और आप लोग इन दोनों को आशीर्वाद दीजिए। मगर इससे पहले कि हरि की अम्माँ उसकी बहू का मुँह अच्छी तरह देख सकें, उसने कहा था, "अम्माँ, आज हम बँगले जाते हैं, कल आएँगे।" तब भी बिन्नू ने हरि की वकालत की थी। क्या इस वकालत के पीछे भी करोड़पति था ? समरथ को नहिं दोष गुसाईं। बिन्नू ने बताया था कि हरि शादी की पहली रात बँगले में ही गुज़ारना चाहता था। ऐसा क्या धरा है बँगले में ?

कुछ देर पहले जब मारुति फिर हार्डीगंज की ओर चली तो रामदयाल ने मारुति की पिछली खिड़की के काँच पर एक और स्टिकर देखा था : इसमें एक ओर 'ओम' लिखा था, दूसरी ओर एक मारुति की तस्वीर बनी थी और बीच में विराट् राम-मंदिर

था। यह वही राम-मंदिर था जो अभी नहीं था, मगर जिसे होना था—जिसे बाबरी-मस्जिद की जगह होना था जहाँ राम कौशल्या मैया की कोख से पैदा हुए थे ! राम-मंदिर के नए स्टिकर के नीचे पुराना इक्कीसवीं सदी का स्टिकर लगा था। क्या राम-मंदिर इक्कीसवीं सदी के रास्ते में था जहाँ हरि की गाड़ी दौड़ी जा रही थी ?

"मंदिर यहीं बनेगा !"

थाली में चावल पर चम्मच मारकर कबीर बोला, "दाल यहीं डालो।"

चावल पर दाल डालते हुए उल्फ़त मुस्कराई, "यहीं क्यों बनेगा मंदिर ?"

कबीर उल्फ़त की ओर आँखें ऊपर उठाकर हँसा।

बल्लो हॉल में दूसरी ओर सोफ़े पर बैठा अख़बार पढ़ रहा था। यह चढ़ते जाड़ों का इतवार था। बाहर धूप फैली थी, जो खिड़की पर झूलते पर्दों के बीच में झाँक रही थी। धूप दरवाज़े के बाहर फैली ठंडी हवा के हर ज़र्रे से टकरा रही थी।

बल्लो ने मुस्कराते हुए अख़बार से आँखें उठाईं और कहा—"बेटा, मंदिर चावल के बजाय थाली में दूसरी ओर रखे दही में बन जाए तो क्या हर्ज़ है ?"

"खेल बिगड़ जाएगा", कबीर ने कहा और दाल-चावल खाने लगा।

फिर कबीर ने बताया कि आजकल स्कूल में यही खेल आधी छुट्टी में होता है जब लड़के अपने घर से लाए ऑमलेट, हैम्बर्गर, पराठे या कटलेट में काँटा घुसाकर चीख़ते हैं, "मंदिर यहीं बनेगा !" लड़के खेल आगे बढ़ाते हुए नारा लगाते हैं, "जै श्रीराम !" नारा लगाते हुए वे संजीदा रहते हैं। नारा ख़त्म होने पर हँसते हैं।

जब से बाबरी मस्जिद में राम-मंदिर का शिलान्यास हुआ, रथ यात्राओं का शोर बढ़ा और सड़कों, बाज़ारों और बाग़ों में "जै श्रीराम" का नारा बुलंद हुआ, बल्लो को नए सिरे से अहसास हुआ था कि उसने एक मुसलमान लड़की से प्यार किया था और शादी की थी। ऐसा नहीं है कि उसने पहली बार जब उल्फ़त को उल्फ़त पुकारा तो उसकी ज़बान सिहरी नहीं थी, मगर उस सिहरन में एक आह्लाद था। यह आह्लाद कभी इतनी गहरी चिंता का बायस बनेगा, उसने सोचा नहीं था। उसने शुरू-शुरू की एक बहस में कहा था—"मैं सक्सेना और सिद्दीक़ी में कोई फ़र्क़ नहीं समझता।" तब उसकी बात सुनकर कॉफ़ी-हाउस का वेटर उसकी ओर देखने लगा था और दादा ने ऐनक नाक पर ऊपर खिसकाते हुए कहा था—"फ़र्क़ है, बलराम। सक्सेना और सिद्दीक़ी में फ़र्क़ है। तुम सिद्दीक़ी से शादी कर रहे हो। तुम्हें यह फ़र्क़

समझना चाहिए।'' इन दिनों बल्लो अक्सर दादा की बात याद करता था। यह देश के कोने-कोने से राम-ईंट का अयोध्या जाने का मौसम था।

''क्या हो रहा है ?''

जब बल्लो ने सर ऊपर उठाया तो दरवाज़े में मनमोहन गाउन पहने खड़ा था और मुस्करा रहा था। उसके चारों ओर रोशनी थी और पीछे धूप चमक रही थी। बल्लो ने उसे कबीर के मंदिर-खेल के बारे में बताया। तब मनमोहन ने प्रिया के स्कूल में प्रचलित मंदिर-मस्जिद के खेल को बयान किया। उसने बताया कि प्रिया बताती है कि शुरू-शुरू में कुछ लड़कियों ने यह खेल खेलना शुरू किया था, फिर कुछ और लड़कियाँ खेलने लगीं और फिर कुछ और लड़कियाँ। इस खेल में पहले मिट्टी से एक मस्जिद बनाई जाती, फिर लात मारकर मस्जिद गिराई जाती और फिर ऐन उसी जगह एक मिट्टी के मंदिर का निर्माण होता। जब आधी छुट्टी ख़त्म होने की घंटी बजती तो उसे मंदिर की घंटी मानकर लड़कियाँ मंदिर के सामने दोनों हाथ जोड़तीं और अपनी कक्षा में लौट जातीं। अगले दिन मंदिर की जगह धूल होती थी। लड़कियाँ फिर उसी ज़गह मस्जिद बनातीं, गिरातीं और फिर मंदिर बना देतीं जो गिर जाता।

''क्या ख़बर है ?'' मनमोहन ने अख़बार की ओर देखते हुए पूछा।

''मेरे शहर पर राम-भक्तों का हमला हो रहा है !''

''क्या ?''

बल्लो ने बताया कि झाँसी में चोरी-छिपे दक्षिण और पश्चिम से राम-ईंटें लिए राम-भक्तों के आने की ख़बर है क्योंकि सूबे की सीमा पर सरकारी चौकसी है।

कबीर तीसरी ओर एक सोफ़े पर आकर बैठ गया था और बड़े की तरह बड़ों की बातें सुन रहा था। उसने बड़े की तरह संजीदगी से कहा–

''मेरी एक बात समझ में नहीं आती।''

बल्लो और मनमोहन ने उसकी ओर अचरज से देखा। मनमोहन ने मुस्कराते हुए कहा–

''फ़रमाइए, फ़रमाइए !''

''अंकल, अयोध्या में क्या मिट्टी नहीं है ?''

''है''

''क्या वहाँ मिट्टी से ईंटें नहीं बनती ?''

''बनती हैं।''

''तो हज़ारों मील ईंटें ढोने में क्या तुक है ?''

''क्या तुक है ?'' मनमोहन ने हँसते हुए बल्लो की ओर देखा, ''बताइए !''

''तुक यह है, बेटा'', बल्लो ने कहा, ''कि ईंटें अयोध्या के भट्ठों से निकलकर सीधी मंदिर में लग जाएँगी तो देश-भर में ईंटों का शोर कैसे होगा ?''

कबीर आँखें फैलाता हुआ सोफ़े पर आगे झुक आया–

"तो क्या ईंटों का मतलब मंदिर नहीं है, शोर है ?"

"हाँ"

"शोर से क्या फ़ायदा ?"

"शोर को वोट में बदल देंगे।"

एक क्षण हॉल में सन्नाटा छा गया। सड़क से दो गाड़ियों के गुज़रने की और एक कुत्ते के भौंकने की आवाज़ आई।

मनमोहन सोफ़े पर पसर गया था। उसने सिर सोफ़े की पीठ पर रख दिया था। छत पर निगाहें टिकाए उसने कहा–

"लेकिन जब देश-भर में अयोध्या के लिए ईंटें चलेंगी तो सिर फूटेंगे।"

"हाँ, समझ गया", कबीर ने सोफ़े पर पीछे झुकते हुए कहा।

"क्या ?"

"प्रिया बता रही थी कि उसके स्कूल में दो मुस्लिम लड़कियों ने मिट्टी की मस्जिद बनाकर गिराने पर एतराज़ किया तो लड़कियों ने उनकी धुनाई कर दी।"

बल्लो ने आगे झुककर पूछा–"उन लड़कियों ने प्रिंसिपल से शिकायत नहीं की ?"

"लड़कियाँ इंटरवल में ही प्रिंसिपल के पास गईं। मगर प्रिंसिपल सोफ़े पर अपने कमरे में सो रही थीं।"

"मस्जिद गिर रही थी और प्रिंसिपल सो रही थीं।" मनमोहन हँसा।

उल्फ़त तीन तश्तरियों में सिवईं लेकर दाख़िल हुई और उसने ट्रे मेज़ पर रख दी। फिर उसने तीनों तश्तरियाँ तीनों मर्दों के हाथों में दे दीं। मनमोहन ने चम्मच से एक निवाला लिया और कहा–

"क्या बात है !"

"आज शाम अब्बा को देखने चलेंगे", उल्फ़त ने बल्लो की ओर देखकर कहा।

"अच्छा", बल्लो ने कहा।

परसों जब उल्फ़त और बल्लो कॉलेज से लौटते हुए अब्बा को देखने गए तो वे पलँग पर लेटे थे। यह उनका पलँग पर लेटने का वक्त नहीं था। धूप जा रही थी। हनुमान पुल और क्लार्क्स की चौड़े खंभेनुमा इमारत के पीछे कहीं सूर्य को डूबते देखना उन्हें अच्छा लगता था। वे बंदे पर पहुँचकर पहले दाईं ओर मुड़ते। जब तक वे हनुमान पुल पहुँचते सूर्य डूब जाता। जहाँ सूर्य डूबता खूनी खंजर का रंग बिखर जाता। सूना आकाश देखकर वे लौट पड़ते और नदी का जीवन देखते हुए निशांतगंज के पुल तक चले जाते। फिर वे लौटते और जहाँ से बंदे पर आए थे, वहीं से न्यू हैदराबाद में उतर जाते और अपने घर की सीढ़ियाँ चढ़ जाते। वे खुश थे कि रिटायर होने

के बाद उन्हें पाँच बार नमाज़ पढ़ने का वक्त मिलने लगा था। वे दिन-भर व्यस्त रहते थे।

"घूमने नहीं जाएँगे, अब्बा ?" उल्फ़त ने पूछा था।

"तबियत ठीक नहीं, बेटा।"

"डॉक्टर को बुलाऊँ ?"

"नहीं, कोई ज़रूरत नहीं।"

"क्यों ?"

सिद्दीक़ी अपनी गंगा-जमनी दाढ़ी में हँसे, "डॉक्टर क्या करेगा बेटा ? यह वक्त की मार है !"

जब उल्फ़त ने पूछा कि आप इस वक्त लेटे क्यों थे तो उन्होंने कहा कि कुछ थकान लग रही थी। फिर उन्होंने मुस्कराते हुए पानदान से एक पान की गिलौरी निकाल कर मुँह में डाल ली। पान दबाए वे कबीर से बात करने लगे, "मियाँ, आपके क्या हाल हैं ?" कबीर से बात करते हुए वे खुश लगने लगे जैसे उन्हें कुछ न हुआ हो। उन्हें कुछ हुआ नहीं था। सिर्फ़ माथे पर तिलक लगा था और उनसे कहा था, "बोलो, जै श्रीराम"। "जै श्रीराम" पता नहीं जीवन में कितनी बार बोला था। मगर जबरिया पहले कभी नहीं बोला था। पिछली शाम गोमती से लौटने में कुछ देर हो गई थी। झुटपुटा अँधेरे में घुलने लगा था। नदी साँवली हो गई थी। आकाश में न चाँद था, न तारे थे। इत्तफ़ाकन सड़क उस वक्त सूनी थी और बिजली के खंभे नहीं जले थे। अचानक एक मारुति रूकी और चार लड़कों ने उन्हें घेर लिया। एक ने माथे पर गेरूआ टीका लगाया और दूसरे ने कहा, "बोलो जै श्रीराम !"

"जै श्रीराम।"

जब सिद्दीक़ी बंदे से बस्ती में उतरे तो एक बार उन्होंने पीछे मुड़कर देखा था। सड़क सूनी थी। मारुति नदारद थी जैसे मारुति वहाँ कभी नहीं थी। सिद्दीक़ी ने फ़ौरन माथे पर दाहिनी हथेली फिराई थी और हथेली को आँखों के सामने ले गए थे : हथेली गेरूआ थी। फिर उन्होंने एक बार बंदे की सड़क को देखा था जिसके पीछे अदृश्य नदी थी और ऊपर आसमान था जिसमें कुछ तारे छिटक आए थे। हवा ठंडी थी। अक्टूबर के आख़िरी दिन थे। दिन छोटे होने लगे थे। सिद्दीक़ी ने यह ख़्याल ही नहीं किया था। वे रोज़ की तरह घड़ी से घूमने निकले थे। उनके दाएँ हाथ में छड़ी थी जिसे चारों लड़कों ने छीनकर नदी की ओर रेत और झाड़ियों में दूर फेंक दिया था और कहा था, "छड़ी नहीं, त्रिशूल लेकर चला करो।"

जो छड़ी गोमती के अँधेरे कछार में फेंकी गई, वह बीस-पच्चीस साल पुरानी थी। जब से उनके बाएँ घुटने में कुछ दर्द रहने लगा था, वे कृषि भवन भी छड़ी लेकर जाने लगे थे जो वे कुर्सी के पीछे दीवार से टिका देते और शाम को दीवार से उठा लेते। असल में वे घर से दफ़्तर और दफ़्तर से घर पैदल ही जाते रहे थे।

शाम-सबेरे दो किलोमीटर पैदल चलना उन्हें अच्छा लगता था। वे कृषि भवन में अपने पान, छड़ी, दाढ़ी और पैदल चलने से जाने ज्ञाते थे। बाद के कुछ वर्षों में वे एक बात के लिए और मशहूर हो गए थे : घूस न लेने के लिए ! यह विचित्र था। राजधानी के सरकारी दफ़्तरों में ज्यों-ज्यों रिश्वत लोकप्रिय हो रही थी, त्यों-त्यों मोहम्मद फ़ारूक सिद्दीक़ी रिश्वत से दूर होते जा रहे थे। असल में वे अपनी जगह अविचल थे। घूस का प्रवाह तेज़ हो रहा था। पैसा ताक़त का पैमाना था।

मसख़रों की कमी नहीं थी। लोग पीठ पीछे हँसते और कहते : आख़िर सिद्दीकी ज़्यादा पैसा लेकर पैसे का करेंगे भी क्या ? आगे नाथ न पीछे पगहा। अकेले हैं। बेटी का ब्याह हो गया। वह भी प्रेम-विवाह ! न हर्र लगा, न फिटकरी, रंग चोखा ! उनका एक ही ऐश है : पान ! पान के घर भर लें तब भी तनख़्वाह ख़त्म नहीं होगी। वे उप-निदेशक के पद पर रिटायर हुए थे। ऐसे मौक़े आए थे जब किसी कंपनी के प्रबंधक ने उनसे दिवाली, ईद या नए साल के मौक़े पर ऑनिडा टी.वी. या केल्विनेटर रेफ्रिजरेटर का तोहफ़ा देने की पेशकश की। मगर हर बार वे हँस देते, "घर में टी. वी. और फ्रिज—दोनों हैं। दो-दो का क्या होगा ?"

उन्हें शुरू से जैसे नमाज़ पढ़ने और रोज़े रखने की आदत थी, उसी तरह उन्हें घूस लेने की आदत नहीं थी। एक बच्ची थी। काम चल गया। दफ़्तर और शहर में अपने चारों ओर देखकर वे दाढ़ी पर हाथ फेरते हुए सोचते कि कहीं अल्लाह ने दो-तीन औलादें दीं होती और साहबज़ादे अपने दोस्तों की तरह मुझसे मोटर-साइकिल माँगते तो क्या होता ? सिद्दीक़ी उन लोगों में थे, जो हर बात में अल्लाह का करम देखते हैं। लेकिन जबरिया मेरे माथे पर टीका लगाने में अल्लाह की क्या करामात है ?—इस सवाल का जवाब नहीं मिला था। इसीलिए वे दिन में पलँग पर लेटे थे और गोमती के किनारे घूमने नहीं गए थे।

जब उल्फ़त ने पूछा कि आपने क्या उन चार लड़कों को पहचान लिया था तो सिद्दीक़ी ने कहा कि इतना उजाला नहीं था—अलबत्ता उन लड़कों ने उन्हें ज़रूर पहचान लिया था क्योंकि एक ने कहा था कि ये सिद्दीक़ी साहब हैं। तब उन्होंने उस लड़के की ओर देखा था, मगर उस लड़के के चेहरे में सिर्फ़ हँसते हुए दाँत और काले बालों की झाँई नज़र आई थी जैसे वह लड़का न हो कोई भूत हो। चारों लड़के एक लड़के की तरह ही लगे थे। क्या एक के चार हो गए थे या चारों एक थे ? जहाँ वे बंदे पर घिर गए थे, वहाँ नदी का किनारा नहीं था और आसमान कुछ पेड़ों के अँधेरे में क़ैद हो गया था।

उल्फ़त इसी तरह की अंदरूनी घुटन इन दिनों कॉलेज में महसूस करती थी जब कॉलेज के स्टाफ़-रूम में बहस छिड़ जाती और बल्लो अकेला एक तरफ़ होता। दूसरी तरफ़ कुछ लोग ज़ोर-ज़ोर से बोलने लगते और कुछ लोग चुपचाप निहारते मानो दर्शक दीर्घा में बैठे हों। लोग कहते कि जनता ने जब मान लिया है कि बाबरी मस्जिद

की जगह राम जन्मभूमि मंदिर था तो मस्जिद की जगह मंदिर बनना ही चाहिए !

"जनता क्या चाहती है", बल्लो कहता, "यह ख़बर हमें नेता देते हैं। असल में जब वे कहते हैं कि जनता मंदिर चाहती है, तो उसका मतलब होता है कि नेता मंदिर चाहते हैं। यह राजनीति है।"

"भला नेता मंदिर का क्या करेंगे ?" कोई पूछता।

"वे मंदिर को कुर्सी बना लेंगे।"

बल्लो की यह बात लोगों को भड़का देती। वे देश-भर से अयोध्या की ओर आती राम-ईंटों की ओर इशारा करते। जब बल्लो कहता कि लोगों को भड़का दिया गया है—नहीं तो वे ईंटें अयोध्या लाने की बजाय अपने आँगन में मंदिर बना लेते—तो वे चीख़ने लगते थे। वे चीख़-चीख़कर कहते कि हिंदू अपने ही घर में अनाथ हैं। सब जातियों के पास राष्ट्र हैं। हिंदू अपने ही देश में बेगाने हैं। हिंदू फ़िलीस्तीनियों की तरह हैं। हमें अपना राष्ट्र चाहिए। जब बल्लो कहता कि भारत एक ऐसा अनोखा राष्ट्र है जो हिन्दुओं का तो है ही, मुसलमानों का भी है, तो वे हँसने लगते। वे हँसते हुए कहते कि जवाहरलाल नेहरू हमें इसी तरह उल्लू बनाते रहे और मुसलमानों को पटाते रहे। अब वह दिन आया है, वे कहते, जब कोई हमें अपने घर का पट्टा दिलाना चाहता है।

"मगर यह घर मुसलमानों का भी है", बल्लो कहता, "वे भी यहाँ सदियों से रहते हैं।"

"सदियों के किराएदार का घर अपना घर नहीं हो जाता।"

"हिंदू भी किराएदार हैं। कुछ और पहले आर्य उत्तर-पश्चिम से आए थे।"

"उससे भी पहले", कोई चीख़ पड़ता, "आदमी बंदर था। तो क्या यह बंदरों का देश है ?"

"हाँ", बल्लो कहता और छत की ओर देखने लगता।

एक बार तो स्टाफ़-रूम में बल्लो पर यह भी आरोप लगा कि वह ये सब दलीलें इसलिए देता है क्योंकि उसने एक मुसलमान लड़की से शादी की है। बल्लो ने यह बताने की कोशिश की कि उसने मुसलमान लड़की से शादी इसीलिए की कि उसे हिंदू और मुसलमान में कोई इंसानी फ़र्क़ नज़र नहीं आता। मगर उल्फ़त यह बर्दाश्त नहीं कर सकी। वह टॉयलेट में आईने के सामने रोई। वह इसलिए भी रोई कि उसे भी वह फ़र्क़ नज़र नहीं आता था।

जब उस रात वे पलँग पर लेटे तो उल्फ़त की आँखों से फिर आँसू ढुलकने लगे। बल्लो ने अख़बार से आँखें हटाकर उसकी ओर देखा। फिर उसने अख़बार एक ओर रख दिया, बत्ती बुझा दी, और कमरे में छाए अंधकार को देखते हुए पूछा—

"डर लगता है ?"

"हाँ"

"क्यों ?"

"अपने दोनों बच्चों के लिए डरती हूँ।"

"दोनों बच्चे ?"

"हाँ"

"दोनों कौन ?"

"कबीर और अब्बा।"

"अब्बा !"

"हाँ, अब्बा अब मुझे बच्चे लगने लगे हैं जैसे मैं माँ हूँ। न वे मौलवीगंज अनवर चाचा के यहाँ जाना चाहते हैं, न यहाँ आने को राज़ी हैं। अपने घर में अकेले हैं। मुझे डर लगता है।"

बल्लो चुप था। उसने बहुत ढूँढ़ा। कोई जवाब नहीं मिला।

उस रात उन्होंने एक-दूसरे को इस तरह पाया जैसे एक-दूसरे को ढाढ़स दे रहे हों।

शहर और अख़बार में उन जत्थों की ख़बरें थीं जो पैदल, बसों और रेलगाड़ियों में अयोध्या की ओर बढ़ रहे थे जैसे घर के लोग अपने ही आँगन पर हमले के लिए बढ़ रहे हों। मगर 30 अक्टूबर 90 को बाबरी मस्जिद के आसमान में परिंदा भी पर न मार सका। कार-सेवा हुई। सरकारी गोलियाँ चलीं। खून बहा। खून की चर्चा कॉफ़ी-हाउस में हुई। कॉमरेड को कोई आपत्ति नहीं थी। वह खुश था। बाबरी मस्जिद बच गई थी। कवि के चेहरे पर धूप-छाँव खेल रही थी। दादा गुमसुम थे। बल्लो एक घंटे में तीन कॉफ़ी और दस सिगरेटें पी चुका था। उसके मुँह में कॉफ़ी होती या सिगरेट का धुआँ। आवाज़ नहीं थी।

"बलराम !" दादा ने कहा।

"हाँ", धुआँ मेज़ पर छा गया।

"क्या बात है ?"

"दादा," बल्लो चीख़ा, "उल्फ़त फिर भूत देखने लगी है !"

लखनऊ में हर साल सिया-सुन्नी दंगे होते थे। हिंदू-मुस्लिम दंगे कभी नहीं हुए थे। यह एक सच्चाई थी जिसे सिद्दीकी साहब ने आहिस्ता-आहिस्ता फिर लालच से स्वीकार कर लिया था। उन्हें अतीत को वर्तमान की तरह स्वीकारने में कोई दिक़्क़त नहीं थी। सारे अवकाश-प्राप्त लोगों की तरह वे अतीत में आँखें बंद करके गोते लगाते थे और वर्तमान में लगातार मुस्कराते रहते थे। अक्सर गोमती किनारे शाम को उन्हें रामनारायण घूमते हुए मिलते जो उनसे दो साल जूनियर थे और सहायक निदेशक के पद पर रिटायर हुए थे। रामनारायण बड़े शाइस्ता इंसान थे। अभी भी सिद्दीक़ी साहब का ऐसे लिहाज़ करते थे जैसे दोनों कृषि भवन में काम करते हों और रामनारायण

उनके मातहत हों। पहले वे ही सिद्दीक़ी को आदाब करते जबकि सिद्दीक़ी कोशिश करते कि वे ही पहल करें। सड़क पर गाड़ियों से बचने के लिए यदि सड़क किनारे एक को कभी पीछे होना पड़ता तो रामनारायण ही पीछे होते थे और पीछे से ही ''जी साब, जी साब'' कहते रहते। सिद्दीक़ी ने कई बार कहा, ''भाई रामनारायण, अब हम दोनों रिटायर होकर बराबर हो गए हैं, अब जी क्या और साब क्या ?'' इसके जवाब में रामनाराण कहते, ''जी साब''। सिद्दीक़ी हँसने लगते। उन्हें अफ़सोस था कि मारुति से उतरकर चार लड़कों ने जब उन्हें सड़क पर घेरा तो रामनारायण उनके साथ नहीं थे।

''वह सिर्फ़ एक हादसा था'', रामनारायण ने बाद में कहा था, ''जो गुज़र गया। हमारे लखनऊ की गंगा-जमुनी संस्कृति में न कभी ऐसा हुआ, न होगा।''

वे फिर गोमती किनारे उसी तरह घूमने लगे जैसे पहले घूमते थे, खूब रस ले-लेकर बातें करते हुए। बातें अक्सर कृषि भवन और उसके पहले के दौरों की होतीं जब वे बलिया, बुलंदशहर या आगरा, आज़मगढ़ में तैनात थे। दोनों ने वह ज़माना देखा था जब देश में हरित क्रांति शुरू हुई और परवान चढ़ी। रामनारायण ने सिद्दीक़ी को बताया कि शुरू-शुरू में जब रसायनिक खाद का कोई चलन नहीं था तो ''जै श्रीराम यूरिया'' के सेल्समैन ने आज़मगढ़ में ''चाँद यूरिया'' के बारे में यह अफ़वाह उड़ा दी कि जैसा कि नाम से ज़ाहिर है, यह मुसलमानों का है और इसमें गाय की हड्डियों का चूरा मिला है जबकि ''जैश्रीराम यूरिया'' को श्रीराम का आशीर्वाद प्राप्त है। ''चाँद'' का सेल्समैन रामनारायण के पास शिकायत लेकर पहुँचा। रामनारायण ने किसानों की सभाओं में रसायनिक खाद की उत्पादन-प्रक्रिया के बारे में बताया और बताया कि विज्ञान में सिर्फ़ लहलहाती फ़सलें हैं, न गाय की हड्डियाँ हैं और न ईद का चाँद ! सिद्दीक़ी ने ठहाका लगाया था। फिर उन्होंने बताया कि उनका तजुर्बा भी यही है। व्यवसाय कोई लिहाज़ नहीं करता। वह हर चीज़ का इस्तेमाल करता है : मज़हब से ज़मीन तक, हर चीज़ का। सिद्दीक़ी रामनारायण को बताते कि कैसे-कैसे क्या-क्या वायदे कंपनियों के वरिष्ठ प्रबंधक कृषि भवन की बैठकों में करते थे और अगली बैठक में उन वादों को भूल जाते थे और राजनेताओं की तरह कहते थे कि पिछली बार मैंने जो कहा था उसका मतलब यह नहीं था जो मैंने कहा था। चाहे राजनीति हो या व्यवसाय, स्वार्थ सर्वोपरि था। सिद्दीक़ी यह भी बताते कि हर बार सरकार बदलने पर प्राथमिकताएँ कैसे बदल जातीं थीं।

''कैसे ?''

सिद्दीक़ी हँसते, ''अब तुम तो जानते ही हो। अगर अगला मुख्यमंत्री रूहेलखंड का होगा, तो रूहेलखंड की सीमाएँ उत्तर प्रदेश में फैल जाएँगी या उत्तर प्रदेश रूहेलखंड की सीमाओं में सिकुड़ जाएगा।''

''आप ग़लती पर हैं'', रामनारायण कहते।

"कैसे ?" सिद्दीक़ी सड़क पर रुक जाते।

"उत्तर प्रदेश उस जनपद में सिकुड़ जाएगा जहाँ से मुख्यमंत्री चुने गए हैं।"

"या उस घर में, जो उनका है।" सिद्दीक़ी हँसने लगते।

फिर वे एक ठंडी साँस भरकर सामने पुल की ओर देखते, जहाँ सूरज नकली सूरज-सा क्लार्क्स होटल के पीछे डूब रहा होता। निगाहें उसी ओर साधे छड़ी सड़क पर खड़खड़ाते हुए वे बुदबुदाते :

"जब तवक़्क़ो ही उठ गई ग़ालिब..."

उल्फ़त को भरोसा नहीं था। उसने सुना था कि अयोध्या और फ़ैज़ाबाद की दीवारों पर यह नारा लिखा है : "हिंदुओं का यह धार्मिक कर्तव्य है कि वे उन्हें मारें जो गायों को मारते हैं।" अयोध्या में 30 अक्टूबर को जो जाने गईं थीं, उनका खून अख़बारों में फैला था। शहर की हवा तिरछी बह रही थी। कॉलेज के स्टाफ़-रूम में लोग ज़ोर-ज़ोर से बहस करते थे। मोहल्ले में महिलाएँ कहतीं कि मंदिर ज़रूर बनना चाहिए। भला अयोध्या में ही राम की जन्मभूमि पर मंदिर नहीं बनेगा तो कहाँ बनेगा बहना, बताओ ! और अगर राम-जन्मभूमि पर ही मंदिर नहीं बना तो भारत-भूमि पर बाक़ी मंदिरों का क्या मतलब ? कोई जोर देती :

"बहना, क्या तुम्हें मालूम है ?"

"क्या ?"

"रामलला अपना आँगन ढूँढ़ते घूम रहे हैं ?"

"अच्छा !"

"हाँ, कल मुझे सपना आया था।"

जिसे सपना आया था, वह गुप्ता सेठानी थी जिसे सबसे पहले मैदान में भूत दिखा था जो कोठी पर सीताराम की मूर्ति में प्राण-प्रतिष्ठा के बाद ग़ायब हो गया था और कहते हैं, उसके बाद गुप्ताजी के सोने-चाँदी के व्यवसाय में भी बढ़ोत्तरी हुई थी। उनके घर में एक की जगह दो मारुतियाँ आ गईं थीं। गुप्ता सेठानी काली थीं और हमेशा सफ़ेद मारुति में चलतीं थीं।

गुप्ता सेठानी ने एक दोहपर अपने घर मोहल्ले की महिलाओं को चाय पर बुलाया और 'भये प्रकट कृपाला' कैसेट दिखाई, जो महिलाओं को भाव-विभोर कर गई। उन्होंने बाद में बताया कि यह कैसेट देखकर ही उन्हें अपना आँगन ढूँढ़ते रामलला का सपना आया था। मिसेज़ दयाल जब चाय पीकर नीतू के साथ घर लौटीं तो उनके ज़हन में वीडियों में देखी गली की दीवार पर चाकुओं के साए कौंधते रहे। मोहल्ले में महिलाएँ उल्फ़त को उल्फ़त नहीं कहतीं थीं, मिसेज़ दयाल कहतीं थीं जबकि नीतू को नीतू कहती थीं। उल्फ़त यह पर्दादारी जानती थी। वह यह भी जानती थी कि उसका चंपई रंग और मूर्ति-सी देह महिलाओं की ईर्ष्या का असली कारण है। फिर

दो बार मौसम बदले और गोमती का पानी भर-भरकर ख़ाली हुआ। धरती पर फूल खिले और झर गए। मगर उल्फ़त को वह शाम याद रही जब वह रसोई में खड़ी थी और सड़क से दंगे की भयंकर आवाज़ें उठी थीं जैसे हज़ारों आदमी चीख़ते हुए हमला कर रहे हों और उन्हीं हमलावर चीख़ों के बीच कोई चीख़ रहा हो, "बचाओ, बचाओ !" वह बाहर सड़क की ओर भागी थी। कबीर बाहर खेल रहा था। बलराम घर में नहीं था। जब वह बाहर बरामदे में पहुँची तो उसने देखा कि सड़क सूनी थी और कबीर और प्रिया गेट पर खड़े बातें कर रहे थे। कबीर को देखकर उसे राहत हुई। मगर वह सूनी सड़क की ओर देर तक देखती रही। क्या दंगा उसके दिमाग़ की किसी नस में था जो झनझनाती थी और सड़क पर दंगे की आवाज़ें होने लगती थीं ? उसने नीतू से जाकर पूछा कि क्या उसने कुछ सुना था। नीतू ने कहा कि उसने कुछ नहीं सुना था।

"कितनी देर दंगा चला ?" नीतू ने पूछा।

"दो-तीन मिनट", उल्फ़त ने कहा, "जब तक मैं रसोई से बाहर आई, दंगा बीत चुका था।"

नीतू हैरत में पड़ गई।

जब बल्लो घर लौटा तो उल्फ़त ने उसे दंगे के बारे में बताया।

"अच्छा, तो यह यहाँ भी शुरू हो गया ?"

"क्या ?"

"दंगा !"

"यह कैसा दंगा है ?"

"यह कैसेट का दंगा है।"

"कैसेट का दंगा ?"

"हाँ, दौड़ती मारूति में दंगे की कैसेट दो मिनट बजा देते हैं। फिर न मारुति सड़क पर रहती है, न दंगे की आवाज़ें। सड़क के दोनों ओर डरे हुए लोग रह जाते हैं।"

उस शाम के बाद जो भूत उल्फ़त देखती थी, वह घर में देखने लगी। कभी वह घिरते अँधेरे में ऊपर जाती और छत से उल्टे पाँव सीढ़ियों पर धड़धड़ाती हुई नीचे आ जाती। नीचे आकर वह बल्लो को बताती कि छत पर कोई है। बल्लो सीढ़ियों पर दौड़कर ऊपर छत पर आ जाता। छत पर हवाओं के कोनों में कोई नहीं था, न कोई आसमान से गिरती अँधेरी चादर में लिपटा था। हवा में चादर अपशकुन-सी हिलती थी। फिर वह रात के सूने कमरे में भूत देखने लगी। वह एक कमरे से दौड़ती हुई दूसरे कमरे में आती और बल्लो से लिपट जाती, "वहाँ कोई है !" "कोई नहीं है", बल्लो दूसरे कमरे से लौटकर कहता और उल्फ़त की पीठ पर हाथ फेरने लगता जैसे किसी बच्चे को तसल्ली दे रहा हो।

तभी एक सर्द इतवार को बाबरी मस्जिद ढह गई थी।

शहर में ख़बर आग की तरह फैली थी। बाबरी मस्जिद मिट्टी का ढेर हो गई थी—यद्यपि लोगों के दिमाग़ में उसकी साँवली झाँकियाँ कौंधती थीं। झाँकियाँ लिए शहर की हवा रुक-रुक कर चल रही थी। सूरज डूबा। सड़कें चितकबरी हो गईं। आसमान सन्न रहा। ठंडी हवाएँ आसमान से टूटकर सड़कों पर लोटती रही। घर अँधेरे के ढेर हो गए। कुछ घरों के आगे दिए जले जब मनमोहन ने आकर बल्लो को बताया कि न्यू हैदराबाद से सिद्दीक़ी साहब का फ़ोन आया था कि मौलवीगंज से अनवर मियाँ उन्हें लेने आए हैं और वे मौलवीगंज जा रहे हैं।

"दंगा होगा !" ख़ाली आँखों से शून्य में देखते हुए उल्फ़त ने कहा।

"इस शहर में हिंदू-मुस्लिम दंगा नहीं होता।" मनमोहन ने कहा, "रवायत नहीं टूटेगी।"

"मस्जिद टूटी। रवायत भी टूट जाएगी।" उल्फ़त का स्वर ठंडा था। लखनऊ के जिन इलाक़ों में कर्फ़्यू लगा, उनमें मौलवीगंज भी था। जो मुस्लिम बहुल इलाके थे, उनके आस-पास ख़तरा ज़्यादा था। यहाँ गालियाँ और पत्थर फेंके जाने की अफ़वाहें शहर में फैलतीं। लोग इन इलाकों में छिपे असलहों की बात करते-करते तुरंत विदेशी हाथ की बात करने लगते। हवा में डर घुल गया था। धूप फीकी थी। पड़ोसी कानपुर से मारकाट और खून की ख़बरें आईं। फिर दूर-दूर शहरों से खूनी ख़बरें आने लगीं। उल्फ़त को लगा जैसे एक दिन रसोई में सुना कैसेट का दंगा सारे देश में फैल रहा है। आग और खून और वहशी आवाज़ें उसके चारों ओर भूत की तरह मँडराने लगीं। अब्बा का चेहरा इन्हीं आवाज़ों के बीच उभरता और खो जाता। बल्लो जब कमरे में घुसता तो देखता कि उल्फ़त अकेली खड़ी अब्बा से बातें कर रही है : कैसे हो अब्बू ? तबियत ठीक है न ? मौलवीगंज में कर्फ़्यू है। सुना है, खाने-पीने के सामान की क़िल्लत है। तुम्हें अनवर चच्चा के घर दोनों वक्त चाय मिल जाती है न ? और पान ? पान मुँह में न हो तो तुम्हारे लिए वक्त रुक जाता है। वक्त की सुइयाँ घूम रहीं हैं न ? मैं तुमसे मिलने जल्दी आऊँगी। अब्बा, घबराना मत। उल्फ़त की आवाज़ पिघल जाती जैसे माँ बच्चे को दुलार रही हो। वह कराहती, मैं जल्दी आऊँगी, अब्बा !

"उल्फ़त !" बल्लो चीख़ता।

जब बल्लो शाम को कॉफ़ी-हाउस पहुँचा तो दादा की मेज़ पर गर्मागर्मी थी। कॉमरेड उत्तेजित स्वर में कह रहा था :

"हम राज्यपाल का घेराव करेंगे !"

"क्यों ?" दादा ने ठंडे स्वर में पूछा।

"क्योंकि मस्जिद गिरने के लिए काँग्रेस भी उतनी ही ज़िम्मेदार है जितनी भाजपा।"

"यदि यह सही भी है", कवि ने कहा, "तो अभी राज्यपाल का घेराव करने से क्या मिलेगा ?"

"कुर्सी की राजनीति नंगी हो जाएगी।" कॉमरेड उछलकर खड़ा हो गया। उसकी आँखें लाल थीं।

उस मेज़ पर बैठे बाक़ी पाँच लोग भी खड़े हो गए। उन्होंने कॉमरेड को घेर लिया और कुर्सी पर बिठा दिया। फिर वे भी बैठ गए। यह तय हुआ कि कल डी. एम. से मिलकर कुछ कर्फ़्यूग्रस्त इलाक़ों में दूध-डबलरोटी और बिस्कुट बाँटेंगे। फिर सब लेखक, कलाकार और संस्कृतिकर्मी राज्यपाल को ज्ञापन देंगे। ज्ञापन के मसौदे पर बहस छिड़ी। कॉमरेड का मत था कि काँग्रेस का नाम लिए बिना ज्ञापन अधूरा रहेगा। दादा ने कहा कि अब प्रदेश में राष्ट्रपति शासन है। हमारी पहली चिंता शहर में सांप्रदायिक सद्भाव बहाल करना है ताकि कर्फ़्यू हटे और जीवन सामान्य हो। राज्यपाल को ज्ञापन दें और उन्हीं की पार्टी को भाजपा के साथ कटघरे में खड़ा कर दें, यह अभी ज़रूरी नहीं है। अभी ज़रूरी है कि हम शासन पर जल्दी-से-जल्दी नगर में जीवन सामान्य करने के लिए दबाव डालें।

"घर में जब आग लगी हो", दादा ने कहा, "तो जलता घर छोड़कर कोई पलीता डालनेवाले के पीछे नहीं भागता।"

"न कोई यह देखता है", कवि ने जोड़ा, "कि आग पर डाला जाने वाला पानी कहीं जूठा तो नहीं !"

कॉमरेड ने विल्स फ़िल्टर सिगरेट का धुआँ छत की ओर छोड़ते हुए कहा–"मगर कुर्सी की राजनीति का चेहरा बेनकाब करना ज़रूरी है।"

"आग बुझने के बाद", कवि ने कहा।

"बलराम", दादा ने उसकी ओर मुख़ातिब होकर पूछा, "तुम क्या चाहते हो ?"

"मैं कल उल्फ़त को लेकर मौलवीगंज जाना चाहता हूँ", बल्लो उखड़कर बोला, "जहाँ उल्फ़त के अब्बा कैद हैं !"

शायद उसकी आवाज़ कुछ ज़्यादा तेज़ हो गई थी। आस-पास की मेज़ों के चेहरे उसकी ओर घूम गए।

दादा और कवि और कॉमरेड और कुछ संस्कृतिककर्मियों ने डी.एम. से बात की। डी.एम. मौलवीगंज के लिए राज़ी हो गया। चार गाड़ियों का काफ़िला पुलिस की एक जीप के पीछे चला। जहाँ कर्फ़्यू शुरू होता था, वहीं वीरानी शुरू हो जाती थी। एकाएक सड़क बहुत चौड़ी लगी क्योंकि सुनसान थी। सड़क पर न कोई कुत्ता था, न बिल्ली ने रास्ता काटा। दोनों ओर चबूतरे ख़ाली थे जैसे उन पर कभी लोग नहीं बैठते थे। चबूतरों पर खुलती घरों की खिड़कियाँ बंद थीं। ऐसा लगता था जैसे खिड़कियाँ नक़ली हों। हवा में कोई पक्षी नहीं था। आसमान ख़ाली था। ठंडी धूप सड़क पर उजाड़ फैली थी। पाँच गाड़ियों का काफ़िला ऐसे बढ़ रहा था जैसे कोई रेगिस्तान हो।

जब गाड़ियाँ रुकीं तो उसने उतरकर वीरान सड़क और सड़क के दोनों ओर

बंद मकानों को देखा। पहली मंज़िल पर भी खिड़कियाँ उसी तरह बंद थीं जैसे नीचे की मंज़िल पर। अंधे-बहरे-गूंगे मकानों की क़तारें दोनों ओर खड़ी थीं। बीच में आसमान दबा था। ऐसा लगता था जैसे मकानों के लोग कहीं और चले गए हैं।

लोग कहीं नहीं गए थे। दीवारों के बीच फँसे थे। दीवारों में खिड़कियाँ और दरवाज़े थे। मगर खिड़कियाँ बंद थीं। दरवाज़े घर के बाहर नहीं खुलते थे। इसीलिए दिन-भर घरों में अँधेरा-सा छाया रहता। बच्चे पूछते कि आजकल सवेरा क्यों नहीं होता ? माँएँ कहतीं कि सबेरा हो तो बाहर खेलने जाना। इन दिनों बाहर नहीं था। न खेल था। बच्चे अँधेरे में चक्कर लगाते और समझते खेल रहे हैं। बड़े दिन-भर अख़बार पढ़ते या टी.वी. देखते। वे खुद अपनी ख़बर जानने को तड़पते रहते। घरों में बात नहीं होती थी। जो बात होती थी उसका विषय चाय-नाश्ता या खाना और टट्टी जाना होता था। लोग खाने की चिंता उसी तरह करते थे जैसे आदि-मानव जंगलों में अपना खाना ढूँढ़ता था। पानी नलों में गंदा था। कमरों की हवा सर्द और रूँधी थी। लोगों के दिलों में शुबहा-ही-शुबहा था। घरों में टोली को ऐसी शिकायतें मिलीं। दादा ने नोट किया। जब एक घर में टोली ने एक दूध का पैकेट आगे बढ़ाया तो जिस लड़की के आगे पैकेट बढ़ाया था वह अंदर भाग गई। वह अंदर से एक गिलास में पानी लाई और गिलास को आगे बढ़ाकर बोली :

"दूध के बिना आदमी जी सकता है। पानी के बिना नहीं जी सकता। क्या आप यह पानी पी सकते हैं ?"

काँच के गिलास में भरा पानी ऐसा था जैसे किसी नल से नहीं नाली से भरा गया हो। टोली के लोग अचंभे से उसे देख रहे थे। जब कोई कुछ नहीं बोला तो लड़की दादा का हाथ पकड़कर बाथरूम में ले गई। उसने गिलास का पानी गिरा दिया और नल से ताज़ा पानी भरा जिसका रंग वही था जो पहले पानी का था। फिर उसने बाहर आकर टोली से कहा :

"यह शक का दौर है। मैं आप लोगों का शक मिटाना चाहती थी।"

कोई कुछ नहीं बोला।

सबने यह ज़रूर सोचा कि मौलवीगंज में ही गंदा पानी क्यों आ रहा है ? काँच का गिलास हाथ में थामे लड़की ने भी यही सोचा था।

टोली जब एक गली में उतरी तो गली के छोर पर एक नंग-धड़ंग बच्चा धूप में बैठा हँस रहा था। गली सूनी थी। कोई और नहीं था। ऐसा लगता था जैसे गली में कोई मर गया हो।

जब उल्फ़त ने नंग-धड़ंग लड़के को दूध का पैकेट दिया तो वह एक साँस में दूध पी गया और फिर हँसने लगा। गली में अब एक कुत्ता हाँफ़ता हुआ दौड़ रहा था। एक बिल्ली रास्ता काट गई थी। दो कौवे एक घर से दूसरे घर की ओर उड़े थे। आकाश से किसी पक्षी की बीट उल्फ़त के गाल पर गिरी थी। रूमाल से

गाल पोंछते हुए उसे याद आया था कि इसे अच्छा शगुन माना जाता है। वह मुस्कराई थी। मुस्कराते हुए उसने अब्बा के चेहरे का तसव्वुर किया था जिसमें वे मुस्करा रहे थे और मुस्कान को उनकी काली-सफ़ेद दाढ़ी घेरे हुए थी।

अनवर चच्चा का घर मस्जिद के बगल में था। यह मस्जिद बाहर से मस्जिद नहीं लगती थी, कोई कोठी लगती थी। अनवर चच्चा मस्जिद के बरामदे में खड़े थे। उल्फ़त उनसे लिपट गई जैसे अपने अब्बा को गले लगा रही हो।

"अब्बा कैसे हैं ?" उल्फ़त ने पूछा।

"ठीक हैं।"

"कहाँ हैं ?"

"अंदर कमरे में लेटे हैं।"

उल्फ़त घर के अंदर चलती चली गई। पिछले कमरे की पिछली दीवार से टिकी चारपाई पर कोई छत की ओर ताकता लेटा था। उल्फ़त उल्टे पाँव लौट आई। उसने फिर अनवर चच्चा से पूछा :

"अब्बा कहाँ हैं ?"

"अंदर कमरे में लेटे हैं।"

"अंदर अब्बा नहीं हैं।"

"क्यों ?"

"अब्बा की दाढ़ी आधी काली है।"

अनवर चच्चा हताश हँसे, "जिस शाम मैं उन्हें न्यू हैदराबाद से लाया, उनकी पूरी दाढ़ी सफ़ेद थी।"

उल्फ़त दौड़ती हुई अंदर गई और चीख़ती हुई अब्बा से लिपट गई।

बल्लो चारपाई के पास खड़ा था।

''उल्फ़त''

...

''उल्फ़त''

...

बल्लो डिब्बे के अँधेरे में फुसफुसा रहा था। जब तीसरी बार उसने पुकारा और कोई जवाब नहीं मिला तो उसके जिस्म से पसीना छूटने लगा। माथे के ऊपर और बनियान के भीतर उसे पसीने के कण काँटे की तरह लगे। यह दिसंबर की रात थी। मुसाफ़िरों ने डिब्बे की खिड़कियाँ बंद कर ली थीं। फिर भी कुछ खिड़कियाँ खुली थीं, जिनसे ठंडी हवा के थपेड़े बार-बार अंदर आ रहे थे। दरवाज़े से दूसरे केबिन में उनकी बर्थें थीं, जहाँ उल्फ़त को छोड़कर बल्लो कानपुर के रेलवे प्लेटफ़ार्म पर चाय लेने उतरा था। कोई लोग नहीं थे। गाड़ी में अँधेरा था। ऐसा लगता था जैसे बल्लो अकेला अँधेरी गाड़ी से कहीं जा रहा है।

कानपुर में आज भीषण दंगा हुआ था। ख़ून और आग की ख़बरें उसे लखनऊ में मिल गई थीं। ''कानपुर जल रहा है,'' मनमोहन ने कहा था, ''आज ही झाँसी जाना क्या ज़रूरी है ?'' ''ज़रूरी है'', बल्लो ने कहा था। झाँसी से तार आया था कि बाबू चौबीस घंटे से अचेत हैं। कबीर को नीतू-मनमोहन के पास छोड़ दिया था और वे दोनों साबरमती एक्सप्रेस में आकर बैठ गए थे। स्लीपर आधा ख़ाली था। लोग दंगे की वजह से घर से नहीं निकले थे और जो गाड़ी में थे वे प्लेटफ़ार्म पर नहीं निकले थे। गाड़ी की बत्तियाँ अचानक गुल हो जाना संयोग था या गाड़ी अँधेरे के आँचल में अपने मुसाफ़िरों को छिपा रही थी ?

''उल्फ़त''

बल्लो को अपनी पत्नी का नाम पुकारते हुए डर लगा। इतना अँधेरा था। अँधेरे में कुछ भी हो सकता था। दोनों को मुसलमान समझा जा सकता था। उसे अचानक खुशी हुई कि उल्फ़त ने उसकी पुकार का कोई जवाब नहीं दिया था।

लेकिन यह भी तो हो सकता है कि डिब्बे में किसी ने उसे अपनी पत्नी का नाम लेकर बात करते हुए सुना हो और उसके डिब्बे से उतरते ही...

गाड़ी चल दी। उसने खिड़की के बाहर दूसरी ओर देखा : रेल की पटरियाँ अँधेरे में लहरा रही थीं, दूर प्लेटफ़ार्म की रोशनी थी, कोई आदमी नहीं था, प्लेटफ़ार्म पर एक कुत्ता टहल रहा था। वह पलटकर गलियारे में आ गया और दरवाज़े की ओर बढ़ा। दरवाज़े की ओर बढ़ते हुए उसने देखा कि यह डिब्बा दूसरे डिब्बे से अंदर से भी जुड़ा था। वह ठंडी हवा के ज्वार को लाँघकर जब अगले डिब्बे में पहुँचा तो सहसा गाड़ी में रोशनी आ गई। जैसे ही वह डिब्बे में अंदर बढ़ा तो उसने देखा कि उल्फ़त तेज़ी से खिड़की के ऊपर लटकती चेन की ओर बढ़ रही थी। उसने झपटकर उल्फ़त की बाँह पकड़ ली। ट्रेन झटके खा रही थी। उल्फ़त उसके सीने पर झूल गई।

वह फफककर रोई।

बाबू अचेत थे। अम्माँ ने बताया कि कुछ दिनों से उन्होंने घूमने जाना छोड़ दिया था। उस दिन घूमकर उदास लौटे। ऐसा कभी नहीं हुआ था। अम्माँ ने कहा कि उन्हें पहले कोई ऐसी सुबह याद नहीं जब बाबू घूमकर लौटे हों और उनके चेहरे पर सुबह का उजाला न हो। जब अम्माँ ने पूछा तो उन्होंने बताया कि क़िले के पीछे मुँह अँधेरे सड़क पर दो लड़के सामने से दौड़ते हुए आए और उन्होंने कंधे से धक्का देकर उन्हें सड़क पर गिरा दिया।

"हो सकता है, धक्का धोखे से लगा हो। भला वे तुम्हें जान-बूझकर क्यों गिराएँगे ?" अम्माँ ने कहा था।

"हो सकता है।"

मगर थोड़ी देर में कूल्हे में दर्द उभर आया था। हरि को बुलाया तो उसने डॉक्टर भेज दिया। डॉक्टर ने बताया कि कूल्हे की हड्डी चटक गई है। इस उम्र में ऑपरेशन नहीं होता। दवा दूँगा। धीरे-धीरे दर्द चला जाएगा और हड्डी बैठ जाएगी। डॉक्टर ने कहा कि अब टूटी हड्डी का इलाज मुर्गी का अंडा और बकरे की हड्डी है। लेकिन बाबू ने कहा कि मैं दूसरा जीव नहीं खा सकता। तीन दिन बार हरि आया तो उसने कहा कि डॉक्टर कहता है कि बाबू अंडा और हड्डी खाने से मना करते हैं। अम्माँ ने कहा कि तुम ही जाकर पूछ लो। हरि को देखते ही बाबू भड़क गए :

"अब आए हो ?"

"डॉक्टर तुरंत भेजा था।"

"डॉक्टर मेरा बेटा नहीं है।"

"मैं भी डॉक्टर बुलाता। इलाज तो डॉक्टर ही करेगा।"

"तो अब क्यों आए हो ?"

''डॉक्टर ने बताया कि आप अंडा और हड्डी खाने से मना करते हैं।''

''क्या मैं कुत्ता हूँ जो हड्डी खाऊँगा ?''

अम्माँ ने बताया कि हरि फिर नहीं आया। अलबत्ता डॉक्टर हफ़्ते में दो बार आता रहा। बाबू घर से बाहर नहीं गए। वे छत पर टहलते रहे। कभी वे शाम को चारों ओर शहर को देखते जैसे कोई पर्यटक देखता है। दिन-भर वे खाट पर बैठे रहते और अख़बार पढ़ते रहते। कभी वे घंटों लेटे रहते और फिर एकाएक उठकर बाहर छत पर आते और नीम की पत्तियों में देखने लगते जैसे वहाँ लिखा कुछ पढ़ रहे हों। नीम से आँखें हटाकर कभी वे मंदिर के कलश को देखते, कभी क़िले को जो पहाड़ी पर दूर आसमान में काले धब्बे-सा चमकता था।

एक शाम छत पर टहलते हुए बाबू ने अचानक क़िले के अँधेरे की पृष्ठभूमि में शहर की छतों पर कुछ दीये जलते देखे। क्या पिछली दिवाली गुज़रे एक साल हो गया ?—उन्हें आश्चर्य हुआ। उन्होंने भरे जाड़ों में दिवाली कभी नहीं देखी थी। मौसम देखते-देखते कितने बदलने लगे ! पहले दो-तीन हफ़्ते की झड़ी लगती थी, अब दो-तीन दिन की भी नहीं लगती। पहले गर्मी में पत्थर जलते थे, अब उनसे धुआँ-सा निकलता है। पहले जाड़ों में दौड़ने का मन करता था, अब रजाई में छिप जाने की तबियत होती है। जब उन्होंने पत्नी से पूछा तो पता चला कि शहर में दीये दिवाली के नहीं हैं, बल्कि अयोध्या में आज बाबरी मस्जिद ढहने के हैं ! वे कुछ क्षण क़िले के अँधेरे में सुलगते दीयों को देखते रहे, फिर बड़ी अटारी में चले गए और रजाई से मुँह ढाँप कर लेट गए।

फिर वे टट्टी जाने, नहाने और खाना खाने के लिए उठे। वे उठते, टट्टी जाते, नहाते, खाना खाते और फिर लेट जाते। अम्माँ ने बताया कि इस बीच उनकी एक आदत और बदली। दिन में भी जब वे लेटते तो रजाई से मुँह ढँक लेते जैसे अँधेरे में कुछ देख रहे हों।

''क्या देखते हो अँधेरे में ?'' एक बार अम्माँ ने पूछा था।

''कौन-सा अँधेरा ?''

''दिन के उजाले का उल्टा !''

''मैं दुहरे अँधेरे में देखता हूँ'', वे हँसे थे।

''दुहरा कैसे ?''

''एक रजाई का। दूसरा पलकों का।''

''पता नहीं, बंद आँखों में क्या देखते हो ?''

उन्होंने हँसकर फिर रजाई ओढ़ ली थी और अम्माँ नीचे रसोई में चली गईं थीं। कुछ दिनों ऐसे ही चला। अम्माँ को पता ही नहीं चला कि बाबू लेटे हैं या बेहोश हैं। बीच-बीच में वे आँखें खोलते और फिर आँखें बंद कर लेते। क्या पता वे जब आँखें खोलते हों तब भी बेहोश रहते हों ? कल सुबह जब उन्होंने आँखें

नहीं खोलीं तो हरि को बुलाया और तुम्हें तार दिलवाया, अम्माँ ने बल्लो से कहा।

"हरि आया था ?"

"हाँ, हरि डॉक्टर लेकर आया था। डॉक्टर ने इंजेक्शन दिया। एक बार उन्होंने आँखें खोलीं। मगर हरि को नहीं पहचाना।"

"हरि को नहीं पहचाना ?" बल्लो ने आँखें फैलाईं।

"हाँ", अम्माँ ने ठंडी साँस भरकर कहा, "कहते थे, तू हरि नहीं है, हरि की इतनी बड़ी मूँछें नहीं थीं। यह कहकर उन्होंने आँखें मूँद ली थीं। फिर नहीं खोलीं।"

बल्लो हरि को जानकर न पहचानने के पीछे बाबू की हैरानी जानता था। उसे मालूम था कि वे हरि में शुरू से अपने छोटे भाई क्रांतिकारी हरि को देखना चाहते थे जो भीगती मसें लिए आख़िरी बार घर से बाहर जंगल में क्रांतिकारियों के साथ बम-परीक्षण के लिए गया था और लौटकर नहीं आया था। हरि का नाम हरि इसीलिए रखा गया था कि वह इस बार भीगी मसों की उम्र लाँघेगा और बाबू को लगेगा कि हरि की उम्र जहाँ रुकी थी वहीं से फिर शुरू हो गई है। मगर हरि की फहराती काली मूँछे चंद्रशेखर आज़ाद की मूँछें नहीं थीं। वे मूँछें ज़्यादा बड़ी थीं यद्यपि गलमुच्छों से छोटी थीं। इन्हें देखकर डर लगता था। बाबू ने पिछले पत्र में बल्लो को लिखा था कि न मैं हरि की मूँछों को समझ पाता हूँ, न हरि को। यह बात उनके लिए अख़बार की किसी सनसनीख़ेज़ ख़बर की तरह थी कि कोई आदमी अपना घर इसलिए छोड़ सकता है क्योंकि उस घर के आगे मारुति नहीं अंटती। फिर उन्हें किसी ने बता दिया था कि हरि की मारुति में हमेशा पिस्तौल रहती है जिसका वह वक्त-ज़रूरत इस्तेमाल भी करता है। शहर के व्यवसाय और राजनीति में पिस्तौल की नई भूमिका का उन्हें कोई अनुमान नहीं था। वे अभी तक पिस्तौल को पुलिस या क्रांतिकारियों से जोड़ते थे। वे कई बार घर-बाहर यही कहते सुने गए :

"जो हरि जंगल में अंग्रेज़ों को भगाने के लिए बम फोड़ता था, वह क्या पैसे के लिए अपने भाइयों पर पिस्तौल चला सकता है ?"

पता नहीं, बल्लो की आवाज़ से या हरि की चर्चा से या उस धूप से जो खुली खिड़की से आ रही थी रामदयाल ने आँखें खोलीं। उनकी आँखों में धूप चमकी।

"कैसी तबियत है ?" बल्लो ने पूछा।

"ठीक है", रामदयाल हँसे जैसे सवाल पर हँसे हों, "तुम कब आए ?"

"कुछ देर पहले।"

"साबरमती से आए हो ?"

"जी"

उल्फ़त ने माथे तक साड़ी का पल्ला डाला था। वह अम्माँ के पीछे खड़ी थी। उसने कहा–"प्रणाम बाबू जी।"

"खुश रहो, बेटा", रामदयाल खुश होकर बोले, "कबीर कहाँ है ?"

बल्लो ने जवाब दिया–"असल में कानपुर में अभी दंगा चल रहा है। रास्ता वही है। इसीलिए उसे नहीं लाए।"

"ठीक किया बेटा", रामदयाल तुरंत बोले, "ईश्वर उसे सौ बरस की उम्र दे।"

वे ऐसे मुस्कराए जैसे ईश्वर ने कबीर को सौ बरस का आशीर्वाद उन्हीं के मार्फ़त दिया हो। उस क्षण वे खिड़की से आती धूप की ओर देख रहे थे, जहाँ एक चिड़िया बैठी बार-बार अपनी चोंच खोल रही थी। अम्माँ ने फुसफुसाकर कहा कि अड़तालीस घंटे बाद इस तरह बोल रहे हैं जैसे नींद से जागे हों।

रामदयाल ने चाय पी और आँखें मूँद लीं जैसे फिर नींद आ गई हो।

डॉक्टर मुखर्जी आए। उन्होंने बताया कि बाबूजी के दोनों गुर्दे भी बहुत कमज़ोर हो गए हैं। इलाज दिल्ली के ए.आई.आई. एम.एस. में ही हो सकता है। लेकिन बाबूजी दिल्ली जाने को तैयार नहीं हैं। जब डॉक्टर चला गया तो अम्माँ ने कहा कि दिल्ली में इलाज के लिए सारा ख़र्च देने को हरि तैयार है, मगर बाबू तैयार नहीं होते। वे कहते हैं कि एक तो मैं हरि के पैसे से अपना इलाज नहीं कराऊँगा, दूसरे अब दिल्ली किन्ने के घर नहीं जाऊँगा। अम्माँ ने बताया कि नीम-बेहोशी में उन्होंने कहा था कि हरि के पैसे में हरि का खून लगा है, इसलिए मैं उसे नहीं ले सकता और किन्ने का घर मेरे बेटे का घर नहीं है, इसलिए मैं दिल्ली नहीं जा सकता। ये बहाने थे। असल में वे झाँसी नहीं छोड़ना चाहते। वे यह घर नहीं छोड़ना चाहते। बड़ी अटारी के दरवाज़े से नीम की हिलती पत्तियाँ देखकर कहते हैं : इस दृश्य से अच्छा दुनिया में कोई दृश्य नहीं !

पिछली दिवाली के बाद वे बल्लो की अम्माँ को हरिद्वार का तीरथ कराने के बहाने हरिद्वार गए थे, फिर लक्ष्मण-झूला जहाँ गंगा आईने के समान चमकती है। गंगा के उज्जवल जल में वे अपनी और बल्लो की अम्माँ की देहों को देखकर विस्मित हुए थे। लौटते हुए उन्होंने सोचा था कि दो चार दिन दिल्ली में अपने बेटे के घर रुकेंगे। घिरते अँधेरे में जब वे तिपहिया वाले सरदार को पचास रुपए देकर किन्ने की कोठी में एक टीन का बक्सा और एक मूँज से बँधा बिस्तर लेकर घुसे तो कुछ देर तो उन्हें पता ही नहीं चला कि वह पौर का दरवाज़ा कहाँ है जहाँ साँकल बजाई जाती है। वे इसी पसोपेश में खड़े थे जब एक आदमी एक बड़े-से दरवाज़े से बाहर आया और उन्होंने उससे कहा, "बेटा, किन्ने से जाकर कहो कि तुम्हारे अम्माँ-बाबू आए हैं।" उस आदमी ने सवालिया नज़र से रामदयाल को देखा और कहा, "किन्ने, किन्ने कौन ?" तभी उसी दरवाज़े से किन्ने बाहर आया और रामदयाल चीख़े, "किन्ने बेटा !" जैसे किन्ने ने उन्हें देखा ही न हो, वह उस दूसरे आदमी के साथ गेट तक गया, फिर अकेला वापिस लौटा और अम्माँ-बाबू को एक

छोटे-से हॉल में ले गया जहाँ रोशनी थी। रोशनी में एक बेंच पड़ी थी। उसी बेंच पर अम्माँ-बाबू को बिठाकर किन्ने कोठी में ग़ायब हो गया। उसने अम्माँ-बाबू के पैर नहीं छुए। न वह लौटा। एक काला आदमी सफ़ेद लिबास पहने आया और दो थालियों में खाना दे गया, जो उन्होंने बेंच पर बैठकर खाया जैसे हरिद्वार के रेलवे प्लेटफ़ार्म पर खाया था। फिर वह दो खाटें डाल गया और हॉल के बगल में एक छोटा-सा कोठा दिखा गया जिसमें उन्हें टट्टी-पेशाब और नहाना-धोना करना था। सुबह जब वे तैयार हो गए और उनका नाश्ता बेंच पर लग गया तब किन्ने आया और बोला, "मुझे कुछ ज़रूरी काम से जाना है। शाम को लौटूँगा। आप लोग आराम करिए।" फिर वह लाल मारुति में बैठकर चला गया।

अम्माँ खुश थीं कि उनके दो बेटे कोठियों में रहते हैं और मारूतियों में चलते हैं। इसीलिए जब रामदयाल ने सुबह हॉल देखकर कहा कि यह तो गैरेज लगता है जैसा झाँसी में हरि की कोठी में है तो अम्माँ ने ध्यान नहीं दिया। अम्माँ ने यह ज़रूर कहा कि बहू पैर छूने भी नहीं आई। दोनों ने सुबह एक गोरी मेम को घर से निकलकर किन्ने के साथ गाड़ी में बैठते हुए देखा था।

जब किन्ने देर शाम तक नहीं लौटा तो रामदयाल को विश्वास हो गया कि बेटे के घर में माँ-बाप के लिए जगह नहीं है, बल्कि गैरेज में है। उन्होंने सफ़ेद लिबास पहने काले आदमी को बुलाया और स्टेशन के लिए एक तिपहिया लाने को कहा। तिपहिया पर बैठकर उन्होंने सफ़ेद लिबास पहने काले आदमी से कहा कि अपने साहब से कह देना कि तुम्हारे माँ-बाप अपने घर आराम करने चले गए और तुम्हें जब उनसे बात करने का वक्त मिले तो उसी घर में आ जाना जिसमें तुम पैदा हुए थे।

बल्लो जानता था कि किन्ने उर्फ़ के.के. अब अंतर्राष्ट्रीय स्तर का चित्रकार हो गया है। उसके चित्र देश-विदेश में बिकते थे और अंतर्राष्ट्रीय प्रदर्शनियों में लगाए जाते थे। उसे वर्तमान भारतीय चित्रकला का एक प्रतिनिधि कलाकार माना जाता था जो अंतर्राष्ट्रीय कला परिदृश्य में अपनी एक पहचान रखता था। उसकी वर्तमान पत्नी (जो चौथी थी) एक फ्रांसीसी युवती थी जो पेरिस से उसके साथ चली आई थी जब वह पिछली बार अपनी एकल प्रदर्शनी लेकर पेरिस गया था। प्रदर्शनी में उसके सारे चित्र बिक गए थे और मैरी पियर्स उसके साथ दिल्ली चली आई थी। पेरिस से जब किन्ने ने उसे सीन नदी का कार्ड भेजा था तो मैरी के दिल्ली साथ आने की सूचना दी थी। मगर किन्ने कभी अम्माँ-बाबू को अपनी कोठी के गैरेज में टिकाएगा—बल्लो ने ऐसी कल्पना नहीं की थी ! जब कलाकार का भूमंडलीकरण होता है तो क्या वह देहरी-द्वार, घर-बार और अपने परिवार—सबसे ऊपर उठ जाता है ?

अगली सुबह बाबू ने आँखें खोलीं, चाय पी और कहा—"अहा, कितना अच्छा

दिन है !"

जाड़े की सुबह थी। धूप निकल आई थी। छतों पर अटारियों के साए थे, जिनके परे बेतहाशा धूप फैली थी, आकाश को अबोध बालक-सा नंगा करती हुई। आँगन में खड़ा नीम आकाश में खिला लगता था। नीम की हरी-हरी पत्तियाँ सुनहरी धूप में चमक रहीं थीं। पेड़ के आस-पास धूप ज़्यादा सुनहरी थी। पेड़ के चारों ओर दूर-दूर शहर की ऊबड़-खाबड़ छतें थीं, कुछ मंदिर-मस्जिद थे, एक गिरजाघर था और एक ओर क़िला था। जहाँ रामदयाल लेटे थे, वहाँ से थोड़ा सिर उठाने पर क़िले की एक बुर्ज नज़र आती थी। पता नहीं, यह संयोग था या रामदयाल ने जान-बूझकर चारपाई इस कोण पर बिछाई थी।

बल्लो शॉल ओढ़े छत पर धूप में खड़ा था और ऊपर आँखें उठाए नीम की डालों पर बैठी चिड़ियों को देख रहा था जो खुलती सुबह में उल्लसित चीं-चीं कर रहीं थीं। चिड़ियों के लिए सुबह-सुबह आँख खुलना खुशी का सबब था। जब उन्हें साँस का अहसास होता वे पँख फड़फड़ाने लगतीं। खुशी उनके लिए सात समुंदर पार किसी चिड़िया का नाम नहीं था। उनकी साँस में उनकी खुशी थी।

बल्लो को आए एक दिन हो गया था। उसने दो बार अम्माँ के चूल्हे पर सिकी रोटियाँ खाईं थीं, अरहर की दाल और बैंगन का भर्ता खाया था तथा शाम को आलू-बड़ी की सब्ज़ी खाई थी। चौबीस घंटे नीम के आस-पास साँस ली थी। आँगन-चबूतरा, पौर-बैठक, रसोई-स्नानघर और दोनों अटारियों के दिन-भर चक्कर लगाए थे। रात में कुछ देर छोटी अटारी में सोया था जब अम्माँ और उल्फ़त बाबू के पास थीं। छोटी अटारी में उसने अपनी आत्मा का सपना देखा था : सपने में 99 गुसाईंपुरा अपने पूरे क़द में खड़ा था, नीम उसके अंदर से निकलकर ऊपर आकाश में झूम रहा था और बल्लो का हँसता चेहरा नीम की हरी पत्तियों में झाँक रहा था।

तभी सीढ़ियों पर धड़-धड़ करता हुआ राजा आया और बल्लो से लिपट गया। वह छत पर तेज़ी से दौड़ता हुआ उससे लिपटा था। बल्लो ने उसके कंधे को दोनों हाथों से पकड़ा और आलिंगन तोड़कर उसका चेहरा अपने चेहरे के सामने लाकर कहा—"कैसे हो राजा ?"

एक कौआ काँव-काँव करता पेड़ से उड़ा।

राजा चुप रहा। मुस्कराता रहा। उसकी मुस्कान असली नहीं थी। सारे बाल कपास की तरह सफ़ेद थे जैसे नकली हों क्योंकि बल्लो ने हमेशा उसके खोपड़ी से चिपके निचाट काले बाल ही देखे थे। और उसके सफ़ेद बालों में वह चमक नहीं थी जो बाबू के सफ़ेद बालों में थी। ज़ाहिर है, उसने खिजाब लगाना छोड़ दिया था। मगर खिजाब छोड़ने से चेहरा एक दम क्यों ढल गया ? क्या ख़िजाब से सचमुच उम्र रुकी थी ? उसकी पैंट घिसी थी और उस पर क्रीज़ नहीं थी। हरी

पैंट के ऊपर उसने नीली जर्सी पहनी थी और गले में गुलूबंद था। वह अपना ही कार्टून लग रहा था जैसे बुढ़ापे में लोग अक्सर नज़र आते हैं।

"ये बूढ़े आदमी का मेकअप क्यों कर लिया ?" बल्लो ने हँसते हुए पूछा।

"सुबह-सुबह सब्ज़ी लेने निकला हूँ", राजा ने कहा, "घर लौटकर नहाऊँगा तो फिर जवान हो जाऊँगा।"

बल्लो ने बालों पर हाथ रखकर हाथ से सवाल किया।

राजा हँसा–"यार, ख़िजाब लगाते-लगाते थक गया था।"

फिर उसने बाबू के हाल-चाल पूछकर कहा, "अभी ज़रा जल्दी में हूँ। शाम को आऊँगा।" वह आधा पीछे मुड़कर फिर सामने घूमा और पैंट की जेब पर हाथ रखकर बोला–"अरे, सब्ज़ी के लिए जो नोट लाया था, वह रास्ते में गिर गया। ज़रा बीस रुपए देना !"

राजा बीस का नोट लेकर चला गया।

कुछ देर बाद बल्लो मानिक चौक बाबू की दवाइयाँ लेने गया। जब वह लौट रहा था तो उसने राजा को बुंदेला बार से निकलते हुए देखा ! उसके हाथ में सब्ज़ी का थैला था। वह दूर से देख नहीं सका कि थैला ख़ाली था या भरा था–यदि भरा था तो उसमें क्या था ? बल्लो ने तुरंत पीठ फेरी और घर की ओर चल दिया। उसे बाद में पता चला कि यह राजा का रोज़ का नियम है। शहर में कोई ऐसा वकील या रिश्तेदार नहीं था जो उसके काम न आया हो जैसे आज बल्लो काम आया था। राजा की सुबह अब इसी तरह होती थी। जब तक दारू न पिए वह सुबह बर्दाश्त नहीं कर सकता था। वह एक पौआ दुकान से लेता। दाँत से उसका ढक्कर खोलता। फिर शीशी को अपने हलक़ में ख़ाली कर देता जैसे सुबह-सुबह चरणामृत पी रहा हो। एक बार तो वह गौरीशंकर जीजा को रामायण-पाठ से उठाकर उनसे बीस का नोट ले आया था और जीजा की तीनों अधेड़ बेटियाँ उसे दरवाज़े से गली में जाता देखती रहीं थीं और उन्होंने सोचा था कि जिस तरह हर सुबह उनके पिता के लिए पाठ ज़रूरी है राजा मामा के लिए दारू ! सीता, रीता और सुनीता ने अब एक-दूसरे की आँखों में देखना छोड़ दिया था। इसका कारण वह आईना नहीं था जो गौरीशंकर अपनी बेटियों के लिए नहीं ला सके थे। बल्कि बेटियाँ आहिस्ता-आहिस्ता इस नतीजे पर पहुँच गई थीं कि उन्हें अब आईना देखने की ज़रूरत नहीं है।

जब बल्लो ऊपर बड़ी अटारी में पहुँचा और उसने रामदयाल का मुँह खोलकर दवा की एक गोली और एक चम्मच पानी डाला तो उन्होंने आँखे खोल दीं और श्वेत-धवल दाढ़ी में फुसफुसाकर कहा–

"आख़िर आदमी क्यों जीता है ?"

"यही जानने के लिए !" बल्लो मुस्कराया।

"मैंने कोशिश की, बेटा। मगर सदी ख़त्म होने के पहले पलट गई।"

"बाबू, आप उलटबांसी कर रहे हैं।"

"मैं उलटबांसी नहीं कर रहा। वक्त उलटबांसी कर रहा है।"

"कैसे, बाबू ?"

"इस सदी में हरि दो बार पैदा हुआ। पहली बार उसने आज़ादी के लिए घर छोड़ा। दूसरी बार मारुति के लिए !"

"मारुति बहाना थी, बाबू। वह आज़ादी चाहता था।"

"यह कौन-सी आज़ादी है, मुझे बताओ, जो घर के बाहर अधर की हंडिया में टंगी है ?"

बल्लो चुप था।

रामदयाल फिर आवेश में बोले—"मैं जानता हूँ। पहले हरि देश की आज़ादी ढूँढ़ते हुए खो गया। अब हरि अपनी आज़ादी ढूँढ़ते हुए खो रहा है। अपनी आज़ादी आज़ादी नहीं होती। अपनी उठाईगीरी होती है !"

क्या किन्ने की आज़ादी भी उठाई गीरी है ? क्या कोई कलाकार उठाईगीर भी हो सकता है ? क्या बाबू जाने-अनजाने उस ओर भी उँगली उठा रहे हैं ? अलबत्ता उन्होंने पिछले चौबीस घंटों में किन्ने का एक बार भी नाम नहीं लिया था। क्या इसीलिए नाम नहीं लिया था ?—बल्लो ने सोचा।

जब हरि डॉक्टर के साथ आया और दोनों ने फिर रामदयाल से दिल्ली चलने को कहा तो उन्होंने दोनों बाहों से दोनों ओर खाट के पटिए पकड़ लिए और कहा :

"मुझे यहीं मरने दो। मैं दिल्ली में नहीं मरना चाहता।"

"बाबू", हरि बोला, "आपको ए.सी. कूपे में ले जाएँगे। फिर दिल्ली में किन्ने भइया भी हैं। आपको कोई तकलीफ़ नहीं होगी।"

रामदयाल हँसे—"मुझे यहाँ कोई तकलीफ़ नहीं है।"

एक क्षण चुप्पी रही।

रामदयाल फिर बोले—"मुझे यहाँ क्या तकलीफ है ! एक खिड़की से नीम का पेड़ देखता हूँ, दूसरी खिड़की से क़िला देखता हूँ—जैसे दोनों मेरे आँगन में हों। भला, यहाँ मुझे क्या तकलीफ़ हो सकती है ?"

जब वे बोलते थे, उनकी धवल-सफ़ेद दाढ़ी हिलती थी जैसे भीष्म पितामह तीरों की शैया पर मुस्कराते हुए समर-भूमि में लेटे हों।

बल्लो और हरि डॉक्टर मुखर्जी को छोड़ने नीचे आए। डॉक्टर ने पौर में चलते हुए बताया कि कुछ दिन अभी ऐसे ही चलेगा।

"कैसे ?" बल्लो रुक गया।

डॉक्टर ने रुककर कहा—"बाबूजी कभी-कभी होश में आएँगे। फिर बेहोश

हो जाएँगे।''

''कितने दिन ऐसे चलेगा ?''

डॉक्टर मुस्कराता हुआ आगे दरवाज़े की ओर बढ़ गया। उसने देहरी पर एक क्षण रुककर कहा, ''पता नहीं।'' फिर वह नीचे सड़क पर उतर गया। हरि ने बल्लो से कहा कि मुझे डॉक्टर को छोड़ने जाना है। वह भी सड़क पर उतर गया। बल्लो बड़ी अटारी की ओर लौटा, जहाँ रामदयाल लेटे थे और अम्माँ और उल्फ़त बैठी थीं।

धूप ढल चुकी थी जब हरि की मारुति बल्लो को लेने गई। भीड़ का वक्त था। मारुति हार्डीगंज में ऐसे चली जैसे बैलगाड़ी चल रही हो, फिर रानीमहल की चढ़ाई पर साइकिल की तरह चली और मानिक चौक के तिराहे के आगे गाड़ी की तरह। इलाइट के चौराहे के आगे हरि की कोठी थी जो दूर से नज़र आती थी। मगर हरि ने देखा कि उस कोठी की जगह अब कोई दूसरी कोठी थी जिस पर भगवा झंडा लहरा रहा था। क्या यह किसी संस्था का ऑफ़िस था और कोठी कुछ और आगे थी ? लेकिन ड्राइवर ने गाड़ी ऑफ़िस के सामने ही रोकी। बल्लो के दरवाज़े में घुसने से पहले हरि दरवाज़े पर आ गया। हॉल में सोफ़े पर बैठते हुए बल्लो ने पूछा–

''क्या यहाँ किसी पार्टी का ऑफ़िस बन गया है ?''

''कैसा ऑफ़िस ?''

''कोठी पर झंडा लगा है।''

हरि हँसा–''पहली बार आज़ाद हिंदुस्तान में हिंदुओं का राज हुआ। यह झंडा इसी खुशी में लहराया।''

बल्लो ने ग़ौर किया कि कोठी की साज-सज्जा बदल गई थी। परदे और सोफ़े नए थे। सबका रंग गेरूआ था। यहाँ तक कि तीनों फ़ोनों का रंग भी गेरूआ था। केवल कुर्सियों और मेज़ों के पाए सागौन के नज़र आते थे, जिन पर गेरूए रंग की झाँई पड़ रही थी। पैरों के नीचे कालीन का रंग भी गेरूआ था। हॉल के गेरूए के बीच हरि का बगुले-सा सफ़ेद खादी का कुर्ता-पाजामा तालाब में कमल की तरह चमक रहा था।

''क्या साधु हो रहे हो ?'' बल्लो ने पूछा।

''मैं भीतर-बाहर एक-सा हूँ, दादा। कोठी के बाहर गेरूआ है। कोठी के अंदर गेरूआ है। मैं वही खादी की पोशाक में जनता का सेवक !''

जब बल्लो बाथरूम में गया तो दंग रह गया। लखनऊ के क्लार्क्स अवध में भी ऐसा बाथरूम नहीं था। वहाँ बिडे भी लगा था जिसे स्त्रियाँ मासिक-धर्म में इस्तेमाल करती थीं और खाड़ी के अरबी सौदागर सोंचने के लिए। बटन दबाकर

फ़व्वारे से धुलाई हो जाती थी। हाथ नहीं लगाना पड़ता था—जैसे आधुनिक विज्ञान पैसेवाले की टट्टी साफ़ कर रहा हो। बाथरूम में सिर्फ़ तौलया ही सफ़ेद था। वाश-बेसिन, ई.डब्ल्यू.सी. बिडे और टब—सभी गेरूए रंग के थे। चारो ओर दीवारों से गेरूए रंग की टाइलों से गेरूए रंग का प्रकाश झरता था। बेसिन और आईने के आस-पास कुछ ऐसे यंत्र रखे थे जो अमरीकी पत्रिकाओं के चमकीले पन्नों पर ही नज़र आते थे और जिनके बारे में बल्लो सिर्फ़ यही जानता था। यह भारत में इक्कीसवीं सदी का संसार था जो झाँसी में बीसवीं सदी में हाज़िर था। रानी लक्ष्मीबाई की नगरी के लिए यह कितने गर्व की बात थी !

"बाथरूम में तौलिया सफ़ेद क्यों है ?" बल्लो ने हॉल में लौटकर पूछा।

"पहले गेरूआ ही था", हरि ने गंभीर स्वर में कहा, "मगर लोग हॉल में गीले हाथ फैलाए आ जाते थे और पूछते थे, तौलिया कहाँ है !"

एक क्षण हॉल में मौन छा गया। ऐसा लगा कि कहीं भी कोई नहीं है।

"बहू कहाँ है ?" बल्लो ने पूछा।

"चली गई", हरि ने निःसंग भाव से कहा।

"कहाँ ?"

"जहाँ से आई थी।"

"क्या मतलब ?"

"वह गाँव के पुआल से आई थी, गाँव के पुआल में चली गई।"

बाहर अँधेरा हो गया था। हॉल में छत से लटका फ़ानूस जल रहा था। गेरूआ रंग कुछ और चमका। एक नौकर शिवाज़रीगल की एक बोतल, एक तश्तरी में काजू और सोडा और गिलास रख गया। हरि ने दोनों गिलासों में शराब और सोडा डालकर एक गिलास बल्लो को दिया और कहा :

"चियर्स !"

"चियर्स", बल्लो ने जवाब दिया।

"मैंने एक साल कोशिश की", हरि ने संजीदा आवाज़ में कहा, "वह नीम की दातून छोड़कर टूथ-ब्रश न कर सकी। कुआँ छोड़कर बाथरूम में न नहा सकी। उसके लिए मुझे कोठी के पीछे कुआँ खुदवाना पड़ा, दादा !"

बल्लो चुप था।

हरि ने फिर कहा, "न वह उल्टे पल्ले की साड़ी पहन सकी। बोलती थी हमेशा बुंदेली में। जो मास्टर उसे हिंदी पढ़ाने को रखा था, उसे बुंदेली आ गई। मगर उसने हिंदी नहीं सीखी। कहती थी कि मेरी बोली मेरी खाल की तरह है, वह नहीं छूट सकती। अब बताइए, दादा, इस कोठी में देश-भर से नेता, अभिनेता और राजनेता आते हैं। वह उनसे क्या बात करती ? सोफ़े पर पालथी मारकर बैठ जाती थी।"

बल्लो को शराब का गिलास लेते हुए अजीब लगा था। वह अपने शहर में

अपने पिता के अचेत हो जाने की ख़बर से आया था। क्या पता अभी फिर पिता अचेत हो गए हों ? 99 गुसाईंपुरा में फ़ोन नहीं था। लेकिन हरि के गिलास को लौटाया नहीं जा सकता था। उसे मालूम था कि हरि रोज़ शाम को शराब पीता था। अम्माँ ने बताया था कि वह शाम के बाद घर कभी. नहीं आता। शाम को संदेशा भेजो तो अगली सुबह आता है।

फ़ोन की घंटी बजी। हरि फ़ोन उठाकर ''सोलंकी सा'ब, सोलंकी सा'ब'' बोलने लगा। फिर उसने फ़ोन में कहा, ''सोलंकी सा'ब, कल आप रोटरी की मीटिंग में ज़रूर आइए।'' फिर उसने फ़ोन रखकर बताया कि ये एस.एस.पी. थे, मेरे बड़े दोस्त हैं। फिर उसने कहा कि झाँसी के रोटेरियंस ने इस वर्ष ज़बर्दस्ती मुझे अध्यक्ष बना दिया है। बड़ा काम रहता है। सारे शहर की ख़बर लेनी पड़ती है। ''डी.एम. भी मेरे दोस्त हैं'', उसने बताया, ''नौजवान हैं, मेरी तरह, खूब खाने-पीनेवाले...हा-हा-हा।''

बल्लो पहला पेग ही आधा लिए बैठा था। हरि का यह तीसरा था। बल्लो ने ग़ौर किया था कि वह बीच-बीच में ''दादा, दादा'' करता था, लेकिन उसके स्वर में कोई आदर नहीं था। उनकी उम्र में बाप-बेटे की उम्र का फ़ासला था, लेकिन हरि की आवाज़ बराबरी की दोस्ताना आवाज़ थी जिसमें 'यार' के स्वर में 'दादा' बोला जा रहा था। शराब के बहाने का सहारा अपनी नज़र में अपनी इज़्ज़त बचाने के लिए अलबत्ता लिया जा सकता था।

''दादा'', हरि ने अचानक आँखें ऊपर उठाईं।

''हाँ''

''मेरा बाबू को दिया हुआ वचन झूठा हो गया।''

''कैसे ?''

''मैंने कहा था कि मैं करोड़पति हूँ। मगर मैं करोड़पति नहीं हूँ। एक लाख कम है।''

बल्लो हँसा। फिर बोला—''भैया, क्या तुम्हें मालूम है कि हमारे पिता के पिता ने पिछली सदी में घास खाई थी जब उनके पिता को मारकर अंग्रेज़ों ने उनकी लाश हमारे घर के सामने पेड़ पर लटका दी थी और घर में आग लगा दी थी ? एक सदी बाद उनके बेटे का बेटा निन्यानबे लाख का मालिक है, यह देखकर उनकी आँखें स्वर्ग में सिरातीं होंगी।''

''यह बात नहीं'', हरि ने चिंतित स्वर में कहा।

''फिर ?''

''मैं बाबू को दिया वचन पूरा करना चाहता हूँ।''

''कैसे ?''

''मैंने सोच लिया है।''

''क्या ?''

"हम घर बेचे देंगे।"

"क्या ?" बल्लो आँखें फाड़कर सोफ़े पर आगे झुक आया।

"दादा", हरि ने मधुर स्वर में कहा, "भावुक होने से काम नहीं चलेगा। हमें ठोस कदम उठाना होगा।"

बल्लो कुछ नहीं बोला। हैरत से हरि की ओर देखता रहा।

हरि बोला, "बाबू कुछ दिन के मेहमान हैं। अम्माँ उस घर में अकेली कैसे रहेंगी ? हम तीन भाई चार-चार महीने उन्हें अपने पास रखेंगे और उनकी सेवा करेंगे।"

"हो सकता है", बल्लो ने हरि की आँखों में देखते हुए कहा, "कि अम्माँ अपने घर में अकेली ही रहना चाहें।"

"हम तीन-तीन भाई और अम्माँ अकेली रहेंगी !" हरि की आवाज़ और आँखें भीग गईं।

"अकेली क्यों रहेंगी ? तुम तो शहर में ही हो। तुम उन्हें देखते रहना।"

हरि ने आँसू पोंछते हुए कहा, "गोसाईंपुरा में मारुति रोज़-रोज़ नहीं जा सकती। मैं कैसे जाऊँगा ? शहर मारुति के लायक नहीं रहा।"

बल्लो ने सोफ़े की पीठ से टिककर आँखें बंद कर ली थीं। वह बुदबुदाया–"एक बार अंग्रेज़ों ने घर जलाया था। अब तुम घर बेचोगे।"

हरि ने एक जम्हाई लेकर मुँह के आगे चुटकी बजाते हुए कहा–"मैंने दलाल से बात कर ली है। घर पाँच लाख में बिक जाएगा। हम सब भाई-बहिनों को एक-एक लाख मिलेगा। मैं करोड़पति हो जाऊँगा। बाबू को दिया वचन पूरा होगा।"

बल्लो ने हरि के चेहरे पर अचानक एक क्रूर रेखा देखी जो कभी परिवार में नहीं थी। बाएँ होंठ और आँख के बीच कड़कती एक काली रेखा थी जो मन में हौल पैदा करती थी। यह रेखा कुछ भी कर सकती थी।

बल्लो जब लौटा तो रात हो चुकी थी। सड़कें काली और सूनी थीं। आसमान सन्न था। हवा बर्फ़ीली थी। मारुति के दोनों ओर सड़क की मद्धिम-सी रोशनियाँ जल रहीं थीं जैसे आख़िरी बार जल रहीं हों। इलाइट का चौराहा सूना था। आगे दाहिनी ओर पहाड़ी पर पीर के मज़ार से कव्वाली की आवाज़ें आ रही थीं। बल्लो को पहाड़ी पर कोई रोशनी नज़र नहीं आई। ऐसा लगा जैसे पहाड़ी पर अँधेरा गा रहा है और आसमान सुन रहा है। शब्द आपस में और तबले-सारंगी के स्वरों में उलझ गए थे। बोल समझ में नहीं आते थे। स्वर ज़रूर प्रार्थना के थे...आर्त प्रार्थना, जो जीवन के अंतिम कगार पर आह की तरह निकलती है। उलझे स्वर धीरे-धीरे अँधेरे में डूब गए।

अँधेरे में दाईं ओर क़िला उभरा जैसे अँधेरे में घनघोर अँधेरा क़िले का आकार लेकर पहाड़ी पर बैठ गया हो। बुर्जों के कँगूरे रात के आसमान में ढँके थे। न कोई तारा था, न कहीं चाँद नज़र आता था जैसे सब आसमान में डूब गए हों। चाँद-तारों

के बिना आसमान रह सकता था। क़िले के बिना शहर नहीं रह सकता था। बल्लो ने शहर में आँखें खोलते हुए शहर को क़िले के चारों ओर पहचाना था मानो क़िला केंद्र हो : क़िले की ढाल, क़िले की चढ़ाई, क़िले के नीचे बस-स्टैंड, क़िले के सामने मिनर्वा टॉकीज़, क़िले के पीछे पानी की धर्मशाला या पत्थर की नंगी पहाड़ियाँ। शहर के हर मोहल्ले से क़िला दिखता था। क़िले के बिना शहर का कोई परिचय नहीं था।

मारुति खंडेराव गेट के अंदर उसी गति से घुसी जिस गति से आ रही थी। गाड़ी को धीमी करने की ज़रूरत नहीं थी। सड़क पर कोई नहीं था। मारुति उसी तेज़ी से मानिक चौक और हार्डीगंज से गुज़री। दुकानें बंद थीं। बाज़ार ख़ाली थे। हवाएँ साँए-साँए कर रहीं थीं। कोनों में कहीं कुत्ते ठिठुरे पड़े थे। कोई कुत्ता नहीं भौंका जब मारुति गुज़री।

शहर में चारों ओर अँधेरा था। साए गहरे थे। ठंडी हवाएँ सायों को झिंझोड़ रहीं थीं।

गुसाईंपुरा बियाबान था। ऐसा लगता था जैसे लोग शहर छोड़कर चले गए हैं। बल्लो सड़क के दोनों ओर उजाड़ मकानों और बीच में फँसे आसमान को देख रहा था। साँकल उल्फ़त ने खोली। पौर की रोशनी में उसने बल्लो का चेहरा देखा, फिर कहा :

"बहुत देर कर दी।"

"हाँ"

"खाना खाओगे ?"

"नहीं।"

आँगन में उसने उल्फ़त से बाबू के बारे में पूछा। उल्फ़त ने बताया कि वे दस बजे दूध पीकर सो गए थे।

बल्लो जब छोटी अटारी में घुसा तो कपड़े बदलते हुए उसकी नज़र चंद्रशेखर आज़ाद की तस्वीर पर पड़ी, जो एक ओर नीचे झुक गई थी। आज़ाद की दाईं मूँछ नीची नज़र आती थी। बल्लो ने तस्वीर को सीधा किया और सो गया। आधी रात उसकी नींद खुली। वह बाहर छत पर आया। छत पर चाँदनी फैली थी। चाँद और तारे आकाश में चमत्कार की तरह निकल आए थे। जब वह छत की मुंडेर के पास पेशाब करके उठा और पीछे घूमा तो उसकी नज़र चाँदनी में चमकती छत की एक दरार पर पड़ी। वह दरार के पास जाकर बैठ गया और उसे उँगलियों से सहलाने लगा : दरार गहरी थी। दरार के पास छत थोड़ी धसक गई थी। छत अर्ध-वृत्ताकार धसकी थी। बल्लो की उंगलियां धसके अर्धवृत्त की ओर खिसक गईं और वृत्ताकार घूमने लगीं। किसी को पता नहीं चला वह कितनी देर दरार के चारों ओर गोल-गोल उँगलियाँ घुमाता रहा। एक बार उसे शक हुआ कि बड़ी अटारी

के दरवाज़े में बाबू की छाया खड़ी है। उसने नज़रें घुमाईं। कहीं कोई नहीं था।

फिर वह अचानक छतों पर दौड़ता हुआ नीचे भागा। उसने दालान की बत्ती जलाकर दालान की ओर देखा। घूमकर पौर में गया और पौर को देखा। बैठक में भागकर बैठक की दीवारों को देखता रहा। बैठक की दीवारों पर उसके जन्म से पुरानी तस्वीरें लगी थीं। फिर वह बीच के कोठे में आया और उसने एक बार ईंधनगृह-स्नानगृह में झाँका और दूसरी बार सोर-गृह में जिसमें उसने पहली बार हरि को देखा था। वह पलटा और आँगन के बीचोंबीच स्थावर खड़ा हो गया जैसे वह कोई पेड़ हो। नीम कुछ दूर चाँदनी में खड़ा हुआ अपनी पत्तियाँ धीरे-धीरे हिला रहा था। चाँदनी आकाश में प्रत्यंचा-सी तनी थी। आँगन में पत्तियों के साए बार-बार जुंबिश लेते जैसे साँस ले रहे हों।

जब बल्लो की तंद्रा टूटी तो वह नीम की ओर बढ़ा। उसने अपने दोनों हाथ तने के दोनों ओर लपेट दिए और दोनों हाथों की उँगलियाँ आपस में कस लीं। जब वह छोटा था तो पेड़ को बाहों में भरने की कोशिश करता था। मगर उसकी दोनों हथेलियाँ तने पर दूर-दूर तड़पती रहतीं और वह रोने लगता।

वह नीम को बाहों में भरे रो रहा था।

❑❑❑